Die unvermutete Hoffnung

Dagmar Schenda

# Die unvermutete Hoffnung

ROMAN

Bibliografische Information der Deutschen Nationalbibliothek
Die Deutsche Nationalbibliothek verzeichnet diese Publikation in der
Deutschen Nationalbibliografie; detaillierte bibliografische Daten
sind im Internet über http://dnb.dnb.de abrufbar.

© 2017 Dagmar Schenda
Herstellung und Verlag: BoD - Books on Demand, Norderstedt
Umschlagfotos/Zeichnungen: DaKi
Satz und Layout: DGS
Lektorat: GuSch
ISBN: 978-3-743-14876-5

## Vorbemerkung der Autorin

Wer je in Südengland war, weiß um die Vielzahl renommierter Herrenhäuser, Landsitze und Gestüte. Durch mehrere Rundreisen in diesem Gebiet gelang es mir von daher gut, einen Wohnsitz zu entwerfen, auf dem Desmonds Familie lebt.
Ihn geographisch in die Nähe des wohl bekanntesten Steinkreises zu verlegen gebot sich von selbst, denn bis in die heutige Zeit vermag sich niemand dem gewaltigen Zauber von Stonehenge zu entziehen. Und in vergangenen Jahrhunderten war es für Heilkundige wie Amanda eine Art Pilgerstätte. Wissenschaftlich belegt ist, dass die im Steinkreis vorhandenen Blausteine aus Wales herangeschafft wurden. Den nahegelegenen Ort Amesbury spielte mir der Zufall in die Hände; da seine Gründung auf einen römischen Ursprung zurückzuführen ist und er damals Ambrosebury lautete, war der Geburtsort von Ambrosius gefunden.

Bei meiner Reise durch Schottland stieß ich auf faszinierende Schauplätze. Die Ruine der Kathedrale von Elgin und die wunderbaren Bauten der Universitätsstadt St. Andrews verschmolzen zu dem Ort Cliffton, den ich erschuf, da ich eine Örtlichkeit nahe der Highlands benötigte. Das verschwiegen gelegene Gebäude, in dem der Hohe Richter lebt und in dem der Vampirrat zusammenkommt, entdeckte ich in ähnlicher Art, ebenso den nicht weit davon entfernten kleinen Flugplatz.

Alle Wesen in meinem Roman sind reiner Phantasie entsprungen. Wobei oftmals Begegnungen mit lebenden Personen eine Richtung wiesen. So inspirierte mich beispielsweise ein pfiffiger Verkäufer in einem winzigen Süßwarenladen auf der High Street in Edinburgh zu der Person des Rob.

Ganz besonders hilfreich waren die Einblicke, die Desmond mir gewährte. Mehrfach erlaubte er mir, seine umfangreiche Bibliothek zu nutzen. Zudem stand er mir mit manchem Hintergrundwissen und zahlreichen Erläuterungen bezüglich der Organisation innerhalb der Vampirfamilien zur Seite. Interna des Hohen Rats waren selbstverständlich vom Fluss der Informationen ausgenommen …

# Prolog

Verschwitzt und von Unruhe getrieben, trat Klara vor ihre Kate. Gegen den Drang, sich zum Kloster Nonndorf auf den Weg zu machen, kämpfte sie an, da sie mit ihrem Auftauchen bei Karl kaum Verständnis fände. Stattdessen ging sie trotz der Dunkelheit die wenigen Schritte bis zum Fluss hinab. In den Nachtstunden dieses ungewöhnlich heißen August sorgte das Wasser wenigstens für ein bisschen Abkühlung, zog dafür aber unweigerlich Schwärme von Mücken an. Klara schlug ungehalten nach den sie mit nervtötendem Surren umschwirrenden Insekten. Dabei löste sich vorwitzig eine ihrer hellblonden Haarsträhnen. Während sie diese unwillig aus der Stirn pustete, fragte Klara sich, wie weltlich das Fest des Abtes wohl in diesem Jahr vonstattenging. Nur widerstrebend hatte sie ihrem Sohn die Mithilfe bei der Feierlichkeit erlaubt; obwohl sie wusste, dass er trotz seiner neun Jahre bereits Verantwortung für sie und ihren gemeinsamen Lebensunterhalt übernehmen wollte. Klara selbst half stundenweise im Haushalt der Bäckersfrau, was zwar lediglich ein geringes Einkommen bedeutete, ihr aber noch genügend Zeit für ihren Sohn ließ. Irgendwie kamen sie über die Runden, aber natürlich half jegliches Zubrot. Somit konnte sie es Karl nicht verdenken, dass er ihr heute Morgen fast trotzig erklärte, seine Entlohnung bestünde neben den üblichen Naturalien auch in Barem. Ohne einen weiteren ihrer Einwände abzuwarten, war er hocherhobenen Hauptes von dannen gezogen.

*‚Ach, Richard, du wärest stolz und glücklich über unseren wohlgeratenen Jungen.'* Seit dem Tod ihres Mannes waren bereits sechs Jahre vergangen, doch ihre Trauer über seinen Verlust begleitete sie stetig. Aber diesmal ließ ihr die Sorge um Karl keinen Raum, ihren Erinnerungen an gemeinsame Zeiten nachzuhängen. Entschlossen schritt Klara zum Haus zurück, um aus Schicklichkeitsgründen einen Schal für ihre Schultern zu holen und ihrem Sohn entgegen zu gehen. Denn

nicht nur die Glocke der kleinen evangelischen Kirche hatte bereits vor geraumer Zeit Mitternacht verkündet, das Geläut der Klosterglocke war ebenfalls ganz schwach herübergeklungen. Da durfte Karl es ihr einfach nicht verübeln, wenn sie sich zu dieser späten Stunde um ihn grämte. Zu ihrer Sorge gesellte sich Wut auf den Abt. War er nicht zuständig, darauf zu achten, dass ein neunjähriges Kind zu einer anständigen Zeit aus dem Dienst nach Hause geschickt wurde? Trotz der noch schwer in den Räumen hängenden Hitze, fröstelte Klara plötzlich, aufkeimende Panik ergriff von ihr Besitz. Überzeugt, dass Karl etwas zugestoßen war, zog sie hektisch ein leichtes Tuch aus der Kommode, schob die Schublade ungestüm zu und warf sich den Schal im Hinauseilen über. Ein leises Geräusch ließ sie mitten auf dem Weg innehalten.

»Karl?«

Noch bevor Klara sich suchend umzuwenden vermochte, sprang etwas mit einem tierisch anmutenden Laut auf ihren Rücken und zwei Arme schlangen sich unerbittlich fest um ihren Oberkörper. Dadurch strauchelte Klara, da sie jedoch trotz ihrer Schlankheit einen kräftigen Körperbau besaß, fing sie sich und versuchte mit aller Kraft, ihren Angreifer abzuschütteln. Doch dieses unbekannte Wesen umklammerte Klara wie ein Schraubstock, ihre Gegenwehr wurde schwächer und schwächer. Als es sich dann mit ungestümer Gier in ihren Hals verbiss, schien es alles Leben aus ihr herauszusaugen. Letztendlich war jegliches Ringen umsonst, Klara sackte, von Schwärze umfangen, zu Boden.

Hustend, mit dem Gesicht im Staub, tauchte Klara aus dem ihren Geist umgebenden Nebelschleier auf. Ihr ganzer Körper war ein einziger Schmerz, ihr Kopf ein dumpfer, schwerer Gegenstand. Dennoch versuchte sie ihn, nach Luft röchelnd, in eine seitliche Lage zu bringen, damit das Einatmen besser gelang. Bei jedem Atemzug durchflutete sie eine weitere Welle des Schmerzes; so blieb sie erst einmal liegen, um sich daran zu gewöhnen. Es schien eine

Ewigkeit zu dauern, doch dann überwand sie die Qual und als sie vorsichtig den Kopf anhob, erkannte sie die in Blickrichtung liegende Uferböschung und wusste, dass sie auf dem Weg vor ihrer Kate lag. Beruhigt, sich in vertrauter Umgebung zu befinden, blinzelte Klara in die heraufziehende Morgenhelligkeit. Unverständlicherweise fürchtete sie sich vor dem herannahenden Tag und die noch eben verspürte Sicherheit wich schlagartig. Ängstlich wie ein gefährdetes Tier, kroch sie unter großen Mühen rücklings in ihr Haus. Mit enormer Anstrengung zog sie sich am inneren Türrahmen hoch, schlug die Tür unter Aufbietung aller Kräfte zu und hantierte an dem Riegel, bis es ihren kaum gehorchenden Fingern gelang, ihn zuzuschieben. Klara lehnte sich ermattet gegen das warme Holz, doch nicht nur heftiges Schütteln plagte sie, sondern ihre ausgetrocknete, raue Kehle ließ sie ebenfalls nicht ruhen. Ihr Blick wanderte zu dem wenige Meter entfernt auf der Küchenanrichte stehenden Wasserkrug. Zeitlupenmäßig schleppte sie sich dorthin und trank gierig aus der Schöpfkelle. Umgehend rebellierte ihr Magen. Klara hastete, so schnell es ihr Zustand erlaubte, zu ihrer Waschschüssel auf dem Tisch neben ihrem Bett. Unter krampfartigem Würgen erbrach sie ihren gesamten Mageninhalt. Noch mit beiden Händen auf der Tischplatte abgestützt, kam sie langsam wieder zu Atem und richtete sich auf. Über der Waschschüssel hing ein Spiegel. Klara schrie - anhaltend und schrill. Ihr Spiegelbild sah sie mit blutunterlaufenen, wässrigen Augen an. Der Hals der Frau, die ihr entgegensah, wies Wunden auf, aus denen langgezogene blutrote Rinnsale über ihren Oberkörper geflossen und bereits verkrustet waren. Klara wich vor sich selbst zurück. Entsetzt streckte sie die Hände in Abwehrhaltung aus und taumelte auf einen Stuhl. Mit erschreckender Klarheit erkannte sie, was mit ihr geschehen war. Klara saß da wie gelähmt, kein sinnvoller Gedanke wollte ihr gelingen. Dann aber drang, wie aus einer fernen, längst vergangenen Zeit, eine Erinnerung an die Oberfläche.

»Karl, mein Sohn«, wimmerte sie, »ich habe auf dich gewartet. Wo bist du?«
Obwohl Klara den eindringlichen Wunsch verspürte, sich umgehend zum Kloster aufzumachen, um nach dem Verbleib ihres Sohnes zu fragen, musste sie gegen eine ungewohnte Lethargie ankämpfen. Beinah unwillig erhob sie sich und begann, was sich als sehr kräftezehrend herausstellte, sich ihrer verschmutzten Kleidung zu entledigen. Dann entleerte Klara das Erbrochene in einen Eimer, bedeckte ihn sorgfältig mit dem dazugehörigen Deckel, damit der ihm entströmende Geruch sie nicht erneut würgen ließ und reinigte die Waschschüssel ausgiebig. Danach säuberte sie sich selbst. Endlich, mit gebürsteten Haaren und frischer Kleidung versehen, konnte sie ihrem Spiegelbild standhalten und es gelang ihr, die leicht lockigen, von der Sonne noch heller gewordenen Haare sorgfältig hochzustecken. Während all dieser Tätigkeiten brachte sie nur einen einzigen Gedanken zustande: ‚Wo ist mein Kind?' Vielleicht hatte Karl, da es spät geworden war, im Kloster übernachtet und war dann heute Morgen von dort zur Schule gegangen? Klara wandte sich von ihrem blassen Spiegelbild ab, griff, da sie nun ordentlich aussah und somit vors Haus treten konnte, nach dem Eimer, um den stinkenden Inhalt zum Abtritt zu bringen. Als sie an dem nach Osten gehenden Fenster vorbeikam, traf ein vorwitziger Sonnenstrahl ihren Arm. Ihr entwich ein kleiner Schmerzenslaut und sie sprang hastig einen Schritt zurück, wobei ihr der Eimer um ein Haar aus der Hand gefallen wäre. Ungläubig starrte sie auf die längliche Brandwunde, die umgehend ihren Unterarm zierte. Klara stellte den Eimer ab, krabbelte auf allen vieren zum Fenster und zog im Schutz der Wand von unten die Vorhänge zu. Was sie noch nicht wirklich hatte wahrhaben wollen, bestätige sich unerbittlich. Die Erzählungen von Nachtgeschöpfen, diesen Wesen, die nie mehr ins Tageslicht hinauskonnten, von den Monstern, die sich von Blut ernährten, stimmten also. Klara brach in haltloses Weinen aus. Niemals mehr konnte sie Menschen unter die Augen treten, weder zu ihrer

Arbeitsstelle gehen, noch Einkäufe erledigen, ganz zu schweigen von den alltäglich zu verrichtenden Dingen außerhalb des Hauses. Zudem, was ihr am meisten zusetzte, war es ihr während des Tages nicht möglich nach Karl zu suchen. Es blieb ihr nichts weiter als zu hoffen, dass er entweder noch im Kloster bei den Aufräumarbeiten nach dieser Feier half oder in der Schule war und am Nachmittag unversehrt nach Hause zurückkehrte. Einerseits eine verlockende Aussicht, ihn wieder in die Arme zu schließen, andererseits blieb ihr keine Wahl, als ihn mit der unerbittlichen Wahrheit zu konfrontieren. Selbst wenn Karl sich nicht mit Grauen von ihr abwandte, wie sollten sie ihr wahres Wesen auf Dauer vor den Dorfbewohnern verheimlichen? Sie wäre eine zu große Gefahr für ihn, denn selbst jetzt noch, im Jahre siebzehnhundertsiebenundvierzig loderte der noch allgegenwärtige Hexenwahn schnell wieder auf. Weder sich selbst noch ihren Sohn würde sie vor Anschuldigungen und Schlimmerem schützen können.

Wie lange sie grübelnd unter dem Fenster gesessen hatte, wusste Klara nicht, doch nun wischte sie sich mit einer endgültig wirkenden Geste die Tränen aus dem Gesicht und erhob sich wie in Trance. Es gab keine andere Möglichkeit; um Karl ein Leben unter seinesgleichen zu ermöglichen, musste sie ihn sich selbst überlassen.

Zwischen ihren Gefühlen hin und her gerissen, bereitete Klara ihre Flucht vor. Sie schnürte ein Bündel mit einigen unverzichtbaren Utensilien und packte wider alle Vernunft etwas Räucherwurst und Brot hinein. Eine verschließbare Blechkanne für Milch, die sie mit Wasser füllte, stellte sie dazu. Klara brauchte ungewohnt lange für diese Tätigkeiten und als sie sich für ihren Abschiedsbrief an den Tisch setzte, drohte sie einzunicken. Mit Mühe überwand sie die Schwäche, nahm die Feder zur Hand und begann zu schreiben.

*Mein geliebter Sohn,*
*diese Zeilen schreibe ich unter äußersten Qualen da ich weder weiß wo du bist, noch wie es dir geht. Es ist mir nicht möglich nach dir zu suchen, auch kann ich nicht auf deine Rückkehr warten, denn ich bringe dich in Gefahr. Letzte Nacht*

*wurde ich von Wesen, deren Existenz ich immer anzweifelte, ins Unglück gestürzt. Ich habe überlebt und bin nun eine unmenschliche Kreatur.*
*Du weißt, dass dein Vater diese einst heruntergekommene Kate für wenig Geld erwarb; somit gehört sie nun dir und sichert dir eine Unterkunft. Die Besitzurkunde lege ich zu diesem Brief.*
*Verzeih mir, mein geliebtes Kind. Ich bin nicht würdig, länger deine Mutter zu sein.*
Klara unterschrieb, fügte, bemüht keine Tränen auf das Blatt zu vergießen, ordentlich Datum und Ort hinzu. Als sie den Brief vor dem Versiegeln noch einmal durchlas, fiel ihr auf, dass sie gar nicht wusste, ob sie von einem oder mehreren Wesen angegriffen worden war. Sie erinnerte sich an etwas auf ihrem Rücken und Zähne, die sich in ihren Hals gegraben hatten. Nicht mehr und nicht weniger. Nach einem zögerlichen Moment schob sie das Schreiben in den Umschlag und tropfte den Siegellack darauf. Zittrig stand Klara auf, ging zu dem mit schönen Drechslerarbeiten verzierten Küchenschrank und holte die Blechdose mit den Notgroschen heraus. Was den Inhalt nicht ganz richtig bezeichnete, denn die gut wirtschaftende Klara verfügte über eine recht beachtliche Summe Erspartes. Sie nahm nur einen geringen Teil an sich, stellte die Dose auf den Küchentisch und lehnte den Brief samt Urkunde dagegen. Erschöpft suchte sie Halt am Tisch. Da ihr bis zum Sonnenuntergang noch Zeit blieb, gab sie dem Wunsch sich auszuruhen nach.
Brennender Schmerz ließ Klara hochfahren. Die Sonne war zu der westlichen Seite des Hauses gewandert und ging langsam unter. Diesmal waren ihre Strahlen durch das an dieser Seite befindliche Fenster auf Klaras Hand gefallen. Gemildert durch die Scheibe, war auch jetzt eine nur kleine Brandwunde entstanden. Bestürzt und verschreckt sprang Klara vom Bett hoch und zog von der Seite her die Vorhänge zu. Durch ihre Unvorsichtigkeit verunstaltete sie eine weitere Verletzung. Schwer atmend fiel sie auf die Bettkante um sich zu sammeln. Karl war noch immer nicht nach Hause gekommen. Erneut widerstand sie dem Drang, nach ihm zu suchen. Ihr

Entschluss stand fest. So erhob sie sich trotz der bleiernen Glieder, schüttelte und richtete ihr Bett und machte sich selbst noch einmal frisch. Dann wartete Klara, unbeweglich wie eine Statue auf dem Küchenstuhl sitzend, bis die Sonne vollends verschwunden war. Dann stand sie mit allergrößter Selbstüberwindung auf, brachte den Eimer mit ihrem Erbrochenen hinters Haus, entleerte ihn in eine Grube, wusch ihn mit Wasser aus der Regentonne aus und stellte ihn mit geöffnetem Deckel daneben ab. Noch einmal ging sie in ihre Kate und vergewisserte sich, dass Karl alles wohlbehalten und aufgeräumt vorfinden würde. Während sie sich für immer von ihrem Sohn und ihrem Heim verabschiedete, nahm sie, im Bewusstsein der Unabänderlichkeit, das bereitstehende Bündel und den Blechbehälter mit dem Wasser, verschloss die Tür und hinterlegte den Schlüssel an der nur Karl und ihr bekannten Stelle.

Ohne sich noch einmal umzuwenden schleppte Klara sich flussaufwärts. Niemand begegnete ihr und sie fand die Boote der Angler verlassen und vertäut am Ufer. Ein dunkler Kahn schien ihr am geeignetsten. Als sie ihr Bündel hineinlegte und sich abmühte hinterher zu klettern, kam sie sich ausgesprochen schäbig vor. Zu einer Diebin wurde sie, sie, die ihren Sohn zu Rechtschaffenheit erzogen und ihm vorgelebt hatte! Sollte sie dem Besitzer etwas Geld dalassen? Aber woher wüsste sie, dass es auch der Richtige fände? Mit einem Kopfschütteln, das sowohl eine Verneinung ihres Vorhabens als auch eine Maßregelung für ihr Tun ausdrücken konnte, hängte Klara die Ruder in die dafür vorgesehenen Halter und bugsierte den Kahn in die Strömung. In regenarmen Sommern führte der Fluss manchmal zu wenig Wasser um für größere Transportkähne schiffbar zu sein, doch solch einen kleinen Nachen beförderte er problemlos flussabwärts. Klara achtete darauf, möglichst nah am Ufer zu bleiben, stellte aber nach kurzer Zeit fest, dass links von ihr der üppige Baum- und Strauchbewuchs gerodet war. Hier waren die Arbeiten für den entstehenden Leinpfad, auf dem die Treidelpferde, mit Lastkähnen im Schlepp, zukünftig entlanglaufen sollten, schon fortgeschritten. Auf der rechten Seite hatte man ebenfalls begonnen und Klara fragte sich, ob sie rechtzeitig vor Anbruch des Tages auf ein geeignetes Versteck stieße. Noch lagen einige Nachtstunden vor ihr und sie ließ sich fast lautlos treiben. Ihr war gar nicht klar gewesen, wie schnell eine Fahrt auf dem Fluss sie voranbrächte und es verblüffte sie, nach relativ kurzer Zeit Schloss Bruchfurth auftauchen zu sehen. Das links von ihr, auf einer sanften Anhöhe gelegene Gebäude zeichnete sich, bis auf ein, zwei Fenster, hinter denen noch Licht schimmerte, schwarz vor dem Nachthimmel ab. In der Gewissheit, dass man sie so weit unten auf dem Fluss nicht bemerken würde, hielt sie auf die Furt zu, wobei sie instinktiv versuchte, näher an das rechte Ufer zu steuern. Hier begann für sie absolutes Neuland, doch erleichtert stellte sie fest, dass dichter Bewuchs, manchmal bis in den Fluss hinein, vorhanden war. Mit wenig Kraftaufwand gelangte Klara weiter. Bald tauchten an dieser Seite des Ufers Dachfirste und Kamine einer Fabrik über den Baumwipfeln auf. Die sich deutlich vor dem Himmel abhebenden Umrisse signalisierten Klara, dass es Zeit war, nach einem Versteck Ausschau zu halten. Als nach einer Weile eine tief über den Fluss reichende Trauerweide ihren Weg kreuzte, ruderte sie kurzerhand darauf zu. Unter dem Baum war der Uferrand morastig und, da unerfahren in diesen Dingen, blieb sie mit dem Kahn in dem aufgeweichten Boden stecken. Sie wog ab, ob die anmutig herabhängenden Zweige genug Schutz böten, fand sie aber, durch den heißen Sommer bereits teilweise entlaubt, nicht dicht genug. Praktisch, wie sie nun einmal veranlagt war, verknotete sie ihren langen Rock zwischen den Beinen, schob ihre Unterhosen nach oben, zog ihre Schuhe aus und stieg, die Befestigungsleine mit einer Hand umklammernd, vorsichtig aus dem Boot. Sofort sank sie knöcheltief ein und schimpfte leise vor sich hin. Glücklicherweise stieg das Gelände leicht an und sobald Klara ein paar Schritte getan hatte, stand sie auf festem Untergrund. Sie konnte sich nun vollends aufrichten und zollte dem riesigen Baum, dessen Größe und Ausmaß sie erst jetzt richtig er-

kennen konnte, Respekt. Durch seine Neigung zum Fluss bildeten die überhängenden Äste ein natürliches Gewölbe. Klara fühlte sich zu der Weide hingezogen, wie zu einem Verbündeten. Und das schien sie tatsächlich zu sein, denn das Tau reichte genau bis zu einer vor ihr liegenden, leicht gewölbten Wurzel. Daran verknotete Klara das Seil in einer Art, dass einem Fischer, geschweige denn Seemann, die Haare zu Berge gestanden hätten. Doch Klara war damit zufrieden. Ermattet stolperte sie bis zum Baumstamm, lehnte ihre Stirn dagegen und weinte hemmungslos. Dieser Gefühlsausbruch verbrauchte den letzten Rest ihrer Kraft und sie sank zu Boden. Dort angekommen, umschlang sie den Stamm mit beiden Armen und flüsterte: »Lass mich unter deinem Dach schlafen und nie mehr aufwachen.« Dann schmiegte sie sich an die kühle Rinde, als wäre der Baum ein lieber Freund.
Doch die Weide kam Klaras Bitte nicht nach. Schon nach kurzer, schlafloser Ruhepause, quälten Muskel- und Magenkrämpfe ihren Körper. Sie setzte sich in die Hocke, schlang die Arme um die Knie und mühte sich, nicht laut zu jammern oder zu schreien. Sicher unter ihrem Schattendach verborgen, konnte sie durch die filigranen Weidengerten auf den Fluss schauen und die auf der Wasseroberfläche tanzenden Lichtflecken verrieten ihr, dass die Sonne inzwischen aufgegangen war. Sollte sie aller Qual ein Ende bereiten und einfach dort hinausgehen? Sie langte mit einer Hand nach hinten und stemmte sich am Baumstamm hoch. Mit leicht gesenktem Haupt schritt sie verhalten zu den herabhängenden Zweigen. Bereits im Begriff sie auseinanderzuteilen und hindurchzugehen, hielt ein lautes Rumpeln sie zurück. Verängstigt floh Klara wieder in den tiefen Schatten. Das Rumpeln kam näher und wurde in allergeringster Entfernung mit einem fröhlichen *‚brrr'* beendet. Verschiedene Geräusche, die Klara nicht sofort und eindeutig zuordnen konnte, drangen unter das Blätterdach.
»So«, eine jung wirkende Männerstimme erklang so unmittelbar hinter Klara, dass sie, mit dem Rücken an den Baumstamm ge-

presst, förmlich erstarrte, »woll'n uns mal eine kleine Rast gönnen, mein Guter.« Tätscheln, begleitet von einem wohligen Schnauben verrieten ihr, dass es sich wohl um einen Bauern oder Knecht mit Pferd und Karren handelte. Weiteres Treiben ließ Rückschlüsse zu, dass der junge Mann zuerst sein Pferd versorgte. Er ließ sich Zeit und redete immer wieder leise und liebevoll mit dem Tier. Aus irgendeinem Grund beruhigte Klara sein Verhalten und sie war fast versucht, hinter ihrem Stamm hervorzutreten. Doch als sie hörte, dass er seinem tierischen Freund mitteilte, er würde sich ein wenig unter der schattenspendenden Weide ausruhen, bevor sie den restlichen Weg bis zum Markt zurücklegten, verließ sie der Mut. Zufrieden seufzend ließ sich der Unbekannte genau auf der anderen Seite des Baumstammes nieder. Deutliche Kaugeräusche und leicht glucksendes Trinken wechselten in ruhiger Abfolge und ohne Eile. Dann war es, abgesehen von dem einen oder anderen sanften Schnauben des Pferdes, so still wie zuvor. Aber etwas anderes irritierte Klara. Sie drehte sich von dem Stamm weg, trat ein wenig zur Seite und versuchte in Richtung des Gespanns zu riechen, sog dann immer heftiger schnüffelnd die Luft ein. Klara war sicher, dass es Blutgeruch war, der ihr so ekelhaft und gleichzeitig verlockend in die Nase stieg. Dort wurde also frisch geschlachtetes Vieh zum Markt transportiert. Plötzlich war sie nur noch von dem Gedanken besessen dorthin zu gelangen um etwas von dem rohen Fleisch zu stehlen. Ganz langsam und vorsichtig äugte sie um den gewaltigen Stamm der stolzen Weide. Dort lehnte der Jüngling und gab, die Beine von sich gestreckt und mit leichtem Lächeln im Gesicht, kleine Schlafgeräusche von sich. Als Klara geduckt an ihm vorbeischlich, schnappte er hörbar nach Luft, verlagerte seine Haltung und - schlief weiter. Einen Moment beobachtete Klara ihn regungslos, aber als er sich nicht wieder rührte, versuchte sie, nicht in die Witterung des Pferdes zu geraten und lief, so leise es ging, hinter den Karren. Die Fracht war ordentlich mit einer Plane bedeckt und Klara hob eine Ecke an. Beinah wurde ihr übel, als sie der Geruch

des toten Schweins mit penetranter Heftigkeit traf. Dennoch zog die Aussicht auf Blut sie magisch an. Darüber, dass das Tier, wie eigentlich üblich und erst recht bei dieser Hitze, nicht lebend zum Verkauf getrieben wurde, wunderte sie sich nur ganz kurz. Vielmehr beschäftigte sie das Problem, wie sie an ein Stück des Fleisches gelänge, schließlich besaß sie kein Metzgergerät. Da fiel ihr ein, dass sie ein Küchenmesser zu ihrem Proviant gepackt hatte. Alles weitere geschah wie unter Zwang; Klara zog die Plane wieder über das geschlachtete Tier, pirschte in geduckter Haltung zum Fluss und ihrem Boot, glitt fast lautlos durch den Uferschlamm, griff ihr Bündel, schnürte es auf und holte das große, mit langer Klinge ausgestattete Messer heraus. Triumphierend hielt sie es in der Hand und kehrte zu dem Objekt ihrer Begierde zurück. Erneut hob sie die Plane und stach, angestachelt von dem Blutgeruch, sofort zu. Doch das Messer rutschte ab und Klara merkte, dass es gar nicht so einfach war, ein Stück von einem mit fetter Schwarte bekleideten Schwein abzuschneiden. Sie säbelte und stocherte und als sie endlich ein Stück rohen, blutigen Fleisches in den Händen hielt, verspürte sie eine diebische Freude. Dann bemerkte sie entsetzt, dass Blut von dem Klumpen heruntertroff, setzte jedoch darauf, dass der Schatten diese Spuren überdeckte. Allzu lange stünde das Pferdegespann allerdings nicht mehr in selbigem und sicherlich wollte der Bauernsohn oder wer immer er war, bald weiterziehen. Somit galt es, einen geeigneten anderen Platz zu finden. Unbemerkt schlich Klara durch das den Karrenweg säumende Baumdickicht, bis es in einen kleinen Wald überging. Als sie sich verborgen genug fühlte, ließ sie sich unter einer schlanken Birke auf dem mit altem und neuem Laub bedeckten Boden nieder und saugte gierig an dem Fleisch.
Irgendwann musste sie eingeschlafen sein und zwar für mehrere Stunden, denn als Klara erwachte, war es in dem Waldstück recht düster. Zerfahren setzte sie sich auf und erstickte einen vor Abscheu entfahrenden Laut. Denn trotz des dämmerigen Umfeldes erkannte sie nah neben sich den Rest eines rohen Stückes Fleisch

auf dem sich Heerscharen von Insekten tummelten. Außerdem irritierten sie der grauenvolle Geschmack in ihrem Mund und ihre klebrigen Finger. Doch mit einem Schlag setzte die Erinnerung ein und Klara wusste nicht, ob das Gefühl des Ekels oder der Scham stärker war. Schnell stand sie auf und suchte sich einen Weg durch die dicht an dicht stehenden Bäume und Sträucher zum Fluss. Starke Äste und sperrige Zweige fügten ihr Kratzer zu, aber das war ihr egal. Als sie den Waldsaum erreichte, wurden die Büsche kleiner. Trauerweiden, wie etwas weiter oberhalb, gab es hier nicht. Also ging sie wieder tiefer in das Dickicht und flussauf, bis sie zu der Stelle kam, an der ihr Boot vertäut lag. Der junge Mann samt Gespann war längst fort und so konnte Klara schnurstracks zum Fluss hinuntergehen. Im Schutz der Trauerweide reinigte sie sich und ihr Kleid, was bei letzterem nicht vollends gelang, denn auf dem hellen Stoff blieben die Blutflecken gut sichtbar. Völlig konfus krabbelte Klara in den Kahn. Mittlerweile stand die Sonne tief im Westen und versuchte, rotglühende Strahlen unter Klaras schützendes Blätterdach zu schicken. Klara duckte sich tiefer ins Boot. Ihr blieb ohnehin nichts anderes übrig, als geduldig auf das Verschwinden des in tiefem Orange leuchtenden Balls zu warten, da der Flusslauf sie genau in den Sonnenuntergang hineinführen würde. In einem anderen, wie ihr schien vor langer Zeit gelebten Leben, hatte sie mit ihrem Ehemann Richard und ihrem Sohn Karl oft am Ufer gesessen, um staunend diesem immer wieder vollkommenen Schauspiel beizuwohnen. Und jetzt verfluchte sie die Szenerie, die ihr die Zeit stahl.

Endlich war das Gestirn hinter dem Horizont verschwunden und Klara stakte das Boot aus dem Schlamm. Schon bald trieb sie wieder mitten auf dem Fluss. Die Nachtstunden vergingen ohne Vorkommnisse, denn Behausungen lagen, wenn überhaupt, weit ab vom Wasser. Klara wunderte sich, dass ihr Körper sich ohne weiteres dem aufgezwungenen Schlafrhythmus anpasste. Sie fühlte sich jedenfalls hellwach, merkte aber, dass sie trotz der warmen Nacht bibberte. Mit einem Mal schlingerte das Boot und Klara spürte mehr, als sie in der nur unzureichend durch die schmale Sichel des beginnenden Vollmondes erhellte Schwärze sah, dass eine gewaltigere Strömung als bisher ihr Reisetempo beeinflusste. Weder wusste Klara, noch erkannte sie, dass ihr heimatlicher Fluss an dieser Stelle in einen größeren Strom mündete und dieser immer stärker Richtung Westen floss, bis er sein Wasser mit dem Meer vereinigte. Für den Moment bestand Klaras Sorge darin, nicht die Orientierung zu verlieren, denn nirgends zeichnete sich ein Uferrand ab. Bemüht, ihre Furcht zu unterdrücken, griff sie beide Ruder fester und manövrierte das Boot, in der Annahme dadurch in der Flussmitte zu bleiben, geradeaus. Sie irrte sich und merkte fast zu spät, dass sie ziemlich schnell auf eine steile Böschung, die zum Teil aus hartem Felsgestein bestand, zuhielt. Obwohl unerfahren, schaffte sie es, nicht mit voller Wucht dagegen zu knallen und stieß sich mit Hilfe eines Ruders längsseits. Trotz des Schreckens war Klara froh, wieder eine Begrenzung neben sich zu haben und setzte, zwar mühevoller als bisher, ihre Fahrt ohne kentern oder anderes Unheil fort. Ihre Arme begannen zu schmerzen und fast freudig begrüßte sie den langsam heraufziehenden Tag, der ein Ausruhen verlangte. Da sie ihre Umgebung nun deutlicher wahrnahm, erkannte sie die Breite des Stromes und auch, dass linker Hand ein Dorf oder eine größere Ansiedlung bis hinunter an den Fluss reichte. Bevor sie noch entscheiden konnte, ob es sinnvoll war dort anzulanden oder besser auf der unbewohnten Seite, führte die Strömung sie um eine Biegung und sie gewahrte etliche Boote und gar größere Schleppkähne, die vor ihr in einem kleinen Hafen dümpelten. ‚Nun', dachte Klara, ‚dazwischen fällt mein Kahn vielleicht gar nicht auf.' Zumal der rechte Uferrand kaum bewachsen war und ihr Boot nicht nur gut sichtbar, sondern auffällig allein dort läge. Ganz zu schweigen von einem schattigen Versteck für sie selbst. Ihr Entschluss beflügelte sie und Klara legte sich ins Zeug, um möglichst schnell an Land gehen zu können. Sie fand ein geeignetes Plätzchen zwischen zwei, an einem oberhalb der Wasserfläche in den Fluss hinausragenden Steg, vertäuten Fischerbooten. Sie befestigte ihr eigenes, wieder recht laienhaft, an einem der Pfosten, von denen der Steg getragen wurde und hob ihr Bündel auf dessen Holzplanken. Dann kletterte sie hinterher; dabei geriet ihr besudeltes Kleid in ihr Blickfeld und sofort wurde ihr klar, dass sie andere Sachen zum Anziehen benötigte. Als Klara dann hochsah, entfuhr ihr ein kleiner Schreckenslaut. Sie starrte in ein anzüglich grinsendes Gesicht mit Augen, in denen Berechnung lauerte. Der Mann, dessen Alter Klara aufgrund des struppigen, ungepflegten Bartes kaum schätzen konnte, machte einen Schritt auf sie zu. Er war barfuß und seine löchrige Kleidung enthüllte mehr von seinem Körper als sie verbarg. Er stank. »Na, mein Täubchen«, der Mann machte noch einen Schritt auf sie zu und verbreitete sein Grinsen, was einige dunkle Zahnstumpen entlarvte, »so früh schon unterwegs ... und so allein?« Blitzschnell grapschte er nach ihr, doch Klara trat genauso schnell zurück. Wieder machte er einen Schritt, Klara ebenso. Als er einen weiteren auf sie zuging, hätte Klara nur noch ins Wasser springen können, denn der Steg war zu Ende und auch so schmal, dass sie an ihrem Peiniger, der jetzt unmittelbar vor ihr stand, nicht vorbeikam. Klara fühlte sich dermaßen bedroht, dass sie sich insgeheim verfluchte, ihr Küchenmesser nach der Säuberung zuunterst in ihr Bündel gepackt zu haben. Jetzt reckte er sich, da Klara ihn mit ihren stattlichen einem Meter sechzig um Haupteslänge überragte, nach oben: »Wir können ins Geschäft kommen, mein Täubchen«, sein lüsternes Grinsen wich einem unerbittlichen, harten Ausdruck, »entweder du oder dein Kahn.« Klara nickte eingeschüchtert. »Aha, beides!«, spie er heraus, dabei hob er sein Gesicht so nah an sie heran, dass Klara vor Grauen beinah in den Fluss gesprungen wäre, doch sie nahm allen Mut zusammen. »Den ... Kahn«. Klara schluckte schwer. »Kluge Entscheidung«, spottete der Mann, nun wieder lüstern grinsend, »doch wie wär's mit einem kleinen Extra, damit niemand erfährt, dass eine ...«, er machte eine gekünstelte Pause, »Dame«, er maß sie von oben bis unten, wich aber keinen Millimeter von ihr ab, »so früh und so …«, wieder machte er, süffisant grinsend, eine kleine Pause, »schmutzig, von wer weiß woher und von welchen Taten kommt?«

Vor Schreck begannen Klaras Knie zu zittern und sie fürchtete einen Moment, in sich zusammenzusinken, aber dann stieß sie ihn mit plötzlich aufflackernder Energie weg, schnappte ihr Bündel und rannte los. Ein wütender Ausruf, gefolgt von einem unmittelbaren Aufklatschen, verrieten ihr, dass es ihr tatsächlich gelungen war, diesen Fiesling ins Wasser zu stoßen. Ihren Vorsprung nutzend, raffte Klara ihren Rock und hastete auf die oberhalb des Ufers stehenden Häuser zu. Rasch verschwand sie zwischen den ersten niedrigen Gebäuden, wobei die heraufziehende Morgenröte sie zusätzlich zur Eile drängte. Vorsichtig, immer darauf gefasst, dass ihr jederzeit ein Fischer oder sonstiger Frühaufsteher begegnen könnte, bewegte Klara sich durch die engen Gassen, bis ein verwildertes Grundstück mit einem verlassen wirkenden Haus ihre Aufmerksamkeit erregte. Schnell huschte sie dorthin und fand, leicht versetzt, einen ebenso verlassen wirkenden Schuppen vor. Dessen unverschlossene Tür quietschte leicht und Klara begnügte sich mit einem Spalt, um sich hindurchzuzwängen. Von innen hob sie die Tür leicht an, so schloss sie sich geräuschlos. Klara ließ ihr zusammengeschnürtes Hab und Gut dahinter fallen und stemmte sich zusätzlich mit ihrem Rücken als Ballast solange dagegen, bis sich ihre Augen an das Dämmerlicht gewöhnten. Währenddessen nahm sie die Gerüche von altem Stroh und abgestandenen Tierausdünstungen wahr. Der aus Fichtenbrettern gezimmerte Stall war fensterlos, was Klara sehr begrüßte, doch die vielen Astlöcher und die durch viele heiße Sommer entstandenen Ritzen zwischen den einzelnen Bohlen ließen genügend Tageslicht hinein, um sich orientieren zu können. Zögernd tappte Klara zur hinteren Wand und die Schatten, die sie von ihrer Position aus bemerkt hatte, entpuppten sich als Gerätschaften. Schnell schleppte sie eine schwere Feldharke und einen robusten Spaten zur Tür und verkantete sie. Vielleicht hielt es Eindringlinge ab, doch wirklich sicher fühlte sie sich nicht. Bei weiterer Inspektion ihres Unterschlupfes entdeckte sie einen Hauklotz, in dem noch das Beil zum Zerspalten des Brennholzes steckte. Es musste von einer kräftigen Person dort postiert worden sein, denn die Schneide saß tief im Holz und es kostete Klara einiges an Mühe, es zu lösen. Danach bollerte sie den Klotz zur Tür, stellte ihn wieder auf und rückte ihn als zusätzlichen Schutz davor. Jetzt untersuchte sie das Stroh und fand einen Teil recht gebräuchlich. Gerade als sie es gegenüber der Tür zu einem Ruhelager aufgestapelt hatte, kamen ihr Bedenken. Bei dieser Lage würde sie sich einem Verfolger wie auf einem Präsentierteller anbieten. Also schleppte sie alles neben die Seite der Tür, auf der diese in den Angeln hing. So lag sie hinter der Tür verborgen, falls jemand diese von außen aufstieß. Sich nach Ruhe und Entspannung sehnend, sackte Klara erschöpft auf das Strohlager nieder.

Doch kein Schlaf brachte Erlösung, im Gegenteil, angsterfüllte Wachträume und die mittlerweile vertrauten Muskel- und Magenkrämpfe malträtierten Klara aufs Neue. Sie wälzte sich unruhig hin und her, bis der Lärm spielender Kinder sie hellhörig machte. Aufrecht sitzend, die Hände auf den schmerzenden Magen gepresst, wartete Klara ab. Wie befürchtet, kam die Rasselbande näher, jemand rüttelte an der Tür. Klara saß wie gelähmt.

»Wat'n, Tür zu?«, quäkte ein helles Stimmchen enttäuscht.

»Vielleicht is' der olle Clausen zurück, wa'?« Eine dunklere Stimme stellte diese Vermutung an.

Eine dritte, sanftere Stimme mischte sich ein: »Kommt, geh'n wir. Krieg eh Ärger, wenn mein' Mutter das 'rauskriegt.«

Klara hörte missmutiges Brummeln und wie zum Trotz rappelte noch mal einer ordentlich fest an der Tür; glücklicherweise löste sich keins der verkeilten Arbeitsgeräte. Die Stimmen ebbten ab, die Bengel suchten sich wohl für den heutigen Tag einen anderen Spielplatz. Dennoch wuchsen Klaras Ängste. Würden ihre Schutzmaßnahmen auch kräftigere Personen abhalten? Allein der Gedanke an diesen furchtbaren Mann vom Steg ließ sie erschauern. Ihm mochte sie auf keinen Fall ausgeliefert sein. Um das Beil, das sie so mühsam aus dem Hauklotz entfernt hatte zu holen, wollte sie schwungvoll aufstehen, stellte jedoch fest, dass sie zu schwach war. So ließ Klara sich zur Seite fallen und stützte sich mit den Armen hoch, machte die wenigen Schritte zu der Axt und zog das schwere Teil an seinem Stiel bis zu ihrer Lagerstatt. Nun stand ihr zwar eine gute, aber für sie kaum zu händelnde Waffe zur Verfügung. Nichtsdestotrotz fühlte sie sich dadurch sicherer und wagte es, sich wieder hinzulegen. Nur flach atmend, um den Schmerz einzudämmen, lauschte Klara den zunehmenden Geräuschen. Während die Dörfler mit ihrem Tagwerk beschäftigt waren, kreisten ihre Gedanken unaufhörlich. Das Boot schrieb sie ab, denn sie wagte nicht, zum Steg zurückzukehren. Obwohl, so heruntergekommen, wie der Dieb ausgesehen hatte, gehörte er womöglich gar nicht zu dieser Gemeinde und fürchtete sich ebenso sehr vor Verfolgung wie sie. Dennoch fand sie es zu riskant, ihre Reise auf diese Art fortzusetzen. Zum Glück besaß sie noch ihr Bündel und somit ihren kleinen Geldvorrat. Irgendwie musste sie an Land weiterkommen, wobei ihr völlig unklar war, wohin sie wollte. Nur möglichst weit weg von ihrem Dorf, dorthin, wo niemand sie aufspürte. Klara grübelte und grübelte; die Gedanken an ihren Sohn aus ihrem Hirn zu verbannen, kostete sie unglaubliche Energie.

Endlos langsam verrannen die Stunden, die sich Klaras seelischen und körperlichen Schmerz teilten. Dann, endlich, fiel kaum noch Licht durch die Ritzen. Müde stand Klara auf und räumte leise ächzend die Sicherheitsvorkehrungen von der Tür. Niemand war mehr in die Nähe des Schuppens gekommen und mittlerweile war auch das Geschwätz der Erwachsenen und Getobe der Kinder, das im Sommer entsprechend lang andauerte, fast gänzlich verstummt. Klara hatte diese Zeit, in der der Tag in den Abend überging und sich eine milde Ruhe einstellte, immer als besonders friedlich empfunden und genossen. Vorbei. Klara riss sich zusammen, öffnete behutsam die Tür und spähte hinaus. Da sie weder rechts noch links jemanden entdecken konnte, legte sie die Distanz zwischen Schuppen und Gasse schnell zurück. Auch hier war alles ruhig und Klara gelangte an der nächsten Ecke auf einen breiten Weg. Stark ausgefahrene Karrenspuren deuteten darauf hin, dass diese Straße zum nächsten Dorf führte und Klara folgte ihr. Sie war noch gar nicht lange unterwegs, als die Umrisse von ein- bis zweistöckigen Gebäuden und der unvermeidliche Kirchturm einer Ansiedlung vor ihr auftauchten. So bald hatte Klara nicht mit dem Erreichen der Ortschaft gerechnet und sofort hielt sie Ausschau nach möglichen Verstecken; dennoch ging sie, für ihre Schwäche relativ zügig, auf die Bebauung zu. Unbehelligt gelangte sie zu den ersten, aus solidem Stein errichteten Häusern und als sie die leere Straße entlangging, fielen ihr gleich mehrere Geschäfte auf. Leicht gebeugt stahl Klara sich an der Bäckerei, dem Lebensmittelgeschäft und dem Metzgerladen vorbei. Aus letzterem drangen noch Geräusche emsiger Tätigkeit und Klara beeilte sich, trotz ihres Bedürfnisses nach blutiger Nahrung, ungesehen weiter zu kommen. Fast hatte sie das Ende der Straße erreicht und wollte in eine der schmaleren Gassen einbiegen, da erblickte sie über der Eingangstür des vor ihr liegenden Hauses das baumelnde Blechschild eines Schneiders. Sich bedächtig umschauend, trat sie vor das Fenster. Es war etwas größer als normal und diente wohl dazu, den Kunden die eifrige Arbeit des Schneiders zu offenbaren, denn dieser saß, von draußen gut sichtbar, vor einer Petroleumlampe und nähte. Klara trat dicht neben das Fenster und riskierte einen weiteren Blick. Der Auftrag schien eilig, denn es handelte sich um Witwenkleidung. Witwenkleidung! Klara hatte lange Zeit nach Richards Tod Trauer getragen, dann aber, mit Rücksicht auf ihren Sohn, wieder zu normaler Kleidung zurückgefunden. Aber in ihrer jetzigen Situation war es hilfreich, denn einer Witwe, wenn sie ihre Trauer nach außen entsprechend vermittelte, stellte keiner zu viel Fragen. Außerdem sah man Flecken nicht so gut auf schwarz. Natürlich reichte ihre Zeit nicht für eine Anfertigung und wie sollte sie außerdem erklären, dass sie von auswärts kam und diese Garderobe hier bestellen müsse? Da kam ihr eine Idee. Sie nahm allen Mut zusammen und klopfte an die Scheibe. Der Schneider hob nur kurz den Kopf und rief etwas über seine Schulter. Schon kam eine untersetzte gemütlich wirkende Frau aus den hinteren Räumen und öffnete die Tür. Klara hoffte inständig, dass bei der einzigen Lampe, die ja zudem nah beim Schneider stand, ihr Aussehen nicht weiter auffiel.

»Guten Abend!« Klara legte ihren ganzen Charme in die Begrüßung.
»N'abend«, erwiderte die Frau mit Neugier in der Stimme, »womit können wir dienen?«
»Ich bin auf der Durchreise«, das entsprach der Wahrheit, doch der nächste Teil verlangte Klara, die niemals log, alles ab, »ich erhielt die traurige Nachricht ... dass mein M...«, Klara nuschelte, »gestorben ist und da brauche ich ...«
»Wer ist gestorben?«
»Mein ... Mann!« Jetzt war es heraus und im Grunde entsprach es ja der Wahrheit.
»Meine Güte, Sie Ärmste, so jung und schon Witwe! Kommen Sie, kommen Sie. Ich mache Ihnen einen Tee, ja?«
Die Frau des Schneiders war die Fürsorge und das Mitleid in Person. Klara kam sich mehr als schäbig vor.
»So eine Tragik. Hast du das gehört?«, wandte sich die Frau an ihren ungerührt weiterstichelnden Mann. Der hob wieder nur kurz den Kopf und Klara sah, dass er ihr nicht glaubte. ‚Ein kluges Schneiderlein', dachte sie.
»Ich geh' dann mal Wasser aufsetzen«, sprach die wohlmeinende Gattin und eilte zurück in die hinteren Räumlichkeiten. Mit dem Schneider allein gelassen, fühlte Klara sich sichtlich unwohl. Sie hielt ihr Bündel unter den rechten Arm geklemmt und drehte sich zum Fenster.
»Was brauchen Sie denn?«

Überrascht wandte Klara sich um. Der Schneider sah sie, ohne Böswilligkeit im Blick, offen an.
»Eine … eine komplette Ausstattung. Mit Hut, Schleier, Handschuhen, aber es gibt da ein Problem …«
Er sagte nichts, sondern wartete nur.
»Ich bin sehr in Eile und eine extra Anfertigung …«, den Rest der Erklärung blieb sie schuldig. Klara kämpfte gegen den ihr peinlichen Vorschlag an. »Vielleicht haben Sie etwas Gebrauchtes und ein paar Änderungen«, sie schluckte hart, bevor sie ihre Bitte vorbrachte, »könnten dann schneller oder sofort erledigt werden?«
Der Schneider legte seine Näharbeit zur Seite und stand auf. Klara bemerkte, dass er groß und schlank war, obwohl sein Beruf ihm schon einen runden Rücken eingebracht hatte. Er streckte sich und rieb, mit den Armen über Kreuz, seine schmerzenden Schultern.
In einer Ecke des Raumes stand eine Truhe, in der Klara Stoffe vermutete. Als der Schneider sie öffnete, entpuppte sie sich als wahre Schatzkiste, denn er zauberte flink mehrere schwarze Kleidungsstücke hervor. Er hielt sie sich zur Begutachtung vor die Augen und wählte dann, ohne Klara zu fragen, etwas aus.
»Gehen Sie nach hinten und ziehen Sie es an. Dann sehen wir weiter.«
Bevor Klara die Sachen von seinen ihr entgegengestreckten Armen nahm, fiel ihr siedend heiß etwas ein und sie erklärte hastig: »Selbstverständlich kann ich alles bezahlen … auch einen Zuschlag für schnelle Erledigung.«
Wieder sah der Schneider sie nur an und Klara beeilte sich, in den angewiesenen Raum, der sich als das Schlafzimmer des Ehepaares entpuppte, zu entschwinden. Hier entledigte sie sich schnell ihrer schmutzigen Sachen und hüllte sich in die schwarzen Kleider. Sie konnte es kaum fassen, aber der Sitz war perfekt. Ein Mieder, das hochgeschlossen und mit einem Stehkragen versehen war, ging in der Taille in einen angemessen weiten, bodenlangen Rock über. An den schmalen langen Ärmeln säumte eine edle Spitze den Rand und

reichte ein paar Zentimeter über die Handrücken. Diese Garderobe hatte mit Sicherheit einer wohlhabenden Dame gehört. Ein wollenes Umschlagtuch, Spitzenhandschuhe und eine Haube, die das Gesicht durch einen überstehenden Rand rundum züchtig im Schatten hielt, bildeten eine würdevolle Ergänzung. Klara begutachtete sich in dem leicht blinden Spiegel über der Schlafzimmerkommode; trotz der vornehmen Ausstattung verliehen ihr die tiefen Ringe unter den Augen und die ungesunde Blässe ein krankhaftes Aussehen. Aber auch das war für eine Witwe nicht ungewöhnlich. In stummer Verzweiflung zupfte Klara einige Spitzen zurecht. Sie starrte ihr Spiegelbild noch einen Moment lang an. Wer oder was war sie eigentlich? Entmutigt wandte sie sich ab, um ihre ausgediente Kleidung zusammenzulegen. Indem sie auf das Kleider- und ihr Reisebündel schaute, fand sie es mehr als unpassend, mit solcher Art Gepäck durch die Lande zu ziehen. Erst einmal nahm Klara beides auf und trat mit nachdenklich in Falten gelegter Stirn in den Nähraum. Hier hockte der Schneider bereits wieder über seiner Arbeit und seine Frau, die gerade eine dampfende Tasse Tee hereinbrachte, blieb auf der Stelle stehen und brachte nur ein erstauntes: »Oh!«, hervor. Dann fasste sie sich. »Meine Güte, wie für Sie gemacht. Wirklich, wie 'ne Dame ... ehem ... also ich meine, es passt Ihnen gut, ja ...« Verlegen reichte sie Klara den Tee, den diese mit einem dankbaren Lächeln entgegennahm. Kaum hatte Klara die Tasse zum Mund geführt, revoltierte ihr Inneres gegen den eigentlich angenehmen Geruch und sie fürchtete, sich übergeben zu müssen. Sie tat so, als tränke sie einen Schluck. »Mmh, köstlich, aber noch etwas heiß. Kann ich die Tasse einen Moment abstellen?«
»'türlich, bitte, setzen Sie sich ruhig einen Augenblick.«
Beflissen zeigte die herzliche Frau auf einen Stuhl.
»Danke, sehr freundlich, aber ich muss weiter«, lehnte sie ab, obwohl sie sich gern ausruhen würde, denn ihre Beine trugen sie fast nicht mehr. Darauf bedacht, ihre Schwäche zu vertuschen, fragte sie

den Schneider: »Was, bitte, bekommen Sie für diese einwandfreie Kleidung?«
Wieder maß der Mann sie und diesmal hielt sie seinem eindringlichen Blick stand bis seine Augen zu ihren Bündeln, die sie unter dem linken Arm hielt, wanderten. Es war, als verstünden sie sich ohne Worte, denn er erhob sich, griff unter den Tisch und holte eine zwar gebrauchte, aber gepflegt aussehende Reisetasche aus Leder hervor.
»Diese gehört noch zur Ausstattung dazu.«
Mit einem Klacken schnappten die Messingverschlüsse hoch und er hielt die Tasche auf, so dass Klara ihre Packen hineinlegen konnte. Dann nickte er. Ein erstaunlicher Mensch. Zu einer anderen Zeit hätte Klara ihn gern näher kennengelernt um zu ergründen, woher diese Weisheit und Menschenkenntnis rührte. Und auch, um zu erfragen, von wem die Kleider stammten. Stattdessen fragte sie noch einmal: »Wie viel bin ich schuldig?«
Die Eheleute tauschten einen Blick. Er setzte sich wortlos hinter den Tisch und nahm seine unterbrochene Tätigkeit wieder auf. Seine Frau eilte auf Klara zu, zog sie mit einer gutgemeinten Umarmung an ihren weichen Busen und sagte: »Wir beide wünschen Ihnen alles Gute. Möge Ihnen kein weiteres Unheil zustoßen!«
Von soviel Güte und Entgegenkommen überrascht, rang Klara nach Worten.
»Dan-ke!«, brachte sie mühsam hervor, »aber ...«, sie stockte, dann sammelte sie sich, »ich kann das nicht annehmen. Bitte, erlauben Sie mir ein geringfügiges Geldgeschenk!«
Statt einer Antwort erhob sich der Schneider erneut und kam um den Tisch. Er baute sich vor Klara auf. »Wie wollen Sie weiterreisen? Zu Fuß?«
Bevor Klara eine Antwort stammeln konnte, fasste er, nachdem er wieder einen einvernehmlichen Blick mit seiner Frau gewechselt hatte, ihren Arm und führte sie in die hinteren Räume, durch einen dunklen Flur und zu einer Tür hinaus auf einen Hof. Klara ließ alles

geschehen. Nachdem ihr Helfer noch eine Laterne entzündet hatte, die er allerdings recht niedrig hielt, um lediglich den Weg auszuleuchten, verließen sie den eingefriedeten Bereich und gelangten durch ein Schlupftor in eine schmale Gasse. Fast lautlos bewegte sich der Schneider vor Klara durch ein Gewirr dunkler Wege, deren Oberflächen hart und holprig waren. Klara, die ihren kostbaren Rock mit beiden Händen anhob, wobei die voluminöse Reisetasche hinderlich war, ertappte sich für den Bruchteil einer Sekunde bei dem Gedanken, ob es nicht ein Fehler war, diesem Fremden so vorbehaltlos zu folgen. Doch bevor sich weiteres Misstrauen in ihrem Kopf festzusetzen vermochte, schalt sie sich; wie der Spiegel im Schlafzimmer ihr noch vor wenigen Minuten gezeigt hatte, wirkte sie selbst nicht gerade wie das Vertrauen in Person. Von diesem kurzen Gedankenspiel abgelenkt, bemerkte Klara fast zu spät, dass der Schneider vor einer kaum erkennbaren Holzpforte stehengeblieben war und konnte noch gerade ihren Schritt anhalten.

Er klopfte in einem bestimmten Rhythmus, neigte seinen Kopf lauschend der Tür entgegen und löschte die Laterne. Völlige Schwärze umgab sie. Nach einem kurzen Moment hörte Klara, dass die Tür ein wenig aufgezogen wurde und sofort flüsterte der Schneider: »Hier ist eine unglückliche Witwe, die ob ihres Kummers unbehelligt zu reisen wünscht.«

Klara erstaunte die Ausdrucksweise des Schneiders und ein weiteres Mal bedauerte sie, wohl nie etwas über sein Leben zu erfahren.

»Hast Glück«, schnarrte eine raue Stimme, »noch'n Platz frei. Geht nach Kalä.«

»Calais?«, fragte der Schneider nach.

»Sag ich doch!«, kam brüsk und ungehalten die Antwort.

Klara, deren Augen sich mittlerweile an die Dunkelheit gewöhnt hatten, nickte dem Schneider, der seinen Kopf fragend nach ihr umwandte, bejahend zu, nicht ahnend, wo genau das Reiseziel lag.

»Die Dame würde sich gern anschließen«, vermittelte der Schneider.

Daraufhin wurde die Holztür so weit geöffnet, dass sie hindurchschlüpfen konnten. Erstaunt blickte Klara sich um. Sie stand in einem großen Hof; rechter Hand fiel Licht durch ein kleines Fenster und sie bemerkte einen dunkel gekleideten Mann, der in dem Raum dahinter unruhig auf und ab ging. Geradeaus sah sie Fackeln neben einem großen Doppeltor hinter dem sie Stallungen vermutete. Weiter links stand eine wuchtige, durch die zuckende Beleuchtung gespenstisch wirkende Kutsche. Jetzt wandte Klara ihre Aufmerksamkeit dem Mann zu, der sie hineingelassen hatte. Trotz des schwachen Lichts entging ihr der verschlagene Blick des kleinen, leicht buckligen Mannes nicht und eine Gänsehaut kroch über ihren Rücken. Sie hoffte inständig, dieser Kerl wäre nicht der Kutscher. Hilfesuchend blickte sie den Schneider an. Er hatte sie beobachtet.
»Wann fährt Johannes los?«
Klara lächelte in sich hinein. Wie klug dieser Mann doch war und wie sensibel.
»Gleich«, antwortete der Bucklige und griente abschätzend in Klaras Richtung, »wenn se bezahlen kann. Sonst«, er trat näher, »kann se hier arbeiten bisse de Moneten zusammen hat.«
Bei seiner eindeutigen Geste, welche Leistungen er in diesem Fall erwartete, sog Klara ungehalten, und entsprechend geräuschvoll, die Luft ein.
»Wie viel?«, kam der Schneider zum Wesentlichen, stellte sich schützend vor Klara und verhinderte dadurch, dass sie den Buckligen angiftete und auf der Stelle kehrt machte. Als dann die Summe genannt wurde, zuckte Klara zusammen, erhielt aber immerhin eine Erklärung.
»Is' 'ne weite Fahrt, da sind Schlafgelegenheiten und Zollbeamte zu berappen, Futter für die Gäule, ein Gefahrenzuschlag für den Kutscher«, er legte den durch den Buckel stets schiefen Kopf noch schiefer, »und die Vermittlungsgebühr.«
Seinen Wunsch, Klara sei nicht in der Lage, sich diese Ausgaben leisten zu können, sah man ihm an. Tatsächlich blieb Klara dann

nicht mehr viel von ihren Ersparnissen und sie war mehr als dankbar, dass der Schneider und seine Frau kein Geld von ihr genommen hatten. Wahrscheinlich wussten sie, was auf sie zukommen würde.

»Wer bekommt das Geld?«

Mit Genugtuung sah Klara, wie sich das Gesicht dieses Widerlings verdüsterte. Und noch größere Freude bereitete ihr der Umstand, dass wie auf Kommando eine hagere Frau aus dem Haus trat, sofort auf sie zueilte und mit hartem Ton forderte: »Fahrgeld kassiere ich!« Klara drehte den beiden den Rücken zu, während der Schneider wieder die Laterne entzündete und ihr leuchtete, damit sie in der geräumigen Reisetasche das gut versteckte Geld fand. Sie zählte den Betrag ab und versuchte zu verhindern, dass der Schneider mitbekam, wie wenig dann nur noch in der Börse verblieb und auch, wie die immer heftigeren Krämpfe sie schüttelten. Als sie hoch sah, war eindeutig, dass er genau um ihre Situation wusste. Schnell legte Klara der Frau den Betrag in die ungeduldig verlangende Hand.

»Setzen Sie sich gleich 'rein«, ihr Kinn wies zu der Kutsche, »Johannes kommt schon.«

Mit diesen Worten ging sie einem großen, knochigen Mann, der zwei Pferde aus dem geöffneten Doppeltor führte, entgegen. Sie übergab ihm einen, wie es Klara schien, nur geringen Teil des eben eingenommenen Geldes. Der Kutscher nahm es ohne nachzuzählen und trottete mit den Tieren weiter, um sie ins Geschirr zu spannen.

»Komm!«, herrschte die geschäftstüchtige Alte ihren buckligen Ehemann an, der ihr, mit einem letzten wollüstigen Blick auf Klara, unwillig ins Haus folgte.

Noch einmal wandte Klara sich dem Schneider zu. Ihr Geld war bis auf eine winzig kleine Summe weg und sie stand im Begriff, ihre Heimat und *ihren Sohn*, für immer zu verlassen. Obwohl sie diese Entscheidung vor vielen Stunden getroffen hatte, erkannte sie es mit einer Endgültigkeit, die ihr die Kehle zuschnürte. Während sie mit diesen Gefühlsaufwallungen kämpfte, stellte der Schneider die

Laterne hart auf den Boden und löste eine ihrer verkrampften Hände von dem Griff der Reisetasche. Er nahm sie zwischen seine beiden und die Wärme durchströmte Klara sanft und wohltuend. In seinen Augen las sie alles Ungesagte. Als Klara merkte, dass die Tränen immer höher stiegen, entzog sie ihm ihre Hand und dankte ihm mit einem letzten stummen Blick. Fest packte sie die Tasche und ging entschlossen zu dem Gefährt, das sie in eine ungewisse Zukunft bringen würde.

In der ersten Nacht nahm sie von den Mitreisenden kaum Notiz. Vielmehr war Klara bemüht, ihre Krämpfe und die damit einhergehende Schwäche unter Kontrolle zu halten. Obwohl nur eine wenig Licht spendende Lampe neben dem Kutschbock baumelte, umfuhr Johannes jedes Schlagloch, indem er leise auf seine Pferde einredete. Dennoch war das Schaukeln und Ächzen der Fahrgastkabine eine Tortour, denn als Klara in die Kutsche geklettert war, stellte sie fest, dass sie zwar klotzig, aber aufgrund des Alters und nachlässiger Wartung mehr als marode war, unzureichende Federung eingeschlossen. Gegen Morgen bog Johannes in einen aus aneinandergereihten Unebenheiten bestehenden Feldweg, was allen Reisenden schwer zu unterdrückendes Stöhnen entlockte. Endlich gelangten sie in eine Scheune, deren Tore sofort geschlossen wurden, kaum, dass die Pferde still standen. Mit zerknautschter Garderobe verließen sie nacheinander, ohne dass jemand ein Wort sprach, ihr Gefährt. Pieksendes Stroh, auf einem einzigen Haufen liegend, diente als Lager und als Verpflegung standen Kannen mit Milch und in Scheiben geschnittenes Brot, dessen Seiten sich nach oben bogen, bereit. Der dunkel gekleidete Mann, den Klara vor der Abreise durch das Fenster gesehen hatte und der in der Kutsche den Platz neben ihr einnahm, stapfte in die hinterste Ecke, schob ein wenig Stroh zur Seite und legte sich, ihnen allen den Rücken zukehrend, hin. Die beiden anderen Mitreisenden waren hinter der Kutsche verschwunden, Johannes versorgte die Tiere und die unsichtbare

Person, die das Tor geschlossen hatte, blieb unsichtbar. So nahm niemand von Klara Notiz, als sie behutsam an der wenig einladenden Ruhestatt vorbei zur Seitenwand der Scheune ging. Wie vermutet, befand sich hier eine Tür. Sie war nur angelehnt und Klara drückte sie vorsichtig auf. Dahinter befand sich ein dunkler Lagerraum, angefüllt mit aufgestapelten Kisten und unterschiedlichsten Gerätschaften. Klara schlängelte sich, bemüht nichts umzustoßen oder sonst ein Geräusch zu verursachen, bis zu einer weiteren Tür hindurch. Lauschend legte sie ein Ohr an das grob gezimmerte Holz. Da alles ruhig schien, öffnete Klara beherzt auch diese Tür und siehe da, sie stand in der Küche des Anwesens. Blutgeruch stieg ihr in die Nase und mit sicherem Gespür ortete sie die Quelle. Im hinteren Bereich warteten auf einem großen Holztisch zwei geschlachtete Hühner auf ihre weitere Verwendung.

Wie beim ersten Mal, als sie sich solcher Nahrung bediente, war Klara voller Ekel vor sich selbst, fühlte sich aber gestärkt. Das Zittern ihres Körpers ließ nach und sie fühlte sich in der Lage, den anderen wieder entgegenzutreten. Selbstbewusst kehrte sie in die Scheune zurück und richtete gleich neben der Kutsche einen kleinen Haufen Stroh für sich. Leider mied sie der Schlaf; stattdessen lösten sich eingebildete Szenen von Scheiterhaufen, auf denen als Hexen bezichtigte Frauen brannten mit realen Erinnerungen an einen Knaben, der am Fluss spielte, ab. Ein junger Mann kam von der Arbeit heim, wirbelte sie herum, sie lachten und scherzten. So ging es in kunterbunter Reihenfolge Stunde um Stunde.

Als Johannes sie endlich zur Weiterfahrt aufforderte, war es eine einzige Erlösung. Trotz dieser alptraumhaften Wachstunden fühlte Klara sich genug bei Sinnen, die anderen näher in Augenschein zu nehmen. Ihr gegenüber saß ein höchstens sechzehnjähriges, fast unaufhörlich kicherndes Mädchen, das sich mehr als aufreizend an den wesentlich älteren Herrn neben ihr schmiegte. Die Wohlhabenheit des Mannes war ebenso augenscheinlich wie die niedere Herkunft seiner Geliebten. Dass ihre Liaison nicht ohne Folgen geblieben war, zeichnete sich deutlich an dem Leibesumfang des Mädchens ab. Klara kochte vor Zorn mit ansehen zu müssen, wie dieser edle Herr ab und an herablassend seine Begleiterin tätschelte oder ihr einen hochmütigen Blick gönnte. Zu Hause spielte er wahrscheinlich den achtbaren Bürger und damit es so blieb, musste er das gutgläubige Ding während dubioser Nachtfahrten über die Grenze schmuggeln. Wer weiß, was sie dann, allein und hilflos ihrem Schicksal ausgeliefert, erwartete. Denn Klara hegte keinen Zweifel, dass dieser hochnäsige Mensch sich mir nichts, dir nichts davonstehlen würde.

Klaras düstere Gedanken wurden abgelenkt, als Johannes ohne Vorwarnung mitten auf offener Strecke hielt und mit der Laterne Signale gab. Ihr hohlwangiger, ansonsten stocksteif dasitzender Reisenachbar schob mit einer erstaunlich raschen Bewegung seine sorgfältig gehütete Aktentasche unter die Sitzbank; ihr Inhalt schien nicht für jedermanns Interesse bestimmt. Hufgetrappel hallte gespenstisch laut durch die Nacht und je näher es herankam, umso stärker breitete sich in der Kabine Unbehagen aus. Die Kutschpferde schnaubten und trampelten auf der Stelle, als ein einzelner Reiter sie erreichte und sich neben dem Bock postierte. Draußen wurde kaum gesprochen, lediglich das Klimpern von Münzen verriet, was geschah. Kurz darauf schnalzte Johannes und die Pferde setzten sich in Trab. Als für einen kurzen Moment der Reiter neben dem Fenster sichtbar wurde, erschrak Klara zutiefst. In seiner Uniform, den riesigen Vorderlader auf den Knien, wirkte der Fremde furchteinflößend. Noch nie zuvor hatte Klara über Zollbeamte nachdenken müssen oder darüber, dass sie Papiere benötigte, die ihr Grenzüberschreitungen gestatteten. Aber die Nervosität ihrer Mitreisenden, insbesondere die Anspannung, unter der ihr Sitznachbar stand, beruhigten Klara. Von dieser Reisegruppe drohte kein Verrat.

Ohne weitere Aufenthalte rumpelten sie dem Morgen und somit der nächsten Rast entgegen. Beim Anblick des heruntergekommenen Stalls, den man ihnen zumutete, hob das junge Mädchen zu einer

Schimpftirade an. Ihr zahlungskräftiger Begleiter sah sich veranlasst, sich fragend an Johannes zu wenden.
»Nein, mein Herr«, der Kutscher erwies sich als ausgesprochen höflich, wobei Klara, die ebenfalls die Kutsche verlassen wollte, aber an den dreien nicht vorbeikam, einen durchaus ironischen Unterton heraushörte, »da hilft Ihnen keine noch so dicke Geldbörse. Von nun an werden die Unterkünfte immer weniger komfortabel. Es bleibt Ihnen unbenommen, die Reise abzubrechen.«
In dem ihr seitlich zugewandten Gesicht des noblen Herrn spiegelte sich beherrschte Wut. Nonchalant nahm er, während er beschwichtigend auf seine junge Freundin einredete, deren Arm und führte sie tiefer in den muffigen Raum. Klara war es nun möglich auszusteigen und sie folgte den beiden. Auch für sie war ein vor Schmutz starrender Schuppen kein Ort, um sich von den Strapazen der Nacht zu erholen, aber insgeheim konnte sie nicht verhehlen, dass sie es diesem Herrn gönnte. Johannes schien ähnliches zu empfinden; er stand lächelnd da und pfiff zufrieden vor sich hin. Trotzdem entgingen Klara die tiefen Furchen, die seinen Mund einrahmten, nicht. Sie verliehen ihm ein älteres Aussehen. Diese Fahrten, auf die er sich höchstwahrscheinlich einließ, um eine vielköpfige Familie zu ernähren, bargen stets ein hohes Risiko und das blieb nicht in den Kleidern hängen. Aber das war nicht ihr Problem.
Wieder blieb Klara schlaflos und, aus Mangel an Gelegenheit, gänzlich ohne Nahrung. Ihr Körper strafte sie wie gewohnt mit Krämpfen und verminderter Fähigkeit, die Dinge um sich herum wahrzunehmen. Klara gehorchte in den folgenden Nächten und Tagen nur mechanisch dem Wechsel zwischen Weiterreise und Ruhepausen. Sie wurde immer lethargischer. Bald fehlte ihr jedes Zeitgefühl, sie vermochte nicht nachzuvollziehen, wie lange sie unterwegs war. Die anfänglich so propere und gut sitzende Witwenkleidung schlotterte um ihren Körper und starrte vor Dreck; zudem haftete ihr, was sie mit den anderen Reisenden verband, ein unangenehmer Geruch an. Manchmal nahm sie etwas Wasser und Brot zu sich; sie behielt es

im Magen, wusste aber, dass sie auf Dauer so nicht überleben würde.

In der letzten Nacht, Johannes hatte sie darüber informiert, dass sie ihr Ziel gegen Morgen erreichten, wurde Klara noch auf eine besonders harte Probe gestellt. Bei dem jungen Mädchen löste das nächtelange Rütteln der Kutsche Blutungen aus. Sie stöhnte und weinte. Bisher waren alle tunlichst darauf bedacht, nur mit sich selbst beschäftigt zu sein und die ganze Zeit über war untereinander kaum ein Wort gewechselt worden. Doch jetzt bat der Herr Klara, da sie als reifere Frau sicher Erfahrung in diesen Dingen habe, seiner Geliebten beizustehen. Obwohl Klaras Inneres rebellierte, stimmte sie zu und wies ihn an, den Kopf des Mädchens auf seinen Schoß zu betten, damit sich die Bedauernswerte auf die Bank legen könne. Dann rollte sie deren Umschlagtuch zusammen, schob es ihr unter die Waden und brachte damit ihre Beine in eine erhöhte Lage. Tatsächlich spürte die Kleine wohl Erleichterung, denn sie sah Klara dankbar an und das Stöhnen ließ nach. Klara hingegen stieg der Blutgeruch derart unerbittlich in die Nase, dass dunkelste und übelste Wünsche aus den Tiefen ihres Unterbewusstseins an die Oberfläche gelangten. Über sich selbst erschüttert und um dem unerklärlichen Verlangen zu entkommen, wäre Klara am liebsten schreiend aus der Kutsche gesprungen. Mit unglaublicher Selbstbeherrschung setzte sie sich auf ihren Platz, schloss die Augen und überließ sich den dumpfen Nebelschwaden, die durch ihr Hirn zogen.

»Madame!«, sacht berührte jemand ihre Schulter, »Madame ...«, die Frauenstimme sprach weiter, doch Klara verstand sie nicht, »... malade?« Endlich schaffte sie es, die Augen zu öffnen und sich aufzusetzen. Verschwommen erinnerte sie sich daran, dass Johannes sie vor Morgengrauen in einem elenden Hafenviertel abgesetzt und ihnen allen eine erfolgreiche Weiterreise gewünscht hatte. Sofort zerstreute sich die Gruppe und Klara hatte sich hinter stattlichen Holzfässern, die zum Glück ganz in der Nähe standen, verkrochen.

Hier saß sie also und sah einer Fremden, die sich über sie beugte, in tiefgründige Augen.
»Please, let me help you, Madam«, versuchte es die Frau erneut.
»Ich ...«, es war nur ein Krächzen, »... ver-schteh... nicht.«
Hilflos schüttelte Klara den Kopf, es gelang ihr nicht, sich deutlich zu artikulieren.
»Gut, jetzt haben wir ja eine Sprache gefunden, in der wir uns verständigen können«, war die verblüffende Antwort.
Klara versuchte zu lächeln. Doch das Lächeln erstarb sofort, als Klara hinter der Unbekannten die aufgehende Sonne entdeckte. Sie duckte sich verschreckt und versuchte, ihre Reisetasche fest umklammernd, noch tiefer zwischen die Fässer zu kriechen.
»Nicht doch«, die Frau hielt sie zurück, »wir müssen hier weg«, schnell sah sie sich nach allen Seiten um, »selbst in diese entlegene Ecke kommen Hafenarbeiter. Außerdem benötigen Sie dringend Hilfe.« Ohne eine Erwiderung abzuwarten, zog sie Klara in die Höhe. »Ich stütze Sie«, fest legte sich ein Arm um Klaras Taille, »Freunde von mir wohnen in der Nähe und ich kenne Wege, auf denen Ihnen die Sonne nichts anhaben kann.«
Woher wusste diese Fremde, dass sie die Sonne meiden musste? Wenn sie ihr Wesen erkannte, wieso floh diese Frau nicht vor ihr? Klara lächelte glücklich; ihr immer stärker umnebeltes Hirn schickte ihr also kurz vor dem Ende noch einen schönen Traum. Es war angenehm, auf diese Weise von ihrem Leiden erlöst zu werden.

# Kapitel 1

Der drahtig wirkende Mann stieg blitzschnell in den Fond, warf eine schwarze Leinentasche neben sich und gab ihm ohne Gruß seinen Zielort an. Normalerweise hätte er sich über die lohnende Fahrt vom Flughafen bis zu der gut dreißig Kilometer entfernten Adresse gefreut, vor allem, da der heutige Abend noch nicht viel eingebracht hatte, stattdessen sträubten sich ihm die Nackenhaare. Mit diesem Fahrgast war noch etwas anderes eingestiegen, etwas, das ihm Angst einflößte. Während er versuchte, der Taxizentrale mit ruhiger Stimme seine Tour zu melden, riskierte er einen Blick in den Rückspiegel. Kalte Augen in einem kantigen Gesicht starrten ihm entgegen, graumelierte, kurz gestutzte Haare verstärkten den Eindruck von Gewaltbereitschaft. Diesen alterslosen Mann umgab eine Aura des Bösen. Liebendgern hätte er ihn zum Aussteigen veranlasst, was er indes nicht wagte. Mit schwitzenden Händen fuhr er los und brachte die Strecke schweigend hinter sich.
Genüsslich den Angstschweiß seines nervösen Chauffeurs witternd, lehnte Boris zufrieden in den komfortablen Polstern. Am Ende der Fahrt legte er den abgezählten Betrag mit einem fast freundlichen Grinsen in dessen zittrige Hand. Kaum war Boris ausgestiegen, hörte er, wie mit einem Klacken die Türen verriegelt wurden. Soviel Furcht! Beschwingt überquerte er die Straße.
Seine gute Laune schwand umgehend, als ihm das große Einfahrtstor von Schloss Stiemheim förmlich vor der Nase zuschlug und ihm den Zutritt verwehrte. Sofort verbarg er sich unter den prächtigen Laubbäumen vor der Mauer. Boris trug trotz der sommerlichen Jahreszeit einen schwarzen Rollkragenpullover, dazu eine enganliegende schwarze Jeans sowie schwarze Lederschuhe mit flexiblen, leisen Sohlen. Seine bleichen Hände tarnte er mit schwarzen, samtweichen Lederhandschuhen. So war er für einen flüchtigen Betrachter kaum wahrnehmbar. Es hielt ihn allerdings nicht lange in dieser

wartenden Position; nach nur wenigen Minuten schlich er, längs der Außenmauer, suchend um das Anwesen. Immer fand sich ein Zugang, natürlich auch hier.

Aus einem geöffneten Fenster oberhalb eines Anbaus fiel warmes Licht. Boris konnte es kaum fassen, dass ihn gleich daneben ein Mauerbogen ungehindert auf das ansonsten so gut geschützte Grundstück ließ. Er huschte an dem niedrigen Gebäude, das sich als Garage entpuppte, entlang. Boris war gut in Form und somit schnell auf dem flachen Dach. Durch das Fenster klang eine fröhliche Melodie, gesungen von einer unverkennbar jungen Frauenstimme. Überglücklich rieb er sich die Hände, pirschte bis unter die Brüstung und lauschte. Als die Stimme eine Nuance leiser wurde, da sich die Person wahrscheinlich vom Fenster wegdrehte, lugte er hinein. Da stand sie und er konnte sie von der Seite betrachten. Weiße Haut, junge Haut, Haare wie Feuer. *Pulsierendes Blut.* Solch ein schönes Menschenkind. Innerlich stöhnend ließ er sich unter dem Fenster nieder. Er musste sie haben. Doch hatte er von Anfang an gelernt, seine Begierde zu beherrschen, da ihm simples Aussaugen, und dem damit verbundenen schnellen Dahinscheiden des Opfers, ein viel zu kurzes Vergnügen bereitete. Auch hier, in dieser ihm unbekannten Gegend, würde es sicher keine Probleme bereiten, ein Versteck zu finden.

Eine männliche Stimme unterbrach den Gesang, das hübsche Menschenkind antwortete lachend. Boris sah ihre Silhouette im Lichtkegel, als sie sich zum Fenster reckte und es schloss. Dann war es, bis auf das regelmäßig aufflackernde Signal der Alarmanlage an der unteren Scheibe, dunkel. Kurz darauf schwang unter ihm ein Tor auf und ein Kleintransporter fuhr heraus. Boris hörte, wie sich das Tor bereits wieder senkte, sobald der Wagen aus der Garage war. Er horchte, bis die sich entfernenden Motorengeräusche ganz verstummt waren. Die nun herrschende Ruhe gefiel ihm nicht im mindesten. Schon beim Anschleichen hatte er irritiert bemerkt, dass aus den für ihn sichtbaren Fenstern keinerlei Licht drang. Des Nachts für diese Art Bewohner unüblich. Dann fielen ihm die drei Wagen ein, die, was er belächelt hatte, brav mit Tempo dreißig die Straße hinunterfuhren, als er gerade aus dem Taxi gestiegen war. Ein Ausflug der gesamten Familie? Kaum vorstellbar. Dennoch schien lediglich der Verwalter mit seiner Freundin das Landschloss zu hüten. Und die beiden waren ja gerade zu einer nächtlichen Spritztour aufgebrochen. Er holte sein Handy hervor und tippte heftig darauf herum. Eine quäkende Computeransage teilte ihm die Nichterreichbarkeit des Teilnehmers mit; wutschnaubend unterbrach er die anschließende Aufforderung, eine Nachricht zu hinterlassen. Hatte Agatha ihn getäuscht und in eine Falle gelockt? Es wäre durchaus denkbar, denn er war im Machtspiel um die Führungsposition des Geheimbundes der größte Widersacher ihres Ehemannes Edgar. Boris kroch zum Rand des Daches und sprang federnd herunter. Nun befand er sich innerhalb der Schlossmauern und genau vor dem Garagentor. Boris unterließ den Versuch, es aufzuhebeln, denn auch hier blinkte es ihm, von gleich mehreren Stellen, rot entgegen. Stattdessen umrundete er mit großer Achtsamkeit das gesamte Schloss. Boris fand nicht den kleinsten Hinweis auf einen Bewohner. Dennoch war es nicht möglich, ohne Weiteres in das Gebäude einzudringen. Sämtliche Fenster, Türen und andere Eingänge waren nicht nur aus einbruchsicheren Materialen, sondern ausnahmslos mit einer Alarmanlage versehen. Der ganz gewöhnliche und übliche Schutz einer Vampirfamilie; schließlich musste man ja mal sorglos schlafen können. Aber was bedeutete das alles? Boris, der Agatha aufgrund ihrer Abstammung und des Einflusses ihrer alteingesessenen Familie außerordentlich zugetan war, hatte sich durch ihr Ansinnen, Edgar zu beseitigen, enorm geschmeichelt und in seinem Werben um ihre Gunst bestätigt gefühlt. Seine hochnäsige Eitelkeit wich nackter Wut. Nichtsdestotrotz wägte er seine nächsten Schritte sorgfältig ab. Den Gedanken, umgehend nach England zurückzufliegen, verwarf er, da er sich zuerst vergewissern musste, ob Agatha und Edgar tatsächlich wieder dort auftauchten. Stimmte seine Ver-

mutung ihrer gerade erfolgten Abreise, träfen sie erst in einigen Stunden auf der Insel ein. Dort verfügte er über genügend bereitwillige Häscher, um die beiden bis zu seiner Rückkehr festzusetzen. Sein Entschluss, entsprechende Anweisungen zu erteilen, war schnell gefasst. So blieb ihm Zeit für sein besonderes Vorhaben.
Boris ging über die großzügige, hinter dem Schloss gelegene Rasenfläche und fand auch hier einen Durchgang in der Mauer, der diesmal allerdings durch ein verschlossenes Tor gesichert war. Kurzerhand kletterte er hinüber und stand nun auf einem öffentlichen Spazierweg. An der Wegbiegung zu seiner Rechten spendete eine der spärlich vorhandenen Laternen milchiges Licht. Wahrscheinlich ging es in dieser Richtung zurück zur Hauptstraße, somit wandte Boris sich nach links, hastete an der großzügigeren Beleuchtung eines ehemaligen Wasserturms, der jetzt als Museum diente, vorbei und bog dann rasch nach rechts ab. Auf dem nunmehr unbeleuchteten Weg verschmolz er fast gänzlich mit dem Dunkel. Nach kurzer Distanz erreichte er eine Rampe, die zu einer Fußgängerbrücke führte. Diese erstrahlte in hellem Laternenlicht und der Fluss unter ihr schimmerte romantisch. Geradeaus und links beglückte ihn Finsternis. Er spähte über das Geländer, das die Rampe am Ende begrenzte und seine geschulten Vampiraugen nahmen auf dem tiefer gelegenen, verwilderten Terrain einen Ziegelbau wahr. Nach kurzem Suchen entdeckte Boris einen mittlerweile von Unkraut überwucherten Trampelpfad. Bemüht, möglichst wenig Halme und Gräser niederzutreten, folgte er dem Weg nach unten. Boris frohlockte, als ihn eine nicht mehr genutzte Fertigungshalle einlud. Mit einigem Geschick und dem in der Leinentasche enthaltenen Sortiment hervorragender Werkzeuge, überredete Boris die gut gesicherte Stahltür ihm Zutritt zu gewähren. Es kostete ihn bei jedem Flug ein kleines Vermögen an Bestechungsgeldern, um sein Handgepäck an Bord schmuggeln zu lassen. Aber, wie er anerkennend bemerkte, zahlte es sich auch dieses Mal aus. Ein letztes Knacken und die Tür sprang auf. Er sicherte sie von innen und inspizierte den Raum mithilfe ei-

ner Taschenlampe. Der marode Restbestand veralteter Maschinen bestätigte, dass hier niemand mehr arbeitete. Und niemand war ihm auf seinem Weg hierher begegnet. Selbst mit einer betäubten Last würde er die Entfernung zurücklegen können. Außerdem war die gesamte Strecke von Bäumen und Gebüsch gesäumt, falls doch ein später Spaziergänger auftauchte. Oder, und diese Vorstellung gefiel Boris besonders gut, sie konnten auf einer der Bänke Rast machen und Liebespaar spielen. Boris lächelte diabolisch. Es war der ideale Ort.

# Kapitel 2

Obwohl die Überfahrt nur gut anderthalb Stunden gedauert hatte, schien der Boden des Zimmers zu schwanken. Leicht amüsiert nahm Karl die Verwirrtheit seines Gleichgewichtsinns zur Kenntnis. Eine völlig neue Empfindung, was nur natürlich war, denn schließlich war er noch nie mit einer Fähre gereist. Er war überhaupt noch nie gereist.
Lag seine Begegnung mit Belinda wirklich erst vier Tage zurück? Wie sehr sich sein Dasein innerhalb einer so kurzen Zeitspanne verändert hatte, erschien ihm noch immer unrealistisch.
Er saß zusammengesunken auf der Bettkante und schüttelte derart heftig den Kopf, dass seine Brille verrutschte. Er schob sie mit dem Zeigefinger an die richtige Stelle, sah hoch und nahm den Raum in Augenschein. Vor einigen Stunden hatte er in einem ähnlich geschmackvollen Zimmer in einem gemütlichen Bett gelegen und geschlafen. Geschlafen, ja, traumlos, erholsam. Dieses wunderbare Gefühl kannte er seit seiner Verwandlung gar nicht mehr. Seine Tage waren ruhelos, mit immer kreisenden Gedanken und voller Verzweiflung. Kam der Schlaf doch irgendwann, zermürbten ihn unangenehme Träume. Dieses Leben im Verborgenen war ein Leben, das er hasste. Doch jetzt? Gab es da vielleicht eine Perspektive, einen Streif Licht am schier endlos dunkel scheinenden Horizont?
Karl stand auf und schaffte es, seltsam von links nach rechts schwankend, ins angrenzende Bad. Auch hier lag, wie am Tag zuvor, ein Pyjama bereit. Desmonds Familie verfügte sowohl auf diesem Landsitz im Süden Englands als auch auf dem Kontinent über dienstbare Geister. Wobei der Ausdruck in diesem Fall nicht ganz den Kern traf. Denn so unwahrscheinlich es Karl auch schien, das Personal bestand aus Menschen. Karl hätte es nie für möglich gehalten, dass normale Wesen sich als Helfer für Vampire hergäben, wobei das Verhältnis, soweit er es beurteilen konnte, sogar eher

freundschaftlicher Natur war. Karl befühlte den edlen Stoff der Schlafkleidung fast ehrfürchtig. Mit der Pyjamahose in der Hand drehte er sich um und starrte vom Bad aus durch die Tür auf das einladende Bett. Vielleicht konnte er heute auch wieder richtig schlafen. Er sollte es ganz einfach versuchen.
Erwartungsgemäß fand Karl keinen Schlaf. Soviel Bilder schwirrten durch seinen Kopf – der beleuchtete Schlosshof und die erste Begegnung mit Belinda; Matthias, der ihn so hintergangen und gehässig über Ambrosius aufklärte; die Gruft, die er daraufhin so überstürzt verließ. All das war zu dem ihn stets begleitenden Bild der Kate am Fluss und der stolzen blonden Frau, die ihn rief, hinzugekommen. Karl wälzte sich stöhnend auf die andere Seite. Nun war er zum ersten Mal fern seiner Heimatstadt. Voller Vertrauen in Desmond war er dessen Einladung gefolgt, zudem lockte ihn der Gedanke, Belinda nah zu sein. Verteilt auf insgesamt drei Fahrzeuge verließen sie gestern Abend Schloss Stiemheim; doch bevor er in Lauras Cabriolet gestiegen war, senkte sich bei einem der anderen Wagen eine der dunkel getönten Scheiben und Ambrosius sah ihn aus dem Fond an. Karl war erstarrt, Laura stupste ihn jedoch unnachgiebig weiter. Auf der Fähre stellte er dann fest, dass Matthias ebenfalls in dem Wagen gesessen hatte. Karl brannte es unter den Nägeln, beide zur Rede zu stellen, aber während der Überfahrt ergab sich keinerlei Gelegenheit. Jetzt waren sie alle auf diesem Gestüt. Wie sollte es weitergehen? Wieder wälzte er sich stöhnend herum. Er sah das noch immer helle Fensterkarree. So war das eben an einem Nachmittag im Sommer. Zermürbt setzte Karl sich auf. Gastfreundschaft hin, Gastfreundschaft her, er musste ganz einfach versuchen, Ambrosius und Matthias in diesem Gebäude aufzufinden. Er beschloss sich anzukleiden und sein Vorhaben in die Tat umzusetzen.
Zaghaftes Klopfen durchbrach seine Gedanken. Erschreckt sprang er von der Bettkante, auf der er eine endlos lange Weile grübelnd gesessen hatte, hoch. Statt des bis vor wenigen Stunden schwanken-

den Bodens, verschwamm jetzt das ganze Zimmer vor seinen Augen, womit Karls Körper seine schwindenden Kräfte signalisierte. Auf der Fähre hatte Laura zwar einen Schluck Blut für jeden von ihnen aus einem eleganten Edelstahlflakon in ebenso elegante schnapsglasgroße Edelstahlbecher gegossen und verteilt, doch das reichte bei weitem nicht. Langsam kam das Zimmer zur Ruhe. Wieder klopfte es. Leise bewegte er sich barfuß zur Tür und verhielt einen Moment lauschend.
»Karl?«
Ganz leise flüsterte sie seinen Namen. Er riss die Tür auf und strahlte Belinda an. Sie errötete und kaute auf ihrer Unterlippe. Er zog sie herein und, einem Impuls folgend, an sich. Da Belinda fast ebenso groß war wie Karl, berührten sich ihre Wangen wie von selbst. Es dauerte, bis Belinda ihre Sprache wiederfand.
»Hast du gut geschlafen?«
Sie sah ihm intensiv in die Augen, die sie nur insgeheim, da doch so furchtbar kitschig, als veilchenblau bezeichnete. Karl schüttelte den Kopf und senkte den Blick, als fühle er sich deswegen schuldig.
»Ich auch nicht«, Belinda fand zu ihrem für gewöhnlich leicht schnippischen Ton zurück. Karl grinste sie an. »Was gibt es da zu grinsen?«, empörte sie sich sofort.
»Oh«, Karl tat dramatisch, »Mademoiselle ruhten nicht zufriedenstellend und niemand nahm entsprechend Notiz.«
Es brachte ihm einen Stoß in die Rippen ein. Ahnte dieses junge Ding überhaupt, dass Karl sich am liebsten auf sie stürzen und mit Küssen überdecken würde? Er wandte sich ab.
»Ich geh' dann mal ins Bad.«
»Ja, aber trödel nicht so, mein Vater möchte dich sprechen.«
»Bist du nur deshalb gekommen?«, Karl zog die Augenbrauen hoch, während er sich von der Badezimmertür aus nach ihr umdrehte.
»Da komme ich persönlich, anstatt Edith oder Mitch zu schicken«, regte sie sich auf, was Karl bezweckt hatte und herrlich fand, »da bildest du dir gleich etwas ein!« Sie schnaufte wütend.

Karl machte wieder einen Schritt ins Zimmer hinein. »Edith oder *Mitch*?«, seine Verwirrung war ihm deutlich anzumerken, »ich dachte die beiden heißen Sarah und Mitch und sind als Aufpasser in eurem Schloss auf dem Kontinent geblieben?«

»Nun, ja«, Belinda zuckte mit den Achseln, »sie heißen immer Mitch.«

Karl guckte jetzt dermaßen begriffsstutzig, dass Belinda hell lachend vor ihn trat.

»Du weißt das natürlich nicht«, sie stupste ihn übermütig mit ihrem Zeigefinger, den ein in grellem Pink lackierter Nagel zierte, auf die Nase, »aber dieser Job wird seit Generationen vererbt. Der erste Butler hieß Mitch, sein erster Sohn erhielt den gleichen Namen und nach dem Tod des Vaters übernahm er seinen Posten und so weiter und so weiter.« Dabei wedelte sie mit ihrer schlanken Hand durch die Luft. »Als dann auch auf dem Kontinent ein Verwalter vonnöten war, schickte man den Bruder eines der Ur-Ur-Mitches hinüber, der dann seinen ersten Sohn ebenfalls Mitch nannte. Der Mitch hier und der Mitch da«, sie zeigte zum Fenster, als wäre er just dort draußen zu finden, »sind Cousins.«

»Puh!«, Karl kratzte sein unrasiertes Kinn, »könnt ihr das immer auseinanderhalten?«

»Na, klar. Aber sei gewarnt, wenn du unserem Insel-Mitch begegnest, er sieht seinem Kontinent-Mitch-Cousin ungeheuer ähnlich. Doch er ist mit Sicherheit der Mitch der hierher und zu Edith gehört.«

Seine nachhaltige Verwirrung schien ihr sichtlich Freude zu bereiten. Kopfschüttelnd ging Karl ins Bad. »Wartest du auf mich?«, rief er durch die geschlossene Tür. Statt einer Antwort hörte er, dass Belinda sich einen der modernen Clubsessel zurechtschob.

Als Karl mit seiner etwas schmuddeligen Baumwollhose und einem zerdrückten T-Shirt aus dem Bad trat, sah er selbstkritisch an sich herunter. »Nicht gerade sehr salonfähig«, er sah fragend in Belindas Richtung, »aber wann hätte ich mir saubere oder neue Garderobe zulegen sollen?« Belinda blickte ihn spöttisch von oben bis unten an. »Nun, das weiß mein Vater ja. Wir sollten allerdings keine Zeit verlieren, dir endlich mal was Schickes zu kaufen«, dabei verweilte ihr Augenmerk besonders lange und intensiv bei seinen Sandalen. Karl wippte nervös vor und zurück. »Ja, dann will ich deinen Vater nicht länger warten lassen. Wo steckt er denn?« »Komm!«, Belinda stand auf und streckte ihm eine Hand entgegen.

Gemeinsam gingen sie durch den nicht enden wollenden Korridor, bogen rechter Hand auf eine Empore und gelangten über eine großzügig geschwungene Treppe, die gegenüber ihr Spiegelbild fand, nach unten. Karl blieb an deren Fuß stehen und betrachtete die beeindruckende Gesamtheit aus dunkel gebeiztem Holz. Beide Läufe umarmten den Kamin, der sich, mit erstaunlich modernem Sitzmobiliar davor, in die Wand dazwischen schmiegte.

»Wie viel Aufgänge habt ihr eigentlich?«, Karl runzelte die Stirn, »als wir ankamen geleitete man mich über eine ganz andere Treppe nach oben …«

»Na«, Belinda zuckte desinteressiert die Schultern, »das war sicher eine für die Bediensteten und den internen Gebrauch.«

Ohne weiteren Kommentar zog sie ihn in einen versetzt hinter der Treppe liegenden, ähnlich langen Korridor wie den oberen, den sie in entgegengesetzter Richtung durchschritten. Am Ende befand sich eine gepolsterte Doppeltür. Belinda blieb davor stehen und kaute mal wieder auf ihrer Unterlippe. Karl legte sacht einen Finger darauf. »Das solltest du dir abgewöhnen«, dann, mit einem Kopfnicken zur Tür, »gehst du nicht mit hinein?« Belinda trat auf der Stelle: »Er will dich allein sprechen … und ich weiß nicht, warum«, das Unverständnis eines verwöhnten Kindes war deutlich zu hören, »auch Maman hat nichts gesagt.«

Karl nickte betreten. Dann küsste er Belinda ganz schnell auf den Mund und klopfte.

»Ja, bitte!«

Nicht das Desmonds Stimme besonders streng geklungen hätte, doch selbst in dieser knappen Einladung schwang Autorität mit. Karl öffnete mit leicht mulmigem Gefühl die Tür und fand sich in einer überwältigenden Bibliothek. Genau wie auf Schloss Stiemheim verweigerte dieser Raum jedwede modische Erneuerung. Doppelstöckig, mit einer rundum verlaufenden Galerie, vermochte Karl die Anzahl der hier aufbewahrten Bücher nicht annähernd zu schätzen. Fast andächtig legte er den Kopf in den Nacken und schaute in die Runde. Welch reicher Schatz an Wissen und Informationen! In seiner Heimatstadt ließ er sich so manche Nacht in der öffentlichen Bücherei einschließen. Dort hockte er dann mit einer Taschenlampe in irgendeiner dunklen Ecke und las Seite um Seite bis zum frühen Morgen.
Plötzlich wurde ihm klar, dass er den Hausherrn noch nicht begrüßt hatte. Er löste sich bedauernd von dem eindrucksvollen Anblick.
»Entschuldigung!«, schnell ging er auf Desmond zu, der hinter einem riesigen Schreibtisch stand und ihn lächelnd beobachtete. Desmond kam ihm entgegen und wies auf zwei wuchtige Ledersessel zwischen denen ein runder Tisch mit auffälliger Holzmaserung stand. Darauf standen zwei bauchige Gläser, die mit einer roten Flüssigkeit gefüllt waren. Der Blutgeruch war unverkennbar.
»Setzen Sie sich«, forderte Desmond Karl auf, »und stärken Sie sich.« Er bemerkte Karls Zögern. »Wir waren alle lange unterwegs und von daher ist dies unausweichlich.«
Karl stand unschlüssig vor dem Tisch. Desmond setzte sich und hob das ihm am nächsten stehende Glas zum Mund. Er trank gemessen. Auch Karl nahm Platz, konnte sich allerdings nicht entschließen, von der dargebotenen Flüssigkeit zu kosten. Er fand es mehr als unhöflich und auch ein wenig verwunderlich, hatte er doch die von Laura verteilte Flüssigkeit auf dem Schiff ohne Vorbehalte getrunken. Bevor er fragen konnte, half Desmond ihm. »Es ist unbedenklich. Falls wir Menschenblut zu uns nehmen, ist es gespen-

det; ansonsten ergänzen wir unsere Nahrung mit dem Blut geschlachteter Tiere.«
Karls Erleichterung quittierte er mit einem wissenden Lächeln. Dankbar griff Karl zu dem Glas. Es war Menschenblut.
»Ich habe es versucht, also, ich meine, ohne Blut auszukommen, aber es klappt nicht ... leider.« »Ja, es wäre schön, wenn uns das gelänge«, stimmte Desmond ernst zu, »doch das ist ein ganz anderes, rein wissenschaftliches Thema, dem Ambrosius und ich uns seit Jahrhunderten widmen.« Karls Erstaunen war eindeutig. »Deswegen möchte ich natürlich nicht mit Ihnen reden«, fuhr Desmond ohne Umschweife fort, »es tut mir, ehrlich gesagt auch leid, dass ich Ihnen nach den Ereignissen in Deutschland nicht noch einige Tage Ruhe gönnen kann«, Desmonds Augenbrauen zogen sich mitfühlend zusammen, »da wir aber nun meinen Halbbruder Edgar die Morde nachweisen können, die man *Ihnen* anlastete, und er samt seiner Ehefrau Agatha vor das Hohe Gericht in die Highlands überführt werden muss, bietet sich eine Gelegenheit.«
Ohne auf Karls fragenden Gesichtsausdruck einzugehen, nahm Desmond sein Glas zur Hand und betrachtete den Inhalt gedankenverloren. Endlich trank er ein wenig, stellte das Glas wieder auf den Tisch und sah Karl an, als wisse er nicht genau, wie er ihm etwas vermitteln solle. Dann sah er wieder vor sich hin, stieß die Fingerspitzen beider Hände gegeneinander, schlug eins der langen Beine über sein anderes, wobei er die Bügelfalte der dunkelgrauen Tuchhose zurechtzupfte. »Sie sind, nach meinem Empfinden, ein wissbegieriger junger Mann«, ein offener Blick, den Karl bejahend erwiderte, »demzufolge sollten Sie ein Studium beginnen.« Mit einer Handbewegung hinderte er Karl an einer Entgegnung. »Im Norden liegt eine angesehene Universitätsstadt und es existiert eine Fakultät für Vampire.«
Karl blickte Desmond mit weit geöffneten Augen ungläubig an, was bei diesem ein verständnisvolles Nicken auslöste. »Nicht alle von uns sind tumbe, blutsaugende Monster. Außer der Einrichtung auf

dieser Insel stehen drei Universitäten auf dem Kontinent unter unserer Leitung und in Übersee gibt es ebenfalls einige Colleges.« Karl hörte sprachlos staunend zu. »Wir haben in den letzten Stunden beschlossen, dass Ambrosius die Gefangenen in den Norden geleiten wird. Für Sie bestünde also die Möglichkeit, relativ gefahrlos mitzureisen. Ambrosius kennt die Gegebenheiten, er kann Sie einweisen und Sie sich umschauen beziehungsweise informieren. Gleich im September beginnen neue Semester.« Nach einer fast unmerklichen Pause fügte er hinzu: »Noch befinden Sie sich in einem für Studenten akzeptablen Alter.« Desmond schien mit seinen Ausführungen zufrieden und nahm nun einen ordentlichen Schluck. »Oder etwa nicht?« Stirnrunzelnd unterzog er Karl einer eingehenden Betrachtung.

»So an die sechsundzwanzig Menschenjahre schätze ich«, Karl hob wie zur Entschuldigung die Schultern an, »eigentlich bin ich im März geboren, aber Matthias hat das Datum unserer Verwandlung, den elften August siebzehnhundertsiebenundvierzig, zu unserem wahren Geburtstag erklärt.«

Und erst jetzt, indem er es aussprach, sprang ihn das Datum regelrecht an. Denn genau heute jährte sich dieser Tag zum zweihundertfünfundfünfzigsten Mal. Verwundert schüttelte Karl den Kopf. Normalerweise verkroch er sich an diesem Tag wie ein waidwundes Tier in irgendeinem düsteren Versteck. Nicht nur um seinem zerstörten Leben nachzutrauern, sondern auch, um Matthias' diesbezüglicher Häme zu entfliehen. Für den Moment vergaß Karl völlig seine Umwelt. Er stierte vor sich hin. Dass er aufgrund der sich überschlagenden Ereignisse das Datum völlig aus den Augen verloren hatte, leuchtete ihm ein. Außerdem bestand für Matthias in den letzten Tagen keine Möglichkeit, ihn höhnisch daran zu erinnern. Was Karl dermaßen aus dem Konzept brachte war das Gefühl dieses tiefen Bedauerns über etwas Unwiederbringliches, etwas, von dem er sich für immer verabschieden musste. Karls Hände gruben sich in die Sessellehnen. Bedeutete es, dass er anfing sein bisher so

verhasstes Dasein zu akzeptieren? Löste er sich endlich von der Vergangenheit?
Desmond, dem das Jahr siebzehnhundertsiebenundvierzig ebenfalls eine einschneidende Veränderung seiner Lebensverhältnisse einbrachte, bemerkte im gleichen Augenblick, dass Karls Verwandlung genau heute zweihundertfünfundfünfzig Jahre zurücklag. Er enthielt sich jeglichen Kommentars und wartete geduldig, bis der junge Mann sich wieder fasste.
Karl hüstelte. »Wissen Sie«, seine Stimme klang belegt, »ich habe es noch nie jemandem erzählen können.« Noch immer fiel es ihm schwer, darüber zu sprechen. »Damals war ich neun Jahre alt. Wir brauchten dann eine Weile bis wir merkten, dass unser Älterwerden wesentlich langsamer voranschreitet als bei den Menschen. Irgendwann legten wir uns die Formel zurecht, dass ungefähr fünfzehn Jahre vergehen, bis wir ein Jahr an Menschenzeit gealtert sind.«
Unsicher sah Karl von seinem Glas, das er nervös zwischen seinen Fingern kreisen ließ, hoch.
»Interessant«, Desmond lehnte sich zurück, »es macht anscheinend keinen wesentlichen Unterschied, ob es sich um reinblütige Vampire oder einst menschliche handelt«, er blickte Karl sinnierend an, »die Zeitschiene ist wohl in etwa gleich. Es bestätigt unsere Forschungen und … eigene Beobachtungen.« Bevor Karl nachhaken konnte fuhr er schnell fort: »Ja, ehem, wenn Sie sich entscheiden mitzufahren … morgen Abend bei Einbruch der Dunkelheit wird Ambrosius mit dem Gefangenentransport beginnen.«
»Sir«, diese Anrede kannte Karl sowohl aus Büchern als auch aus Filmen und er bezweckte damit, dass Desmond ihm die nötige Aufmerksamkeit widmete, »ein Studium kostet Geld. Ich habe Ersparnisse, da ich mir meinen Lebensunterhalt ebenso wie die Kosten für Blutkonserven oder Tierblut stets verdient habe. Doch Geld zehrt sich schnell auf, wenn nichts Neues hinzukommt. Welche Möglichkeiten gibt es hier für mich? In Deutschland ist es durchaus üblich, dass Studenten sich mit Nebenjobs über Wasser halten.«

»Ich denke, da wird sich etwas finden. Sie könnten zum Beispiel Vorträge in deutscher Sprache halten.«

»Apropos Sprache, mein Englisch habe ich mir lediglich aus Büchern beigebracht, die Grammatik bereitet mir keinerlei Schwierigkeiten, nur die Aussprache lässt zu wünschen übrig.«

»Dann sollten wir ab sofort alle Englisch sprechen. Da meine Frau aus Deutschland stammt, ist uns diese Sprache so geläufig, dass wir untereinander manchmal gar nicht merken, welche wir für die Konversation wählen«, Desmond schüttelte den Kopf in der Art, als wären alle Familienmitglieder ungezogene Kinder, denen man kleine Streiche nachsehen müsse, »Sie werden es schnell lernen.« Desmond leerte sein Glas und stellte es sacht auf den Tisch. »Ihre Bedenken bezüglich der Kosten kann ich wohl weitgehend zerstreuen. Innerhalb einer gewählten Vereinigung, die sich um alle Vampirfamilien in sämtlichen Teilen der Welt kümmert, gibt es auch ein Gremium, das Stipendien vergibt. Natürlich wird der Bewerber einem Intelligenztest unterzogen und es wird geprüft, ob eine Eignung für das angedachte Studium vorliegt. Zudem muss eine angemessene Zeit eingehalten werden«, Desmond lächelte, »nur, um allzu ausgiebigen Studien vorzubeugen.« Desmond beugte sich ein wenig über den Tisch Karl entgegen. »Ich denke, Sie sollten sich um ein Stipendium bemühen.«

Karl, der nun in Ruhe über das Angebot und seine Verwirklichung nachdenken wollte, kippte den Rest Blut hinunter und stand rasch auf. »Vorerst, danke!«, er machte eine höfliche kleine Verbeugung und war schon fast an der Tür, als Desmonds Stimme ihn zurückhielt.

»Wegen der Ausweispapiere«, Desmond erhob sich ebenfalls und trat zu Karl, »wir werden dafür sorgen, dass Sie von nun an nicht mehr ohne Identität sind. Der irische Pass, mit dem Sie hier einreisen konnten, der aber einer realen Person gehört, ist auf Dauer zu riskant. Ich schlage vor, dass Sie deutsche Dokumente erhalten, die auf Ihren richtigen Namen lauten und Ihr Geburtsdatum von März

tragen ... die Jahreszahl selbstverständlich Ihrem jeweiligen Alter angepasst«, hier erlaubte Desmond sich ein Schmunzeln, »des Weiteren erstellen wir einen Pass mit einem englischen Namen, entsprechender Nationalität und«, prüfend sah er Karl an, »dem Geburtsdatum elfter August.«
Peinlich berührt suchte Karl nach Worten. Soviel gefälschte Ausweispapiere konnte er sich nicht leisten. War das überhaupt erforderlich?
Mit dem nächsten Satz zerstreute Desmond Karls Bedenken. »Sie werden die Vorteile, zwischen mindestens zwei Identitäten wählen zu können, schätzen lernen. Im übrigen sind diese Papiere unser Willkommensgeschenk für Sie.«
Karl war nicht sicher, ob er das akzeptieren konnte, was ihm wohl deutlich ins Gesicht geschrieben stand, denn Desmond sagte jetzt eindringlich: »Ich bitte Sie, es anzunehmen. Es ist der ganz spezielle Wunsch von Ambrosius, dass wir Ihnen nach all den Jahren helfen, wo wir nur können.« Desmond sah besorgt und auch schuldbewusst drein, obwohl er an Karls Situation völlig unbeteiligt war.
*So ist das also, Ambrosius plagt das schlechte Gewissen!*
Karl signalisierte mit einer knappen Kopfbewegung seine Zustimmung und wandte sich schnell zur Tür.
»Einen Moment noch, junger Mann«, mit leicht scharfem Unterton hielt Desmond ihn wiederum zurück. Fragend blickte Karl den hochgewachsenen Mann, dessen schlanke Gliedmaßen ein Ebenbild in Belinda fanden, an. Bevor noch etwas gesagt wurde, ahnte Karl, dass es genau um sie ging.
»Es besteht kein Zweifel, dass meine Tochter sie mag.« Desmond räusperte sich. »Sie ist noch sehr jung.« Er verschränkte die Hände hinter dem Rücken und begann nervös auf den Fußspitzen zu wippen. »Meine Frau Laura wünscht«, und die Nachdrücklichkeit, mit der Desmond dies sagte, ließ keinen Zweifel daran, dass er es nicht wünschte, »dass wir Ihre Gastfamilie werden. Solche Familien geben den jungen Leuten, die fern von zu Hause eine Universität besu-

chen, in den Semesterferien, an Wochenenden oder Feiertagen die Möglichkeit, bei ihnen zu wohnen und am Familienleben teilzuhaben.« Desmond hörte mit dem Wippen auf und starrte schweigend auf seine Füße. Dann hob er abrupt den Kopf und bedachte Karl mit einem Blick, der keine Widerrede duldete. »Ganz in der Nähe gibt es ein kleines Gebäude, in dem früher Saisonarbeiter wohnten. Es ist gut erhalten und auf dem neuesten Stand für heutige Wohnansprüche, also mit Bad, Küche und allem, was man so braucht.« Karl hielt Desmonds strengem Blick stand. »Ich stelle Ihnen dieses Cottage grundsätzlich als Wohnung zur Verfügung.«
‚*Hauptsache du wohnst nicht mit Belinda unter einem Dach!*', ergänzte Karl Desmonds unausgesprochenen Gedanken.
»Ich danke in aller Form für sämtliche Angebote und setze Sie rechtzeitig über meine Entschlüsse in Kenntnis«, antwortete Karl steif. Obwohl es ihm fast umgehend leid tat, dass es so wenig herzlich klang, beeilte er sich, hinauszukommen.
»Enttäuschen Sie meine Tochter nicht!« Es klang drohend.
Ohne sich umzuwenden verließ Karl die Bibliothek und zog die Tür unhöflich laut hinter sich ins Schloss.
Grübelnd, die ansprechenden Gemälde an den Wänden nicht wahrnehmend, lief er durch den Gang. Noch besaß er nicht das hundertprozentige Vertrauen Desmonds. Konnte er es ihm verübeln? Er war ein Vater, der seine Tochter liebte und beschützen wollte. Was, letztendlich, hatte er Belinda denn zu bieten außer sich selbst? Er sah auf die dicken Teppiche hinunter, die sämtliche Schritte verschluckten.
»So vergrämt?«
Ebenso geräuschlos wie Karl war Laura von der anderen Seite den Flur entlanggekommen. Er schreckte zusammen, da er beinah in sie hineingelaufen wäre, doch Laura war bereits stehengeblieben und lächelte warmherzig. Es verbot sich von selbst, Laura gegenüber eine gewisse Mitschuld ihres Ehemannes an seinem Zustand zu erwähnen. Er erwiderte ihr Lächeln wortlos.

»Sie waren in der Bibliothek?«
Erleichtert, von Laura nicht gleich auf die Unterredung, von der sie zweifellos wusste, angesprochen zu werden, sprudelte Karl begeistert hervor: »Einfach überwältigend! Diese Menge an Büchern besitzt wahrscheinlich nicht einmal unsere Stadtbibliothek.«
»Sicher freut es Desmond, dass jemand seinen Enthusiasmus für Druckwerke teilt.«
Eine Pause entstand, während der Laura ihn aus ihren wachen blaugrauen Augen von unten herauf nachdenklich ansah. Dann erschien wieder ihr bezauberndes Lächeln und sie legte entschuldigend eine ihrer kleinen Hände auf Karls Arm. »Im Moment sind wir keine guten Gastgeber, aber wenn Sie möchten, kann Mitch Sie ein wenig herumführen und Sie mit der Örtlichkeit vertraut machen?«
»Danke, das ist sehr freundlich von Ihnen, Madame«, da Karl keine Ahnung hatte, wie er Laura ansprechen sollte, wählte er die höfliche französische Form, »da ich einiges zu bedenken habe, werde ich mich, mit Verlaub, auf mein Zimmer zurückziehen.«
»Karl, Sie sind umwerfend«, lachte Laura heraus, »wir sollten nicht so förmlich miteinander umgehen, nennen Sie mich Laura.« Dann wurde sie wieder ernst. »Treffen Sie die richtige Entscheidung für Ihren weiteren Lebensweg, hier haben sie jedwede Möglichkeit.« Ihre Hand, die noch immer sacht auf seinem Arm verweilte, drückte ermutigend zu. Noch einmal sah sie ihn aufmerksam an und schritt dann an ihm vorbei den Gang hinunter. Karl drehte sich nach ihr um, doch seine Frage, wo Ambrosius untergebracht war, blieb ungefragt. Es erschien ihm zu unhöflich, ihr hinterher zu rufen.

»Du bist ja sehr zufrieden mit dir«, begrüßte Laura ihren vor sich hinträllernden Ehemann. Desmond registrierte eine leichte Schärfe in Lauras Tonfall und stellte das Trällern ein. Sie kam ohne Umschweife auf ihn zu und baute sich vor ihm auf. Sie reichte ihm nicht einmal bis zu den Schultern. »Was hast du mit ihm gemacht?« Ihr Unmut war eindeutig und Desmond sollte sich tunlichst nicht unwissend stellen. »Nun, mein Herz, ich habe Karl ... du meinst doch Karl?«, er konnte es nicht lassen und beschwor damit ein gefährliches Funkeln in den Augen seiner Frau herauf, »alles so vorgeschlagen, wie wir es besprachen.« Desmond legte einen Arm um die Schultern seiner Frau und zog sie mit sich zu den großen Flügeltüren. »Sogar die Sache mit der Gastfamilie. Ich bot ihm eins der kleinen Landarbeiterhäuschen als Wohnung an.« Desmond lächelte selbstzufrieden, erntete allerdings einen entrüsteten Blick. »Glaub' mir, Liebes«, er wandte der Aussicht den Rücken zu, »es ist schon richtig. Er hat die letzten zweihundertfünfundfünfzig Jahre auf sich allein gestellt gelebt; auch wenn Matthias seinen Lebensraum teilte, halte ich die beiden für so verschieden, dass jeder in gewisser Weise sein eigenes Dasein führte. Du kannst Karl nicht einfach in eine Familie katapultieren, er ist unabhängiger als du denkst.« Desmond redete, mit einem Anflug von Hochachtung, weiter: »Er sprach sofort die finanzielle Seite an und welche Möglichkeiten es für ihn gäbe, dies alles zu bezahlen.« Es gefiel Desmond mehr, als er sich einzugestehen vermochte. »Wir sollten ihm weiterhin ein eigenständiges Leben ermöglichen. Alles andere kommt dann schon mit der Zeit.«

»Dann erkläre es, bitte, selbst deiner Tochter, dass du ihn umgehend zu einem Studium fortschicken willst. Der Semesterbeginn im nächsten Jahr hätte es doch auch getan. Meinst du, durch die Entfernung kannst du etwas aufhalten?« Laura war jetzt erst richtig in Rage und Desmond hoffte inbrünstig, dass sie nie von dem letzten Satz seiner Unterredung mit Karl erfahren würde.

»Du magst ihn sehr.«

»Ja, Karl ist mir so vertraut, die Art sich zu bewegen«, grübelnd ging Laura an Desmonds ausladenden Schreibtisch, als fände sie dort zwischen den Papieren eine Antwort, »und dieser Schmerz in seinen Augen ... ich kenne diesen Ausdruck. Es ist greifbar nah, aber ich bekomme es nicht zu fassen.« Gedankenverloren schob sie einige Stifte und Kugelschreiber über die Tischplatte. Als Desmond hinter

sie trat und seine Arme um sie schlang, schmiegte sie sich versöhnlich hinein. Doch sie gewährte sich nur einen Augenblick der Ruhe.
»Eigentlich wollte ich mit dir besprechen, ob es in Ordnung ist, wenn ich Elenor und Eugen verstärkt in unseren Haushalt einbeziehe?«
»Ja, ja … natürlich«, Desmond sah etwas verblüfft drein, »wieso hinterfragst du das? Du hast dich doch ohnehin immer um die beiden gekümmert. Tu', was du für richtig hältst.«
»Gut«, antwortete sie ernst und ging ungewöhnlich langsam durch die Bibliothek.
Desmond sah ihr nachdenklich hinterher.

Nachdem sie Karl zu ihrem Vater geleitet hatte, wagte Belinda es, ihre Cousine aufzusuchen. Sie schlich durch die Halle in den Trakt des Gebäudes, der von ihrem Onkel und seiner Familie bewohnt wurde. Auch hier führte eine Treppe ins obere Stockwerk, in dem Schlaf- und Gästezimmer lagen.
Als sie auf ihr zögerliches Klopfen keine Antwort erhielt, trat sie einfach ein und stand leicht verlegen da. Obwohl es in dem Zimmer schon recht schummrig war, saß ihre Cousine Elenor ohne Licht in einem tiefen Sessel, teilnahmslos vor sich hinstarrend. Entschlossen durchquerte Belinda den Raum, knipste die altmodische Tischlampe auf Elenors Nachttisch an und kauerte sich vor ihre Cousine.
»Elenor!«
Belinda ergriff ihre Hände, doch Elenor entzog sie ihr und drehte den Kopf weg. Belinda war ratlos, denn normalerweise war es ihre Cousine, die auf jede ihrer Launen einging und stets nachsichtig war.
»Wo steckt denn der kleine Racker?«, versuchte sie es weiter.
»Eugen schläft in seinem Zimmer.«
Belinda atmete erleichtert aus, immerhin eine Antwort.
»Warum willst du nicht mit mir sprechen? Seit wir aus Deutschland abgereist sind, fanden wir keine Gelegenheit. Was nicht an mir lag.«

Schneller als beabsichtigt, war der vorwurfsvolle Satz heraus. Belinda schämte sich. In dieser Situation brauchte ihre Cousine Verständnis und ihre ganze Loyalität. Sie griff fester nach Elenors Händen und hielt sie fest. »Bitte, sieh mich an!«

»Oh, meine Güte!«, entfuhr es ihr, als Elenor ihr ein vom Weinen verquollenes Gesicht zeigte. Spontan umarmte sie ihre Cousine.

»Ach, Belinda! So habe ich mich noch nie gefühlt. Natürlich wusste ich immer, dass mein Vater nicht so ein feiner und edler Vampir ist wie der deinige, aber diese bestialischen Tötungen von Menschen«, angewidert schüttelte Elenor den Kopf, »ich will das nicht glauben. Und meine Mutter, sie wusste das alles und hat ihm nie Einhalt geboten«, ein Schauer durchfuhr ihren Körper, sie sammelte sich einen Moment, bevor sie weitersprach. »Es stimmt schon, sie sind nicht die liebevollsten Eltern, aber es sind meine Eltern.« Elenor schniefte und Belinda streichelte sanft ihre Wange, sie war den Tränen nahe. »Und Eugen, nun, den vergöttern die beiden ja und er selbst eifert unserem Vater in allem nach, er verehrt ihn richtig. Der kleine Kerl ist nicht mehr wiederzuerkennen, seit Onkel Desmond unsere Eltern ...«, sie schluchzte auf, »eingekerkert hat.«

»Ich weiß auch nichts Genaues, Elenor. Aber eins ist sicher, ohne stichhaltige Beweise würde mein Vater seinen Halbbruder, selbst wenn sie sich nicht sonderlich mögen, niemals ungerecht behandeln. Allein euretwegen nähme er Rücksicht.«

Belinda konnte die Tränen nicht mehr zurückhalten. Sie stand auf und wischte sie verstohlen weg. Dann sah sie Elenor hilflos an.

»Elenor? Darf ich hereinkommen?«

Laura steckte ihren Kopf zum genau richtigen Zeitpunkt durch die Tür.

»Tante Laura!«

Erfreut stemmte Elenor sich aus dem Sessel, durchquerte behände das Zimmer und ließ sich bereitwillig von ihrer zierlichen Tante in die Arme schließen. Dabei sah es eher so aus, als brauche Laura

Trost, denn sie verschwand fast völlig hinter der voluminösen Figur ihrer Nichte.

»Meine kleine Elenor«, sagte Laura liebevoll und meinte es auch so, denn als sie vor ungefähr zweieinhalb Jahrhunderten mit Desmond auf diesen Landsitz kam, war Elenor erst wenige Monate alt. Laura nahm sich dem von Agatha so lieblos behandelten Kind an und als wenige Zeit später Belinda geboren wurde, wuchsen die Mädchen gemeinsam auf.

»Eugen und du, ihr solltet hinüberkommen, zumindest zeitweise. Es ist nicht gut für euch, so allein in diesem Flügel des Hauses zu sein.«

»Wenn ihr uns haben wollt?« fragte Elenor bedrückt.«

»Das habe ich nicht gehört«, entgegnete Laura streng.

»Tante Laura«, Elenors banger Blick tat weh, »was wird jetzt?«

Laura bedeutete den beiden Mädchen, sich neben sie aufs Bett zu setzen. Ihre eigenwillige Tochter strich selbstbewusst ein paar lange Strähnen des dunklen Haares zurück und kuschelte sich dann kindlich nah an ihre rechte Seite. Elenor ließ einen ungewohnten Abstand, so dass Laura sie kurzerhand näher an ihre linke Seite zog. Sie nahm die Hände der Mädchen.

»Elenor«, sie sah ihre Nichte fest an, »dein Vater hat sich über Jahrhunderte schlimmster Vergehen schuldig gemacht. Nun gibt es eindeutige Beweise. Er, und auch deine Mutter als Mitwisserin, werden vor das Hohe Gericht nach Schottland gebracht. Dort wird es eine Verhandlung und ein Urteil geben.« Vorsichtig strich Laura über Elenors naturgewelltes halblanges Blondhaar. Sie stammelte weinend: »Der Vampirrat ... und das Hohe Gericht können noch immer ... noch immer ... die Todesstrafe verhängen!«, jetzt weinte Elenor heftig. »Können meine Eltern nicht von einem normalen Gericht verurteilt werden?«

»Elenor, Liebes«, Laura tupfte dicke Tränen aus ihrem Gesicht, die unermüdlich aus den braunen Augen flossen, die heute keine der sonst so fröhlichen Sprenkel zeigten, »unsere Familien sind so darauf bedacht im Verborgenen zu leben, wie sollten wir da eine menschliche Gerichtsbarkeit einschalten?«

‚*Und wie unser Sein erklären?*‘, fügte sie in Gedanken hinzu.

Elenors Weinen war so verzweifelt, dass Eugen, der mit einem Mal in der Tür stand, aufgebracht rief: »Was ist hier los? Was tut ihr meiner Schwester?«

Eugen stapfte in seinen klobigen Schnürstiefeln heran und bedachte sowohl Laura als auch Belinda mit bösen Blicken aus seinen wässrighellen Augen.

»Niemand tut mir etwas«, beruhigte Elenor ihren Bruder und streckte eine Hand nach ihm aus. Eugen hing bedeutend mehr an seiner Schwester, als an seiner Mutter. Er kam heran und ließ sich notgedrungen von ihr in die noch gerade so vorhandene Lücke auf das Bett ziehen. Seine dünnen Kinderbeine steckten in einer von ihm selbst gestylten, unregelmäßig auf dreiviertel Maß abgeschnittenen und mit Rissen durchlöcherten, Jeans und baumelten von der Bettkante. Dabei wirkten die schweren Stiefel wie Gewichte. Seine schwarze Wollmütze, die er während der ganzen Reise getragen und entsprechend geschwitzt hatte, fehlte. Stattdessen präsentierte er die darunter versteckte Halbglatze, an deren Vollendung seine Mutter ihn noch vor der Abreise vehement gehindert hatte. Auf der anderen Hälfte zierten seine rotblonden Stoppelhaare, teilweise mit einer noch nicht vollständig herausgewaschenen Grünfärbung, den Schädel. Eugen sah alles in allem dermaßen komisch aus, dass Belinda trotz dieser elendigen Situation kurz davor war, loszukichern. Laura bemerkte die Anspannung ihrer Tochter und stand schnell auf.

»Was haltet ihr von einem gemeinsamen Essen?«, Laura versuchte, die gewohnten Abläufe aufrecht zu erhalten. »So in etwa einer ...«

»Servierst du gutes Blut?«, unterbrach Eugen sie frech, »oder muss ich mit irgendwelchen Ersatzspeisen vorliebnehmen?« Eugen blitzte Laura hinterhältig an. »Mein Vater meint, von eurer Ernährung müsse man kotzen.« Seine derbe Ausdrucksweise verfehlte ihre

Wirkung. »Außerdem will ich ihn sehen!« Schon sprang Eugen vom Bett und schickte sich an, seinen Wunsch in die Tat umzusetzen.
»Du gehst nicht allein in den Keller«, ordnete Laura energisch an, »ich erwarte dich und deine Schwester in einer Stunde in unserem Esszimmer! Danach sehen wir weiter.«
Eugen hielt vorsichtshalber den Mund. Wenn Tante Laura so unfreundlich reagierte, kuschte man besser. Er schielte zu seiner Schwester; da Elenor keine Einwände zu haben schien, stiefelte er zu einem der Sessel, flegelte sich hinein und verschränkte die Arme. Tante Laura lächelte zu ihm hin und er hätte ihr am liebsten die Zunge herausgestreckt. Jetzt streichelte sie auch noch den Arm seiner Elenor. »Bis gleich ihr beiden!«
Seine affige Cousine Belinda kaute schon wieder auf ihrer Unterlippe, drückte dann auch noch seine Elenor und wuselte ihm die wenigen Haare durcheinander. »Bis später!«
Endlich schloss sich die Tür. Eugen machte das böseste Gesicht, das er hinbekam, um Elenor seine Verärgerung zu zeigen. Mal sehen, ob er sie nicht dazu bewegen konnte, mit ihm zum Verlies zu schleichen. Schließlich hatten sie eine ganze Stunde.

»Ich wäre dir für ein paar Erklärungen dankbar.« Laura sah ihre Tochter von der Seite an, während sie auf dem Weg in den eigenen Wohntrakt waren. Belinda, die mit gesenktem Kopf neben ihrer Mutter herlief, blieb stehen. »Was denn, Maman?« Belinda pflegte noch immer ihren Französischtick.
»Woher ihr Mädchen Karl und Matthias kennt.«
»Das ist schnell erzählt«, Belinda ging weiter, »wir machten an einem Abend, kurz nachdem wir auf dem Landschloss in deiner Heimatstadt angekommen waren, einen Spaziergang am Fluss entlang und gingen über diese Fußgängerbrücke«, Belinda sah kurz zu ihrer Mutter, »du weißt schon, die sie vor fünfzehn oder zwanzig Jahren für diese Landesgartenschau gebaut haben.« Belinda kannte sich mit den Gegebenheiten des Geburtsortes ihrer Mutter recht gut aus,

denn Laura und sie verfolgten die Geschehnisse anhand der Zeitungen, die Kontinent-Mitch ihnen regelmäßig schickte. »Wir liefen bis Schloss Bruchfurth, dort im Innenhof gibt es einen tollen Biergarten und in dieser warmen Nacht war natürlich allerhand los. Du kannst dir vorstellen, wie begierig Elenor und ich das Treiben beobachtet und genossen haben, so unerkannt zwischen all den Menschen.« Einen Moment überließ Belinda sich der köstlichen Erinnerung. »Tja«, sie bemühte sich, gleichgültig zu klingen, »dann stolperte mir jemand in den Rücken und dadurch verschüttete ich Cola auf meine superschöne neue Bluse.«
Laura erinnerte sich nur zu gut, wie aufgebracht Belinda deswegen zu Hause herummaulte.
»Es war Karl. Was dann passierte, begreife ich gar nicht so richtig«, Belinda druckste herum, »ich drehte mich wütend um, doch als ich ihn ansah, war es, als hätte ich immer schon darauf gewartet, ihm zu begegnen.« Kopfschüttelnd redete sie weiter: »Er entschuldigte sich höflich, starrte mich aber auf eine Weise an ... als ginge es ihm wie mir. Dann lief er einfach davon.« Belinda setzte ihrer Unterlippe zu. »Ich ging zur Toilette und versuchte meine Bluse zu reinigen, als ich zurückkam, stand dieser ... dieser Matthias bei Elenor«, als wäre es ein Verrat an ihrer Cousine, blickte Belinda ihre Mutter schuldbewusst an, »ich mag diesen Beau nicht.« Laura nahm es kommentarlos zur Kenntnis. »Aber, Elenor ist nun mal von ihm angetan. Wir gestanden uns beide ein, uns verliebt zu haben. In Menschen, wie wir annahmen, denn keiner«, Belinda wurde vorwurfsvoll laut, »keiner hat auch nur andeutungsweise erwähnt, dass in deiner Heimatstadt Vampire leben.« Entrüstet blieb Belinda stehen. Welche Qualen sie, angesichts einer verbotenen Liebe zu einem Menschen, ausgestanden hatte!
»Wir wussten es nicht«, entgegnete Laura schlicht, »nicht mit Sicherheit«, fügte sie wahrheitsgemäß hinzu. »Mehr möchte ich jetzt nicht dazu sagen, Schätzchen«, sanft drückte Laura ihre Tochter an sich, »Ambrosius und auch dein Vater«, Laura schien nach den rich-

tigen Worten zu suchen, »sind uns eine Erklärung schuldig.« Es klang ganz so, als nähme sie sowohl ihm als auch Ambrosius etwas übel. Verdutzt löste Belinda sich aus der Umarmung, doch ihre Mutter schwieg, so erzählte sie weiter: »Wir fanden es heraus, als Karl von Ambrosius und Matthias gejagt wurde. In dieser Nacht traf ich zufällig auf Karl, wir schlenderten zusammen über die menschenleeren Wege, unterhielten uns ... da tauchten die beiden Männer auf. Karl zog mich mit sich, wir rannten davon, suchten ein Versteck. Inzwischen wurde es nicht nur immer heller, sondern es zog ein schöner«, Belinda lachte ironisch, »sonniger Morgen herauf. Bei dem verzweifelten Versuch, uns zu schützen, erkannten wir uns.«
»Da wart ihr schon beim Schloss, nicht wahr?«
»Ja, ich habe Karl zu uns geführt. Dann ging alles so schnell.« Belinda verstellte ihrer Mutter den Weg. »Maman, welches Geheimnis umgibt Karl, Matthias und Ambrosius? Und wieso nahm Ambrosius an, Karl wäre ein Mörder?«
»Bisher fehlte die Zeit für ein erhellendes Gespräch«, was Laura erheblich gegen den Strich ging, »von daher befragst du Ambrosius am besten selbst.«
»Na, gut«, entschlossen schritt Belinda weiter, »in welchem der Gästezimmer ist er untergebracht?«
»Im Seitenflügel, im hinteren Zimmer mit Blick ...«
»Madam!«, Edith eilte auf sie zu, »wegen des Essens ...«, verlegen schaute Edith auf Belinda, »werden alle, also ich meine außer der Gäste, auch die anderen, die, die ...«, sie verhaspelte sich ein wenig, »die anderen Bewohner ...«, sie zeigte mit einem Finger nach unten, »daran teilnehmen?«
Laura beeilte sich, ihrer sympathischen treuen Angestellten aus der Patsche zu helfen. »Tja, Edith«, zusätzlich erleichtert, den Fragen ihrer Tochter, die sie nur unzulänglich beantworten konnte, enthoben zu sein, ging Laura der menschlichen Frau mittleren Alters freundlich entgegen, »lassen Sie uns überlegen, wie wir das hinbe-

kommen.« Sie drehte sich zu Belinda um. »Entschuldige, mein Kind, ich muss dich eine Weile allein lassen.«
Belinda schwankte zwischen Wut und Verständnis. Es passte nicht zu ihrer Mutter, sie mit dieser Flut an ungeklärten Fragen stehen zu lassen. Demzufolge lag allerhand im Argen. Wieder nagte sie an ihrer Unterlippe. Sollte sie so mir nichts dir nichts diesen Ambrosius aufsuchen? Sie kannte ihn ja gar nicht, es wäre sinnvoller, sie spräche zuerst mit ihrem Vater. Seit ihrer Ankunft heute früh hatte sie ihn nicht mehr gesehen und nachher beim gemeinsamen Essen fiel solch eine Unterredung aus. Sicherlich fände sie ihn in der Bibliothek, das Gespräch mit Karl müsste eigentlich beendet sein. Ihre Mutter und Edith waren längst aus dem Gang verschwunden. Unentschlossen und langsam ging Belinda weiter zur Halle. Eigentlich sollte sie schon längst in den Stallungen gewesen sein, denn normalerweise führte sie ihr Weg, selbst nach nur kurzer Abwesenheit, immer sofort zu ihrer Stute *Princess*. Sie verstand sich selbst nicht mehr, denn obwohl sie deswegen ein schlechtes Gewissen plagte, hastete sie quer durch die Halle und die Treppe hinauf. Ihr Herz raste und der vage Gedanke, sie könne sich lächerlich machen, verunsicherte sie. Doch sie spürte ein fast zwanghaftes Verlangen, ihn zu sehen.
»Herein?!« Karl versuchte, normale Verhaltensweisen zu übernehmen, stand jedoch angespannt mitten im Raum. Als dann Belinda hereinhuschte, die Tür sofort hinter sich schloss und abwartend dort stehenblieb, wich seine Verkrampfung freudigem Erstaunen.
»Was für ein überraschender Besuch! Oder bringst du mir wieder Anweisungen?«, neckte er sie.
Verneinend blieb Belinda wo sie war.
»Bitte!«, Karl lud sie mit einer Handbewegung ein, in einem der Sessel vor dem Fenster Platz zu nehmen, »wenn du ein bisschen Zeit mitgebracht hast, kannst du mir gleich einiges erklären.«

»Erklärungen will heute wohl jeder. Ich allerdings auch!« Sie fand zu ihrem Selbstbewusstsein zurück, stolzierte arrogant an ihm vorbei und warf sich in den Sessel.
Unbeeindruckt setzte sich Karl ihr gegenüber und fragte ohne Umschweife: »Wie komme ich an Nahrung? Hier sind wir auf dem Land, ich habe keine Ahnung, wie weit es bis zur nächsten Stadt mit Einkaufsmöglichkeiten ist – ganz zu schweigen von dem Kontakt zu einem Blutlieferanten.«
Verständnislos kaute Belinda auf ihrer Unterlippe. Sich mit solch profanen Dingen auseinanderzusetzen war ihr bisher erspart geblieben.
»Es wird serviert oder wir gehen in die Küche, da sind alle Vorräte.« Verwundert betrachtete sie Karl, der bei ihren Worten den Kopf leicht senkte und ihn ein wenig schüttelte. »Meine Mutter bespricht alles mit Edith und … na irgendwie wird alles geliefert oder so«, fügte sie noch erklärend hinzu. Was stellte er aber auch für unsinnige Fragen. Belinda vermochte sich beim besten Willen keinen Reim darauf zu machen, warum seine tiefblauen Augen sie jetzt so traurig ansahen. Am liebsten nähme sie ihm, wie sie es schon einmal gewagt hatte, die Brille ab, dann wirkten seine Augen noch schöner.
»Du führst ein ganz anderes Leben als ich«, antwortete Karl endlich. »Ich verfüge über keine Angestellten«, er lächelte ein wenig betreten, »von daher sollte ich tunlichst schnell in Erfahrung bringen, wie ich einige Vorräte erwerben kann. Und vielleicht auch mal ein paar neue Sachen«, er zog an seinem knitterigen T-Shirt. »Was letzteres betrifft«, jetzt grinste er sie herausfordernd an, »hoffe ich auf deinen bereits signalisierten Beistand.«
»Vorräte sind, wie ich erwähnte«, schnippisch reckte sie ihr Kinn vor, »immer genügend vorhanden. Meine Eltern führen ein sehr gastliches Haus und solange du oder sonst wer«, sie gönnte ihm einen hochnäsigen Blick, »unter unserem Dach weilt, ist für alles gesorgt.« Mit ihren langen Fingern fuhr sie sich durchs Haar. Es sollte gelangweilt wirken, überspielte ihre Nervosität allerdings nur

unzulänglich. »Bei dem anderen, also …«, sie bearbeitete schon wieder ihre Unterlippe, »ich ginge schon gern mit dir shoppen.«
»Shoppen?«
»Einkaufen in einer der Ladenmeilen oder Passagen, Monsieur! Da ist alles überdacht und wir können uns gefahrlos bewegen.«
»Ja«, bestätigte Karl, »diese Annehmlichkeiten der neueren Zeit weiß ich sehr zu schätzen.«
»Außerdem gibt es dauernd irgendwo Late-Night-Shopping.«
»Extra für Vampire?« Karl traute dieser neuen Welt, in die er eingetaucht war, alles zu.
Belinda prustete los, als sie den Ernst der Frage erkannte. »Hast du bisher hinter dem Mond gelebt?«
»So in etwa«, antwortete Karl leise.
Trotz ihrer Jugend fühlte Belinda, wie bereits schon zuvor, den unsäglichen Schmerz, von dem dieser Mann gepeinigt wurde. Sie erhob sich und ging vor ihm in die Hocke. Behutsam nahm sie ihm die Brille ab, legte sie auf das kleine Tischchen neben ihnen und hauchte: »Was nur, ist dir Schlimmes widerfahren?«
Statt einer Antwort beugte Karl sich zu ihr und sie verschmolzen in einer innigen, anhaltenden Umarmung. Irgendwann flüsterte Belinda: »Erzähl mir alles!«
»Dafür brauchen wir ein wenig Zeit, die ich jetzt nicht habe.« Karl zog sie mit sich hoch, als er aus dem Sessel aufstand. »Ich muss meine Abreise für morgen Abend planen, da benötige ich …«
»Ich höre wohl nicht richtig«, geriet Belinda umgehend in Zorn, »du willst schon wieder weg?«
»Belinda«, Karl schloss sie, jetzt steif wie eine Schaufensterpuppe, wieder in die Arme, »ich habe die Gelegenheit, mit in den Norden zu fahren um mich in diesem speziellen College umzusehen. Dein Vater bot es mir an. Für mich ist es *die* Chance, eventuell ein Studium zu beginnen.« Ihre Enttäuschung traf ihn. »Versteh doch, das kann ich mir nicht entgehen lassen!«

Belinda entwand sich ihm brüsk. »Das glaube ich einfach nicht. Kaum bist du hier, willst du schon wieder fort.« Wütend, dass es in ihrer Kehle saß, unterdrückte sie ein Schluchzen.
»Ihr werdet meine Gastfamilie, so komme ich regelmäßig hierher. Und vielleicht kannst du mich dort besuchen?« Wie sollte er sie nur beschwichtigen? Er hatte ihr doch rein gar nichts zu bieten. Allein ihre äußere Erscheinung, ganz so wie die von Laura und Desmond, ließ Rückschlüsse auf den Wohlstand der Familie zu. Wie immer war Belinda chic und bis aufs i-Tüpfelchen passend gekleidet. Zu dieser Tageszeit trug sie eine pinkfarbene, dreiviertellange Baumwollhose, ein T-Shirt in dunklem Grau mit pinkfarbenen schillernden Applikationen, dazu farblich passende Fingernägel und, das sah er erst jetzt, ebenfalls pink lackierte Fußnägel, die aus silbrigen Sandaletten hervorschauten.
»Warum siehst du denn jetzt schon wieder so traurig aus«, sie klang verzweifelt, »du bist doch derjenige, der mich verlässt.«
»Sieh dich doch an«, Karl fasste sie bei den Schultern, drehte sie herum und bugsierte sie zum Kleiderschrank, öffnete eine der Türen und postierte sie vor den Innenspiegel. »Ich kenne mein Spiegelbild«, störrisch versuchte sie seine Hände abzuschütteln und sich umzudrehen, doch Karl zwang sie mit sanftem Druck, vor dem Spiegel stehenzubleiben. »Du siehst immer gut aus, du hast Zeit, dich um dich selbst oder deine Hobbys zu kümmern, deine Eltern können dir jedweden Luxus ermöglichen.« Karl holte tief Luft. »Ich muss Geld verdienen. Und ich weiß nicht, ob es jemals genug sein wird, um dir solch ein Leben zu bieten.«
»Daher weht der Wind«, sie bewegte sich so heftig, dass Karl erschrocken die Hände von ihren Schultern nahm. Ihre grünen Augen wirkten katzenhafter denn je. Sie kniff sie zu schmalen Schlitzen zusammen. »Du meinst also, ich bin eine junge dumme Pute, die außer sich zurechtzumachen nichts im Kopf hat und ihren Eltern auf der Tasche liegt?!« Wutschnaubend atmete sie aus. Karl wollte sie beruhigen, doch sie verteidigte sich lautstark. »Wir haben Haus-

lehrer und auch ich werde studieren. Und das hier«, sie machte eine allumfassende Geste, »ist ein Gestüt, das ich gedenke irgendwann zu übernehmen und zu leiten!« Ihr Gesicht war ganz dicht vor seinem und noch immer war dieser undefinierbare funkelnde Blick in ihren Augen. »Ich habe also genug Geld, da gibt es keinen Grund für dich, mich zu verlassen!«
Karls Schultern sanken nach vorn. Wie konnte er ihr nur begreiflich machen, dass gerade das nicht möglich war? Hilflos rang er die Hände. Belinda sah ihn abwartend an, aber Karl bekam kein Wort heraus.
»Du wirst in …«, ein Blick auf die Armbanduhr eines Designers, »dreiundvierzig Minuten zum Essen erwartet.« Arrogant, mit einem trotzigen Ausdruck im ach so schönen Gesicht, fügte sie hinzu: »Wir sind in diesem Haus an Pünktlichkeit gewöhnt.« Dann rauschte sie aus dem Zimmer.
Karl fuhr sich verzweifelt mit seinen Händen durchs Gesicht, dann schlug er mit der Faust gegen eine der geschlossenen Kleiderschranktüren. Umgehend brachte ihn das hohle Geräusch zur Besinnung; Aufmerksamkeit auf sich zu lenken war für ihn tabu und er hoffte, dass niemand seinen Wutausbruch gehört hatte. Er kauerte sich in den Sessel, in dem Belinda vorher gesessen hatte. Ihr Geruch umgab ihn. Sie war es doch, die ihn endlich, endlich, nach all diesen verzweifelten Jahren einen Sinn in seinem bisher so ungewollten und nutzlosen Dasein erkennen ließ. Sie war die einzige, die seinen Schmerz lindern konnte. Er durfte sie nicht verlieren. Der Gedanke daran verursachte ihm Krämpfe. Zuviel musste er schon aufgeben. Und es gab niemanden, mit dem er seine Sorgen teilen, den er befragen könnte. Karl saß mit hängendem Kopf, verstrickt in seine düsteren Gedanken, da. Er verlor jegliches Zeitgefühl.
Das Schrillen des Telefons auf dem Nachttischchen neben seinem Bett ließ ihn zusammenfahren. Karl starrte den Apparat an, stand auf, blieb aber misstrauisch vor dem nicht Ruhe geben wollenden Gerät stehen. Endlich überwand er sich.

»Ja, bitte?«
»Sir, hier ist Edith. Ich bitte Sie im Namen der Hausherrin, mit der Familie zu speisen. Das Essen wird in fünf Minuten serviert.«
»Ja …, danke!«, stammelte Karl, den das ‚Sir' ganz aus dem Konzept gebracht hatte. Der Hörer am anderen Ende wurde aufgelegt. Richtig, das Essen. Belinda hatte ihn ja bereits hinbefohlen!
Karl mochte Laura, die Herrin des Hauses, nicht enttäuschen und beschloss, auf jeden Fall an der Mahlzeit teilzunehmen. Sollte er sie, obwohl es sich um ihre Tochter handelte, ins Vertrauen ziehen? Zwischen Laura und ihm bestand seit ihrer ersten Begegnung eine unerklärliche, tiefe Verbundenheit. Sie verstünde seine Argumente, vielleicht war sie bereit, vermittelnd auf Belinda einzuwirken. Mit einem Anflug von Hoffnung machte Karl sich auf die Suche nach dem Esszimmer.

Elenor hetzte den Flur entlang. Obwohl die leichte Leinenhose mit dem passenden Oberteil locker ihre Fülle umspielte, brach ihr der Schweiß aus. Nicht allein wegen der Hitze, die sich noch in den Räumen hielt, sondern weil ihr Bruder sich mal wieder davon gemacht hatte. Sie befand sich im Mitteltrakt des Gebäudes und erreichte kurzatmig die Tür, die ins Kellergeschoss führte. Leise klinkte sie diese auf. Und richtig, da schlich Eugen behutsam die Treppe hinunter. Fast war er schon unten angelangt.
»Eugen!«
Ertappt fuhr er herum.
»Was willst du?«, schrie er, alle Vorsicht außer Acht lassend, seine Schwester an.
»Tante Laura hat uns zum Essen eingeladen und du weißt, Onkel Desmond mag es nicht, wenn wir zu spät erscheinen.«
Eugen schnitt eine Grimasse, trat noch eine Weile unschlüssig mit seinem groben Stiefel gegen die Marmorstufen und kam dann schmollend nach oben. Nachdem Belinda und Tante Laura gegangen waren, machte Elenor sich an ihrem vom Weinen geschwolle-

nen Gesicht zu schaffen. Natürlich schaute sie dauernd vom Bad aus zu ihm hin, um sich zu vergewissern, dass er keine Dummheiten anstellte, doch als sie endlich die Tür schloss um sich umzuziehen, war er flugs aus dem Zimmer entschwunden. Leider war sie schneller hinter ihm her, als er angenommen hatte.

»Komm«, Elenor strich ihm liebevoll über den Kopf, was er ausnahmsweise zuließ, nahm ihn bei der Hand und marschierte zügig mit ihm zurück. Als sie an der großen, repräsentativen Treppe in der Halle vorbeieilten, kam Belinda diese gerade herunter. Elenor verhielt den Schritt, was Eugen mit einem Fußstampfen kommentierte. Schon von unten sah Elenor diesen mürrischen Ausdruck, den Belinda immer zeigte, wenn etwas nicht nach ihrem Willen ging. Es passte allerdings gar nicht, dass sie umgehend ein Lächeln auf ihr Gesicht zauberte. So schlimm stand es also, ihre Cousine riss sich ihr gegenüber zusammen und versuchte, gute Laune zu verbreiten. Belinda beeilte sich sogar, hakte sich bei ihr unter und meinte leutselig: »Schön, da können wir ja gemeinsam hinübergehen.«

»Tu nicht so scheinheilig«, Elenor war grundehrlich, was Belinda im Prinzip ebenfalls auszeichnete, »du hast doch wieder eine Laune, als ginge die Sonne gar nicht mehr unter.«

»Ich kann dich kein bisschen täuschen?!«

»Willst du darüber sprechen?«

»Später.«

Eugen guckte verständnislos. Was die Weiber mal wieder hatten. Gut, dass sie endlich angelangt waren. Er rannte zu einem der zehn schwarzen Lederstühle, die sich, frei auf einem Stahlgestell schwingend, um einen rechteckigen Tisch aus dunkelgebeizter Esche gruppierten.

»Hey, Onkel Desmond!«, grüßte Eugen in der Annahme, dass seinen Onkel diese lockere Art ärgerte. Seine Mutter behauptete jedenfalls, er messe Benimm und Etikette große Bedeutung bei. Niemand ahnte, dass Desmond diese Fassade nur aufrechterhielt, wenn er nicht mit Laura und Belinda allein war.

»Rutsch einen Stuhl weiter!«, wies Elenor ihn an. ‚Mist', dachte Eugen, ‚dann sitze ich neben Onkel Desmond und der passt genau auf, dass ich ordentlich esse.' Grollend zog er den anderen Stuhl zurecht. Elenor und Belinda schlossen sich an. Ihm gegenüber nahm Tante Laura mit einem aufmunternden Augenzwinkern Platz. Er fand es zu still und begann, mit dem Messer auf den Tellerrand zu schlagen. Elenors Hand legte sich über die seine und ihr Blick sprach Bände. Also ließ er das Besteck fallen, lehnte sich zurück und verschränkte die Arme. Warum ging es denn nicht los? Wie zur Antwort klopfte jemand. Durch die massive, unverzierte Eichentür klang es gedämpft.

»Nur herein!«, lud Laura aufgesetzt fröhlich ein.

Karl, der verhalten die Tür öffnete und zögerlich eintrat, nahm es fast den Atem, als der Hausherr, der vis-á-vis am Kopf des Tisches saß, ihn direkt fixierte. Eingeschüchtert blieb Karl mit hinter dem Rücken gehaltenen Händen vor dem Tisch stehen.

»Bitte!«, Laura wies mit ihrer kleinen Hand auf den Stuhl neben sich. Sofort, nachdem Karl sich gesetzt hatte, öffnete sich eine schmale Tür, die sich geschickt in die Wand integrierte. Gekonnt servierte eine adrett gekleidete Frau Steaks, die nur ganz kurz die Bekanntschaft einer Pfanne gemacht hatten. Ob sie wohl menschlich war? Vielleicht war es Edith, die Frau des hiesigen Mitch. Karl merkte an der auftretenden Nervosität der Frau, dass er sie die ganze Zeit anstarrte und senkte beschämt den Blick. Da sie freundlich lächelnd seinen Teller mit gedünstetem Gemüse und Kartoffeln füllte, nahm sie es ihm wohl nicht weiter übel. Eugen schob bereits große Stücke Fleisch in seinen Mund. Während er kaute moserte er: »Bekomme ich was zu trinken?«

»Du hast etwas in deinem Glas, außerdem spricht man nicht mit vollem Mund«, wies Laura ihn zurecht. Neben jedem Teller stand ein Glas mit Wasser.

Eugen schluckte. »Ich meine was Richtiges.«

Laura sah Elenor fragend an.

»Wir haben Vorräte, Tante Laura, dafür hat unser Vater stets gesorgt.« Niemandem entging der Schmerz und die Traurigkeit in Elenors Stimme. Und an ihren Bruder gewandt: »Für heute reicht das Steak.« Es brachte ihr einen bösen Blick ein.
Das weitere Essen verlief schweigend. Obwohl Karl nicht an Tischgespräche gewöhnt war, empfand er diese Stille als unangenehm und bedrückend. Belinda ignorierte ihn.
Nach recht kurzer Zeit, wozu die fehlende Konversation einen erheblichen Anteil beitrug, war das Essen beendet. Zur Abrundung offerierte die freundliche Dame Kaffee, Espresso oder Cappuccino. Karl schloss sich der Allgemeinheit an und wählte einen Espresso. Wären die Umstände glücklicher, hätte er diese gepflegte Mahlzeit, mit Belinda in seiner Nähe, genossen. Ahnte Belinda, dass sie ihn von seinem Rachefeldzug erlöste? Nur ihretwegen hegte er keine Vergeltungspläne mehr gegen Ambrosius und Matthias. Wobei ein gewisser Groll auf die beiden nach wie vor bestand. Bevor ihn das Gedankenkarussell wieder packte, erhob der Hausherr die Stimme und bat um Aufmerksamkeit.
»Edith, seien Sie so freundlich und nehmen Sie Eugen bitte eine Weile unter ihre Obhut.« Desmond unterdrückte Eugens aufkeimende Ablehnung, indem er ihm freundlich auf die Schulter klopfte und ihn mit einer stummen Geste aufforderte, den Raum zu verlassen. Eugen erhob sich lärmend. Beim Hinausgehen schielte er unter den gesenkten Augenlidern unsicher in Richtung seiner Schwester, die ihm gespielt munter zunickte. Eugen ließ seinem Ärger freien Lauf und hieb kräftig gegen den Rahmen der Verbindungstür, die von Edith umgehend geschlossen wurde.
Desmond räusperte sich. »Elenor, du weißt bereits von Laura, dass wir deine Eltern in den Norden bringen müssen. Morgen Abend werden sie abreisen. Sicherlich möchtet ihr euch vorher verabschieden und ...«
»Was genau wirft man ihnen denn vor?«, unterbrach Elenor heftig.

»Ich kann es dir nicht länger verheimlichen«, es setzte ihm zu, seiner Nichte gegenüber von den schweren Vergehen zu sprechen, »deine Eltern haben sich einem Geheimbund angeschlossen, der nur Vampire akzeptiert, die den traditionellen Familien entstammen.« Elenor sah verständnislos in die Runde, Belinda setzte ihrer Unterlippe zu. »Damit meine ich, dass es Vampire gibt, die einst menschlich waren.« Desmond starrte in die leere Espressotasse.
»Das ist doch bekannt«, lapidar zuckte Elenor die Schultern.
»Diese … besondere Gesellschaft«, Desmond gab sich einen Ruck und sah Elenor an, »hat es sich zur Aufgabe gemacht, die Mischwesen aufzuspüren und zu eliminieren.«
»Wieso das denn«, empörte Elenor sich, »manche Vampire schaffen doch ganz bewusst neue!«
»Das ist richtig, Elenor, doch diese selbsternannten »Bewahrer« lehnen dies ab und …«, Desmond hielt inne, er wog seine nächsten Worte sorgfältig ab, »manche unter uns töten grundsätzlich, obwohl seit einigen Jahrhunderten bekannt ist, dass wir niemanden aussaugen müssen, um zu überleben. Einige sehen in den Menschen immer noch Freiwild, das zur Ernährung dient.« Er hüstelte hinter vorgehaltener Hand. »Unser Hoher Rat betrachtet solches Vorgehen als Mord und ahndet die Verbrechen.«
»Meine …«, Elenor stockte, »meine Mutter hat das auch gemacht?«
»Ja, Liebes«, schaltete Laura sich ein und griff über den Tisch hinweg nach Elenors Hand, »wir können dir die schockierende Tatsache nicht länger verschweigen. Obwohl deine Mutter in der letzten Zeit nicht mehr selbst tötete, ernährte sie sich ausschließlich von dem Blut, das euer Vater von seinen nächtlichen Ausflügen mitbrachte.«
Elenor erbleichte; Eugen und sie tranken also von jeher Blut, für das Menschen ihr Leben gelassen hatten. Natürlich war ihr nicht verborgen geblieben, dass ihr Vater oft nächtelang das Haus verließ und auch die heftige Blutgier ihres Bruders, der zuweilen kleine Tiere anfiel, war ihr bekannt; dennoch war sie immer davon ausgegan-

gen, der Haushalt funktioniere ähnlich wie bei Tante Laura, mit Blut von Schlachttieren oder gespendetem Blut als Nahrungsergänzung.
»Wieso erst jetzt?«
Desmond schaute Elenor konsterniert an.
»Wieso zieht ihr meine Eltern erst jetzt zur Rechenschaft?«
»Niemand wird ohne Beweise in Verwahrung genommen, Elenor. Obwohl dein Vater schon immer verdächtigt wurde, war er über Jahrhunderte mehr als geschickt. Doch jetzt ist die Beweislast erdrückend. Er wird wegen der beiden Morde auf dem Kontinent angeklagt, außerdem wird ihm die Zugehörigkeit zu einer verbotenen Vereinigung zur Last gelegt. Deine Mutter wird als Mitwisserin vor Gericht gestellt.«
»Also gibt es für sie Hoffnung, dass sie nicht zum Tode verurteilt wird?«
»Hoffnung gibt es für beide, Elenor«, Desmonds Stimme klang fest und zuversichtlich, »das Hohe Gericht kann, muss aber keine Todesstrafe bei Mord verhängen.«
Elenor starrte betrübt auf ihre Hände, dann spannte sie ihren Körper und sah Desmond entschlossen in die Augen. »Natürlich möchte ich sie vor ihrer Abreise noch einmal sehen. Es besteht sicherlich auch die Möglichkeit, sie während ihrer Inhaftierung zu besuchen.«
Ohne eine Antwort abzuwarten, erhob sie sich.
»Wenn du nichts dagegen hast, Onkel Desmond, ziehen Eugen und ich uns zurück«, es klang ungewohnt schroff. »Danke für das Essen, Tante Laura.«
Karl, der sich wunderte, dass Desmond diese Unterredung in seiner Gegenwart führte, fand es unangebracht, seinen Entschluss mit in den Norden zu reisen kundzutun und Laura mit Fragen zu behelligen, wie er an Reiseproviant oder sonstiges käme. Also stand auch er auf und machte eine angedeutete Verbeugung in Richtung Laura.
»Ich danke ebenfalls sehr für die Mahlzeit!«
»Nicht so eilig, ihr beiden«, hinderte Desmond Elenor und Karl, den Raum zu verlassen, »nehmt ruhig noch einmal Platz.«

Elenor fiel zurück auf ihren Stuhl; Karl folgte mit leicht schwummerigem Gefühl der Aufforderung.

»Leider haben wir nicht viel Zeit für ausschweifende Erläuterungen, deshalb verzichte ich vorerst darauf zu erfahren, welche Umstände euch zusammenführte«, Desmond schaute Belinda, Elenor und Karl der Reihe nach an, »doch vielleicht gibt es eine kurze Antwort auf die Frage, aus welchem Grund Sie«, Karl traf ein strenger Blick aus grauen Augen, »von Ambrosius und Ihrem langjährigen Weggefährten Matthias gejagt und der beiden Morde in ihrer Stadt beschuldigt wurden?«

Karl rutschte nervös auf seinem Stuhl hin und her. Sollte er hier, vor dieser Familie, seine jahrhundertelange Qual ausbreiten? Hilfesuchend sah er Belinda an; sie sah durch ihn hindurch.

»Karl, nur ein kleiner Hinweis«, half Laura, »damit wir es alle besser verstehen.«

Ihr warmer Blick ermutigte ihn. »Vor wenigen Nächten enthüllte Matthias, dass er nicht nur von jeher wusste, wer uns zu dem machte, was wir sind, sondern dass er dafür verantwortlich ist; es war sein Wunsch, der, für mich unverständlich, erfüllt wurde.« Karl bemühte sich, ruhig weiterzuerzählen. »Endlich kannte ich die Übeltäter und das Bedürfnis, mich für dieses verhasste Dasein zu rächen, überfiel mich wie eine Krankheit. Ich floh aus der gemeinsamen Unterkunft, wollte nach Ambrosius suchen. Erstaunlicherweise war er genau zu diesem Zeitpunkt in meine Heimatstadt zurückgekehrt. Warum er und Matthias mich für den Mörder der jungen Frau und des jungen Mannes hielten ist mir allerdings schleierhaft«, kopfschüttelnd blickte Karl ins Leere. Dann schaute er, voller Traurigkeit, Desmond an. »Gern möchte ich ein paar Antworten von Ambrosius.« Sein wehmütiges Lächeln schmerzte. »Es tut mir leid, Sir, Ihnen nichts anderes sagen zu können.«

Betretenes Schweigen füllte den Raum. Elenor, deren Wangen fast wieder in dem gewohnt frischen Ton leuchteten, verloren erneut die Farbe. Deutlich stand ihr die zweite Begegnung mit Matthias vor

Augen. Dieser Matthias, in den sie sich so Hals über Kopf verliebt hatte, als er im Hof von Schloss Bruchfurth vor ihr stand, sich ohne Umschweife und ohne sich vorzustellen mit ihr verabredete. Und dann diese nächtliche Begegnung auf dem alten Werkgelände in der Nähe von Schloss Stiemheim. Matthias lungerte vor einer ehemaligen Halle herum und beide befragten sich argwöhnisch, nichts von ihrer jeweiligen vampirischen Natur ahnend, was sie des Nachts umtrieb. Matthias erregte dann Elenors Mitleid, indem er ihr erzählte, wie verzweifelt er seinen langjährigen Freund, den er tief gekränkt hatte und mit dem er sich aussöhnen wolle, suchte. Bei dem Namen *Karl* fiel Elenor der Verehrer Belindas ein, der ebenfalls auf der Suche nach einem Freund war. Sie gab Matthias den entscheidenden Hinweis. Durch ihre Schuld wäre Karl beinah eliminiert worden. Benutzte Matthias sie nur? Seit ihrer Ankunft auf *Scotch Eternity* waren sie sich nicht mehr begegnet, doch im Wagen und auf der Fähre war er ihr nicht von der Seite gewichen. Nicht gerade verwöhnt was Verehrer betraf, fühlte Elenor sich mehr als geschmeichelt; doch jetzt, im Nachhinein, erkannte sie das Besitzergreifende. Was hegte Matthias für Absichten?

Karl beendete die Stille. »Eigentlich erwartete ich«, er blickte auf die freien Stühle am Tisch, »oder hoffte, Ambrosius und Matthias beim Essen zu treffen.« Er sah Laura fragend an, sie wäre kaum so unhöflich, einen Teil ihrer Gäste auszuschließen.

»Nun«, Laura lächelte geheimnisvoll, »Ambrosius ist zu einem nachbarschaftlichen Besuch unterwegs und Matthias …«, sie überlegte einen Moment, »erkundet wohl die Gegend.«

»Ihr wisst also nicht, wo er ist!«, platzte Belinda heraus. Diese ganzen Erläuterungen, die nichts klärten sondern alles noch schwieriger verständlich machten und jetzt trieb sich auch noch dieser undurchsichtige Matthias in der Gegend herum. Natürlich stand er nicht unter Hausarrest, doch sie spürte deutlich, dass ihren Eltern seine Abwesenheit Unbehagen bereitete.

»Mir reicht das alles«, pampig richtete Belinda sich an ihren Vater, »falls du mich in deiner Bibliothek empfangen könntest, würde ich dich gerne unter vier Augen sprechen.«
Desmond öffnete verdutzt den Mund, schloss ihn aber rasch wieder. Ihm schwante, weshalb Belinda mit ihm böse und so förmlich war. Normalerweise kam sie zu ihm, wann immer ihr danach war. Ein Seitenblick auf Laura verriet, dass sie ihm den Zorn ihrer Tochter gönnte. Er hatte wahrhaftig einen schweren Stand, wenn es um Karl ging. Während er über ein versöhnliches Wort zur Beendigung des Gesprächs nachdachte, klingelte das auf dem Highboard befindliche Telefon. Wie erlöst sprang Desmond auf und meldete sich. Dann hörte er, ohne Entgegnung, konzentriert zu, sein Gesichtsausdruck wechselte von Besorgnis zu Bestürzung. Durch ein Zeichen gab er Laura zu verstehen, mit ihm zu kommen und verschwand mit dem schnurlosen Gerät eilig aus dem Esszimmer. Laura folgte ihm schnellstens. Im Hinausgehen rief sie den jungen Leuten noch eine Entschuldigung zu.
»Ich geh' dann mal zu Edith und erlöse sie von meinem Bruder.«
Elenor versuchte ein Lächeln, doch die Grübchen, die normalerweise dabei entstanden, zeigten sich nicht. Belinda, der ihre Verwirrung ins Gesicht geschrieben stand, sah Elenor stumm hinterher, als sie durch die getarnte Tür in das Reich von Edith verschwand. Was konnte sie ihrer Cousine denn Tröstendes sagen? Nichts, rein gar nichts. Sie selbst vermochte doch nicht zu glauben, dass ihr Onkel Edgar, dem sie zwar einiges zutraute, das personifizierte Böse war. Ein leises Geräusch entstand, als Karl seinen Stuhl zurückschob. Sofort brachen die anderen unerfreulichen Gedanken wieder über sie herein. Abrupt stand sie auf. Sie strafte Karl mit einem vernichtenden Blick und verließ den Raum mit demonstrativ lauten Schritten.
Karl ließ sie gewähren. Er erreichte noch gerade die Tür bevor sie zuschlagen konnte, trat schnell auf den Gang und bekam mit, dass schräg gegenüber eine tapezierte Tür, die sich kaum von der Wand

abhob, langsam zufiel. Er ging hin und drückte vorsichtig dagegen. Zu seinem Erstaunen ging die Tür leicht und fast geräuschlos auf, von innen ließ sie sich verriegeln. Er befand sich in einer Art Parallelgang, nur nicht ganz so vornehm ausgestattet; kurz vor ihm führte eine Treppe ins Obergeschoss. Karl erklomm einige Stufen, um zu überprüfen, ob man ihn heute früh über diesen Aufgang geführt hatte, blieb dann aber stehen. In seinem Zimmer würden ihn nur Grübeleien quälen. Doch was sollte er in dieser gerade erst beginnenden Nacht anfangen? Alle anderen waren verschwunden. Unnachgiebig packte ihn die Einsamkeit. Trübsinnig ging er die Stufen wieder hinunter und stellte fest, dass der Gang auch in anderer Richtung verlief. Von innerer Unruhe getrieben, folgte er ihm, obwohl er viel lieber in die Bibliothek gegangen wäre um den Hausherrn, trotz des misslichen Ausgangs ihres Vieraugengespräches, um einen Atlas oder eine Straßenkarte zu bitten. Nur zu gern würde er die Route seiner ersten Reise nachvollziehen. Für den Moment vertrieb die Erinnerung an die gestrige Nacht seine unangenehmen Gedanken. Mitten aus dem Ruhrgebiet waren sie, ohne auch nur die geringste Grenzkontrolle, durch Belgien und Nordfrankreich bis zum Hafen gefahren. Viel zu sehen gab es in der Dunkelheit bedauerlicherweise nicht, dennoch hatte sein Herz wie wild gerast. In Calais gab es dann allerdings einen britischen Kontrollpunkt und Karl begriff, dass durch die Angst vor Terrorismus die Einreise unerwünschter Personen bereits auf dem Kontinent unterbunden werden sollte. Dadurch standen sie alle unter Anspannung, doch die Papiere, die Ambrosius für ihn und Matthias aus einem Fundus *verlorengegangener* Ausweise ausgewählt hatte, bewiesen ihre Tauglichkeit. Lediglich die gebuchten Kabinen brachten ihnen, aufgrund der Kürze der Überfahrt, fragende Blicke des Bordpersonals ein. Da aber, wie Karl jetzt wusste, niemand in den Fahrzeugen bleiben durfte, war es eine heikle Aufgabe, Edgar und Agatha nicht entwischen zu lassen. So wurden sie kurzerhand in einer dieser engen Räumlichkeiten eingesperrt. Ambrosius übernahm wie selbstverständlich ihre Bewachung und somit wurde Karl ein weiteres Mal an einer Aussprache mit ihm gehindert.

Unsicher wankte er durch den Flur; er wunderte sich, wie lange dieses taumelige Gefühl, das ihm der heftige Wellengang eingebracht hatte, an Land andauerte. Mit diesem Phänomen beschäftigt, fuhr er zusammen, als die Tür am Ende des Ganges aufgestoßen wurde, ein Stück Dunkelheit preisgab und ein Mann mit weit ausholenden Schritten auf ihn zukam. Sofort befiel Karl der übermächtige Drang, sich zu verstecken. Wie konnte er nur so dumm sein, allein durch das Haus zu streifen; ihm war nicht bekannt, wer außer Desmonds Familie und den Angestellten Zugang hatte. Seine Gedanken jagten. Sollte er zu der Tür rechts von ihm vorpreschen, die aber vielleicht verschlossen war? Oder ganz einfach den Gang zurückhetzen? Automatisch nahm Karl eine geduckte Abwehrstellung ein. Nach zweihundertfünfundfünfzig Jahren leben im Verborgenen und Angst vor Entdeckung, ist Vertrauen ein Fremdwort und jede unerwartete Begegnung eine Herausforderung. Als er den Mann erkannte kroch die Angst zurück ins Unterbewusstsein und Karl straffte den Rücken.

»Mensch, Mitch!« Karls Erleichterung machte sich Luft.

»In der Tat, der bin ich«, nickte der Mensch und beide lachten.

»Ja«, leicht verlegen sah Karl kurz auf den Boden und dann den hiesigen Mitch, den er für den Bruchteil einer Sekunde für den Mitch, den er erst vor kurzem kennen- und schätzengelernt hatte, direkt an, »ich bin mal wieder ganz in Gedanken herumgelaufen und weiß nicht so genau, in welchem Teil des Gebäudes ich mich befinde.« Entschuldigend hob er die Schultern, dann, einem Impuls folgend, streckte er Mitch die Hand entgegen. »Karl.«

»Willkommen auf *Scotch Eternity*, Karl! Es sind ja im Moment einige Gäste hier und auch Ihr Name wurde mir von den Herrschaften genannt. So weiß ich, dass ich Sie herumführen kann.«

Also war man auch hier auf der Hut vor Fremden und seine Furcht vor wenigen Minuten nicht unbegründet. Nirgendwo gab es auch

nur ein annähernd normales Leben. Wie hatte er sich das Vorgaukeln können? Karl bemühte sich, den grauen Nebelschleier, der ihn wieder umwaberte, zu vertreiben.
»Wieso sprechen Sie deutsch?«
»Das ist eine der Bedingungen, um in diesem Haus zu arbeiten. Wir reden hier zweisprachig.« Es folgte eine kleine Pause. »Die gnädige Frau stammt aus Deutschland.«
Die Hochachtung, mit der Mitch von Laura sprach, entging Karl nicht.
»Dann kommen Sie mal«, unkompliziert klopfte Mitch Karl auf die Schulter, drehte sich herum und ging zurück; Karl hielt neben ihm Schritt. »Ich zeige Ihnen den Innenhof mit den Pferdeboxen.« Ein breites Lächeln entblößte große, gepflegte Zähne. »Sonnenbrand ist nicht zu befürchten.«
Karls Lächeln geriet etwas schief, als er sarkastisch antwortete: »Keine Bedenken, dass ich Sie oder die Tiere im Dunkel der Nacht anfalle?«
»Man entwickelt ein Gespür«, Mitch sah ihn mit einem wissenden Blick von der Seite an, »auch für unangebrachte Bemerkungen.«
»Keine blöden Vampirwitze mehr?«
»Versprochen!«
Jetzt war Karls Lächeln versöhnlich und Mitch grinste erleichtert, während sie in den, über einen Bewegungsmelder gesteuerten, gut ausgeleuchteten Hof traten. Karl hatte instinktiv die Lider gesenkt um seine empfindlichen Augen vor der unnatürlichen Helligkeit zu schützen, bemerkte aber überrascht, dass es ein weiches, angenehmes Licht war. Dann wunderte er sich über seine Naivität. Hier lebten Vampire! Noch nie war er unter seinesgleichen gewesen und kannte diese Rücksichtnahme nicht. Bisher mussten Matthias und er mit einer Umgebung voller Menschen zurechtkommen, mit allem, was diesen normalen Lebewesen gefiel – grelle Neonreklamen und schmerzhaftes Licht allerorten eingeschlossen. Von der stetigen Angst der Entdeckung, die ihn ja noch vor wenigen Augenblicken

befallen hatte, ganz zu schweigen. Karl blieb stehen und sah fast andächtig um sich. Wie immer in solchen Momenten, stürzten alle möglichen Gedanken über Karl herein und normalerweise bot der Grübelei nichts Einhalt.
»Alles klar, Sir?«
Perplex sah Karl zu Mitch, der besorgt wirkte. Und nicht nur das; hier gab es einen Menschen, der seine Stimmungen erkannte und registrierte. Da stand er seinem Cousin auf dem Kontinent in nichts nach. Welch ein Glück diese Familie mit ihren Menschen hatte. Ohne Bedenken schenkte Karl auch diesem Mitch sein Vertrauen.
»Alles klar, Sir!«
Jetzt war es an Mitch, perplex zu gucken.
Karl lachte. »Das mit dem ‚Sir' kenne und möchte ich nicht. Sie wissen, wie ich heiße.« Dann wechselte er spontan das Thema. »Die junge Dame, Belinda, erzählte mir, dass sie eines Tages dieses Gestüt leiten möchte. Ist sie denn mit Pferden vertraut?«
Mitch schlug sich herzhaft lachend auf die Oberschenkel. »Sie ist eine absolute Pferdekennerin und reitet wie der Teufel. Meine Frau erzählte mir, dass die Leidenschaft für diese Tiere nicht nur ein Erbteil von Belindas Vaters ist, sondern dass ihre Oma, mütterlicherseits, eine ungestüme Reiterin war.«
»Und Laura, äh, die gnädige Frau, reitet sie auch?«
»Nein«, so als würde es ihn noch immer wundern, schüttelte Mitch den Kopf, »das ist ja das Erstaunliche, die gnädige Frau fürchtet sich vor den großen Tieren.«
Endlich eine kleine Information über die Familie. Wie gern würde er Mitch noch weiter ausfragen, doch er hielt den richtigen Zeitpunkt noch nicht für gekommen.
»Dort ist die Box von *Princess*, Miss Belindas Stute«, Mitch zeigte auf eine Stalltür schräg gegenüber und marschierte bereits darauf zu. Hoffnungsvoll schloss Karl sich an.
Belinda, die ihren ganzen Kummer und Frust in die lange Mähne von *Princess* geweint hatte, erkannte die Stimmen der Männer. Ihren

Entschluss auszureiten verschob sie umgehend auf später; sie stiefelte, mit einem knappen Gruß an Mitch, dermaßen schnell an den beiden vorbei, dass Karl ihr – mit einem zum erfreuten ‚hallo' halb geöffneten Mund - nur noch hinterhergucken konnte. Ganz kurz entstand der Eindruck, als wolle er ihr nachlaufen, aber dann klappte er den Mund zu und ging niedergeschlagen durch die von Mitch aufgehaltene Tür in die Box. Klugerweise enthielt Mitch sich jeglichen Kommentars.

Ihre Tochter saß mit einem zerknüllten Taschentuch in den Händen und verweinten Augen in einem der Sessel ihres Zimmers. Laura betrachtete ihr verwöhntes Kind, das selbst noch Löcher in den Boden starrte, als sie sich gegenüber niederließ.
»Liebeskummer?«
»Wie kommst du auf die Idee?«, antwortete Belinda pikiert.
»Dein Vater erzählte mir von seinen Vorschlägen gegenüber Karl.« Lauras Gespür traf den Kern.
»Er will weg, nach Schottland!« Es klang, als läge es außerhalb der Welt.
»Raumfähren schaffen diese Distanz in null Komma nichts«, tröstete Laura todernst.
»Maman«, ihre Aussprache war perfekt, »jetzt veralberst du mich auch noch.« Immerhin entlockte die Übertreibung Belinda ein winziges Lächeln.
Laura fühlte mehr als alles andere mit ihrer Tochter, aber auch mit Karl. Was für sie einst Wunsch und Erfüllung war, bedeutete für ihn den Verlust seines normalen Lebens. Bei jeder Begegnung las sie es in seinen Augen, seine Qual spürte sie fast körperlich. Sie wünschte ihm sosehr, er könne sein Dasein als lebenswert empfinden. Dazu gehörte mit Sicherheit die Chance, Dinge zu tun, die ihn in die Normalität zurückführten. Wenn auch unter veränderten Vorzeichen. Auf sich gestellt, könnte Karl es niemals verwirklichen; von daher war seine Entscheidung logisch und nachvollziehbar. Obwohl, oder

gerade weil er Belinda liebte. Karls Entschluss fand in vollem Maße ihre Zustimmung und Hochachtung.

»Mein Kleines«, zärtlich strich Laura ihrer Tochter mit der ausgestreckten Hand über die Wange, »er muss es tun, sonst wirst du ihn letztendlich verlieren.«

Verständnislos blickte Belinda ihre Mutter an; erneut quollen riesige Tränen aus ihren geröteten Augen. Laura stand auf, setzte sich auf die Sessellehne und schlang die Arme um sie.

»Karl ist ein stolzer junger Mann, er will nicht auf dem Gestüt eines wohlhabenden Landbesitzers aufgenommen werden, weil dessen Tochter sich in ihn verliebt hat. Er will dir beweisen, dass er für dich sorgen kann und nicht auf die Almosen deines Vaters oder dein Erbe angewiesen ist.«

»Habt … ihr euch … abgesprochen?«, stieß sie weinend hervor, »er argumentierte … ähn…lich.«

»Kind«, Laura sprach noch eindringlicher auf ihre immer lauter schluchzende Tochter ein, »dir bleibt nichts anderes, als ihm diese Chance zu gewähren. Zwing ihn nicht von einer Frau, nämlich dir, abhängig sein zu müssen. Damit wird er auf Dauer nicht leben können. Ermutige ihn bei seinem Vorhaben und er wird ohne Bauchschmerzen und schlechtes Gewissen hierher zu dir kommen. Zudem wird es ihn bei seinen Studien beflügeln.«

»Ich will auch studieren und dann können wir uns in Clifften eine gemeinsame Wohnung nehmen.« Resolut und undamenhaft laut schnufte Belinda in ein Papiertaschentuch.

»Hoppla!«, Laura betrachtete ihre entschlossen aussehende Tochter, »das lass aber deinen Vater nicht hören. Noch bist du nicht Volljährig und er wird in diesem Fall deinem Wunsch sicher nicht nachgeben.«

Kummervoll sah sie, wie Belinda zusammensackte; sie war wirklich zu verzogen. Deutlich erkannte Laura, wie behütet Belinda aufgewachsen war. Was wusste ihre Kleine denn von dem harten Leben da draußen? Laura wurde mehr denn je bewusst, dass Belindas Welt

tatsächlich eine heile war. Sie würden nicht ewig leben, um auf sie achten zu können. Natürlich gab es Karl, doch schon heute eine dauerhafte Beziehung zwischen den beiden zu sehen, war viel zu voreilig. Belinda musste lernen, den unangenehmen Seiten ihres bisher so wohlgeordneten Lebens zu trotzen; die bereits erste harte Lektion waren die jüngsten Vorkommnisse innerhalb der Familie, die zweite, dass nicht alles nach ihrem Willen ging. Schon allein deshalb hoffte Laura, dass Karl an seinem Vorhaben festhielt.
»Kann ich mal vorbei, ich möchte ins Bad.«
»Natürlich, mein Schätzchen, wisch dir die dummen Tränenspuren aus dem Gesicht. Verheulte Frauen halten Männer nicht zu Hause.«
Laura sah ihrer Tochter hinterher. »Ist es in Ordnung, wenn ich dich jetzt allein lasse und zurück zu deinem Vater gehe?« Ihre Stimme klang besorgter als beabsichtigt und sofort drehte Belinda sich um. »Stimmt ja, der Anruf heute Abend«, sie blieb im Türrahmen stehen, »Papa wirkte beunruhigt und ihr seid ja dann beide gegangen …«
»Einige Unannehmlichkeiten in den Highlands«, und, um anzudeuten, dass darauf nicht näher eingegangen werden müsste, »außerdem sind organisatorische Dinge wegen des Transports von Edgar und Agatha zu besprechen.«
Damit gelang es ihr recht gut, ihre Tochter abzulenken, denn Belinda kam wieder ganz aus dem Bad. »Ach, ja«, druckste sie herum, »Karl wird wohl auf jeden Fall mitfahren, um sich alles anzusehen«, ein Schmollen vermochte sie nicht zu unterdrücken, »da bräuchte er vielleicht etwas Garderobe zum Wechseln. Er hat doch nur das, was in seinem Rucksack ist.« Man sah deutlich, wie unbegreiflich ihr so wenig Besitz war.
»Gut, dass du mich daran erinnerst«, Laura war tatsächlich erleichtert, »wo bleibt nur unsere Gastfreundschaft? Keine Sorge, Liebes, wir werden ihn schon mit dem Nötigen ausstatten.«

Da das Gestüt unter anderem als Station für verfolgte Durchreisende fungierte, gab es auf *Scotch Eternity* ein kleines Depot mit den wichtigsten Utensilien für beiderlei Geschlechter.
»Noch eine angenehme Nacht, mein Kleines.«
Laura küsste ihre Tochter auf die Wange und begab sich umgehend in die Kleiderkammer, die im Dienstbotentrakt lag. Mit sicherem Auge für Karls Konfektionsgröße stellte sie ausreichend Unterwäsche, Socken, T-Shirts und Jeans zusammen. Mit einem Paar im Stil von Segelschuhen gearbeiteten weichen Lederschuhen krönte sie den Stapel. Natürlich alles farblich passend, kunterbuntes Durcheinander beleidigte ihre Augen. Sie packte die Teile in eine leichte Reisetasche. Morgen früh würde sie Edith oder Mitch bitten, sie im Wagen zu verstauen. Jetzt genossen die beiden ihre wohlverdiente Nachtruhe. Dann eilte Laura in die Küche und kochte eine große Kanne Tee. Mit Tassen und etwas Naschwerk auf dem Tablett begab sie sich in die Bibliothek. Die restliche Nacht würde eine arbeitsreiche sein.

# Kapitel 3

Den Kräutern gefiel der unbeständige Sommer, der zwischen Hitze, Kälte und extremen Regenfällen wechselte, nicht sonderlich gut. Amanda war noch häufiger als üblich mit der Pflege der oft empfindlichen Gewächse beschäftigt und kniete gerade wieder zwischen zu erntenden Pflanzen. Zum Schutz vor der feuchten Erde lag eins der Kunststoffkissen, die man in den Zubehörabteilungen der Gartencenter kaufen konnte, unter ihr. Sie legte ein Bündchen Kräuter sorgfältig in den neben ihr stehenden Weidenkorb. Ihr fiel auf, wie ausgeblichen und brüchig er von der Vielzahl der Jahre aussah. Es war wohl an der Zeit, sich einen neuen zu gönnen. Amanda betrachtete den Korb stirnrunzelnd. Sie vermochte sich nicht im mindesten zu erinnern, der wievielte Korb es wohl war. Über sich selbst erstaunt, dass ihr etwas dermaßen Unwichtiges durch den Kopf ging, griff sie zu dem kleinen Spezialmesser und schnitt noch einige ausgesuchte Kräuter knapp oberhalb der Erde ab. Dann erhob sie sich, zog die Handschuhe aus und legte diese, wie auch das Messer, neben ihre heutige Ernte in den Korb. Auf dem Weg zum Haus bückte sie sich hier und da, um noch ein paar Gewürzkräuter für die Salatsauce zu pflücken. Sie behielt sie in der Hand. Als sie das Motorengeräusch des Minis hörte, lächelte Amanda vergnügt. Am Spätnachmittag hatte Claire sich in den Ort gewagt und das kleine Geschäft, das die Frauen betrieben, geöffnet. Londoner und andere Touristen bevölkerten am Wochenende die ländlichen Gemeinden; sie waren ganz versessen darauf, etwas Typisches aus der Region zu kaufen und so lohnte es auch am Sonntag, die im Trend liegenden selbstgemachten Crèmes, Seifen, Marmeladen und Kräutertees anzubieten. Das einstöckige, etwas abseits stehende ockerfarbene Steinhaus, in dem sich ihr Laden befand, gehörte den beiden Frauen seit langem. Sie zögerten nicht einen einzigen Augenblick, als es zum Verkauf stand, denn das Grundstück bot die Möglichkeit, mit

einem Wagen hinter das Haus zu fahren. Dort ließen sie einen Carport errichten, von dem aus man geschützt bis zur hinteren Tür gelangte. Es ermöglichte Claire endlich, sich am Verkauf der hergestellten Waren zu beteiligen, denn so konnte sie bei jedem Wetter das Geschäft aufsuchen. Denn die Ärmste litt unter einer wirklich bösartigen Allergie – sie durfte sich auf keinen Fall dem Sonnenlicht aussetzen, sie verglühte darin.
Als sie sich hier niederließen und mit der Herstellung der Essenzen begannen, war Amanda regelmäßig ins Dorf gegangen und verkaufte die Waren an den Türen. Mittlerweile zierten Etiketten, die auf den Traditionsbetrieb *„Seit 1750'* hinwiesen, jedes einzelne Teil. Stolz feierten die Damen vor zwei Jahren das 250-jährige Bestehen ihres kleinen Unternehmens. Geschickt vererbten sie über die Jahrhunderte die Lizenzen und das Haus an im Ausland lebende Verwandte, von denen sich stets weibliche Nachkommen fanden, die den Betrieb aus Familienbewusstsein weiterführten. Hin und wieder gab es im Dorf Gerede über die Ähnlichkeit der Nachfolgerinnen, doch die Skeptiker lebten schließlich nicht ewig. Und schon damals sorgte eine zufriedene Kundschaft für ein recht geregeltes Einkommen, was den Erwerb eines gebrauchten, selbstverständlich geschlossenen, Einspänners ermöglichte. Dieser war ‚rein zufällig' auf dem Gestüt von Desmond ‚entbehrlich' und Amanda wähnte den Preis mehr als freundschaftlich. Als dann die Automobile die Welt eroberten, schafften sie manch unterschiedliches Modell an. In den Mini hatte Claire sich, seit er auf dem Markt war, regelrecht verguckt und als sie vor kurzem die Anschaffung eines neuen Wagens planten, gab Amanda dem Wunsch der Freundin gern nach. Schmunzelnd über Claires kleine Marotte, betrat Amanda ihr gemeinsames Wohnhaus durch die Seitentür. Wie in dieser Gegend üblich, war es aus dem Cotswold-Stone, einem herrlichen - in diesem Fall fast orangefarbenen – Kalkstein gebaut. Desmond, auf dessen Grund und Boden es sich befand, überließ es ihnen seinerzeit, jedoch nicht ohne einen ordnungsgemäßen Vertrag, denn die

beiden Frauen liebten ihre Unabhängigkeit und mochten, bei allem Wohlwollen, nicht ohne Entrichtung eines Mietzinses darin leben. Amanda stand nun in der kleinen Kräuterkammer, die mit ihren Glaskolben, Bunsenbrennern, diversen Behältern und allerlei anderem Zubehör den Eindruck eines Labors vermittelte. Hier versorgte sie, nachdem sie die Gewürz- und Speisekräuter zur Seite gelegt und wieder Handschuhe übergestreift hatte, die für die Essenzen und Tees zu verwendenden Pflanzen. Einige davon waren giftig und verursachten Hautreizungen. Als alles zufriedenstellend erledigt war, schrubbte Amanda erst die Gartenhandschuhe unter fließendem Wasser und anschließend ihre Hände. Beim Hinausgehen schnappte sie noch den Weidenkorb und stellte ihn unter die Spüle. Durch einen kleinen Flur gelangte sie in den Wohnbereich.

In der geräumigen Küche, die ihnen Platz für einen großzügigen Essbereich bot, lächelte Claire ihr unsicher entgegen. Sie wies mit dem Kinn zum Sideboard. An dem darauf befindlichen Telefon zeigte ein Lämpchen, dass Nachrichten auf dem Anrufbeantworter eingegangen waren. Daran war nichts Ungewöhnliches und Amanda zog fragend die Schultern hoch.

»Dein … Ambrosius ist hier!« Claires Lächeln machte einem fast besorgten Ausdruck Platz.

Zweifelnd kräuselte sich Amandas Stirn, dann platzte sie heraus: »Mein Ambrosius?«

»Ja, natürlich«, Claire ging zum Tisch, zog zwei Stühle zurecht und Amanda auf einen. Sie selbst setzte sich neben sie. »Trotz deiner sporadischen Affären liebst du im Grunde deines Herzens doch nur diesen Mann«, Claire bedachte Amanda mit einem für sie ungewöhnlichen verschmitzten Augenzwinkern, »so unbedarft, was *zwischenmenschliche* Beziehungen angeht, bin ich schließlich auch nicht.«

Amanda ließ sich hin und wieder mit einem der Urlauber oder Fremden aus den Großstädten ein, wobei sie verheiratete Männer bevorzugte. Stets war sie bedacht, die Treffen nur außerhalb ihres Dorfes zu vereinbaren und hinterließ weder Telefonnummer noch ihren richtigen Namen. Bisher war es ihr immer gelungen, anonym zu bleiben und ihre, sowie auch Claires Sicherheit, nicht zu gefährden.

»Das muss ich erst einmal verdauen«, Amanda tippte mit dem Zeigefinger gegen ihre Nase. »Da höre ich Jahrzehnte, ach was, Jahrhunderte nichts von dem Kerl und dann taucht er ohne Vorwarnung auf!« Empörung, gepaart mit freudiger Erregung, brach sich Bahn.

Claire stand auf und spielte die Mitteilung noch einmal ab: ‚Amanda, ich bin es, Ambrosius. Deine Nummer habe ich von Desmond. Ich bin hier, auf Scotch Eternity. Gegen Abend würde ich dich gern besuchen. Höre ich nichts von dir, komme ich einfach.'

»Na, prima, typisch Mann!«, Amanda sprang hoch, »meinen, dass sie grundsätzlich willkommen sind, ganz gleich, wie lange sie weg waren.« Amanda pustete unwillig.

»Ist ja auch so«, Claire trat neben Amanda, »oder irre ich mich?«

Claire wusste, wie sehr ihre Freundin all die Jahre auf eine Nachricht, und noch mehr auf ein Wiedersehen mit Ambrosius, wartete. Zwar sprachen die Frauen so gut wie nie über die Zeit vor ihrem Kennenlernen, doch an einem lange zurückliegenden Winterabend erzählte Amanda unaufgefordert von ihrer Jahrhunderte bestehenden Verbindung zu Desmond und einem Freund namens Ambrosius. Als zwar junge, doch bereits mit außergewöhnlichen Fähigkeiten ausgestattete Heilkundige, wurde Amanda von ihrem Volk, den Langlebenden, im Jahr vierzehnhundertachtundsechzig in diese Gegend geschickt, um den erstaunlich frühen Tod eines Stammesmitgliedes zu untersuchen. Es handelte sich um Desmonds Mutter. Sein Vater, einem alten Vampirgeschlecht aus den Highlands entstammend, war eine für die damalige Zeit ungewöhnliche Verbindung mit einer Langlebenden eingegangen und hatte sich im Süden der Insel niedergelassen. Das unerklärliche Ableben seiner Gemahlin schockierte nicht nur ihn, sondern warf Verdachtsmomente bei der Familie der Toten auf. So übertrug man Amanda die verantwortungsvolle Aufgabe, vom unzugänglichen Wales dorthin zu reisen und die Todesumstände aufzuklären. Da die Menschen sich vor ihrem Volk fürchteten und Amanda aufgrund ihres Aussehens eindeutig als Langlebende zu erkennen war, hielt sie sich abseits der Wege und kam nur mühsam voran. Sie kämpfte sich durch unwegsame Gebiete, überwand Hügel und querte Flussläufe. Obwohl sie nur äußerst selten ruhte, erreichte sie ihren Bestimmungsort zu spät. Längst war die junge Frau bestattet, eine Aufklärung der Todesursache nicht mehr möglich. So lernte Amanda den damals sechsjährigen Desmond, der den Tod seiner Mutter zu verwinden hatte, kennen. Trotz des Altersunterschiedes schlossen die beiden Freundschaft und blieben seither in Verbindung. Amanda zog trotz der Erfolglosigkeit Nutzen aus ihrer anstrengenden Reise. Sie ließ sich in einer verschwiegenen Herberge im nahegelegenen Ambrosebury nieder. Dadurch war es ihr nicht nur möglich, Desmond relativ häufig zu sehen und so zu verhindern, dass der Knabe nicht vollends den Machenschaften seiner Tante und baldigen Stiefmutter ausgeliefert war, sondern sie konnte sich dem Studium des hier befindlichen Steinkreises von Stonehenge widmen. Claire teilte Amandas Faszination für dieses mindestens viertausend Jahre alte Bauwerk von dem Augenblick an, als sie es zum ersten Mal sah. Und wie gewaltig würde dieses Monument erst in grauer Vorzeit gewirkt haben. Jedenfalls befasste Amanda sich tags und noch häufiger nachts mit diesem Steinkreis. Aus alten Schriften und mündlichen Überlieferungen ihres Volkes wusste sie, dass der innere Kreis aus Blausteinen bestand, die aus dem westlichen Wales hierhergeschafft worden waren. Als sie in einer Vollmondnacht ein Bröckchen von einem dieser Blausteine abschlug, um es fortan als ein Stück Heimat bei sich zu tragen, entdeckte sie einen jungen Mann, der ebenso wie sie diesen Ort begeistert erforschte. Amanda erkannte sofort, dass auch er sein wahres Wesen vor den Menschen verbergen musste. Seither waren der Vampir Ambrosius, die Langlebende Amanda und der Vampir Desmond aufs Tiefste miteinander verbunden.

Amanda erzählte nicht, ob und wie lange sie mit Ambrosius in dem heutigen Amesbury lebte; sie berichtete nur einmal, fast nebenher, dass sie eine Weile mit Ambrosius im Ausland verbracht hatte, bevor sich ihre Wege trennten, trennen mussten. Einfühlsam wie Claire nun einmal war, merkte sie rasch, dass Amanda mehr als freundschaftliche Gefühle für diesen Ambrosius hegte und auch, dass es mehr als ein platonisches Verhältnis zwischen den beiden gewesen war. Niemals wäre Claire auf den Gedanken verfallen, Amanda in dieser Richtung zu befragen. Grundsätzlich stellten sich die Frauen keine tiefergehenden Fragen ihrer früheren Leben betreffend. Das war, in stillschweigendem Einvernehmen, von Anfang an tabu. Ihrer Freundschaft stand das Ausklammern dieser mittlerweile sehr fernen Vergangenheit nicht im Weg; sie vertrauten sich blind.

»Geh schon!«, Claire stupste die Freundin liebevoll und schob sie aus der Tür, »mach dich hübsch. Ich bereite das Essen vor und dusche anschließend. Sicherlich möchtest du mit ihm allein sein.«

»Eventuell … später«, Amanda lächelte in sich hinein, »wer weiß, wie lange er auf der Insel bleibt und deshalb solltest du ihn unbedingt kennenlernen. Ein gemeinsames Abendessen ist dafür doch bestens geeignet.«

Übermütig drehte Amanda sich um und lief summend zum Bad.

‚Wie ein junges verliebtes Mädchen‘, schoss es Claire durch den Kopf. Obwohl sie Frauen natürlich mit anderen Augen betrachtete als Männer es taten, fand sie Amanda attraktiv. Ein wenig kleiner als sie selbst, schlank mit schmalen Gliedmaßen, wirbelte sie oft energiegeladen umher. Claire mochte diese Lebensfreude an ihr und fragte sich so manches Mal, welcher Abstammung Amanda ihre leicht getönte Hautfarbe, das dunkle Haar und die feurig funkelnden Augen verdankte. Von dem wiegenden Gang ganz zu schweigen. Zeichneten diese Eigenschaften wirklich alle Langlebenden aus? Bevor Claire mit dem Waschen und Zerpflücken des Salats begann, goss sie sich ein großes Glas erfrischenden Tee ein. Im Sommer schmeckte diese von Amanda kreierte Mischung gekühlt ebenso

köstlich wie wintertags als heißes Lebenselixier. Wie alt Amanda tatsächlich war, wusste sie nicht, doch in den offiziellen Papieren galt sie als reife Frau von fünfundfünfzig Jahren. Danach sah sie keinesfalls aus, sie konnte ebenso gut fünfundvierzig sein, so wie es ihre eigenen Papiere auswiesen. Doch waren sie beide wesentlich älter. Wie lange gab es Amanda wohl schon? Plötzlich interessierte es sie. Und dieser Ambrosius, den gab es wohl auch schon ewig. Claire schnibbelte, rührte, verrichtete alle möglichen Essensvorbereitungen systematisch; eine angenehme Tätigkeit, bei der man den Gedanken freien Lauf lassen konnte.
»Bin fertig!«, schallte es aus dem Flur.
Claire würzte die Steaks mit einer von ihr zusammengestellten Kräutermischung, deckte sie ab und stellte sie zurück in den Kühlschrank. Bei diesem schwül-warmen Wetter verdarben die Lebensmittel ebenso leicht, wie die ohne chemische Zusätze hergestellten Tinkturen, für die sie einen extra Kühlschrank besaßen. Doch manchmal, so wie heute, wurde es eng im Küchenkühlschrank und mal wieder war sie bei der Überlegung angelangt, sich noch einen weiteren zuzulegen. Na, ja, das konnte sie später mit Amanda besprechen. Jetzt würde sie ihr das Tischdecken überlassen und sich für das Abendessen zurechtmachen.

Wolkenverhangen präsentierte sich der frühe Abend. Matthias war es mehr als recht, so konnte er sich auf das ihm unbekannte Gelände hinauswagen. Auf was hatte er sich da nur eingelassen. Hier war der Hund begraben! Soviel ländliche Idylle war doch zum Verrücktwerden. Er hatte lange aus dem Fenster seines Gästezimmers geguckt und außer Feldern, Wäldern und dem Wiehern von Pferden nichts entdecken können. Erbärmlich, diese Einöde. Verärgert fuhr er mit der kräftigen Hand durch sein Haar. Wo war der nächste Friseur? Seine Strähnen benötigten bald eine Aufhellung und seine Haut wurde auch schon wieder blass. Durch den ganzen Tumult der letzten Tage war er nicht mehr ins Sonnenstudio gekommen. Er fand nichts schlimmer, als so auszusehen, wie die lächerlich bleichen Vampire in einschlägigen Filmen.

Nachdem er sich zum wiederholten Mal unter tiefhängenden Ästen hindurchgeduckt hatte, streckte er seinen muskulösen Körper. Ja, das vermisste er auch – ein Fitness-Studio. Wo war bloß die nächste Stadt, in der er all diese Dinge finden würde? Ganz abgesehen von brauchbaren Lebewesen. Auf diesem Vampirgestüt, auf das er sich hatte einladen lassen, gab es wohl so ein Dienst- oder Verwalterehepaar. Eindeutig Menschen, aber es wäre sehr unklug, sie sich schon jetzt vorzunehmen. Von den übrigen Bewohnern und den weiteren *Gästen* hatte er seit seiner Ankunft heute Früh nichts gesehen. Als sie hier eingetroffen waren, schaffte er es noch so gerade, Elenor, von deren Seite er seit ihrer Abreise nicht gewichen war, einen Kuss auf die Wange zu hauchen. Dann führte ihn der als Verwalter vorgestellte Mann schnurstracks in ein Zimmer und wünschte ihm eine angenehme Bettruhe. Wie immer bei solch einer Bevormundung, revoltierte er innerlich und erwog, durchs Haus zu schleichen. Aber die Helligkeit des nahenden Tages und die doch, das musste er widerwillig zugeben, anstrengenden letzten Stunden, hatten ihren Tribut gefordert. Er hatte, recht ungewöhnlich, fast den gesamten Tag verschlafen. Umso größer war sein Tatendrang, als er frisch und ausgeruht erwachte.

Mittlerweile marschierte er am Rand eines Weihers entlang. Für die Schönheit der wildwachsenden Sommerblumen und die gemächlich dahinpaddelnden Enten opferte er nicht den kleinsten Blick. Stattdessen hielt er wachsam die Wolkendecke im Auge, denn vor ihm lag ein längerer, schattenloser Weg zwischen abgeernteten Feldern. Geübt erkannte Matthias kleinste Veränderungen der Helligkeit. Momentan drohte keine Gefahr, dennoch beschleunigte er seinen Schritt, um die in einiger Ferne sichtbare Baumansammlung zu erreichen. Es dauerte tatsächlich fast fünf Minuten, bevor er unter den dichten Sträuchern und aufragenden Tannen, zwischen denen sich der Weg verlor, Schutz fand. Laubbäume gab es nur wenige.

Bei näherer Betrachtung entpuppte sich das ganze Grün als sorgfältig angelegte Bepflanzung. Zwischen den versetzt stehenden Nadelhölzern standen mit reichlich Dornen versehene niedrigwachsende Ilex und hohe, nicht weniger stachelige, Berberitzen so eng und überwuchernd beieinander, dass ein unbeschadetes Durchkommen nicht möglich war. Wer oder was verbarg sich hinter diesem natürlichen Schutzwall? Wie zur Antwort nahm Matthias andere Farben zwischen dem dichten Gesträuch wahr. Vorsichtig schob er pieksendes Geäst zur Seite. In ein paar Metern Entfernung schimmerte grauer Stein. Er bog den Zweig noch stärker zurück und spähte angestrengt durch die entstandene Öffnung. Sieh an! Eine Mauer, die jedwede Sicht versperrte. Matthias' Neugier war nun endgültig entfacht. Da er keine Lust verspürte, sich Haut oder Kleidung zu ruinieren, schlich er an dem ganzen wuchernden Zeug in südlicher Richtung vorbei. Dabei musste er über ein Stoppelfeld laufen, was ihn entsetzlich ärgerte, denn durch die überstürzte Abreise besaß er nur die Sneakers, die er an den Füßen trug. Nicht auszudenken, wenn er sie sich versaute. Nach etwa dreißig Metern tauchte die Mauer aus dem Grün auf und knickte nach Westen ab. Nun ragten Fichten und andere Tannen, weniger dicht als zuvor und vermehrt mit Laubbäumen durchsetzt, über den Mauerrand. Noch immer waren die Wolken auf Matthias' Seite und so bewegte er sich mit raubtierhafter Eleganz weiter entlang der Einfriedung. Nach schätzungsweise nochmals dreißig Metern führte ihn die Mauer samt Bäumen nördlich. Doch nun erkannte Matthias eine unbefestigte Straße, besser gesagt einen breiten Weg, einseitig von Wiesen gesäumt auf denen Schafe weideten. Aber auch an diese Bilderbuchszene verschwendete Matthias nicht einen einzigen Blick; stattdessen zog ihn die Einfahrt, in die der Weg mündete, magisch an. Zügig näherte er sich dem so einladend nach beiden Seiten aufstehenden schmiedeeisernen Tor. Eins der Schafe, das grasend seinen Kopf gesenkt hielt, bekam Matthias' Geruch in die Nase und sprang in ungelenk wirkenden Sätzen, begleitet von einem warnenden Blöken, zu seinen friedlich mampfenden Genossen. Aufgeschreckt fielen diese in das Geblöke ein und rannten hektisch allesamt zum entgegengesetzten Teil der Wiese. Matthias entblößte gierig seine Zähne. Liebend gern hätte er die Herde ein wenig gejagt, doch das ummauerte Anwesen erregte ihn bei weitem mehr und somit war er tunlichst darauf bedacht, seine Gegenwart zu verbergen. Glücklicherweise beruhigten sich Schafe und Lämmer, als sie feststellten, dass ihnen niemand folgte.

Durch diesen unvorhergesehenen Zwischenfall pirschte Matthias sich besonders vorsichtig durch die Einfahrt. Ein flaches Gebäude aus orange-grauem Stein, das ganz nach menschlicher Behausung aussah, lockte ihn. Er lief geduckt um den geöffneten Torflügel und verschwand hinter dem gewaltigen Stamm einer Buche. Etwas rechts von ihm erstreckte sich ein ausgedehnter Kräutergarten, dessen intensive Ausdünstung Matthias' äußerst feine und ausgeprägte Geruchsnerven daran hinderte, auf Anhieb etwas anderes zu erschnüffeln. Zornig ballte er seine Hände zu Fäusten, doch dann bemühte er sich, ruhig und tief einzuatmen. Tatsächlich, irgendein anderer Duft überlagerte das Potpourri aus Lavendel, Basilikum, Königskraut, Zitronenmelisse und weiteren Pflanzen. Ein Duft, der Erinnerungen an eine lang zurückliegende Zeit heraufbeschwor. Nein, das konnte nicht sein! Ungläubig schüttelte er den Kopf. War sie wirklich hier? Die Langlebende, die ihn glauben machte, seine Großmutter zu sein? Angestachelt durch seinen durch ihre Lügen verursachten Hass, zwang er damals sowohl Ambrosius als auch sie, auf Nimmerwiedersehen aus seinem Leben zu verschwinden. Bis vor wenigen Tagen war es ja auch gelungen. Doch zuerst tauchte Ambrosius wieder auf und jetzt Amanda! Ob Ambrosius wusste, dass sie hier, ganz in der Nähe des Gestüts, lebte? Wahrscheinlich. Die beiden machten wie eh und je gemeinsame Sache. Vielleicht steckten alle unter einer Decke und hatten sich gegen ihn verschworen! Matthias vermochte seinen Zorn kaum zu unterdrücken. Aber die Vernunft siegte. In all den langen Jahren hatte er begreifen ge-

lernt, dass überstürzte Handlungen selten zu dem erhofften Erfolg führten. Also wandte er sich mit erzwungener Ruhe wieder dem Haus zu. Ihm genau gegenüber befand sich nur die Steinfassade, bis nach etwa vier, fünf Metern linker Hand das erste Fenster ein sattes Baumgrün widerspiegelte, mit geringem Abstand fügte sich ein weiteres Fenster gleicher Größe in die Fassade ein. Anschließend folgte die Eingangstür und das Ganze begrenzte eine Garage oder ein Carport, was von dieser Position nicht deutlich auszumachen war. Rasch überwand Matthias die Distanz zum Gebäude. Beinah liebevoll schmiegte er sich mit dem Rücken gegen die raue Hauswand; dann schob er sich, gefährlich lächelnd, schrittweise zum ersten Fenster. Fast hätte Matthias aggressiv gegen die Scheibe geschlagen, als er dahinter dicht geschlossene Jalousien ausmachte. Doch er beherrschte sich und lief abrupt Richtung Kräutergarten. Boshaft betrachtete er die Pflanzen und die nun sichtbaren Gewächshäuser; Amanda und ihre Kräuterkünste. Mit einem Satz war er am vordersten Beet und riss wahllos einige der so sorgfältig gepflegten Stauden heraus. Zufrieden stapfte er mitten durch die Kräuter und trampelte etliche nieder. Dabei geriet die in der Giebelwand befindliche Tür in sein Blickfeld. Flugs war er dort und spinste durch die im oberen Bereich eingelassenen Scheiben. Hier verarbeitete sie also ihre Heil- und Glückspflanzen. Ihm kamen die teilweise recht wuchtigen Bücher Amandas in den Sinn, die sie in einer verschlossenen Truhe vor ihm versteckt hielt. Pah, ob sie jemals gemerkt hatte, dass er nachts einen Abdruck für ein Duplikat des Schlüssels, den sie immer um den Hals trug, angefertigt und sich so Zugang zu diesen recht merkwürdigen Werken verschaffte?
Matthias bog um die Ecke und eine hübsche Anzahl Fenster sorgte dafür, dass er sich aufgekratzt unter die nur wenige Schritte entfernte vorderste Fensterbank hockte. Klappern von Geschirr drang durch die spaltweite Öffnung und er hörte, dass jemand geschäftig im Raum hin- und herlief. Achtsam schob er seinen Kopf Zentimeter für Zentimeter nach oben und lugte hinein. Sein Geruchssinn

hatte ihn noch nie getäuscht, da stand sie und rückte Gläser zurecht. In ihrem dunklen Haar, in modisch halblangen Stufen geschnitten, entdeckte er nur unwesentlich mehr grau als früher. Amanda schien wahrlich noch langsamer zu altern als er. Allein schon wegen dieser Eigenschaft empfand er unbändigen Hass. Nun kam eine weitere Frau in die Wohnküche. Matthias traf der Schock wie ein Hieb in die Magengrube. Ihre Statur, das kaum veränderte Äußere, es bestand kein Zweifel. Atemlos rutschte er an der Hauswand zu Boden. Sie hatte überlebt! Niemand durfte davon erfahren. Diesen Fauxpas gedachte er auf der Stelle zu bereinigen, was zwangsläufig eine Beseitigung Amandas einschloss. Schade, gern hätte er sie eine Weile geärgert, indem er systematisch die Zerstörung ihres Kräutergartens betrieb. Matthias ging davon aus, Amanda ganz normal töten zu können. Wenn auch langlebig, war sie keineswegs unverwundbar. Aber die andere bereitete ihm Kopfzerbrechen. Konnte er als Vampir eine Vampirin aussaugen und dadurch umbringen? Er musste es versuchen. Nicht auszudenken, wenn dieser Frevel aus seiner Vergangenheit ans Licht käme.
Noch während er unter dem Fenster sitzend eine Strategie entwickelte, hörte er deutlich einen Wagen herankommen. Das Motorengeräusch erstarb und kurz darauf schlug eine Autotür zu. Ein helles ‚ding-dong' ertönte und eine der Frauen verließ lachend den Raum. Kurz darauf betrat jemand geräuschvoll das Zimmer. Matthias sog den Geruch, den die angekommene Person verströmte, tief ein und wusste, noch bevor er dessen Stimme wahrnahm, dass es sich um Ambrosius handelte. Er machte sich nicht die Mühe, der überschwänglichen Begrüßung zu lauschen. Stattdessen nutzte er die Gelegenheit längs des Hauses zur nördlichen Begrenzung, die bereits in tiefem Dämmer lag, zu sprinten. Mit dreien konnte er es beim besten Willen nicht aufnehmen.

Verlegen wie ein Schuljunge stand Ambrosius da. Claire hatte ihn hereingelassen, sich kurz als Amandas Freundin vorgestellt und war dann, eine Entschuldigung murmelnd, in ihr Zimmer gegangen. Vor dem gemeinsamen Abendessen wollte sie den beiden eine Weile für sich gönnen.

Amanda hielt noch eine Serviette in der Hand, die sie gerade zu einem hübschen Fächer falten wollte. Sie starrten sich an. Dann gingen sie gleichzeitig aufeinander zu. Amanda war keine große Frau, aber auch Ambrosius war eher untersetzt, ihre Münder trafen sich auf gleicher Höhe. Als sie sich voneinander lösten, sagte Ambrosius, sich selbst tadelnd: »Wie konnte ich nur so lange darauf verzichten?« »Du hattest wahrlich edle Motive«, Amanda sah ihm ernst, und auch stolz, in die Augen, »den Entschluss trafen wir gemeinsam und deine Forschungen verbanden und verbinden uns ebenso wie … unsere Zuneigung.« Die nicht mehr junge Frau errötete und blickte zur Seite. Dann schlug sie einen scherzhaften Ton an: »Ich bin froh, dich endlich leibhaftig und lebendig wiederzusehen.« Ambrosius betrachtete sie versonnen. »Lass uns das Abendessen genießen«, er wies mit einer Kopfbewegung zum Tisch, »vor allem möchte ich auch deine Freundin näher kennenlernen. Du hast sie ja hin und wieder in deinen seltenen Briefen erwähnt.«

»Höre ich da einen Vorwurf?«

»Eher ein Bedauern. Ich weiß, dass ich nur mühselig zu erreichen war und oft war es zu gefährlich, meinen Aufenthaltsort preiszugeben. Auch für den Absender der Briefe.«

»Ja«, Amanda nickte wehmütig, »selbst Desmond wusste manches Mal nicht, wo du stecktest.« Die Sorgen der früheren Jahre huschten über ihr Gesicht. Doch als sie Ambrosius' Bestürzung sah, lächelte sie augenblicklich. »Durch die heutigen Kommunikationsmöglichkeiten sind wir da zum Glück einen Schritt weiter.«

Ambrosius streckte seine Hand aus und zeichnete mit dem Finger die Kontur ihrer Lippen nach. Amanda saß ein Kloß in der Kehle, sie verließ rasch den Raum.

Nach kurzem Klopfen steckte Amanda den Kopf durch die Tür zu Claires Zimmer. Sie erkannte den jämmerlich nervösen Zustand der Freundin, trat in den Raum und schloss die Tür hinter sich.
»Du solltest keine Scheu vor Ambrosius haben, schließlich ist er von gleicher Wesensart wie du«, aufmunternd lächelnd fasste sie nach einem Arm von Claire.
»Ihr habt euch so lange nicht gesehen und ich dachte, ich fahre ein bisschen spazieren … irgendwie, ach ich weiß nicht ...«
»Aber ich weiß, dass wir jetzt erst einmal zusammen essen.« In Amandas Gesicht erschien dieser wohlbekannte Ausdruck, der keinen Widerspruch duldete, doch milde fügte sie hinzu: »Dies ist unser zuhause, Ambrosius der Besucher.«
In der Wohnküche lief Ambrosius geschäftig um den Tisch und verteilte sein Gastgeschenk, einen herrlich dunkelroten Bordeaux. Er schwenkte eins der bauchigen Gläser, versenkte seine Nase hinein und seufzte wohlig. Das brach den Bann und Claires' Herzklopfen ließ nach. Mit geübten und eingespielten Handgriffen stellten die beiden Frauen Salat und Beilagen auf den Tisch und verteilten die *englisch* gebratenen Steaks. Galant rückte Ambrosius den Damen die Stühle zurecht und ließ sich vor Kopf nieder. Durch diese geschickte Tischordnung saß Amanda links und Claire rechts von ihm.
»Auf die Freundschaft!« Ambrosius erhob sein Glas, die beiden Frauen taten es ihm gleich und mit einem angenehmen Klingen stießen sie an. Alle drei blickten ernst. Sie aßen eine Weile schweigend, doch bevor sich Befangenheit ausbreitete, brachte Ambrosius ein Gespräch in Gang.
»Claire«, er schaute sie an, »klingt französisch.« Ein aufgespießtes Stück Steak verschwand in seinem Mund, er kaute mit Genuss.
»Ja!«, erwiderte Claire gepresst.
Ein Blick auf Amanda verriet ihm, dass es das falsche Thema war.
»Entschuldigen Sie meine Neugier, Claire«, er bedachte sie mit einem wachen, fast forschenden Blick, »es sollte ausreichend für mich

sein zu wissen, dass sie seit vielen Jahren eine Freundin Amandas sind.«
»Wir blicken auf reichlich gemeinsame Vergangenheit zurück«, Claire lächelte die Freundin an, »das sollte genügen.«
Ambrosius erstaunte die Bestimmtheit, mit der Claire es sagte. Er nickte versöhnlich, hob sein Glas und prostete den beiden erneut zu. Dabei sah er Claire direkt in die Augen; die unendliche Trauer, die er darin las, machte ihn betroffen.
Irgendwie schafften sie es, die Mahlzeit mit lockerem Geplauder über die Zubereitung der köstlichen Marinaden für die Speisen und das Betreiben ihres kleinen Ladens zu beenden.
Danach suchte Claire, wie üblich, das mit modernstem technischen Gerät ausgestattete Arbeitszimmer auf und befasste sich mit der Buchhaltung. Heute wollte es ihr nicht recht gelingen, sich auf die Zahlen zu konzentrieren. Dieser Ambrosius hatte einen gefährlich wachen Blick. Er war ihr nicht unsympathisch, doch sie wurde das Gefühl nicht los, als hätte mit ihm ein personifizierter Teil ihrer Vergangenheit, die vor der Zeit mit Amanda lag, das Haus betreten.
Claire riss sich zusammen und sortierte die handgeschriebenen Bestellungen des heutigen Nachmittags, um sie in den Computer einzugeben. Zwischen den Schlangenlinien des Bildschirmschoners, der längst die aufgerufene Datei abgelöst hatte, sah sie ein vertrautes Gesicht. So plastisch und real, dass sie versucht war ihre Hand auszustrecken, um es zu berühren. Aufgewühlt drückte sie auf die Tastatur, um diese Vision zu vertreiben.

Während Amanda jede Wurzel und Unebenheit auf den Wegen ringsum kannte, war Ambrosius ein geübter Nachtseher. So streiften sie schweigend und eng umschlungen durch die mondlose Stille. Nicht, dass es ihnen an Gesprächsstoff mangelte, aber die Nähe nach den langen Jahren löste bei beiden dermaßen überwältigende Gefühle aus, dass alles bisher nicht Gesagte noch ein wenig länger ungesagt bleiben konnte. Sicheren Schrittes gelangten sie an Aman-

das Lieblingsplatz. Die grasbewachsene Stelle zwischen den hohen Bäumen bot gerade Platz genug, um sich nebeneinander auszustrecken. Sie gewährte einen phantastischen Blick auf ein Stück dunklen Himmel mit winzigen Lichtpunkten.
»Gehst du oft hierher?« Ambrosius beugte sich über sie und suchte trotz der Dunkelheit ihren Blick. Amanda zögerte etwas, dann flüsterte sie: »Immer, wenn ich besonders traurig oder besonders glücklich bin.« Dann zog sie ihn zu sich hinab.
Eine leichte Feuchtigkeit durchdrang ihre Kleidung, doch das bemerkten sie nicht, genauso wenig wie den Fuchs, der witternd zwischen dem niedrigen Gesträuch unterhalb der Bäume stehen blieb. Fast fragend neigte er seinen schönen Kopf, dann verschwand er, so leise wie er gekommen war, im Unterholz.

# Kapitel 4

Endlich schlief Eugen. In seinem Alter musste er nicht die ganze Nacht herumtollen. Ihr Vater war da allerdings ganz anderer Meinung. Seit einiger Zeit hatte er seinen bevorzugten Sprössling auf seine ausgedehnten Streifzüge, die nur selten vor Morgengrauen endeten, mitgenommen. Elenor hatte es keineswegs gutgeheißen; natürlich ignorierte ihr Vater ihre Vorbehalte ebenso wie sie. Dabei war sie doch für Eugen verantwortlich! Ihre geizigen Eltern sparten ein Kindermädchen, indem sie ihr, der wesentlich älteren Schwester, die Erziehung des Stammhalters überließen. Sie übernahm die Aufgabe von Anfang an gern; der kleine Kerl wäre doch sonst komplett aufgeschmissen. Agatha besaß dermaßen wenig mütterliche Instinkte, dass selbst der ersehnte Sohn auf der Strecke blieb. Elenor unterstellte ihrer Mutter insgeheim, dass sie Eugen nur deshalb so verzog, weil Edgar ganz vernarrt in seinen männlichen Nachkommen war und sie dadurch ein Mindestmaß an Aufmerksamkeit ihres Ehemannes erlangte. Ihr war nicht verborgen geblieben, dass die Ehe ihrer Eltern eine reine Farce war. Somit lebte sie nicht gerade in familiärer Harmonie, doch durch die Zuneigung ihrer Tante Laura, die Vertrautheit mit Belinda und die Fürsorge durch Onkel Desmond war sie, was sie selbst erstaunte, eine lebensfrohe Person. Zudem erleichterte eine gehörige Portion Verdrängung, als ungeliebte Tochter unerlässlich, alles ganz außerordentlich.
Doch jetzt bröckelte die so sorgfältig errichtete Fassade gewaltig. Wollte sie ihre lieblosen, egoistischen Eltern tatsächlich noch vor der Abreise nach Schottland sehen? Ihr Vater würde sie, wie gewohnt, gar nicht wahrnehmen und ihre Mutter würde theatralisch jammern und zetern.
Elenor saß regungslos da, fast so, als horche sie in sich hinein. Und dann zerbrach etwas in ihr; sie schlang die Arme um sich und unterdrückte nur mühsam ein Wimmern. Noch bis gerade hatte sie

unter den Anschuldigungen ihren Eltern gegenüber gelitten, doch jetzt? Sie konnte das Offensichtliche nicht länger leugnen. Es war an der Zeit, das trügerische kleine Universum, das sie für sich selbst erschaffen hatte, zu verlassen. *Ihre Eltern waren böse und niederträchtig.* Sich das einzugestehen, milderte Elenors Leid keineswegs.
Liebevoll betrachtete sie ihren Bruder. Für ihn würde sie stark sein, sie war achtzehn und somit volljährig, von daher konnte und würde sie Entscheidungen treffen. Mit einem letzten Horchen auf Eugens gleichmäßige Atemzüge ging sie beruhigt hinüber in ihr eigenes Zimmer. Sie beschloss, sich einige dieser kniffeligen Mathematikaufgaben vorzunehmen, die der Hauslehrer, augenzwinkernd, als Zeitvertreib während der Ferien vorgeschlagen hatte. Diese benötigten ihre ganze Konzentration und hielten sie, mit ein bisschen Glück, von den ungewohnt deprimierenden Gedanken ab.

Endlich war Elenor weg! Eugen warf die Decke zur Seite und zog seinen Schlafanzug aus. Zum Glück hatte seine Schwester nicht bemerkt, dass er darunter seine normale Kleidung trug. Nur die Stiefel fehlten noch. Fast war er mit dem Zuschnüren fertig, da kamen ihm Zweifel, ob diese schwere Fußbekleidung für seine Unternehmung geeignet war. Ungeduldig wand er seine Füße wieder heraus und suchte im untersten Fach seines Kleiderschrankes nach den schwarzen Turnschuhen. Eigentlich fand er sie mehr als uncool, da ihre gummierten Sohlen allerdings kaum Geräusche verursachten, zwängte er sich hinein. Er schnappte nach der Taschenlampe und verließ sein Zimmer. Die Gänge im Haus leuchteten des Nachts in einem warmen milden Licht und sicherlich jeder, der diesen schmächtigen, achtjährigen Jungen in seinen zerrissenen Sachen so allein über die Flure hätte schleichen sehen, wäre der Annahme erlegen, sich dieses verloren wirkenden Kindes annehmen zu müssen. Bis derjenige in seine unkindlich tückischen Augen geblickt hätte.
Statt eines unheimlichen düsteren Kellergewölbes, das Eugen in diesem verbotenen und normalerweise verschlossenen Trakt erwartet

hatte, ging es genau wie auf der Treppe gut ausgeleuchtet durch einen Gang mit hellen Wänden und Lärm verursachenden ebenso hellen Bodenfliesen weiter. »Wie in einem modernen Polizeigebäude«, grollte Eugen. Bisher war er an keinerlei Türen vorbeigekommen. Der Korridor knickte nach rechts ab. Seine Enttäuschung war bodenlos, als er die drei Meter vor ihm liegende, durch ein elektronisches Zahlenschloss gesicherte Tür erblickte. Kein Kerkermeister, kein dunkles Verlies. »Mist!«, verärgert schlug er mit seinen Fäusten gegen das moderne Bollwerk. Das tat weh. Sich mit diversen Zahlenkombinationen an der Sicherung zu schaffen zu machen, schied aus, da er die Tastatur nur mit Hilfe einer Trittleiter erreichen konnte. »Desmondhöhe«, knirschte Eugen. Wütend trommelte er weiter gegen die Tür, bis seine kleinen Fäuste so malträtiert waren, dass ihm außer Wut- auch Schmerztränen in die Augen traten. Obwohl ihm niemand etwas gesagt hatte, war er sicher, dass sich seine Eltern hinter dieser Tür befanden. Und somit sein Handy. Seine Mutter hatte es ihm gestern einfach weggenommen. Doch nicht nur deswegen war er stinksauer auf sie. Eugen dachte an die unter seiner schwarzen Strickmütze verborgene Halbglatze. Sie hatte ihn daran gehindert, sich komplett kahl zu scheren und dummerweise hielt Elenor die für die Vollendung erforderlichen Hilfsmittel versteckt. Zwar blockierten die Erwachsenen den Zugang zum Internet für ihn, doch über sein Handy hätte er sich einen neuen Haarschneide-Apparat bestellen können. »Mist, Mist, Mist!« Jedes ‚Mist' begleitete ein Fußtritt.
Eugen grinste in sich hinein, als er daran dachte, dass er seiner Mutter das Handy heimlich abgeschwatzt hatte; aber jetzt befand es sich in ihrem Besitz. Erneuter Zorn kochte hoch und Eugen zerrte an seinem T-Shirt, bis er ihm einen weiteren, diesmal nicht bewusst kreierten, Riss verpasste. Dann hockte er sich, mit dem Rücken gegen die Tür gelehnt, auf den Gang. Irgendwem würde er schon ein Handy entwenden können. Übers Festnetz wagte er keine Telefonate zu führen, da ihm durchaus bekannt war, dass es von Onkel

Desmond überwacht wurde. Erst kürzlich hatte es deswegen eine lautstarke Auseinandersetzung zwischen ihm und seinem Vater gegeben. Mit dem trotzigen Unterton eines verzogenen Kindes heulte Eugen los. Bis auf die Annehmlichkeit, dass er fast alles von seiner Mutter bekam, war sie ihm egal. Genau genommen mochte er sie überhaupt nicht. Seinen Vater dagegen fand er so richtig abgefahren, der war ein richtiger Vampir, wie einer aus den Filmen. Wann kam er da 'raus? Schließlich war es an der Zeit, mal wieder auf einen ihrer nächtlichen Jagdausflüge zu gehen. Eugen liebte es, wenn er seinen Vater ab und an begleiten durfte. Dann genoss er sämtliche Freiheiten, durfte so viel Tiere anfallen, wie er nur wollte, selbst wenn ihm hinterher vor lauter Bluttrinken schlecht war. Aber vor allem hatte sein Vater ihm in Aussicht gestellt, ihn bald in das Jagen und Töten von Menschen einzuweihen. Als ihm die ganze Bitterkeit, was ihm gerade entging, bewusst wurde, beendete er mit einem letzten kläglichen Laut sein Weinen. Er brauchte einen Plan!

Edgar und Agatha bekamen in den abgeschotteten, jedoch gut klimatisierten Räumlichkeiten nichts von der Qual ihres Sohnes mit. Abgesehen von der Tatsache, dass es sich um ein Gefängnis handelte, war alles recht komfortabel. Es gab ein Bad, ein Schlafzimmer und einen Wohnraum. Agatha, die es schamlos ausnutzte, dass ihr Ehemann nicht entfliehen konnte, hatte eng an ihn geschmiegt dort gesessen, sprang jetzt aber erstaunlich behände auf, als ihr ein leise summendes Geräusch etwas Essbares versprach. Edith, die den gut getarnten Speiseaufzug noch nie einsetzen musste, bewirtete die ‚besonderen Gäste im Untergeschoss' entsprechend Lauras Angaben. Da der Aufzug so klein gehalten war, dass nicht einmal ein Zwerg über ihn hätte entfliehen können, waren mehrere Transporte erforderlich, um den gesunden Appetit Agathas zu stillen. Gierig entnahm sie die als Nachtisch heruntergeschickte Süßspeise. Wohlwissend, dass Edgar ihr auch seine Portion überlassen würde, hielt sie ihm diese einschmeichelnd unter seine Habichtnase.

»Weg!«, arrogant schlug Edgar unter das Dessertschälchen und um ein Haar wäre es Agatha aus der Hand gefallen. Beleidigt setzte sie sich an das andere Ende des Tisches. »Was bringt dich so auf, mein Liebster?«, versuchte sie, sich einzuschmeicheln. »Lass dein Gesülze!«, herrschte Edgar sie an. Doch dann, sich besinnend, dass Agathas einflussreiche Familie hilfreich sein könnte, einen Ausweg aus diesem Dilemma zu finden, lenkte er ein: »Hier servieren sie uns kein vernünftiges, frisches Blut. Wie soll ich mich da fühlen?« »Oh, du Armer, das stimmt ja«, Agatha widmete sich einem Kleks Pudding, der von dem vollgehäuften Löffel auf ihrem üppigen Busen gelandet war, »ich vergesse manchmal, dass dir solche Speisen«, sie tauchte den Löffel erneut in die köstliche Süße, »ganz und gar nicht munden. Du weißt gar nicht«, der Rest wurde etwas undeutlich, da eine große Portion den Weg in den Mund gefunden hatte, »wasch dir entgeht.« Edgar baute sich vor ihr auf und schon bereute sie das Anpreisen normaler Speisen. »Ist dir eigentlich bewusst, wie sehr ich dich wegen deiner untraditionellen Essgewohnheiten schützen muss?« Edgars Augenbrauen zogen sich ärgerlich zusammen und verliehen seinem blassen, ausgezehrten Gesicht ein noch boshafteres Aussehen. »Wäre meine Position im Club nicht dermaßen gefestigt, was meinst du wohl, wie eine Ehefrau daherkäme, die sich von anderen Dingen als Blut ernährt?«

Agatha schluckte die weiche Masse schnell herunter. Darüber hatte sie nie weiter nachgedacht. Natürlich war ihr bekannt, dass die Mitglieder dieses Vereins, dem sie selbstredend angehörte, sich nur von Blut ernähren sollten. Das hatte sie aber nie so eng gesehen, schon allein deshalb nicht, da die Statuten unter anderem besagten, nur *Reinblüter* aufzunehmen. Ha, ha! Wenn sie jemanden wie Edgar akzeptierten, der eine Langlebende als Mutter hatte, konnte sie auch essen, was sie wollte. Wäre ja ganz neu, dass Edgar sie ‚schützte', er brauchte sie einfach, sie, die von einer der besten alteingesessenen Familien abstammte! Und außerdem gab es ja noch Boris; er umgarnte sie eben *wegen* ihrer Leibesfülle, die selbstverständlich nicht auf reinen Blutkonsum zurückzuführen war. Der eine oder andere Karton köstlicher Pralinées wurde ihr von Boris übersandt. In gehobenen Positionen ist eben alles machbar. Agatha lächelte heimtückisch. Dann wurde ihr schlagartig bang. Denn Boris, den sie aus rachsüchtigen Motiven um Hilfe auf den Kontinent gebeten, diese Tatsache Edgar gegenüber allerdings als Plan zur Eliminierung Desmonds ausgegeben hatte, war nicht erreichbar. Desmond hatte das von Eugen ausgeliehene Handy bereits auf Schloss Stiemheim konfisziert. Somit konnte sie Boris auch nicht über ihre Abreise von Deutschland zurück nach England informieren. Er würde sich von ihr verraten fühlen. Was, wenn Edgar von ihrem Plan erfuhr, ihn durch Boris töten zu lassen? Im Nachhinein betrachtet, war das ohnehin eine Kurzschlusshandlung gewesen, denn hier, so nah mit Edgar beisammen, stellte sie fest, dass es ihr unmöglich war, ihn aufzugeben. Als Agatha erkannte, in welch arger Bedrängnis sie sich aufgrund der eigenen Intrigen befand, wurde ihr beinah schlecht. Um sich selbst abzulenken, begann sie mit einer Schimpftirade auf Desmond.

»Es ist empörend, wie dein überheblicher Halbbruder uns behandelt. Morde! Pah! Ist doch nun mal so, dass die Menschen hinterher tot sind, wenn man sich von ihnen ernährt.«

Vorwurfsvoll verschränkte Agatha die Arme über ihrem ausladenden Vorbau. Edgar bedachte seine Gattin mit einem abschätzenden Blick, quittierte ihre Ausführungen dann doch mit einer Bewegung seiner Gesichtsmuskeln, die man als Lächeln durchgehen lassen konnte.

»Wie recht du hast«, lobte Edgar mit verschlagenem Blick, »es stört nur einige der Zartbesaiteten, dass«, Edgar sonnte sich regelrecht bei der Erinnerung an seine Übeltaten, »eine gewisse Brutalität und Grausamkeit im Spiel ist.«

Beifall heischend beugte er sich zu Agatha vor, deren Augen aufleuchteten. Geahnt, ach was, gewusst hatte sie es ja, dass er die jungen Dinger leiden ließ. Welche Genugtuung ihr das immer war.

Aber dass er jetzt mit ihr darüber sprach, so vertraut. »Haach!« Der langgezogene, wohlige Seufzer Agathas stimmte Edgar zufrieden. Er setzte sich wieder ihr gegenüber auf einen Stuhl. »Soll er nur kommen, mein lieber Halbbruder. Wir haben reichlich Freunde, die nicht zulassen werden, dass uns etwas geschieht.« Edgar hatte ‚wir' gesagt. Agatha platzte fast vor Glück. Natürlich würde sie ihm zur Seite stehen und verschwörerisch raunte sie ihm zu: »Vergiss nicht, aus welch mächtiger Familie ich stamme.« ‚Genau', dachte Edgar.

Eugen war frustriert nach oben getrottet und rumorte in der Küche. Er war es gewohnt, sich selbst Essen zuzubereiten, wenn nicht gerade Elenor dafür sorgte. Seine Eltern saßen auf ihrem Geld und sparten bekanntlich jedwedes Personal. Er fand einen Beutel, dessen Aufschrift ihm gefiel. Blut von jungen Mädchen schmeckte besonders lecker und dieses hier war erst kurz vor ihrer Abreise nach Deutschland eingefroren worden. Eugen zog einen der schweren Mahagonistühle heran, stieg hinauf und klatschte sein Essen in die in einen Hängeschrank aus dem gleichen dunklen Holz integrierte Mikrowelle. Während das Blut aufgetaut und auf Trinktemperatur gebracht wurde, beobachtete er ungeduldig den sich drehenden Teller. Plötzlich beschlich ihn das Gefühl, selbst beobachtet zu werden. In der Annahme, es könne nur Tante Laura oder seine blöde Cousine Belinda sein, die ihn aller Wahrscheinlichkeit nach wegen seines Blutkonsums schelten oder, noch schlimmer, selbigen untersagen würden, drehte er sich mit äußerst aggressivem Ausdruck im Kindergesicht herum. Statt des befürchteten Tadels von verwandtschaftlicher Seite, erntete Eugen ein breites Grinsen. Mit lässig verschränkten Armen lehnte Matthias im Türrahmen. Jetzt stieß er sich ab und kam auf ihn zu.
»Was meinst du«, Matthias stellte sich neben Eugen, er überragte ihn ein ordentliches Stück, obwohl Eugen nach wie vor auf dem Stuhl stand, »reicht die Mahlzeit für zwei? Ich hab' nämlich einen Mordskohldampf.« Eugen grinste verschlagen, umsonst würde er

nichts hergeben. »Was bekomme ich als Gegenleistung?« »Na, du bist ja ganz schön auf Zack«, anerkennend klopfte Matthias ihm auf die Schulter, »an was denkst du denn so?« »Tja, mein Vater ist im Moment eingesperrt und fällt somit für nächtliches Jagen aus.« Die Mikrowelle signalisierte durch einen Klingelton, dass ihre Arbeit erledigt war. »Hol' mal zwei große Tassen da aus dem Schrank«, erteilte Eugen Matthias Anweisungen und kletterte samt Nahrung vom Stuhl. Matthias fand die Tassen und stellte sie, während er den Knirps interessiert beäugte, auf die Arbeitsplatte neben der Spüle. Eugen griff nach einer Schere. »Mein Vater hat mich oft des Nachts mitgenommen, um Kleinvieh zu erlegen.« So oft war es zwar gar nicht, aber das musste ja keiner wissen. »Es standen neue Lektionen für mich auf dem Lehrplan«, konzentriert verteilte Eugen die Flüssigkeit aus dem aufgeschnittenen Beutel, »ab sofort sollte ich in das Jagen und Töten von Menschen eingeweiht werden.« Eugen reichte Matthias eine Tasse, in der nicht annähernd so viel Blut war, wie in der, die er für sich reservierte. »Du könntest ihn vertreten.« Gierig schlürfte Eugen. »He, du kleiner Mistkerl, du hast mir ja kaum etwas eingegossen«, über so viel Dreistigkeit schüttelte Matthias anerkennend lachend den Kopf.

Eugen gefiel Matthias immer besser. Als sie gestern Nacht zur Fähre unterwegs waren, wusste Eugen noch nicht so genau, was er von diesem großen Typen halten sollte, hatte aber durchaus mitgekriegt, dass er seiner Elenor schöne Augen machte.

»Ich kann dir verraten, wo du mehr davon findest«, berechnend sah Eugen Matthias an und schlürfte den Rest Blut besonders laut in sich hinein. Blitzschnell packte Matthias ihn und hielt ihn auf Augenhöhe vor sich. Eugens Schreck war nicht zu übersehen. »Hör zu, du Strolch, so schwierig ist es nicht, Blut zu finden …«, Matthias, dem das Leichtgewicht nichts ausmachte, hielt ihn immer noch gepackt, »ich könnte die Informationen auch aus dir herauspressen.« Dann ließ er ihn wieder zu Boden.

,Da muss ich aufpassen', dachte Eugen, ,mit dem ist nicht zu spaßen.' »Jeder sucht seinen Vorteil«, sagte er laut und versuchte, sich seine Unsicherheit nicht anmerken zu lassen.

»Wie wäre es mit einer Abmachung«, Matthias reckte sich noch ein bisschen mehr in die Höhe, damit Eugen so richtig seine Muskeln und Stärke erkennen konnte, »sobald ich mich hier ein wenig auskenne, fangen wir mit gemeinsamen Streifzügen an. Oder du zeigst mir die Gegend und was du schon kannst. Danach machen wir weiter, wie dein Vater es für dich plante. Allerdings«, Matthias beugte sich zu ihm hinunter und bleckte seine Zähne, »reicht hin und wieder ein Tässchen Blut nicht für die Vermittlung wichtiger Kenntnisse.« Matthias richtete sich erneut zu voller Größe auf.

»Was willst du denn noch?« Eugen war ungehalten, auf so zähe Verhandlungen war er nicht vorbereitet. Matthias gefiel die Hartnäckigkeit Eugens, erinnerte der Knirps ihn doch an sein eigenes Verhalten in diesem Alter. »Tja«, Matthias gab seiner Stimme einen jovialen Klang, »seit wir hier angekommen sind, habe ich deine Schwester nicht mehr gesehen.« Damit hatte er auch keine Eile gehabt, denn dies hier war Elenors zu Hause; sie würde ihm nicht weglaufen. Doch jetzt bot sich ein günstiger Moment. »Kannst du mir verraten, wo ich sie finden oder treffen kann?«

Bockig antwortete Eugen: »Such' doch selbst nach ihr, sie ist *meine* Schwester und du wirst sie mir nicht wegnehmen!« Eugen verschränkte ablehnend die Arme.

»Langsam, langsam«, beschwichtigend lenkte Matthias ein, »ich mag sie sehr und von wegnehmen kann keine Rede sein. Ich weiß, dass sie immer für dich da ist.« Wie sehr das stimmte ahnte Matthias nicht, er hatte diesen Satz einfach nur angefügt, um Eugen zu besänftigen. Eugen schmollte noch eine Weile, trat gegen Stuhl- und Tischbeine, verspritzte absichtlich noch einen letzten Rest Blut aus dem Beutel über die Arbeitsplatte und gelangte dann zu einem Entschluss.

»Also, ich sage dir, welches Zimmer das von Elenor ist und du nimmst mich nächste Nacht mit nach draußen.«
»Abgemacht!«
Matthias hielt Eugen seine große kräftige Hand entgegen und das Kind schlug ein. Dann lief Eugen zu der privaten Treppe innerhalb dieses Seitenflügels und sprang die Stufen hinauf; Matthias hielt mit seinen langen Beinen mühelos neben ihm Schritt. Vor seiner eigenen Zimmertür blieb Eugen stehen. Jetzt konnte er ruhig etwas pennen; wie von selbst hatte sich ein Plan ergeben und er war äußerst guter Dinge.
»Da lang«, Eugen zeigte auf eine Tür schräg gegenüber, »aber denk d'ran«, Matthias traf ein erstaunlich warnender Blick, »wenn ich mitbekomme, dass du ihr was tust, wirst du es bereuen.«
Mit gekonnt ernstem Gesicht nahm Matthias die Drohung entgegen und nickte. Er wartete bis Eugen im Zimmer verschwunden war und schlich dann zu der bezeichneten Tür. Mit etwas Glück ließe sich sein bisher misslungener Aufenthalt in dieser Einöde sicher aufpeppen. Nachdem er so Hals über Kopf von dem kleinen Anwesen der beiden Frauen verschwunden war, streifte er auf der Suche nach brauchbarer Nahrung noch stundenlang durch die Gegend. Jedoch ohne Erfolg, hier schien wirklich der Hund begraben. Als er dann vorhin wieder auf dem Gestüt anlangte, war er drauf und dran, sich eins der Pferde vorzunehmen, doch der menschliche Verwalter wuselte noch herum; außerdem entdeckte Matthias Videokameras. Aber dann traf er den Knirps und bekam von dem missgünstigen Kerlchen immerhin so viel Blut, dass seine Krämpfe abebbten.
Geübt leise drückte Matthias die Klinke herunter und hoffte, dass der Kleine ihn nicht hereingelegt hatte. Als nichts passierte, stahl er sich durch einen schmalen Spalt in den Raum. Dort saß sie, mit dem Rücken zu ihm, am Schreibtisch und schien über irgendwelchen schwierigen Aufgaben zu brüten, denn mit einer Hand stützte sie ihren hübschen Kopf und in der anderen Hand tanzte ungeduldig ein Bleistift. Matthias durchquerte lautlos den Raum, legte ihr von

hinten eine seiner großen Hände über den Mund und beugte sich gleichzeitig charmant lächelnd vor ihr Gesicht. Ihre schreckgeweiteten Augen bekamen sofort einen sanftmütigen Ausdruck, als sie ihn erkannte. Matthias nahm seine Hand weg.
»Du hast mich aber erschre ...«
Er verschloss ihren Mund mit einem Kuss und geriet durch die unerwartete Sinnlichkeit, mit der Elenor ihn erwiderte, in einen wahren Freudentaumel. Jetzt würde sie *seine* Elenor.

# Kapitel 5

Von den sich überschlagenden Ereignissen erschöpft, verschliefen Sarah und Mitch fast den ganzen Sonntagvormittag.
Nachdem die Vampire am gestrigen Samstagabend Schloss Stiemheim überstürzt verlassen hatten, um auf unbestimmte Zeit nach England zurückzukehren, waren Sarah und Mitch sofort zu der verborgenen Gruft von Schloss Bruchfurth gefahren. Trotz des im Schlosshof stattfindenden Festivals gelang es ihnen, im Schutz der Dunkelheit die wenige Habe von Karl und Matthias in den Transporter zu räumen. Danach suchten sie akribisch jeden Winkel sowohl in der Kammer als auch im Geheimgang ab. Nachdem alles verstaut war, verschlossen sie sorgfältig den Zugang, der seit ewigen Zeiten gut getarnt und vergessen hinter einem dichten Efeuvorhang lag. Nicht die kleinste Kleinigkeit wies mehr darauf hin, dass dieser Ort fast ein Vierteljahrhundert als Versteck für die beiden einzigen Vampire der Stadt gedient hatte. Für Mitch war es selbstverständlich, dieser Bitte seines Arbeitgebers nachzukommen. Insgeheim freute er sich über das ihm entgegengebrachte Vertrauen, fanden Desmond und er doch nur wenige Tage Gelegenheit, sich persönlich kennenzulernen. Nun hielten sie den Kontakt, wie in der Vergangenheit, bedauerlicherweise nur mithilfe der üblichen Kommunikationsmittel. Als Sarah und er nach getaner Aufräumarbeit die Einfahrt zu Schloss Stiemheim hochfuhren und die durch Zeitschaltuhren gesteuerten Lichter in verschiedenen Fenstern sahen, wurde ihm die Abwesenheit der Familie fast schmerzlich bewusst; er fragte sich, ob sie wohl während seiner Verwalterzeit noch einmal hierher zurückkehren. Sarah erging es wohl ähnlich, denn sie hatte bedauernd geseufzt. Nachdem er den Transporter in der geräumigen Garage geparkt hatte, waren sie wortkarg in seine Wohnung gegangen und todmüde ins Bett gefallen.

Sarah räkelte sich. »Oh!«, erschreckt stupste sie ihn an, »schon halb zwölf.« Mit gespieltem Entsetzen hielt sie ihre Armbanduhr in die Höhe, die sie auf Mitchs Nachttisch abgelegt hatte. Sarah kuschelte sich einmal kurz an ihn, dann sprang sie auf. »Mir geht so viel durch den Kopf. Ich bin noch ganz durcheinander von der Erkenntnis, dass es tatsächlich Vampire gibt. Geglaubt habe ich es ja, aber ...«
Mitch betrachtete diese ungewöhnliche Frau, die er erst seit so kurzer Zeit kannte. »Und ich bin noch ganz durcheinander von der Erkenntnis, dass es hin und wieder Menschen gibt, die bereit sind, die Existenz anderer Wesen zu akzeptieren.« Er stand auf, trat um das Bett herum und umarmte Sarah. »Und die Erkenntnis, dass solch eine wunderbare Frau jemanden akzeptiert, der für Vampire arbeitet, bringt mich total aus dem Konzept.« Er küsste sie auf die Stirn.
Sarah schob ihn lachend weg und ging zum Zähneputzen ins Bad. Mitch ging ihr glücklich hinterher. Unter der Dusche schmetterte er eins der Lieder, die er sonst beim Rasenmähen zum Besten gab. Beim anschließenden Rasieren war ihm sein bartloses Gesicht noch etwas fremd, doch Sarah schien es zu gefallen. *,Danke, Miss Belinda, der Tipp, sich von dem Gestrüpp zu trennen, war genau richtig!'*
Mitch erinnerte sich an den verregneten Nachmittag letzte Woche, an dem die junge Frau feucht, durcheinander und, obwohl sie versuchte es zu überspielen, unglücklich vor ihm stand. Auch in diesem Moment spürte er ihre ganze Eigenwilligkeit, dennoch mochte er sie; es schien durchaus auf Gegenseitigkeit zu beruhen. Wirklich schade, dass die Umstände sie und ihre unkonventionellen Eltern zu einer so schnellen Abreise gezwungen hatten. Mitch lächelte in sich hinein. Belinda hatte sich zweifellos in diesen Karl verliebt. Als er die beiden gestern Morgen vor der Sonne rettete, spürte er es deutlich. Damit hatte sie nach Mitchs Einschätzung eine gute Wahl getroffen; der Junge schien, obwohl keineswegs unkompliziert, in Ordnung. Seine Menschenkenntnis, die sich durchaus auf Vampire übertragen ließ, sagte ihm, dass Karl ein großes Leid mit sich herumschleppte. Aber, Mitch sah seinem glattrasierten Konterfei zu-

versichtlich in die Augen, bei Desmonds Familie befand sich der junge Mann in der richtigen Obhut.

Während des ausgedehnten, reichlich späten Frühstücks, schmiedeten sie Pläne für die Gestaltung der Räume, die Desmond kurz vor seiner Abreise ganz unspektakulär als Wohnungserweiterung zur Verfügung stellte. Damit hatte Desmond ihn außerordentlich verblüfft, schien es für ihn wohl klar, demnächst ein Paar im Schloss zu beherbergen. Dieser Vampir verfügte wahrhaftig über ein besonderes Gespür; denn hier saßen sie und sprachen wie selbstverständlich über ihre gemeinsame Zukunft. Bald ergriff sie eine Art Fieber, sie maßen aus, skizzierten und Mitch erstellte eine Liste mit handwerklichen Arbeiten, die er selbst durchzuführen gedachte.

»Puh«, Sarah, die noch über eine Skizze gebeugt saß, setzte sich gerade hin, »mir tut schon der Rücken weh, ich glaube, es reicht für heute.« Ihr Magen knurrte. »Hörst du«, sie klopfte spielerisch auf ihren Bauch, »Zeit für ein …«, ihr Blick wanderte zur Uhr, »verdammt spätes Abendessen!«

»Ich geh nur noch schnell in den Keller«, Mitch stand auf, »dann weiß ich genau, was ich noch im Baumarkt kaufen muss.«

Sarah stimmte ergeben zu und begab sich in die Küche. Durch den Sommerregen hing Schwüle im Raum und Sarah öffnete das Fenster in der Hoffnung, dass nun, da die Sonne schon seit einiger Zeit hinter den Bäumen verschwunden war, etwas Abkühlung hereinkommen würde. Tagsüber hatten sie die Alarmanlage in Mitchs Räumen deaktiviert und Sarah war es nicht gewohnt, sie bei einbrechender Dunkelheit wieder einzuschalten. Sie war überhaupt nicht an Alarmanlagen gewöhnt. Auch nicht an derart späte Mahlzeiten; da sie jedoch ein paar Tage Urlaub hatte, machte ihr der ungewöhnliche Ablauf des Wochenendes nichts aus. Mitch und sie hatten schon herumgefrotzelt, dass sie bereits vampirische Eigenschaften annahmen. Ein lustiger Gedanke, bei dem Sarah fröhlich mit Töpfen und Pfannen hantierte.

Boris hatte in seinem Versteck hervorragend und ausgiebig geschlafen. Seine Befürchtungen über tagsüber herumtollende Kinder oder sich hierher verlaufende, herumschnüffelnde Hunde erwiesen sich als unbegründet. Ausnahmsweise schien das aufgestellte Schild, das ein Betreten des Areals untersagte, beachtet zu werden. Wirklich ein ausgezeichnetes Versteck für ihn und seine Beute, die er sich jetzt zu holen gedachte.

Voller Erregung schlich er zu dem Anwesen, inspizierte erneut das Gebäude. Er fand es ebenso verlassen, wie am Abend zuvor; Agatha samt Familie und Anverwandten war ausgeflogen. Für einen kurzen Moment fürchtete Boris, die Menschenkinder könnten ebenfalls für längere Zeit abwesend sein und ihn um sein Vergnügen bringen, doch als er Richtung der Garagen pirschte, sah er Licht durch verschiedene Fenster schimmern. Boris' Lächeln hätte einem Beobachter das Blut in den Adern gefrieren lassen. Während er behände das Garagendach erklomm, sann Boris darüber nach, wie er ohne einen Alarm auszulösen ins Gebäude käme.

Und dann sah er ihre Silhouette hinter dem Fenster. Sie öffnete es sogar für ihn! Boris vermochte seine Begierde kaum zu bändigen. Er robbte bis zum Fenstersims und suchte mit den Augen die gesamte Öffnung ab. Kein warnendes Blinken. Hämisch grinsend bemitleidete er die dummen Menschen. Sich Zentimeter für Zentimeter hochschiebend, lugte Boris in den Raum. Sie stand am Kühlschrank. Ihr flammendes Haar ergoss sich über ihren Rücken. Boris konnte sein Glück kaum fassen, so unverhofft auf ein dermaßen schönes Kind gestoßen zu sein. Jetzt griff sie nach einer Flasche und goss sich einen kühlen Weißwein ein.

Mitch fielen die Werkzeuge aus der Hand, als er das zerbrochene Weinglas und das weit aufstehende, ungesicherte Fenster sah. Er fluchte laut. Wie konnte er nur vergessen, Sarah diese unverzichtbare Maßnahme einzubläuen. Doch Selbstvorwürfe brachten ihn nicht weiter. Mitch spähte auf das Garagendach, vermochte aber im herausfallenden Lichtkegel keinerlei Spuren auszumachen. Kopflos rannte er nach unten, um das gesamte Schloss bis hinunter zum Fluss. Weit und breit nichts. Er hastete zurück und sprintete zum Tor. Es war noch genauso fest verschlossen, wie seit ihrem Eintreffen in der letzten Nacht. Heftig atmend hielt Mitch inne. Sarah war eindeutig überfallen und verschleppt worden. Ein banger Verdacht keimte auf. Mitch hatte weder einen Hilferuf gehört, noch irgendwelches Gepolter, das normalerweise entstand, wenn man auf den Garagendächern herumlief. Und überhaupt gelangte man nicht so ohne weiteres auf drei Meter hohe Dächer. Es handelte sich eindeutig um eine Person, die sich ebenso aufs Klettern verstand, wie darauf, sich lautlos zu bewegen. Zudem verfügte sie über genügend Kraft, eine aller Wahrscheinlichkeit nach bewusstlose Person geräuschlos zu entführen. Mitch schwindelte, es war, als zöge ihm jemand den Boden unter den Füßen weg. Haltsuchend ruderten seine Hände durch die Luft, dann kippte sein Oberkörper leicht nach vorn. Es gelang ihm, sich auf den Oberschenkeln abzustützen und nicht vollends die Kontrolle über seinen Körper zu verlieren. Einfach alles deutete darauf hin, dass Sarah einem Vampir in die Hände gefallen war. Mitch atmete tief durch, um sich wieder zu fangen. Wer trieb sich hier herum? Er hatte mit eigenen Augen die Vampire ohne Ausnahme abreisen sehen. Und niemand konnte ohne Desmonds Einverständnis die Reisegruppe verlassen; außerdem wurden die beiden Verdächtigen, seines Wissens nach, bewacht. War es dem gefährlichen Halbbruder Desmonds gelungen, zu fliehen?

Panisch rannte Mitch zur Garage, öffnete das Tor und holte eine große Stablampe aus dem hinteren Regal. Zuerst untersuchte er sein schweres Motorrad; es stand unangetastet da. Danach umkreiste er den Transporter, schob eine Tür auf; die aus der Gruft ausgeräumten Gegenstände lagen, wie Sarah und er sie platziert hatten und warteten darauf, in einem der Kellerräume eingelagert zu werden. Mitch leuchtete in jede Ritze, die ihm von dem milden Deckenlicht nicht genügend erhellt schien. Er fand nicht die kleinste Spur. Seine Unruhe wuchs, er ging hinaus, ließ die Strahlen über die Wände kriechen. Auch hier kein Anzeichen für die Verwendung einer Leiter oder eines sonstigen Hilfsmittels zum Erklimmen des Garagendaches. Noch einmal begab Mitch sich Richtung Fluss, lief diesmal langsam über den Rasen und beleuchtete die vor ihm liegende Strecke systematisch. Dort war das Gras niedergetreten! Er folgte der Spur, stellte dann aber fest, dass es seine eigene, vor wenigen Minuten hinterlassene, war; sie führte zum Haus zurück. Erst als er fast völlig durchnässt war, bemerkte Mitch den heftigen Regen, der erneut niederging. Dadurch wurde es unmöglich irgendwelche Spuren, falls überhaupt vorhanden, auszumachen. Mitch drehte sich verzweifelt um sich selbst. Wie nur konnte er Sarah finden und sie vor dem Schlimmsten bewahren? Mitch gelangte immer mehr zu der Überzeugung, dass Edgar nicht mit nach England gereist war. Ihm wurde glühendheiß. Er wusste ja gar nicht, ob Desmond mit seiner Familie und seinen Gästen wohlbehalten auf dem Gestüt eingetroffen war. Wenn Edgar, vielleicht sogar zusammen mit seiner Frau Agatha, ihnen etwas angetan und heimlich nach Schloss Stiemheim zurückgekehrt war? Bei diesem Gedanken schauderte Mitch. Er zögerte nicht länger, eilte ins Haus und umgehend zum Telefon.

Die Nacht vor dem Montag war immer besonders ruhig, da die meisten Menschen am Morgen wieder früh aufstehen und zur Arbeit mussten. Meist blieben sie zu Hause, sahen sich einen Krimi im Fernsehen an oder gingen einer anderen, unspektakulären Tätigkeit nach und früh zu Bett. Aus dieser Kenntnis heraus gab es auch im Polizeipräsidium nur eine Notfallbesetzung. Aufgrund dieser optimalen Bedingungen war es für den Pathologen ein leichtes Spiel.
Er saß zwischen den beiden Leichnamen, die er aus den Kühlfächern gezogen hatte und betrachtete sie liebevoll. Der seltsame Kommissar Ambros Weidtfelt war einverstanden gewesen, mit der Obduktion noch zu warten, aus welchen Gründen auch immer.

Und jetzt war er nicht mehr erreichbar. Der Pathologe hatte es mehrfach über die hinterlassene Telefonnummer versucht. Nichts, kein Ton, die Handy-Verbindung existierte nicht mehr und der Herr Kommissar war wie vom Erdboden verschluckt. Das vereinfachte die Sache ungemein. Er lächelte schmallippig; natürlich ahnte niemand etwas von dieser äußerst exklusiven Vereinigung, der er angehörte; für sie bestand an der Existenz von Vampiren kein Zweifel. Nun war *er* in der Lage, den Mitgliedern den Beweis zu liefern. Bisher war es niemandem gelungen. Träumerisch blickte er auf den jungen Mann und die junge Frau, die seit ein paar Tagen hier lagerten. Solch grausame Morde hatte es in dieser Stadt noch nie gegeben und die Behörden reagierten umgehend. Sie kontaktierten ihn, weit über die Landesgrenzen hinaus als Spezialist bekannt, in seinem verschlafenen Eifelnest, baten um seine Hilfe und errichteten im Keller des Polizeipräsidiums diesen Raum für ihn. Ebenso ließen sie diesen undurchsichtigen, von einer seltsamen Aura umgebenen *Sonderermittler* aus dem Ausland einfliegen. Sein Blick wanderte andächtig über die Körper der Toten. In ihnen gab es nicht einen einzigen Blutstropfen mehr. Viele kleine Bisswunden, nachträglich durch Einritzungen mit dem Messer getarnt, bedeckten sie von oben bis unten. Aber nicht umsonst galt er als Kapazität; bei den Verletzungen handelte es sich eindeutig um Vampirbisse. Da nun mehrere Tage vergangen waren, schloss er ein Erwachen der beiden als neu geschaffene Vampire aus. Dieses Monster hatte sie komplett leergetrunken, sie regten sich nicht und würden es nie mehr tun.
»Ja, hallo, hier ist der Pathologe.«
Der Diensthabende brummte schläfrig in den Hörer.
»Meine Obduktionen sind abgeschlossen, die Leichen gebe ich fürs Krematorium frei.« Erfreulicherweise war es mit den Angehörigen so abgesprochen. »Ich benötige noch Ihre Unterschrift.«
Der Beamte sog hörbar Luft durch die Nase ein und der Pathologe genoss es, ihn ein wenig zu quälen.

»Am besten kommen Sie herunter und überzeugen sich von der ordnungsgemäßen Durchführung meiner Arbeit.«
Gemein lächelnd lauschte er.
»Also, nein, das halte ich nicht für erforderlich.«
‚Dachte ich mir schon, dass du dich nicht darum reißt.'
»Ich kann ja auch gar nicht vom Telefon weg«, machte der Beamte sich wichtig, »es könnten Notrufe eingehen. Es wäre besser, Sie kämen zu mir herauf.« Dann fügte er unsicher hinzu: »Falls es Ihnen nichts ausmacht.«
»Selbstverständlich komme ich zu Ihnen«, der Pathologe gab sich leutselig, »ich verstehe, dass Sie Ihren Posten nicht verlassen können.«
So einfach war das.
Nachdem die Formalitäten erledigt waren, transportierte er die beiden ganz offiziell mit dem Aufzug nach oben und schaffte sie in den Leichenwagen. Es zahlte sich aus, als weiteres Standbein ein Beerdigungsinstitut zu betreiben. Mit großem Respekt bettete er die kostbaren Toten ins Fahrzeug. Triumphierend rieb er sich die Hände. In knapp zwei Stunden würde er in seinem Heimatdorf angelangt sein. Nach entsprechenden Vorbereitungen würde er die Mitglieder informieren und zusammenrufen. Ihm schwebte eine außergewöhnliche Zeremonie vor um die ersten, in *seinem* Besitz befindlichen, von einem Vampir getöteten Menschen zu würdigen. Den Angehörigen der Opfer würde er besonders schöne, mit Sand und Erde gefüllte Urnen zukommen lassen.

# Kapitel 6

Belinda hastete, wütend und leise vor sich hinschimpfend, schnurstracks zur Bibliothek. Ihr Vater irrte gewaltig, anzunehmen, sie erspare ihm die erbetene Unterredung. Vom schnellen Gehen und vor Aufregung heftig atmend, kostete es sie eine gewisse Anstrengung, die hohe Tür aufzustoßen. Ihre Eltern saßen nebeneinander an dem wuchtigen Schreibtisch ihres Vaters. Über die ausladende Fläche verstreut lag allermöglicher Papierkram. Ihre Mutter brütete über einer Landkarte und ihr Vater, dessen linker Arm auf der Lehne ihres Stuhls ruhte, tippte mit dem Finger auf eine bestimmte Stelle. Beide sahen fast gleichzeitig hoch und Belinda beschlich das unangenehme Gefühl, zu stören.
»Schätzchen«, ihre Mutter stand sofort auf, kam zu ihr und legte ihr sanft einen Arm um die Taille, »was bedrückt dich?«
Ihr Vater sah sie abwartend an. Kampflustig entwand sie sich ihrer Mutter und baute sich vor dem Schreibtisch auf.
»Ich bin stocksauer auf dich«, fauchte sie ihn an, »Karl könnte doch ebenso wie ich von Hauslehrern unterrichtet werden.« Sie merkte, dass es Unfug war und fügte schnell hinzu: »Für den Anfang zumindest.«
»Karl ist, wie du zugeben musst, aus dem Alter für Hauslehrer heraus«, ihr Vater erhob sich, wobei er sich müde mit den Händen auf der Schreibtischplatte abstützte, »außerdem können die Hauslehrer ein Studium am College nicht ersetzen. Für Karl sind die Möglichkeiten, die sich ihm in Cliffton bieten der beste Weg, seiner Intelligenz und seiner Wissbegier gerecht zu werden.«
Desmond trat um den Schreibtisch herum, ergriff behutsam den Arm seiner Tochter und führte sie zu der Sitzgruppe vor dem Kamin. Laura setzte sich zu ihnen.
»Dann lass mich mit ihm gehen, ich studiere dort noch intensiver Französisch, mache schon mal einen Bachelor in Betriebswirt-

schaftslehre, weil ich doch eine Reitschule eröffnen will, und später einen Master. Das habe ich alles ohnehin geplant, um dieses Gestüt irgendwann übernehmen zu können. Außerdem«, sie holte tief Luft um in ihrem Redeschwall fortfahren zu können und ihren Vater an Einwänden zu hindern, »noch einige Semester in Tierheilkunde, damit ich die Pferde nicht gleich irgendeinem Pfuscher anvertrauen muss. Außerdem wird es langsam Zeit, auf eigenen Füßen zu stehen.« Die letzten Worte klangen dann doch etwas verhalten.
»Du bist noch zu jung für ein Studium, ein Aufnahmealter von mindestens achtzehn Jahren ist an den von uns geleiteten Universitäten erforderlich … was dir bekannt ist. Und, falls ich richtig informiert bin«, Desmond spielte es wie eine Trumpfkarte aus, »fehlen dir noch zwei schriftliche Prüfungen um eine Zulassung zu erreichen.«
»Ja, stimmt schon, stimmt schon«, Belinda brauste auf, »du könntest mich aber doch auch in Cliffton weiter unterrichten lassen. Meinst du in der schottischen Luft lerne ich schlechter als hier?«
»Kind«, Desmond erkannte, seine tatsächlichen Beweggründe darlegen zu müssen, »du weißt erst seit wenigen Tagen, dass deine Mutter einst menschlich war.«
Interessiert setzte sich Belinda gerade hin. »Ja, ihr seid mit mir in Mamans Heimatstadt gereist um es mir zu beichten.« Belinda entlockte die Erinnerung ein Lächeln. Wie unartige Kinder hatten ihre Eltern vor ihr gesessen um ihr mitzuteilen, sie hätte menschlich sein können, wäre ihre Mutter nicht zur Vampirin geworden. Ihre Eltern befürchteten Vorwürfe, gar Anschuldigungen. Dabei war Belinda ihrer Mutter unendlich dankbar, sich ihrem Vater gegenüber durchgesetzt und auf einer Verwandlung bestanden zu haben; ansonsten säßen weder ihre Mutter noch sie hier und sie wäre Karl niemals begegnet. Und ihr Vater wollte sie von ihm trennen!
»Es ist nicht ungefährlich«, Desmond räusperte sich und Belinda wurde hellhörig, als ihr Vater außergewöhnlich ernst weitersprach, »auch an den Colleges sind gewisse Strömungen auf dem Vor-

marsch, die eine Vermischung von Mensch und Vampir nicht nur ablehnen, sondern bekämpfen. Durch geschickte Propaganda gelingt es den geheimen Verbänden, immer mehr junge Vampire für ihre Ideen zu begeistern.«

Desmond machte eine Pause und suchte Augenkontakt zu seiner Frau; sie signalisierte durch einen kurzen Lidschlag ihre Zustimmung.

»Manche Gruppen sind darauf spezialisiert, Mischwesen aufzuspüren und ...«, Desmond brach ab, denn Belinda wurde ganz bleich.

»Hier kann ich dich und deine Mutter schützen«, Desmond schaute seine Tochter fast flehentlich an, »von daher kann ich dir im Moment nicht erlauben, mit Karl zu gehen.«

Belinda beäugte ihren Vater eindringlich; er hatte sie noch nie belogen und auch jetzt erkannte sie, dass es ihm in erster Linie um ihre Sicherheit ging. Seine Schilderungen flößten ihr tatsächlich Angst ein. Verwirrt stand sie auf um sich zurückzuziehen und das Gehörte zu verarbeiten. Doch mitten im Raum blieb sie stehen, drehte sich brüsk um und giftete ihren Vater an: »Wieso lässt du ihn dann gehen? Ist er deinen Schutz nicht wert? Oder willst du sogar, dass ihm etwas passiert?«

Tränen ohnmächtiger Wut rannen Belinda über die Wangen. Laura ging schnell zu ihr und drückte sie beruhigend an sich.

»Mein liebes Töchterchen«, Desmond stand betroffen auf, er konnte es nicht ertragen, eine seiner beiden Frauen weinen zu sehen, »Karl wird selbstverständlich unter unserem Schutz stehen.«

Belinda löste sich von ihrer Mutter und sah ihren Vater schniefend an.

»Wir sind ebenfalls gut organisiert, nicht nur der Geheimbund.« Desmond trat näher zu Frau und Tochter. »Glaub' mir, niemand wird mutwillig diesen fehlgeleiteten Irren ausgeliefert oder überlassen.« ‚*Bestien träfe es besser.*‘ Doch Desmond hütete sich, diesen Ausdruck gegenüber Frau und Tochter zu verwenden. »Für Karls Sicherheit bestehen Pläne.« Desmond wagte es, seiner Tochter über

den Kopf zu streichen. Sie ließ es zu. »Ambrosius wird Karl unterwegs entsprechend instruieren, dennoch, ich verspreche es dir, weise ich Karl vor seiner Abreise ausdrücklich auf diese Gefahr hin.«
Mit einem verstörten Blick, der die Eltern schmerzte, antwortete Belinda leise: »Ich bin in meinem Zimmer oder ... vielleicht versuche ich auch noch einmal mit Elenor zu sprechen.«
Laura begleitete ihre Tochter bis zur Tür. »Es tut mir leid, dass wir dich mit diesen Dingen belasten müssen, mein Liebes. Auch ich wusste nicht, wie sehr dein Vater uns seit all den Jahren behütet. Vertrau ihm und denjenigen, die das Böse ausmerzen wollen.« Sie küsste ihre Tochter auf die Wange und schloss leise die Tür hinter ihr.
Desmond war wieder zum Schreibtisch gegangen. Er stand dort und trommelte mit seinen Fingerspitzen heftig auf das Holz.
»Was ist los?«
Desmond seufzte, setzte sich und vergrub das Gesicht in den Händen.
»Nun«, sein Gesicht tauchte wieder auf, »unsere Tochter trägt einiges von deinem Erbgut in sich«, er streckte eine Hand nach Laura aus. Sie kam zu ihm und ergriff sie.
»Und weiter?«
Desmond zog Laura auf seine Knie. »Wenn Sie, ganz so wie ihre Mutter, alle Warnungen in den Wind schlägt und einfach mit ihm auf und davon geht?«
»Dazu gehören zwei«, Laura stand auf, »ich denke, diese Situation ist eine ganz andere, als es die unsrige war. Karl kann Belinda nichts bieten, geschweige denn schützen, er wird sich nicht darauf einlassen.«
Desmond stieß seine Fingerspitzen gegeneinander. Dann griff er zum Telefon.
»Welche Nummer hat das Zimmer, in dem er untergebracht ist?«
Laura zog skeptisch die Brauen in die Höhe.
»Bitte«, drängelte Desmond, »ich muss ihn sprechen.«

»Sicher«, Laura funkelte ihren Mann an, »ich wäre jedoch gern dabei.«
»Natürlich«, ergeben hielt Desmond ihr den Hörer entgegen und Laura tippte die Nummer ein. Während beide dem Freizeichen lauschten, klopfte es verhalten an der Tür. Desmond legte auf.
»Ja, bitte!«
Laura und Desmond blickten Karl, der an der Tür stehen blieb, überrascht entgegen.
»Kommen Sie doch näher«, unerwartet freundlich kam Desmond um seinen Schreibtisch, »ich habe gerade versucht, Sie telefonisch zu erreichen.«
Karl, dem die Anwesenheit Lauras etwas Auftrieb gab, hüstelte.
»Ehem, ja, ich habe mit Ihrem Verwalter einen kleinen Rundgang gemacht …«
»Schön, schön«, entgegnete Desmond auffällig launig, was ihm einen tadelnden Blick von Laura einbrachte.
»Nun, äh, ich wollte Ihnen mitteilen, dass ich Ihr Angebot annehme«, Karl schob nervös seine Brille zurecht, »also, dass ich mit nach Schottland reise.« *Und gern die Missstimmung zwischen uns ausräumen*, fügte er, da Laura anwesend war, nur in Gedanken hinzu.
»Genau deswegen wollte ich Sie sprechen«, Desmond wies mit seiner schlanken Hand auf die Sessel, »bitte, setzen wir uns einen Moment.«
Laura goss allen aus einer bereitstehenden Karaffe etwas Wasser ein.
»Sie waren einst menschlich«, Desmond sah den Schmerz in Karls Augen, doch er musste dieses Thema anschneiden, »und dadurch sind Sie in Gefahr. Ich erfuhr von einem bevorstehenden Mitgliedertreffen eines Geheimbundes … und zwar in der Umgebung von Cliffton.« Laura richtete sich stocksteif im Sessel auf und sah ihn schockiert an. Desmond nickte besorgt. »Sie planen, unter den Studenten neue Mitglieder zu werben, um ihren Einfluss zu stärken.« Karl folgte Desmonds Worten mit großer Aufmerksamkeit. »Dieser

Geheimbund jagt Vampire, die einst menschlich waren. Deshalb muss ich Sie warnen.«

Karl atmete geräuschvoll aus. Diese neue Welt, in die er eingetaucht war, barg offensichtlich noch mehr Gefahren als die, der er gerade entronnen war.

»Geben Sie sich auf keinen Fall als Mischwesen zu erkennen«, Desmond beugte sich zu Karl vor, »verbreiten Sie, weitläufig mit unserem Clan verwandt zu sein und in der Nähe dieses Gestüts zu leben. Sie werden ja nur ein paar Tage dort sein, bis zu Ihrem Studienbeginn erstellen wir einen entsprechenden Lebenslauf für Sie.«

Kommentarlos erhob Laura sich, holte Block und Stift von Desmonds Schreibtisch und kam zu den Männern zurück. Desmond registrierte, welch große Mühe sie sich gab, deutlich etwas aufzuschreiben. Trotz des Ernstes der Situation gestattete Desmond sich ein sanftes Lächeln, was weder Laura noch Karl entging.

»Meine Frau hat normalerweise eine schreckliche Handschrift«, erklärte Desmond, »es muss also durchaus wichtig sein, wenn sie so ordentlich schreibt.«

Mit schrägem Seitenblick auf ihren Mann reichte sie Karl den Zettel.

»Unser Familienname ist recht kompliziert und da Sie mit dem Englischen noch etwas auf dem Kriegsfuß stehen, macht es die geschriebene Version einfacher.«

Laura zeigte in entsprechender Reihenfolge auf das Blatt: »Familienname, offizielle Bezeichnung des Gestüts und der innerhalb der Vampirfamilien übliche Name unseres Anwesens.«

Karl bescherte die Fürsorge der beiden Schluckbeschwerden.

»Danke«, stammelte er und stand, den Zettel mit den irritierenden Namen in der Hand, auf.

»Bitte, bleiben Sie noch einen Moment!«

Und diesmal klang es tatsächlich nach einer Bitte. Karl setzte sich wieder und sah in Desmonds beunruhigtes Gesicht. Desmond stieß seine Fingerspitzen gegeneinander und wusste nicht recht, wie er beginnen sollte. Hilflos blickte er zu seiner Frau, die ihn jedoch schmoren ließ.

»Ich bin wegen unserer Tochter Belinda in großer Sorge«, sagte er geradeheraus, »sie war vor ein paar Minuten bei uns, um mich zu überzeugen, sie mit Ihnen nach Clifton gehen zu lassen.« Desmond hob beschwichtigend die Hand, um Karl an einer Erwiderung zu hindern. »Ich habe Belinda erklärt, dass es dabei nicht um die Beziehung zwischen Ihnen und ihr geht, sondern dass ich nicht den Mut habe, sie derzeit von hier wegzulassen.« Desmonds Augen baten um Verständnis. »Mir graut es, wenn ich an die Machenschaften des Geheimbundes denke und ich will mein Kind nicht diesen Ungeheuern ausliefern.«

Verständnislos sah Karl ihn an.

»Es ist so, Karl«, Lauras leise Stimme zog seine Aufmerksamkeit auf sich, »auch ich war einst menschlich.«

»Sie sind das also!«, die Bemerkung rutschte Karl einfach so heraus. Beschämt kniff er seine Lippen zusammen und starrte auf den Boden.

Laura und Desmond wiederum starrten Karl an.

»Wie meinen Sie das?«, fragte Laura mehr als verblüfft.

»Entschuldigen Sie meinen spontanen Ausbruch ... aber ... erst in diesem Moment erkenne ich das Offenkundige.« Karl schüttelte über sich selbst den Kopf, während Laura und Desmond ihn abwartend ansahen. »Ich habe Ihnen doch beim Abendessen erzählt, erst vor wenigen Nächten von Matthias erfahren zu haben, wer uns überhaupt zu Vampiren machte. Mein Dasein war von Anfang an eine einzige Qual für mich«, Karl sah erst Desmond und dann Laura fest in die Augen, »und als Matthias mir dann in der gleichen Nacht von einer jungen Frau erzählte, die vor ungefähr zweihundertfünfzig Jahren freiwillig die Gefährtin eines solch schrecklichen Wesens wurde«, Karl holte tief Luft, sah Laura jedoch weiterhin tapfer an, »war ich außer mir und spürte Verachtung für diese Frau.« Karl sah jetzt zu Desmond. »Weiter berichtete Matthias, er habe gehört, der

Vampir sei zurück und mit ihm seine Frau und eine wunderschöne Tochter«, wieder musste Karl tief einatmen, »Matthias wollte erkunden, ob es die junge Frau von damals war. Für mich war es uninteressant, ich war viel zu sehr mit meinem Zorn und meinen Rachegelüsten sowohl gegenüber Matthias als auch Ambrosius beschäftigt.« Karl genehmigte sich aufgewühlt einen ordentlichen Schluck Wasser. »Kurz vor Matthias' ‚Berichterstattung' war ich Belinda begegnet und fühlte mich außerordentlich zu ihr hingezogen.« Offen erzählte Karl weiter: »Natürlich hielt ich Belinda für ein Menschenkind und schalt mich einen Narren, denn für einen wie mich konnte es keine Liebe geben. Ich beschloss, sie sofort wieder zu vergessen; doch wir liefen uns erneut über den Weg.« Karl wunderte sich über sich selbst, dass er den Eltern von Belinda alles so vorbehaltlos darlegte. »Im Nachhinein wird mir klar, dass wir beide äußerst darauf bedacht waren, unsere wahre Identität zu verbergen. Selbst als Belinda auf meine Fragen zugab, mit ihrer Familie einen Urlaub auf Schloss Stiemheim zu verbringen, nahm ich an, sie alle wären Verwandte des Verwalters, den ich hin und wieder beim Rasenmähen oder sonstigen Arbeiten gesehen habe; Belinda stellte meinen Irrtum keineswegs richtig.« Karl trank wieder einen großen Schluck. »Auch vor zwei Nächten, als ich von Ambrosius und Matthias verfolgt wurde, waren wir vorher rein zufällig aufeinander getroffen; obwohl Matthias mich als Mörder hinstellte, vertraute Belinda mir und führte mich zum Schloss. Dort erkannten wir unsere Gleichheit.« Karl lachte verhalten. »Die Sonne brachte es wortwörtlich an den Tag.« Karl sah die beiden an, als könne er es immer noch nicht glauben. »Trotz der in meinem Unterbewusstsein herumschwirrenden Information und der Erkenntnis, dass eine Vampirfamilie auf Schloss Stiemheim weilte, habe ich Sie einfach nicht mit der Geschichte von vor zweihundertfünfundfünfzig Jahren in Verbindung gebracht.« Karl blickte Laura wieder fest an. »Ich spürte auf Anhieb diese Seelenverwandtschaft, es war, als würden wir uns kennen … nein, ich habe nicht einen einzigen Augenblick daran gedacht, Sie könnten diejenige sein, die ich ungerechterweise verteufelte.«

Erschöpft und nachhaltig erstaunt, lehnte Karl sich zurück. Dann setzte er sich ganz plötzlich wieder auf.

»Belinda ist auch ein Mischwesen!«

Desmond, dem Karls wahrheitsgemäße Schilderung Respekt abverlangte, sammelte sich.

»Ja, Karl«, er fand es nicht mehr so arg, diesen jungen Mann beim Vornamen zu nennen, »und obwohl ich meiner Tochter die Situation schilderte, kann ich nicht ausschließen«, er gönnte seiner Frau einen intensiven Blick, »dass Sie mit Ihnen nach Schottland geht.«

Karl schüttelte vehement den Kopf. »Nein, Sir! Belinda ist noch sehr jung und ich bin mir der Verantwortung ihr gegenüber bewusst. Sollte Belinda tatsächlich auf die Idee verfallen, mich begleiten zu wollen, werde ich sie daran hindern.« Karl war sichtlich aufgebracht. »Sie darf ihr sicheres zu Hause auf keinen Fall verlassen.«

Desmond erhob sich und reichte ihm die Hand. »Ich danke Ihnen, dass Sie Verständnis für meine Sorge um Belinda zeigen.«

Karl drückte Desmonds Hand, als leiste er ein Versprechen. »Ihre Sorge teile ich.« *Nicht auszudenken, wenn Belinda etwas zustieße.*

Mit einer kleinen Verbeugung drehte er sich dann zu Laura. »Verzeihen Sie, Laura, dass ich Sie, ohne Sie zu kennen, verachtet habe.«

Laura ging zu ihm, reckte sich ein wenig und küsste ihn auf die Wange.

»Es gibt nichts zu verzeihen.«

Von Gefühlen überwältigt, eilte Karl aus der Bibliothek.

»Ich gestehe, dass mir der junge Mann immer sympathischer wird.« Desmond hatte seine Hände hinter dem Rücken verschränkt und wippte vor und zurück. Laura wandte sich zum Tisch, damit ihr Mann ihr Lächeln nicht sah. Als sie die gebrauchten Gläser auf ein Tablett räumte, spürte sie, wie Desmond hinter sie trat und sie umarmte. »Lass uns noch ein paar Stunden schlafen, bevor wir am Nachmittag die Abreise organisieren müssen«, Desmond küsste

Laura liebevoll in den Nacken. »Ja«, sie unterdrückte ein Gähnen, »das ist eine gute Idee.«

Bereits an der Tür, hielt sie das Schrillen des Telefons zurück. Mit einem Seufzer ging Desmond zum Schreibtisch und hob ab.

»Hallo, Mitch«, Desmond klang leicht verwundert, war es doch für Menschen recht ungewöhnlich, so spät in der Nacht Anrufe zu tätigen. »Danke der Nachfrage, alles hat gut geklappt, ja, die Fähre war pünktlich, die Überfahrt allerdings etwas ruppig …«

Es war also der Mitch, der ihr Landschloss auf dem Kontinent verwaltete. Laura überraschte der Zeitpunkt des Anrufs ebenso wie Desmond.

»… aber ja, alle sind auf dem Gestüt angekommen …« »… auch mein Halbbruder Edgar und seine Frau. Sie sitzen sicher im Untergeschoss.«

Desmond winkte Laura, die ihn fragend beobachtete, aufgeregt heran.

»Es hört sich in der Tat nach einem Vampir an, ich habe einen Verdacht, wer Sarah entführt haben könnte.«

Laura schlug sich die Hand vor den Mund, um einen Aufschrei zu unterdrücken. Desmond legte den freien Arm um sie und zog sie an sich.

»Mitch, Ihre Freundin ist in großer Gefahr. Es sind nur noch wenige Stunden, bis es hell wird. Nutzen Sie diesen Vorteil, *Sie* können bei Tag nach ihr suchen.« Nach einer kurzen Pause fügte Desmond hinzu: »Im Nachbarland, zwei, drei Autostunden von Ihnen entfernt, lebt ein vertrauenswürdiger Freund, der Ihnen behilflich sein kann. Ich werde ihn sofort kontaktieren. Er wird, ohne Verbindung mit Ihnen aufzunehmen, nach dem Übeltäter fahnden. Seine Anonymität muss gewahrt bleiben, Sie verstehen das sicherlich.« Desmond lauschte noch einmal, atmete dann tief durch, um seiner Stimme Festigkeit zu verleihen. »Ich wünsche Ihnen Glück, Mitch!«

Laura sah mit schreckgeweiteten Augen zu ihrem Mann hoch. Desmond strich ihr über die Wange.

»Ich befürchte, Boris ist auf dem Kontinent.«
»Wie kommst du darauf?«
»Ich habe Agatha doch ein Handy abgenommen.«
»Ja?«
»Darauf war die Nummer von Boris' Anwesen hier in England als zuletzt angewählt im Speicher.«
»Unsere liebe intrigante Schwägerin hat den größten Widersacher ihres eigenen Ehemannes angerufen«, Laura schüttelte ungläubig den Kopf, »wie durchtrieben ist sie eigentlich?«
»Ich muss Gewissheit haben«, unruhig ging Desmond durch die Bibliothek, »Boris ist ebenso gefährlich und abartig wie Edgar. Das arme Menschenkind!« Zornig schlug Desmond eine Faust in die andere Hand. »Liebes, ich werde Agatha zur Rede stellen, vorher muss ich allerdings noch meinen Freund Klaas anrufen, er ist ungemein gut darin, seinesgleichen aufzuspüren und ...«, Desmond sah seine empfindsame Frau grübelnd an, riskierte dann jedoch die Bemerkung, »aus dem Verkehr zu ziehen.« Mit einem überraschend harten Zug um den Mund signalisierte Laura Verständnis. Desmond streichelte sanft einen Arm seiner Frau. »Geh schon mal nach oben und versuche, ein wenig Ruhe zu finden.«
»Ja, du hast recht. In wenigen Stunden gibt es eine Menge zu tun.«
Desmond sah ihr hinterher, durch die zusätzliche Sorge wirkte sie noch zerbrechlicher. Doch er wusste um ihre innere Stärke und griff halbwegs beruhigt erneut zum Telefon.

Nachdem Desmond seinen langjährigen Freund Klaas auf die Suche geschickt hatte, stand er ungemein wütend im Verlies. Sobald die durch einen elektronischen Code geschützte Stahltür geöffnet war, befand man sich in einem schmalen Korridor gegenüber einer schusssicheren klaren Glaswand, die die dahinterliegenden Räumlichkeiten abgrenzte. Über eine integrierte Sprechanlage zerstörte Desmond die Idylle, die Agatha sich gerade vorgaukelte.

»Agatha, aus welchem Grund hast du mit Boris telefoniert?«, kam Desmond ohne Umschweife auf den Punkt.
»Was fällt dir ein, unangemeldet hier aufzutauchen und in unsere Privatsphäre einzudringen?«, wehrte sie sich aufgebracht; dabei sandte sie einen auf Zustimmung hoffenden Blick in Richtung Edgar, der allerdings argwöhnisch von Desmond zu ihr schaute.
»Ihr seid Gefangene und ich habe Fragen, da gibt es keine Privatsphäre«, stellte Desmond mit kühler Stimme richtig.
Agatha änderte schlagartig ihr Verhalten und versuchte sich herauszuwinden. »Wie kommst du darauf, ich hätte Boris angerufen?«, beleidigt ob der Verleumdung, lehnte Agatha sich halb abgewandt zurück.
»Handys speichern Nummern.«
Überrumpelt drehte Agatha sich wieder zu Desmond; diese Tatsache vermochte sie nicht zu entkräften und sie verfluchte sich wegen ihrer Unkenntnis mit diesem modernen Kram. Sie spürte, wie Edgars Blicke sie durchbohrten und lächelte verunsichert.
»Es ist die Nummer von Boris' Anwesen, zur Zeit ist er aber nicht erreichbar. Wo ist Boris jetzt, Agatha?« Desmonds Stimme hallte durch den Raum.
»Woher soll ich das wissen?« Agatha war die Unschuld in Person.
Edgar hatte sich mittlerweile erhoben und stand drohend neben seiner Frau. Welch eine Unverschämtheit hatte sie sich herausgenommen. Gemäß seiner Anordnung pflegten sie mit Boris keinen Kontakt.
»Wie konntest du es wagen?«, donnerte Edgar und holte zum Schlag aus.
»Edgar!«, autoritär dröhnte Desmonds Stimme über den Lautsprecher, »zügle dich!«
Beherrscht ließ Edgar den Arm sinken.
»Nur ein harmloses Telefonat, Liebster«, Agatha grapschte nach Edgars Hand, die er brüsk wegzog.

»Wieso dann so heimlich?« Edgar übernahm nun das Verhör seiner Frau. »Da du selbst kein Handy besitzt, kannst du den Anruf ja nur von Eugens Handy aus getätigt haben.« Edgar schlug mit seiner Faust auf den Tisch. »Sag' was du von Boris wolltest!«
Edgar beugte sein ausgemergeltes Gesicht ganz nah zu seiner Frau herunter und was Agatha in seinen Augen las, flößte ihr Furcht ein.
»Ich dachte er könnte uns behilflich sein und dann, dann könntest du ihn …«
»Schweig!« Edgar war wieder kurz davor, seine Frau zu ohrfeigen. Wollte sie etwa in Desmonds Gegenwart gestehen, dass er ihn samt seiner Familie eliminieren wollte?
Edgar beugte sich erneut zu Agatha hinunter und zischte in ihr Ohr: »Dachtest du, ich hätte es nicht alleine hinbekommen? Und dann ausgerechnet Boris zu informieren!«
»Aber ich wollte doch nur …«, Agatha verhaspelte sich, »also ich, ich …«
»Du niederträchtiges Miststück!« Edgar schlug abermals mit der Faust auf den Tisch.
»Mäßige dich«, schaltete Desmond sich ein. »Agatha«, er sprach jetzt sehr milde mit seiner verstörten Schwägerin, »es interessiert mich nicht, was du von Boris wolltest, sag mir einfach nur, ob er sich auf dem Kontinent befindet.«
In Agatha flackerte Hoffnung auf. Sie musste also gar nichts zugeben, Desmond gegenüber zumindest nicht. Edgar war natürlich noch ein Problem. Wieder mutiger, setzte sie sich in Positur.
»Nun, als Boris erfuhr, wir seien verreist, weckte es seine Neugier«, log Agatha ohne Scheu, »er wollte wissen, wo wir sind.« Sie bedachte ihren Mann mit einem triumphierenden Seitenblick. »Ich gebe zu, dass Boris eine Schwäche für mich hat und mir seit längerer Zeit nachstellt.« Dies entsprach ausnahmsweise der Wahrheit, schürte allerdings die schwelende Wut Edgars.

Desmond wusste, was er wissen wollte und bevor die beiden, die sich hasserfüllte Blicke zuwarfen, es richtig mitbekamen, verließ Desmond ihr Gefängnis.

Nachdem Belinda einige Zeit nachdenklich in ihrem Zimmer verbracht hatte, beschloss sie, ihre Cousine aufzusuchen. Elenor und sie quälten enorme Sorgen, zwar sehr unterschiedlicher Art, aber vielleicht war es ja immer noch möglich, sie miteinander zu teilen. Es konnte doch nicht sein, dass ihre Vertrautheit mit einem Mal zunichte war. Belinda wollte und konnte es nicht akzeptieren. Sie eilte in den muffig riechenden Flügel ihrer Verwandtschaft; die ganze Ausstattung erinnerte an ein im Empire-Stil eingerichtetes Hotel. Natürlich ermöglichten die dicken hässlichen Teppiche Tante Agatha ein lautloses Herumschleichen. Auch in ihren Räumen lagen schalldämpfende Teppiche, da ihr Vater das Klackern von Schuhen nicht mochte, doch sie waren wesentlich hübscher. Welch ein Glück, dass ihre Mutter sich durchsetzte und alle paar Jahrzehnte modernisierte. Achtlos ging Belinda an der Ahnengalerie vorbei und setzte einen Fuß auf die unterste Stufe der Treppe im Seitentrakt. Stimmen aus der Küche hielten sie zurück. Das war doch Elenor, die kicherte? Dann vernahm sie eine tiefe, männliche Stimme. Das konnte nur dieser Matthias sein. Umgehend lief Belinda zur Küche, sie würde ihn zum Gehen auffordern; schließlich verhinderte er ihr geplantes Gespräch mit Elenor. Außerdem hatte er hier ganz und gar nichts verloren. Doch dann schalt sie sich selbst, wieder dachte sie nur an ihre Belange. Froh über die dicken Teppiche, die ihr Kommen unbemerkt ließen, schlich Belinda davon. Dieser Mann brachte ihre Cousine auf andere Gedanken. Darüber sollte sie sich eigentlich freuen, doch ihr ungutes Gefühl ihm gegenüber plagte sie nach wie vor.

Matthias hatte die langen Beine behaglich unter dem Tisch ausgestreckt und lehnte zufrieden auf dem Küchenstuhl. Elenor wirtschaftete herum und verwöhnte ihn mit den Vorräten aus der elterlichen Kühlkammer. Voller Behagen sah er ihr zu. Zwischendurch warf Elenor ihm immer wieder verliebte Blicke zu. Er langte nach ihr und sie ließ sich bereitwillig und ausgiebig von ihm küssen. Noch nie hatte Matthias eine Liebesnacht dermaßen genossen. Nachdem Elenor ihn in ihr Zimmer gelassen hatte, verführte er sie mit all seinen Künsten. Es erstaunte ihn, wie genussvoll sie reagierte und es zuließ. Nachdem Stunden vergangen waren, ließen ihre Kräfte nach und Elenor führte ihn in die Küche, in der er zuvor schon auf Eugen gestoßen war. Sie machte es hübsch, mit Kerzenlicht auf dem Tisch, bauchigen Weingläsern für das Blut, Servietten neben den Tellern mit den ganz kurz gebratenen und noch recht blutigen Fleischstückchen und, das war das Allerbeste, mit einem strahlenden Lächeln. So liebevoll hatte ihn noch keine Frau umsorgt. Amanda hatte sich zwar um ihn gekümmert, war aber auf eine wachsame Art stets distanziert geblieben. Ganz so, als misstraue sie ihm. Stellte er Fragen nach seiner Mutter, gab sie vage zu verstehen, sie sei mit seinem Vater auf Wanderschaft. Soweit er zurückdenken konnte, hasste er diese Frau, die ihn verlassen hatte. Sein Vater war ihm aus unerklärlichen Gründen egal. Als sich dann herausstellte, dass Amanda keineswegs mit ihm verwandt, sondern eine völlig Fremde, hasste er auch sie. Diese beiden Frauen hatten ihn betrogen, belogen und hintergangen.

‚Ha', Matthias jubilierte innerlich, ‚ich werde es euch zeigen! Ich altere nur langsam und werde eines Tages herausfinden, von wem ich abstamme und mich an den Nachkommen rächen. Und dich Amanda, werde ich schon bald vernichten.'

Nichtsdestotrotz fühlte Matthias sich zu Frauen hingezogen und sie sich zu ihm. Viele verwöhnten ihn mit Geschenken und Geld, manche waren recht lästig geworden; doch bisher hatte er niemals die Art Wärme empfunden, die Elenor ihm gab.

Genüsslich stopfte er den ersten Happen Fleisch in sich hinein, dabei sah er Elenor pausenlos an. Sie würde ihm, zusammen mit dem kleinen Eugen, endlich eine Familie sein. Der Junge war nach seinem Geschmack und er würde ihn schon das richtige lehren. Elenors Eltern drohte Gefängnis, wenn nicht schlimmeres, das hatte sie ihm unter Tränen erzählt. Insgeheim wünschte Matthias sich das Ableben der beiden, sie störten nur. Er war jetzt für Elenor da. Blieb noch die Beseitigung von Amanda und der Vampirin. Ambrosius ginge wahrscheinlich wieder auf Reisen und verschwand, ansonsten … Dann war da natürlich noch Karl. Er hatte ihn immer als seinen Bruder betrachtet und das sollte so bleiben, damit wäre seine Familie komplett. Matthias gab sich, was äußerst selten der Fall war, Phantastereien hin. Wenn Karl dann noch Elenors Cousine heiratete, bekäme er richtig Verwandtschaft. Er seufzte wohlig.

»So zufrieden?« Elenor streichelte die Wange von Matthias. War das alles nur ein Traum oder begehrte dieser Mann sie tatsächlich? Um seine wirkliche Existenz zu überprüfen, verspürte sie ständig das Bedürfnis ihn zu berühren.

Matthias nickte kauend, schluckte den Bissen hinunter.

»Als ich dich im Schlosshof sah, wusste ich, du bist die Frau, nach der ich immer gesucht habe«, selbstgefällig ergänzte er, »und ich bin der Mann, den du willst.«

Elenor bejahte glücklich, doch als sie Matthias in die Augen sah, entdeckte sie wieder diesen Ausdruck darin, den sie schon einmal wahrgenommen hatte. In diesem Blick lag ein Besitzanspruch und die Warnung, dies nicht infrage zu stellen. Trotz ihrer Euphorie beschlich sie eine unheilvolle Vorahnung.

Leicht und beschwingt wie selten, kehrte Ambrosius von seinem Ausflug zu Amanda und Claire, der sich ziemlich ausgedehnt hatte, nach Scotch Eternity zurück. Nicht noch einmal gedachte er eine Zeitspanne von gut zweieinhalb Jahrhunderten verstreichen zu lassen, um Amanda wiederzusehen. Auch sie war ihm noch gleichermaßen zugetan wie in der Vergangenheit, was er als ein großes Glück empfand. Ambrosius nahm sich vor, nach seiner Rückkehr aus den Highlands, ernsthaft mit ihr über eine gemeinsame Zukunft zu sprechen.

Sein Glücksgefühl wich lauem Unbehagen, als er an die bevorstehende Fahrt nach Schottland dachte. Desmond bestand darauf, dass Karl mit ihm, und keinem separaten Konvoi, fahren solle; damit gab er ihm die Wichtigkeit einer dadurch möglichen Aussprache klar zu verstehen. Wie meist, erkannte Desmond die Situation richtig. Ihm selbst war daran gelegen; der Junge hatte ihn so verehrt und er hatte ihn mehr als enttäuscht. Ließen sich die tiefen Wunden, die er Karl zugefügt hatte, je heilen?

Leicht prustend war Ambrosius vor Matthias' Tür, der ganz bewusst in dem Zimmer neben ihm untergebracht war, angelangt. Ambrosius klopfte leise. Da niemand antwortete, drückte er vorsichtig die Klinke nach unten und ging hinein. Matthias war nicht da. Sicherlich schlich er draußen umher, doch der Sonnenaufgang nahte und von daher würde Matthias bald auftauchen. Kurzerhand beschloss Ambrosius, hier auf ihn zu warten. Er fühlte sich gleichermaßen für ihn als auch für Karl verantwortlich. Desmond und er hatten in einer kurzen Unterredung nach ihrem gestrigen Eintreffen auf Scotch Eternity darüber beraten, was mit den beiden jungen Männern geschehen solle. Der Entschluss, Karl ein Studium vorzuschlagen, war schnell gefasst, doch für Matthias fehlte ihnen noch eine passende Idee. So waren sie übereingekommen, auch ihm die Mitfahrmöglichkeit nach Schottland zu offerieren. Desmond bot an, mit Karl zu sprechen und Ambrosius übernahm die Aufgabe, Matthias den Vorschlag zu unterbreiten; die Bürde, sich mit Matthias auseinanderzusetzen oder ihn im Auge zu behalten, konnte und wollte er Desmond nicht aufhalsen. Doch mit seinem relativ lang andauernden Besuch bei Amanda hatte er sich bereits als zu unvorsichtig erwiesen, den Dingen hier zu sehr freien Lauf gelassen. Als endlich die Tür aufging und Matthias übermüdet hereinkam, fühlte Ambrosius große Erleichterung. Er hoffte inständig, dass Matthias noch nicht allzu viel angestellt hatte.

»Was machst du denn hier!«, blaffte Matthias ihn an.
»Ich habe auf dich gewartet, da ich sofort eine Antwort von dir benötige. Du warst wohl unterwegs, sonst …«
»Das geht dich nichts an«, Matthias warf sich aufs Bett und trat seine Schuhe von den Füßen, »jedenfalls möchte ich jetzt schlafen. Wird ja schon gleich hell.« Er gähnte ausgiebig.
»Nur ganz kurz«, Ambrosius gab seiner Stimme einen verschwörerischen Unterton, »morgen Nachmittag fahre ich los und bringe Agatha und Edgar nach Schottland in die Highlands. Dort bleiben sie bis zu einem Urteil in Haft.« Als Matthias mit geschlossenen Augen lächelnd bejahte, war Ambrosius alarmiert. »Du weißt es?«
»Ich habe meine Quellen.« Das dubiose Lächeln, mit dem Matthias seine Worte unterstrich, beunruhigte Ambrosius noch mehr.
»Wie dem auch sei«, legte Ambrosius den Köder, »ich fände es sehr angenehm, wenn du bereit wärst, den Transport zu begleiten.«
»Ist das so eine Art Bitte, die Gefangenen zu bewachen?« Matthias stützte sich auf die Ellbogen und betrachtete Ambrosius mit einem hinterhältigen Ausdruck im Gesicht. »Bist wohl zu alt, um das alleine zu schaffen.« Matthias verletzende Worte verfehlten ihre Wirkung. »Können sie nicht ein paar hiesige Vampire als Aufpasser mitschicken?« Er plumpste wieder zurück aufs Kissen. Eigentlich würde er die gerade verbrachte Nacht mit Elenor nur allzu gern bald wiederholen. Dennoch reizte ihn dieses Angebot. Verschlagen hakte er nach: »Wie soll das denn vonstattengehen, mit dem Aufpassen und so?«
»Die beiden sind, ähnlich wie in einem Polizeitransporter, im hinteren Teil untergebracht. Es wäre gut, wenn jemand mit ihnen dort säße und achtgäbe.«
»Worauf?« Matthias war jetzt doch sehr interessiert.
»Auf alles Mögliche, Matthias«, Ambrosius antwortete ernst, »wir befürchten unterwegs einen Befreiungsversuch. Du müsstest die beiden beobachten, ob sie sich irgendwann auffällig verhalten oder ob du andere Anzeichen erkennst, die uns warnen.«

»Ja, verstehe!«
Klang doch recht reizvoll. Blitzschnell überlegte Matthias, wie er daraus einen eigenen Vorteil ziehen könnte. Dann grinste er frech.
»Geht klar! Irgendwer muss mich nur beizeiten wecken …«, er machte eine bedeutsame Pause, »ich bin nämlich sehr erschöpft.«
Ambrosius malte sich lieber nicht aus, wovon.
»Gut«, Ambrosius war schon an der Tür, »ich zähle auf dich.«
Sobald Ambrosius hinaus war, stand Matthias auf, verschloss die Tür und ging noch kurz ins Bad. Gleich würde er tief und fest schlafen, da war er ganz sicher.

# Kapitel 7

Mitch, ohnehin von banger Ungewissheit getrieben, beherzigte Desmonds Rat und nutzte den Vorteil des anbrechenden Tages. Spätestens zu diesem Zeitpunkt musste der Vampir, der Sarah aller Wahrscheinlichkeit nach verschleppt hatte, in einem Sonnenlicht sicheren Unterschlupf sein. Mitch konnte sich nicht vorstellen, dass er es wagte, in eine der menschlichen Behausungen des Stadtteils einzudringen. Also wandte er sich zu dem mit Bäumen und Sträuchern gesäumten Weg, der sich später gabelte und in einer Richtung über den Fluss, in der anderen zu dem teilweise verlassenen Industriegelände führte; trotz seiner Anspannung schlich er konzentriert durch das dichte Buschwerk. Linker Hand befanden sich hinter einem Maschendrahtzaun die Bürogebäude und Lagerhallen verschiedener Firmen. Es war Montagmorgen, eine neue, hektische Woche begann; so luden bereits zu dieser frühen Stunde Lagerarbeiter Waren auf Gabelstapler und fuhren geschäftig hin und her. Mitch schloss aus, dass der Vampir so dumm war, sich dort einzunisten. So suchte er unter den dicht stehenden Bäumen weiter, wobei ungestört wucherndes Grünzeug zwischen ihnen sein Tun erschwerte und geraume Zeit in Anspruch nahm. Dennoch durfte er diese Möglichkeit eines Verstecks nicht ignorieren. Stellenweise war es unter dem dichten Blattwerk kaum feucht, manchmal versank er im aufgeweichten, lehmigen Boden. Zumindest kündigte sich ein freundlicher Tag an. Mitch betrachtete erwartungsvoll die Sonne, die langsam über den Baumwipfeln auftauchte; sie hinderte den Vampir am Verlassen seines jetzigen Verstecks. Langsam kämpfte er sich vorwärts; er fand weder abgebrochene Zweige noch sonst irgendeine Spur. Wahrscheinlich verfügte der Vampir über genügend Cleverness und hatte den ganz normalen festen Schotterweg gewählt, auf dem Fußabdrücke selbst bei Feuchtigkeit kaum auszumachen waren. Falls doch, erkannte man zwischen den vielen Abdrücken von

Fahrradreifen und denen anderer Spaziergänger keine bestimmte Fährte. Als Mitch am Ende des Weges an der Holzrampe anlangte, die zur Fußgängerbrücke führte, suchte er auch darunter alles sorgfältig ab. Da nichts Ungewöhnliches zu finden war, hastete Mitch die Rampe hoch und stand nun vor der dringlichen Wahl, in welche Richtung er sich zuerst wenden solle. Rechts führte der Weg über die Brücke und den Fluss, verlief dann an relativ gut einsehbarem Gelände vorbei bis hinein in die Stadt, wobei das letzte Stück bereits an einer stark befahrenen Straße entlangging. Mitch schüttelte den Kopf. Würde er sich selbst verbergen müssen, wäre ihm dieser Weg zu riskant. Links dagegen verlief der ehemalige Damm der Ruhrtalbahn zwischen dem zum größten Teil brachliegenden Areal eines Hüttenwerkes und geräumigen, intensiv genutzten Lagerhallen eines Lebensmittelkonzerns hindurch. Er kannte diesen Weg und das von wildwucherndem Strauch- und Buschwerk eroberte Werkgelände, auf dem sich durchaus ein Versteck finden ließ. Und für jemanden, der mühelos auf Garagendächer kletterte, stellte der relativ niedrige Zaun kaum ein Hindernis dar. Zudem waren in dieser Richtung wochentags kaum Spaziergänger unterwegs. Hin und wieder ein paar Jogger, die sich in der Regel nur ihrem rhythmischen Lauf widmeten. Mitch entschied, dort seine Suche fortzusetzen. Sich bereits nach links wendend, fiel ihm das Geländer ins Auge, das den Weg geradeaus begrenzte. Einem Impuls folgend trat er heran und blickte auf das tiefer gelegene Terrain. Eine asphaltierte, an den Seiten unbefestigte Straße, befand sich innerhalb des eingezäunten Firmengrundstückes, wurde aber seit langem nicht mehr befahren. Rechts säumten hohe Bäume und vielfältiges weiteres Grün den Verlauf. Mitch suchte mit den Augen Stück für Stück die sich bis zum Flussufer ausdehnende Üppigkeit ab. Dann schien sein Herz einen Schlag auszusetzen. Durch eine Lücke blitzten rötliche Ziegel. Wie hatte er dieses Gebäude vergessen können? Trotz der schon wärmenden Sonnenstrahlen, die seine durch das Herumkriechen unter den Bäumen durchfeuchtete Kleidung trockneten, fröstelte er, denn er war sicher, dass Sarah in dem Bau, der ihn magisch anzog, festgehalten wurde. Was passierte dort mit ihr? Er rannte ein Stück nach links, in dem Bestreben, auf die unter ihm verlaufende Straße zu gelangen; doch schon erkannte er, dass ein hoher Maschendrahtzaun mit einem gut gesicherten Tor den Zugang versperrte. Es war eine zusätzliche Sicherung innerhalb des ohnehin umzäunten Bereichs. Bemüht, nicht vollends kopflos zu handeln, ging er schnell, jedoch achtsamer, noch einmal zurück und ein wenig weiter nach rechts. Irgendwie musste er nach unten gelangen. Da, ein Trampelpfad und niedergetretenes Unkraut! Mitch bückte sich, dort sah es nach Schleifspuren aus. Sein Herz raste, in seiner Aufregung rutschte er mehr als er lief den Pfad hinunter. Er hastete zwischen den Bäumen hindurch, wobei er sich noch mehr Kratzer und Verletzungen von den darunter wachsenden Sträuchern zuzog. Dann stand er vor der nur aus Mauerwerk bestehenden Stirnseite der kleinen hohen Halle, der das Grün immer mehr zu Leibe rückte. Mitch eilte um die rechte Ecke und sah sofort die kompakte Eingangstür und das darauf angebrachte Schild, das wegen Baufälligkeit ein Betreten verbot. Es erschien ihm zu riskant, sich ohne einen vorherigen Blick hinein, an der Tür zu schaffen zu machen; doch wie bei dieser Art Gebäuden üblich, gab es lediglich Oberlichte. Ohne Leiter waren sie unerreichbar. Verzweifelt schlich Mitch zügig bis zur anderen Giebelseite. Auch diese bestand nur aus Mauerwerk und die anschließende Längsseite wies lediglich verschmutzte Fenster in luftiger Höhe auf. Beunruhigt lief er wieder zu der Stahltür. Er rang mit sich, ob er sofort und allein handeln oder auf Desmonds zu Hilfe eilenden Freund warten solle. Eigentlich müsste dieser bald eintreffen, denn laut Desmond lebte er in einem Nachbarland, also Belgien oder den Niederlanden. Aber wahrscheinlich war er auf der Autobahn unterwegs, somit konnte seine Ankunft bei dem üblichen montäglichen Verkehrschaos noch dauern. Mitch kratzte nervös sein mit nachsprießenden Bartstoppeln bedecktes Kinn. Dann machte er entschlossen einen Schritt auf die Tür zu. Vorsichtig, fast

zärtlich, drückte er die Klinke herunter. Er konnte kaum fassen, dass sie sich aufziehen ließ. Mitch spürte die Sonne in seinem Rücken, doch der Schweiß, der an seinem Körper herunterlief, war purer Angstschweiß. Was für ein Anblick erwartete ihn? Wenn Sarah überhaupt noch lebte, brächte sein Handeln sie in zusätzliche Gefahr? Er hielt die Klinke aus Furcht sie könne ein Geräusch machen, wenn er sie losließ, heruntergedrückt. Er zwang sich, die Tür ganz langsam zu öffnen, bis ein Spalt entstand. Innen rührte sich nichts. Mitch spähte in die in Dämmerlicht getauchte Halle. Um hinein zu gelangen, musste er die Tür weiter öffnen. Behutsam zog er erneut, doch die feuerfeste Stahltür musste wohl einen Widerstand überwinden und Mitch zog etwas kräftiger. Sie klemmte, Mitch zog noch kräftiger. Plötzlich sprang sie, wie durch einen Mechanismus angetrieben, komplett auf. Er unterdrückte einen Schreckenslaut, trat dann aber sofort beherzt in die Halle. Die Sonne warf ungehindert einen langen hellen Strahl durch die Türöffnung und tauchte eine schlafende männliche Gestalt in helles Licht. Noch während Mitch sich grimmig und mit zur Wut geballten Fäusten dem Mann näherte, erwachte dieser schreiend und hieb wild um sich. Er versuchte, sich auf allen Vieren in den Schatten zu retten, doch es war zu spät, die ersten Brandwunden hinderten ihn. Mitch stand geschockt da, es dauerte, bis er reagierte. Er eilte zurück zur Tür und versuchte, sie zuzuziehen. Es kostete eine Menge Kraft, den unsichtbaren Widerstand zu überwinden; er schaffte es und suchte sofort nach einer Möglichkeit, die züngelnden Flammen am Körper des jämmerlich kreischenden Vampirs zu ersticken. Doch nichts befand sich in greifbarer Nähe. Fassungslos und voller Grauen musste Mitch zusehen, wie der Mann vor seinen Augen verbrannte. Ein widerlicher Gestank verpestete immer stärker die Luft.
»Hiiiilfe!«
Langgezogen und schrill übertönte der Ruf das erbärmliche Stöhnen des Verkohlenden.
Mitch wirbelte herum. »Sarah?!«

Sie lag angekettet hinter einer alten Werkbank. Damit ihre Hand- und Fußgelenke keinen Schaden nahmen, hatte der Vampir sie vorab mit weichen Tüchern umwickelt. Außerdem hatte er Sarah auf eine Erste-Hilfe-Decke gebettet. Ihre Augen waren schreckensweit. Sie erlebte das entsetzliche Schauspiel, sah aber, durch ihre eisernen Fesseln eingeschränkt, nicht, wer oder was es auslöste. Mitch kniete sich erschüttert und voller Sorge neben sie. Für den Vampir konnte er nichts mehr tun, die Flammen hatten ihr zerstörerisches Werk vollendet und waren dann von selbst erloschen. Beißender Geruch verbrannten Fleisches stieg den beiden in die Nase.

»Sarah«, flüsterte Mitch. Sarah lag, auf ihre Ellbogen gestützt, halbaufgerichtet hinter der wuchtigen, leicht verrotteten Arbeitsmaschine. Vorsichtig legte Mitch einen Arm um sie, küsste ihre Stirn und legte sie behutsam zurück auf den Boden. Mit stummem Entsetzen sah sie ihn die ganze Zeit an.

»Ich muss deine Ketten entfernen.«

Mit einem Gefühl des Ekels versuchte Mitch, die verkrümmt daliegende Gestalt bei seiner Suche nach einem entsprechenden Werkzeug zu ignorieren. Ganz in der Nähe des Leichnams entdeckte er eine robuste Leinentasche. Erstaunt inspizierte er den Inhalt. Gerätschaften vom allerfeinsten und nach dem neuesten Stand schlossen eine Zugehörigkeit zum Altbestand dieser Örtlichkeit aus. Schnell wählte er aus unterschiedlich großen Bolzenschneidern einen, der ihm passend schien und begann, die stählernen Fesseln seiner Freundin relativ mühelos zu durchtrennen. Mittlerweile setzte ihnen der rußige Gestank enorm zu. Sarah hustete heftig und auch Mitch gelang es nur schlecht, einen Hustenreiz zu unterdrücken. Endlich war das letzte Kettenglied entzwei. Er trug Sarah hinaus, setzte sie mit dem Rücken an die Außenwand und untersuchte die Tür. Der Vampir hatte sie, ohne nennenswerte Spuren zu hinterlassen, aufgebrochen; dann war er leichtsinnig genug gewesen, sie nicht zu sichern.

»Wie hast du mich so schnell gefunden?«, Sarah fand ihre Sprache wieder, wurde aber sofort von einem Hustenanfall geschüttelt.
»Später, Liebling«, der sonst so robuste Mann verspürte eine so große Erleichterung, dass er sich zu ungewohnt zärtlicher Ausdrucksweise hinreißen ließ, »meinst du, du schaffst es bis zum Schloss, wenn ich dich stütze?«
Selbstbewusst erhob Sarah sich, knickte aber sofort ein. Mitch fing sie behände auf.
»Wir müssen zwischen den Bäumen durch und einen Trampelpfad hinauf«, er sah sie besorgt an, »möglichst ohne gesehen zu werden.« Seine Hand lag unter ihrem Kinn.
»Versuchen wir's.« Sie klang zuversichtlich.
Mitch schloss die Tür und hoffte darauf, dass sich niemand hierher verirrte. Langsam entfernten sie sich, wobei er einen Arm um Sarahs Taille legte um sie so gut es ging zu halten. Mit jedem Schritt erholte sich Sarahs Blutkreislauf ein wenig mehr. Schon bald lief sie sicherer und sie kamen gut voran. Ständig auf den Weg oberhalb achtend, krabbelten sie den Pfad hinauf. Oben angekommen, spähten sie erst in die verschiedenen Richtungen, bevor sie neben der Lücke zwischen Geländer und Grün hervortraten. Es war erst Mittag und noch nicht viel los, so gelangten sie unbemerkt auf den Spazierweg. Außer einem Jogger und einem klingelnd auf sich aufmerksam machenden Radfahrer begegnete ihnen auf der Strecke bis zu Mitchs Wohnung niemand.
Mitch befahl Sarah, sich aufs Sofa zu legen. »Du stehst wahrscheinlich unter Schock«, er kratzte sein ungewohnt bartloses Kinn, »es wäre sicher sinnvoll, wenn du zum Arzt gingest.«
Sarah setzte sich auf. »Mitch, ich bin unversehrt«, sie streckte eine Hand nach ihm aus, »ich war die ganze Zeit bewusstlos.« Mitch setzte sich neben sie. »Ich erinnere mich noch, dass ich dabei war, mir ein Glas Wein einzugießen …«
»Ja«, bestätigte Mitch, »ich fand das zerbrochene Glas in der Küche und wusste sofort, dass dir etwas zugestoßen sein musste.«

»Ich bin erst wieder durch das Geschrei und den Brandgeruch in der Halle zu mir gekommen.« Das grauenhafte Erlebnis stand ihr noch immer ins Gesicht geschrieben. »Ich wusste weder wo ich war, noch was passiert ist. Ich fürchtete, ebenfalls zu verbrennen.«

»Und du meinst«, Mitch druckste herum, wusste er doch nicht, wie er sie danach fragen sollte, »also, du warst ohnmächtig. Es könnte doch sein …«

Sarah nahm sein Gesicht zwischen ihre Hände. »Glaub' mir, Mitch, eine Frau merkt, ob ihr etwas angetan wurde oder nicht. Selbst wenn sie währenddessen ohnmächtig war.«

Er war so erleichtert, dass sich Tränen in seinen Augen sammelten; er schluckte schwer.

»Ich bin körperlich unversehrt«, sie schaffte ein Lächeln, »das andere müssen wir gemeinsam bewältigen.« Sie zog die Stirn in Falten. »Aber ein Arztbesuch? Was sollte ich ihm denn sagen? Hallo, ich bin traumatisiert, ich wurde nämlich entführt. Von wem? Ach, das war ein Vampir und deshalb konnten wir die Polizei nicht einschalten, die hätten uns das ja nicht geglaubt. Außerdem ist er ja auch verbrannt.« Ihre Stimme hatte schon fast wieder den gewohnten, leicht ironischen Tonfall. »Die sperren mich doch sofort in die Geschlossene.«

»Du hast recht«, Mitch erkannte die Absurdität der Situation und stimmte Sarahs Logik zu. Dann sprang er auf: »Ich muss Desmond benachrichtigen.«

Umgehend griff er nach dem Telefon auf dem kleinen Beistelltisch. »Desmond?«

»Ich bat ihn um Hilfe.«

Er hatte bereits auf die eingespeicherte Nummer gedrückt, unterbrach aber den Wählvorgang.

»Mmh«, Mitch zeigte auf seine Armbanduhr, »noch keine fünfzehn Uhr, das bedeutet Vampirschlafenszeit.«

Beide lachten verhalten.

»Ich versuch's mal über meinen Cousin, er kann nachsehen, ob Desmond vielleicht doch schon durchs Haus geistert.«
Mitch stellte beim Gespräch mit seinem Cousin fest, dass Desmond nichts weiter von Sarahs Entführung hatte verlauten lassen, was ihm sehr angenehm war. Schließlich wusste der Insel-Mitch ja noch gar nichts von dieser ungewöhnlichen Frau, die so plötzlich in sein Leben gerauscht war und ohne die er sich ein weiteres gar nicht mehr vorstellen konnte. Diese intime Erkenntnis erforderte ein Gespräch in Ruhe.
»Na, dann sei so gut und stell mich durch«, Mitch hielt die Hand über den Lautsprecher und wisperte in Sarahs Richtung, »er ist in der Bibliothek.«
»Guten Tag, Sir«, er fand diese Anrede für Desmond selbstverständlich, »ich habe Sarah gefunden … Ja, Sir, sie ist ganz unversehrt … Okay, ich stelle auf mithören.«
»Ich war bewusstlos, bis Mitch mich fand«, schaltete Sarah sich ein.
»Was für ein Glück«, Desmond war die Erleichterung deutlich anzuhören, »diese lange Ohnmacht hat Sie vor den schrecklichsten Dingen bewahrt. Mein Verdacht, dass der Vampir Boris sie entführte, hat sich bestätigt. Dieser Boris ist ein Sadist, er quält seine Opfer nur, wenn sie bei vollem Bewusstsein sind. Wie gut, dass Mitch Sie so schnell gefunden hat.« Es entstand eine kleine Pause, so, als warte Desmond auf weitere Erklärungen. Während Mitch noch nach den richtigen Worten suchte, kam die nächste Frage aus dem Hörer:
»Mitch, wie haben Sie es geschafft ihn zu überwältigen?«
»Nun, Sir, wir stehen beide noch unter Schock. Ich habe, wie Sie es mir geraten haben, meinen menschlichen Vorteil genutzt und tagsüber weitergesucht. In der Nähe vom Schloss ist eine unbenutzte Werkhalle und … «, Mitch kroch bei dem Gedanken an das Erlebte eine Gänsehaut über den Rücken, »als ich die Tür öffnete, fiel ein Sonnenstrahl genau auf eine schlafende Gestalt und …«, er brach ab.

»Boris hat sich also entzündet?« ertönte Desmonds Stimme erstaunlich aufgeräumt.
»Ja! Sarah wurde von seinem grauenhaften Geschrei und dem entsetzlichen Brandgeruch wach und fürchtete, ebenfalls zu verbrennen. Ich fand auch nichts, um die Flammen zu ersticken. Er ist innerhalb kürzester Zeit verkohlt.« Mitch hatte die Schilderungen, noch immer entsetzt, rasend schnell heruntergespult. »Ich habe ihn umgebracht«, sagte er leise.
»Mitch«, Desmond klang fast fröhlich, »Sie haben nicht nur den Vampiren sondern auch den Menschen einen großen Dienst erwiesen. Wir alle sind Ihnen zu äußerstem Dank verpflichtet. Boris ist, Entschuldigung, war eine Bestie, ein rücksichtsloser Killer. Wir konnten ihm nur nie etwas nachweisen. Zudem gehörte er, ebenso wie mein Halbbruder Edgar, einem gefährlichen Geheimbund an.« Desmond holte tief Luft. »Mitch, Sie hätten keine Chance gegen ihn gehabt. Welch glückliche Fügung, dass Ihnen die ganz natürliche Sonneneinstrahlung zu Hilfe kam. So konnten Sie nicht nur ein Menschenleben retten, sondern es wurde einer der übelsten Vampire, die ich in meinem Dasein kennengelernt habe, ausgeschaltet. Und nun, da Edgar inhaftiert und in Kürze verurteilt wird, haben wir eine große Chance, die dunklen Strömungen innerhalb unserer Vampirclans einzudämmen oder gar auszumerzen.« Desmond ergänzte mit nachdrücklichem Ernst: »Das sind wunderbare Neuigkeiten, Ihre Schuldgefühle sind vollkommen unbegründet. Doch wie kann ich Ihnen beiden helfen, das Erlebte zu verarbeiten? Oder können wir sonst etwas für Sie tun?«
»Die Sache ist die«, Mitch kratzte sein Kinn, »also, mit dem Schock, das kriegen wir zusammen hin, wir werden das überwinden. Na, ja, und nach Ihren Ausführungen denke ich, ist es wohl ganz gut, dass es diesen Boris nicht mehr gibt. Aber«, Mitch umrundete nervös mit dem Telefon am Ohr das Sofa, »ich hab' Sarah dann erst mal hierher in Sicherheit gebracht, und der Rest, ja, also die Ketten und …

und … sind noch in der Halle.« Mitch setzte sich endlich neben Sarah.
»Wenn ich Sie richtig verstanden habe, arbeitet niemand mehr dort?«
»Ja, das stimmt. Das Gebäude liegt abseits von Spazierwegen auf einem eingezäunten Firmengelände. So schnell verirrt sich niemand dorthin.«
»Geben Sie mir die genaue Position durch, Mitch, mein Freund Klaas ist wahrscheinlich schon ganz in der Nähe. Er wird alles bereinigen. Das ist das mindeste, was wir für Sie tun können.«
Weder Desmond noch Mitch wussten zu diesem Zeitpunkt, dass die Spuren längst von Klaas beseitigt worden waren. Als Mitch an der Halle angekommen war, hockte Klaas, der in Freeclimber-Manier an der Schattenseite hinaufgekraxelt und durch eins der Oberlichter eingedrungen war, auf dem Träger eines Laufkrans. Er plante, Boris im Schlaf zu überwältigen und im Anschluss die junge Frau zu befreien; da öffnete ein Mensch die Tür und nahm ihm diese gefährliche Aufgabe ab. Der Mann ahnte wahrscheinlich nicht, welch starken und gnadenlosen Gegner er, zu seinem eigenen Glück, so kampflos eliminiert hatte. Mittlerweile war Klaas mit den verkohlten Überresten zu einem nahegelegenen Krematorium unterwegs.
»Diese Hilfe nähme ich gern an, Sir«, Mitch wirkte durcheinander, »nur - er ist nicht komplett verbrannt, nicht so wie in Filmen oder Büchern, da bleibt von Vampiren nur noch Asche. In diesem Fall ist das nicht passiert, da … da wäre mehr zu entsorgen.«
»Ja, davon bin ich ausgegangen, Sie sprachen von verkohlt.« Desmonds Hochstimmung verleitete ihn zu weiteren Erklärungen. »Ist die Sonneneinwirkung nicht zu intensiv oder nur kurz, holen wir uns im günstigsten Fall Verbrennungen unterschiedlicher Stärke, manchmal kommen wir um, ähnlich wie Menschen, wenn sie Flammen ausgesetzt sind. Erst bei extremer oder lang andauernder Hitze, wie zum Beispiel in Krematorien, werden wir zu Asche.«
»Das waren hilfreiche Erläuterungen, danke!«, sagte Mitch erstaunt.

Sarah hatte mit leicht geneigtem Kopf interessiert zugehört.
»Wenn wir sonst noch irgendetwas für Sie beide tun können, melden Sie sich, ganz gleich zu welcher Nacht- oder Tageszeit. Wir Vampire stehen in Ihrer Schuld. Mitch, ich danke Ihnen im Namen des Vampirrates!« Es klang feierlich.
Verdattert sahen Mitch und Sarah sich an. »Danke, Sir, … gern geschehen«, brachte Mitch noch gerade so heraus, dann war das Gespräch beendet.
»Mein Arbeitgeber scheint ein erstaunlich einflussreicher Mann zu sein.« Verwundert hielt Mitch das Telefon noch in der Hand. Dann betrachtete er Sarah eindringlich. Sie hielt seinem Blick stand. Er bearbeitete mit dem mobilen Teil seine Handfläche. Sarah nahm es ihm ab, beugte sich über ihn und stellte es in die Ladeschale zurück.
»Was ist los, Mitch?«
»Du hast diese Woche ja noch Urlaub …«
»Mmh … ja?«
»Hier sind genügend Räumlichkeiten«, er atmete tief durch, um sich Mut zu machen, »auch wenn wir, trotz unserer Planung, nicht sofort zusammenziehen wollen … du könntest dir doch hier ein Zimmer herrichten und …«
Sarah schlang ihre Arme um seinen Hals. »Du kannst dir gar nicht vorstellen, wie gern ich hierbliebe. Der Gedanke, nach all dem allein in meiner Wohnung zu sein …«, sie sah ihn glücklich an. Praktisch wie sie war, machte sie gleich einen weiteren Vorschlag: »Ich richte mir den einen Raum, du weißt schon, den mit dem altmodischen Schreibtisch, vorübergehend als Arbeitsplatz ein«, sie lächelte zaghaft, »für nach dem Urlaub, wenn du einverstanden bist?«
Sarah hatte ihm erzählt, dass sie eine neue Abteilung innerhalb der Stadtbibliothek mit Augenmerk auf Bücher und Filme speziell im Fantasy-Bereich aufbaute und ihre Recherchen teilweise von zu Hause aus durchführte.
»Was für ein schreckliches Ansinnen!«, Mitch drückte sie lachend an sich.

»Was für ein Härtetest für unsere so frische Beziehung«, konterte sie. »Jetzt muss ich aber erst mal 'raus aus den Klamotten, damit dieser entsetzliche Geruch verschwindet.« Sie zog mit ekligem Gesichtsausdruck an ihrem Shirt. »Waschmaschine oder wegschmeißen?«
Mitch fand es ganz unglaublich, wie tapfer Sarah sich mühte, ihren Schock und ihre Ängste zu überspielen. »Wegschmeißen!«, sagte er bestimmt.

Nachdem beide geduscht und mit frischen Sachen wieder auf dem Sofa saßen, platzte Sarah heraus: »Was weißt du eigentlich über deinen Arbeitgeber«, sie stockte kurz, »besser ausgedrückt, über die Vampire, deren Wohnsitz du hegst und pflegst?«
Mitch legte einen Arm auf die Rückenlehne und ein Knie auf den Sitz, so dass er Sarah direkt ansehen konnte.
»Es gibt eine Familienchronik, in die wir uns einlesen müssen, bevor wir unseren Job antreten. Von daher weiß ich, dass dieses Schloss einst den Eltern von Desmonds Frau gehörte. Sie waren ganz normale Menschen und ihre Tochter Laura ebenfalls.«
Sarahs Augen weiteten sich.
»Lauras Mutter war eine Pferdenärrin und so lud man einen bekannten englischen Pferdezüchter hierher ein.«
»Desmond?«
»Genau! Laura verließ siebzehnhundertsiebenundvierzig, da war sie zweiundzwanzig Jahre alt, ihre Eltern und wurde Desmonds Gefährtin. Die gemeinsame Tochter Belinda ist ein Mischwesen.«
»Das gibt es also wirklich«, Sarah begeisterte sich immer mehr, »sie ist freiwillig mit ihm gegangen?«
»Sieht ganz so aus. Die Chronik beschränkt sich auf das Wesentliche. Jedenfalls starben Lauras Eltern eines natürlichen Todes aus Altersgründen und seither wird dieses Anwesen von einem Spross aus unserer Familie verwaltet.« Mitch ergriff eine Strähne von Sarahs rötlichen Ringellocken und wickelte sie sacht um seinen Finger.

»Erst in diesem August kamen Laura und Desmond, diesmal mit ihrer Tochter, wieder auf den Kontinent. Das sind die neuesten und bisher letzten Aufzeichnungen. Aber Desmond wird mir noch einen Text übermitteln, damit ich die Festsetzung seines Halbbruders Edgar in der hier lagernden Ausgabe der Chronik ergänze und eben alles, was Desmond darin festhalten möchte.«

»Wahnsinn!« Sarah setzte sich kerzengerade hin. »Du verwaltest auch die Chronik?!«

»Ja, da Desmonds Familie im Prinzip zwei Wohnsitze hat, liegt das Original auf dem Gestüt in Südengland und eine Kopie hier unter Verschluss.«

Mitch sah förmlich, wie es in Sarahs hübschem Kopf ratterte. Die nächste Frage ließ dann auch nicht lange auf sich warten: »Gibt es mehrere Menschen, die für die Vampire arbeiten?«

»Eigentlich hat jede Familie ihre menschlichen Helfer. Meist werden die Anstellungen weitergegeben, vererbt sozusagen, die Vampire müssen uns ja vertrauen und deshalb schätzen sie es, wenn die Söhne oder Töchter die Arbeit ihrer Eltern weiterführen.«

»Vertrauen, ja, das müssen sie euch wirklich. Was passiert, wenn mal jemand dieses Vertrauen missbraucht oder sind wirklich immer alle loyal?«

»Nein, leider gibt es hin und wieder ein schwarzes Schaf unter den Bediensteten. Sie werden …«, Mitch versuchte es vorsichtig, »nun, es gibt keine andere Möglichkeit, als sie auszuschalten.«

»Wie genau soll ich das interpretieren?«

»Sie, also diese Verräter, werden eliminiert.«

»Warum sagst du nicht umgebracht?«, regte Sarah sich auf. »Stimmt also, dass Vampire durchaus mordlustig sind.« Sie schlug erbost mit der Faust aufs Sofa; es passte so gar nicht in ihr romantisches Bild, das sie von diesen Wesen hatte.

Mitch beugte sich zu ihr und küsste sie auf den Mund. »Sie gehören zu einer aussterbenden Spezies, sie müssen sich und ihre Lebensform verteidigen. Du wirst es akzeptieren müssen.«

Sarah zog ihren Kopf zurück und betrachtete ihn eingehend.
»Wie bei den Menschen gibt es Gute und Böse«, Mitch griff nach ihrer Hand, »alles was ich bisher über Desmond und seine Familie weiß, zählt dieser Zweig mit Sicherheit zu den Guten, für die ich gerne arbeite«, Mitch änderte seine Sitzposition und zog Sarah zu sich heran, »was diesen Halbbruder Edgar und seine Angetraute betrifft, sieht die Sache ja wohl anders aus.«
»Und die beiden, deren Unterkunft wir aufgeräumt haben, die gehören doch nicht zur Familie, oder?«
»Ich denke nicht. Aber es sind ja Dinge geschehen, die niemand vorhersehen konnte. So kurz sollte der Aufenthalt der Familie hier auf Schloss Stiemheim gar nicht sein.«
»Ja, wirklich bedauerlich. So gern hätte ich mehr über ihr Leben erfahren. Obwohl«, Sarah schüttelte traurig den Kopf, »all mein Wissen darf ich nicht verwenden. Sollte ich wirklich in irgendeinem Journal oder anderweitig behaupten, Vampire zu kennen … ich müsste Beweise erbringen. Diese würden dann unweigerlich eine Hysterie auslösen, die Menschen würden die Vampire jagen, um sie zu vernichten und ich würde wohl als Verräterin von den Vampiren getötet.«
Sarah sprang erbost auf, schüttelte ihre rote Mähne und sagte dann betrübt: »Was für ein Unfug! Warum nur können verschiedene Daseinsformen nicht nebeneinander existieren?«
»Es ist die Angst vor dem, was fremd ist«, antwortete Mitch trocken. »Aber, was ist nun mit dir«, er zog sie an den Händen wieder neben sich, »kommst du mit dem, was ich dir erzählt habe klar? Kannst du dir dennoch vorstellen, hier mit mir zu leben?«
»Ich muss mich von meiner verklärten Vorstellung eben ein wenig lösen. Die Realität sieht halt anders aus … was ja nicht unbedingt eine neue Erkenntnis ist«, sie lachte verschwörerisch. »Von nun an bin ich eine Geheimnisträgerin.«

# Kapitel 8

Laura fühlte sich müde und ausgelaugt. Zuviel war in den letzten Tagen geschehen, ihr so glückliches und zufriedenes Leben durcheinander geraten; so manches war zu überdenken und neu zu ordnen. Genauso wie Desmond, der sich nur kurz hingelegt hatte und dann ruhelos aufgestanden war, fand sie keinen erholsamen Schlaf. In der Annahme ihren Mann dort vorzufinden, betrat sie voller Sorgen und Unruhe die Bibliothek.
»Oh«, sie blieb an der Tür stehen und sah ungehalten von Desmond zu Ambrosius, »störe ich?«
Der unterschwellig aggressive Ton entging Desmond nicht. Laura war, nach anfänglicher Herzlichkeit, nicht bereit, seinen Freund als ebensolchen zu akzeptieren. Ihre plötzlich aufgetretenen Zweifel hatte sie Desmond gegenüber klar zum Ausdruck gebracht. Ein Vampir, der zwei neunjährige Jungen nach ihrer durch ihn herbeigeführten Verwandlung sich selbst überließ, war in ihren Augen erst einmal mit Vorsicht zu betrachten. Es verdross Laura, diesmal von ihrem Gespür falsch geleitet worden zu sein, denn ihre erste Begegnung auf Schloss Stiemheim war von beiderseitiger spontaner Sympathie. Desmond zuliebe war sie jedoch bereit, erst dann ein endgültiges Urteil über Ambrosius zu fällen, wenn sie ihn näher kennengelernt hatte.
»Wie könntest du stören?«, schnell ging Desmond ihr entgegen, »wir sprachen gerade über die sehr erfreulichen Entwicklungen auf dem Kontinent«, Desmond redete sichtlich erleichtert weiter »Sarah geht es gut!«
»Das sagst du mir erst jetzt?!« Laura funkelte ihren Mann erbost an, ihre ganze Person ein einziger Vorwurf.
»Guten Tag, gnädige Frau«, beeilte Ambrosius sich, sie zu begrüßen. Laura sah kaum in seine Richtung und antwortete lediglich mit einem knappen Nicken.

Beschwichtigend legte Desmond eine Hand auf ihre Schulter. »Ich bekam den Anruf erst vor wenigen Minuten. Da ich hoffte, du schliefest, sprach ich zuerst mit Ambrosius«, fast entschuldigend sah er zu seinem Freund und dann wieder zu Laura, »wir saßen ohnehin zusammen, da wir noch einiges wegen der Fahrt nach Schottland besprechen müssen.«
»Ja, ja, natürlich«, lenkte Laura ein, »trotzdem wüsste ich gern, was geschehen ist.«
Die Männer hatten bei ihrem Eintreten an Desmonds Schreibtisch gesessen. Jetzt rückte Ambrosius, der sich wegen ihrer Kühle ihm gegenüber wunderte, höflich einen weiteren Stuhl für Laura zurecht und sie setzte sich, nach kurzem Zögern, zu ihnen. Desmond informierte sie mit wenigen Worten, was Mitch und Sarah in der Zwischenzeit widerfahren war. Laura wurde während der Schilderungen blass und ergriff Desmonds Hand.
»Weißt du«, schloss Desmond, »dass Boris ausgeschaltet wurde, bedeutet einen Triumph im Kampf gegen den Geheimbund. Und wahrscheinlich erleichtert Boris' Ableben auch den Transport der Gefangenen.« Desmond brach ab, zu viel durfte er Laura nicht mitteilen, sie beunruhigte sich ohnehin schon genug.
»Wieso?«, hakte sie auffordernd nach.
Desmond blickte hilfesuchend zu Ambrosius, der in die Bresche sprang.
»Wir fürchten von Boris' Anhängern einen Anschlag auf Edgar, um ihn endgültig als Widersacher auszuschalten. Diese Gefahr entfällt höchstwahrscheinlich, da ihr Anführer«, hier vermochte Ambrosius ein schadenfrohes Lächeln nicht zu unterdrücken, »eliminiert wurde und dem Rest unter Umständen der Mut fehlt.«
»Ist den Geheimbündlern Boris' Ableben denn bereits bekannt?«
»Dafür haben wir gesorgt«, antwortete Desmond selbstzufrieden.
Laura gab Desmonds Hand, die sie immer fester umklammert hatte, frei. Ihm wäre wohler, wenn sie nicht weiter darauf dränge, in die Abläufe eingeweiht zu werden. Erführe sie von all den zu treffenden

Vorkehrungen, zöge sie unweigerlich ihre Schlussfolgerungen bezüglich der extremen Gefahr, die dieser Unternehmung innewohnte. Ihre Reaktion malte Desmond sich lieber nicht aus.
»Wir reisen sehr sicher«, warf Ambrosius ein, »bitte, glauben Sie mir!«
Er erntete einen Blick, der genau das Gegenteil besagte.
»Ich kann ohnehin nichts ändern«, resignierte Laura und stand auf. »Ist eigentlich geklärt, wer alles mitfährt?«
»Wir sind fünf«, antwortete Ambrosius, »Matthias begleitet uns ebenfalls, er wird einige Tage mit mir in den Highlands bleiben.«
»Na, wie schön, dass ich es auch erfahre. Er kam nur mit dem, was er am Leibe trug hierher. Wir sind für ihn zuständig«, ihr Vorwurf schloss beide Männer ein. »Ich packe etwas für ihn zusammen.«
Laura verließ die Bibliothek, hörte jedoch im Hinausgehen Ambrosius murmeln: »An was Frauen so alles denken.«

Karl staunte nicht schlecht, als er im Schutz der Garage den Transporter begutachtete. Er sah einem dieser braunen Paketwagen täuschend ähnlich.
»Gute Tarnung«, bemerkte er anerkennend.
»Tja«, Insel-Mitch freute sich über Karls Interesse, »und hier kommt das Beste!«
Er öffnete die hintere Tür und Karl sah einen Innenraum voller Pakete unterschiedlichster Größe. Dann betätigte Mitch einen verborgenen Öffnungsmechanismus und ein Teil der Pakete schwang zur Seite.
»Was für eine perfekte optische Täuschung!« Karl war begeistert.
Hinter dieser getarnten Tür gab es, wie in einem Gefängniswagen, zwei gegenüberliegende Bänke. Karl konnte nicht umhin und kletterte hinein. Eine unter dem Wagendach umlaufende Lichtleiste spendete indirektes Licht. Zur Fahrerkabine gab es ein verspiegeltes Fenster. Karl tippte dagegen: »Der Fahrer kann durchsehen?«

»Klar«, Mitch winkte ihm, »kommen Sie, gucken Sie sich das von der Fahrerkabine aus an.«

Von dieser ließen sich die Insassen nicht nur durch das Spiegelglasfenster, sondern auch über einen Bildschirm beobachten.

»Die Videokameras habe ich gar nicht gesehen.«

»Alles gut verborgen«, Mitch war sichtlich stolz auf dieses Fahrzeug. »Und die Scheiben hier vorne besitzen eine Spezialtönung. Sie absorbieren das Sonnenlicht, heißt im Klartext, der Wagen kann auch, wenn es denn nun sein muss, am Tag benutzt werden.«

»Alle Achtung!«

Karl erinnerte sich an die Fahrzeuge, mit denen sie von Deutschland aus hierher gereist waren.

»Die anderen Wagen der Familie?« Karl stieg wieder hervor.

»Sind alle so verglast.«

Ein weiteres Mal verblüffte Karl die neu gewonnene Erkenntnis, welches Dasein Wesen wie er führen konnten. Würde er wirklich selbst an diesem beinah normalen Leben teilhaben? Ein Studium, vielleicht; eine Art Familie, vielleicht; eine Frau, die er liebte und sie ihn … vielleicht. Er hockte sich versonnen aufs Trittbrett. Mitch hantierte wortlos im Hintergrund.

»Hallo!«

Karl sprang wie elektrisiert hoch und sah in die Richtung, aus der die Stimme, ihre Stimme, kam.

Da stand sie und wirkte verlegen, was sehr ungewöhnlich war. Karl ging mit langen Schritten zu Belinda ins Halbdunkel. Mitch, der die heikle Situation erfasste, verschwand nach draußen.

»Wie schön, dich noch vor meiner Abreise zu sehen«, Karl umarmte sie ohne Scheu und wie selbstverständlich legte sie ihre Wange an die seine.

»Ich möchte doch, dass du gerne wieder hierher zurückkommst«, sie senkte den Kopf. Er fasste unter ihr Kinn und hob es an, bis sie ihm direkt in die Augen sah. »Das werde ich.« Karl klang heiser.

»Für mich ist das alles sehr schwierig«, er blickte sie fest an und

überwand sich, offen über seine Ängste zu sprechen, »es ist wie eine völlig andere Welt und … und … wie ein neues Leben.« Belinda erwiderte forschend seinen Blick; er fasste nach ihren Händen. »Ein Leben, das mir ungeahnte Chancen bietet«, Karl atmete tief durch, »es scheint ein ausgefülltes Dasein möglich, doch ich kann es mir für mich nicht vorstellen«, seine Stimme war nur noch ein Kratzen, »ich habe Angst vor neuen Enttäuschungen ...«
Belinda überwältigte das Bedürfnis, diese tiefe Qual, die Karl stetig begleitete, lindern zu wollen oder, noch besser, für immer zu verbannen. Könnte ihre Liebe ihm helfen? Sie berührte sanft seine Lippen mit ihren Fingerspitzen. Karl nahm sie behutsam weg und küsste Belinda auf den Mund. Stimmen und schwere Schritte erschreckten die beiden und sie ließen schnell voneinander ab.
»Welch grobe Unverschämtheit, uns wie Verbrecher zu fesseln und zu zwingen, nach Schottland zu reisen.«
Agatha rauschte schimpfend durch die Seitentür, wobei sie versuchte, sich aus Mitchs Griff zu winden. Sie blickte arrogant um sich und warf ihr strähniges Haar mit einer übertriebenen Kopfbewegung zurück. Dicht auf den Fersen folgte ihr hagerer Mann Edgar, dem der hochmütige Gesichtsausdruck, den er normalerweise zur Schau stellte, nicht so recht gelingen wollte. Mit Genugtuung nahm Karl zur Kenntnis, dass den beiden tatsächlich Handschellen angelegt worden waren. Manchmal gewann eben doch die Gerechtigkeit die Oberhand.
»Ach, da sind ja Tante Agatha und Onkel Edgar«, flüsternd trat Belinda dicht an Karl heran und kaute auf ihrer Unterlippe. Natürlich, es waren ihre Verwandten und er merkte, dass sie die ganzen Vorkommnisse noch nicht verarbeitet und realisiert hatte. Tröstend legte er einen Arm um sie.
»Ich wünsche euch eine problemlose Fahrt«, sie flüsterte weiterhin, griff dann beherzt in eine Tasche ihres luftigen Baumwollblazers und zauberte ein Handy hervor. »Für dich«, jetzt lächelte sie verschmitzt, »damit du mich anrufen kannst.« Karls leicht verschreckter

Gesichtsausdruck gefiel ihr. »Da«, sie tippte auf das Gerät, »habe ich meine Nummer eingespeichert und hier«, sie tippte ein weiteres Mal, »ist die von diesem Handy.« Karl nahm das von Belinda wieder ausgeschaltete Telefon skeptisch entgegen. »Ambrosius weiß, wie es funktioniert«, versicherte Belinda zuversichtlich, »er kann es dir zeigen.«
Sie küsste ihn auf die Nasenspitze und stob davon. Um ein Haar wäre sie mit Ambrosius, der wie aufgerufen durch die Seitentür trat, zusammengeprallt. Über Belindas hastig gestammelte Entschuldigung schmunzelnd, ging er direkt weiter zu Mitch, wobei sein Gesicht wieder einen ernsten Ausdruck annahm.
»Einen Moment noch, bitte!«
Mitch, der die Häftlinge in den Van verfrachtet hatte und sich anschickte, die Tür zu schließen, hielt inne.
»Es wird noch jemand im Laderaum mitfahren.«
Der bestimmende Ton wurmte Karl. So, eingesperrt mit dem Unhold und seiner Frau, hatte er sich die Fahrt nach Schottland nicht vorgestellt. Wollte Ambrosius sich dadurch einer Aussprache entziehen? Kaum überwundene Enttäuschung machte sich erneut breit, hinzu kam unglaubliche Wut. Er würde nicht zulassen, dass Ambrosius ihn dorthin verbannte. Grollend trat Karl aus dem Halbdunkel. Da schlenderte von der gegenüberliegenden Seite des schattigen Innenhofs Matthias heran. Die Hände flegelhaft in den Taschen vergraben, gesellte er sich zu Ambrosius.
»Sind die beiden schon drin?«
Ambrosius bejahte und bedeutete Matthias, in den Laderaum zu steigen. Karl blieb verdutzt stehen. Bevor Matthias im Wagen verschwand, drehte er sich zu Karl herum: »Na, hab ich doch richtig gerochen.« Matthias bedachte ihn mit einem unergründlichen Blick. Dann kletterte er mit der ihm eigenen Behändigkeit ins Innere.
Karl erschauerte. Als wäre ein Auslöser betätigt worden, spulten vergessen geglaubte Bilder aus einer lange zurückliegenden Zeit vor seinem geistigen Auge ab. Zwei Nächte nach seiner Verwandlung

war er in kindlicher Verzweiflung flussabwärts geflohen. Trotz schwierigster Umstände schaffte er es vor Tagesanbruch bis zu einer verfallenen Scheune, in der er sich verkroch, um auf sein Ende zu warten, nicht ahnend, wie qualvoll ein Hungertod ist. Krämpfe und unsägliche Schmerzen malträtierten ihn. Als dann plötzlich Matthias auftauchte und ihm, stark benommen, etwas einflößte, trank er gierig und dankbar. Matthias hatte ihn lauernd beobachtet, abschließend sagte er drohend: ‚*Ich kann dir überallhin folgen, ich rieche dich.*' Und schon zu diesem Zeitpunkt, Karl wurde es in diesem Augenblick erst richtig bewusst, umgab diesen Neunjährigen etwas Unergründliches und Raubtierhaftes.

Räuspern riss Karl aus seinen Gedanken. Ambrosius zeigte auf den Wagen. »Für uns ist vorne Platz.«

Karl umrundete den Transporter und stand an der Fahrerseite.

»Kannst du fahren?«, Ambrosius, der neben ihn getreten war, hielt die Wagenschlüssel auffordernd hoch.

»Ja, aber das überlasse ich dir. Ich habe nur nicht an den hier üblichen Linksverkehr gedacht und die entsprechend auf der anderen Seite vorhandenen Lenkräder.«

Das kleine Missverständnis lockerte die beiderseitige Anspannung. Während Karl zur Beifahrerseite ging, stieg der wohlgenährte untersetzte Ambrosius leise schnaufend ein. Karl mühte sich, seinen Sitz einigermaßen bequem einzustellen, dabei sah er gespannt auf den im Armaturenbrett eingelassenen Bildschirm. Vier Einstellungen wurden zeitgleich übertragen; eine Kamera war auf die Tür gerichtet, je eine auf die sich gegenüberliegenden Bänke und eine zeigte den Innenraum als Totale. Unbemerkt konnte dort nicht einmal eine Maus mitfahren. Neugierig tastete Karl das Armaturenbrett ab; unter dem Bildschirm fühlte er einen Lautsprecher.

»Die Abhöranlage funktioniert nur einseitig«, erläuterte Ambrosius. Dann startete er und der Motor sprang leise surrend an. Mitch, der wieder aus der Versenkung aufgetaucht war, winkte ihnen mit einer sparsamen Bewegung zu; Karl sah ihn noch im Außenspiegel, bis sie abbogen.

»Wieso kannst du fahren?« Ambrosius lenkte das große Gefährt sicher durch die heckengesäumten schmalen Wege.

»Ach, das hat sich so ergeben. Schon als es die ersten Automobile auf den Straßen gab bekamen wir Gelegenheit, uns mit ihnen zu befassen. Matthias' Damenbekanntschaften, in der Regel gut betucht, brachten ihm nur zu gern das Fahren bei und überließen ihm ihre teuren Karossen für Besorgungsfahrten. Davon profitierte ich dann ebenfalls und wir konnten in aller Ruhe üben.«

Karl schaute besorgt aus dem Fenster und reckte den Hals, da der Weg jetzt extrem eng und schwer einzusehen war.

»Hier kommt nur jemand entgegen, dem die Durchfahrt erlaubt wird«, Ambrosius drosselte dennoch etwas das Tempo, »und dann würde Mitch mich informieren.«

»Ist das alles Privatbesitz?«

»In dieser Gegend nicht selten.«

Karl schüttelte aufgrund dieser Ungeheuerlichkeit den Kopf.

»Seid ihr auch öffentlich gefahren?«, nahm Ambrosius den Faden wieder auf.

»Matthias war da sehr risikobereit. Doch als immer mehr Fahrzeuge unterwegs waren, änderten sich die Bestimmungen. Und spätestens als eine offizielle Fahrerlaubnis notwendig wurde, fuhr ich nur noch auf abgelegenen Plätzen, um nicht aus der Übung zu kommen.«

Karl trommelte mit den Fingern auf die Armlehne der Tür. »Matthias reichten die *Leihwagen* in letzter Zeit nicht mehr, er wollte unbedingt ein eigenes Auto. Er plante, einen richtigen Flitzer anzuschaffen, um Eindruck beim weiblichen Geschlecht zu schinden.« Karl trommelte heftiger. »Keine Ahnung, wie er das Problem mit gültigen Papieren lösen wollte, denn wie du weißt«, sein Tonfall verschärfte sich, »waren wir ohne jedwede Identität.«

Fast unmerklich zuckte Ambrosius bei dieser berechtigten Anschuldigung zusammen. Er hob an, etwas zu erwidern, musste sich aber jetzt auf den Verkehr konzentrieren, da sie Desmonds Grundstück verließen und auf eine stark befahrene Straße einbogen.

Ambrosius, der anno siebzehnhundertsiebenundvierzig als weitgereister Klosterbruder getarnt, im Weinkeller von Kloster Nonndorf ein sicheres Versteck fand, erinnerte sich nur zu gut, wie der Junge Karl an seinen Lippen gehangen hatte, wenn er von fernen Ländern erzählte. Von daher, vielleicht aber auch, um Karl ein wenig versöhnlicher zu stimmen, wich Ambrosius von der vorgesehenen Route ab. Es war nur ein kleiner Schlenker. Er ließ den Ort, in dem er aufgewachsen war und der in der Vergangenheit eine frappierende Ähnlichkeit zu seinem Namen aufwies, rechts liegen und fuhr ein kurzes Stück in westlicher Richtung. Der sommerliche Abend gab sich Mühe, im Moment zeigte sich ein wolkenloser Himmel und die letzten Strahlen der untergehenden Sonne verfehlten ihre Wirkung nicht. Ohne Vorankündigung tauchte der Steinkreis wie aus dem Nichts vor ihren Augen auf. Karl schnappte nach Luft.

»Stonehenge!«

Es klang ehrfürchtig. Karl guckte und guckte, bis sie daran vorbei waren und verbog sich anschließend den Hals, um auf das jahrtausendealte Relikt zurückzuschauen. Als er nichts mehr sehen konnte, sank er in den Sitz zurück.

»Unglaublich«, raunte er.

»Ja«, selbst Ambrosius, der im Schatten dieses Bauwerkes gelebt und dessen Geschichte von Verfall bis zur Rettung kannte, beeindruckte es jedes Mal.

Aus dem Raum hinter ihnen war außer einem regelmäßigen Schnarchen, das aus dem unelegant geöffneten Mund von Agatha kam, kein Mucks zu hören. Edgar hielt den Kopf gesenkt. Es war nicht auszumachen, ob er schlief oder niederträchtigen Gedanken nachhing. Matthias langweilte sich augenscheinlich. Hin und wieder reckte er sich oder verschränkte seine muskulösen Arme hinter dem Kopf.

Karl wiederum drängte es, Ambrosius all seine Fragen zu fragen, doch ein Kreisverkehr folgte dem nächsten und da war Ablenkung keine gute Idee.
Nachdem sie auf einen Motorway aufgefahren waren, schien Ambrosius sich etwas zu entspannen.
»Anstrengend?« Karl fand es durchaus beachtlich, wie Ambrosius den um diese Zeit heftigen Verkehr bewältigte.
»Weißt du, das Fahren macht mir nicht viel aus, es ist die Sicherheit.« Ambrosius setzte zu einem Überholmanöver an.
»Na, ich finde dieser Paketwagen ist die perfekte Tarnung.«
»Das schon«, Ambrosius ließ den Lkw hinter sich, blinkte und fuhr wieder auf die linke Spur, »wir befürchten allerdings durch die Anhänger Edgars einen Befreiungsversuch; obwohl nur wenige über den Zeitpunkt des Transports informiert sind. Aber, zu der anstehenden Gerichtsverhandlung sind Ratsmitglieder aus sämtlichen Ländern zur Urteilsfindung einberufen worden. Sie alle kennen die Bestimmung, Beschuldigte vor Verhandlungsbeginn auf das Anwesen des Hohen Richters zu überstellen.« Ambrosius suchte mit einer Hand zwischen den Sitzen. »Da muss irgendwo eine Flasche Wasser stecken, kannst du sie mir mal angeben?«
Karl ertastete die aus der Halterung gefallene Flasche hinter seinem Sitz. Er schnallte sich ab, angelte sie hervor und reichte sie aufgeschraubt an Ambrosius. Dieser nahm einen langen Schluck.
»Wer von ihnen ist Freund, wer Feind? Boris und Edgar ist es gelungen, stetig mehr üble Genossen in ihren Bann zu ziehen.«
»Boris?«
»Ja, er strebte ebenso wie Edgar eine Vormachtstellung im von beiden geführten *Club der Bewahrer des reinen Blutes* an. Durch ihre Rivalität spaltete sich ihre Anhängerschar in zwei Gruppen. Aufgrund einiger Informationen erhärtete sich unser Verdacht, dass die Geheimbündler aus Boris' Lager einen Anschlag auf Edgar planen.« Ambrosius schlug grimmig auf das Lenkrad. »Uns droht von zwei Seiten Gefahr - doch Boris ist auf dem Kontinent ums Leben ge-

kommen, seinen treuen Verbündeten fehlt die Führungskraft, vielleicht hängen sie in der Luft.« Er sah kurz zu Karl, um seinen Mund lag noch immer ein verbissener Ausdruck. »Wir verfügen längs der Strecke über Beobachter. Auch die Guten«, Ambrosius runzelte die Stirn, so als hätte er sich im Wort vergriffen, berichtigte sich aber nicht, »zählen auf Unterstützer.« Ambrosius hielt den Blick auf der Straße. »Außerdem ist der Wagen gepanzert.«

Noch eine überraschende Eigenschaft dieses außergewöhnlichen Fahrzeugs. Es verdeutlichte Karl allerdings auch, wie gefährlich ihre Mission war.

»Sobald wir die M6 erreichen, geht es fast zweihundert Meilen Richtung Norden. Auf diesem Teil der Strecke wird es niemand wagen, uns anzugreifen.«

»Hast du Matthias als eine Art Aufpasser mitgenommen?« Es klang gepresst, Karl ärgerte das in Matthias gesetzte Vertrauen.

Ambrosius wand sich ein wenig in seinem Sitz. »Ich habe es Matthias gegenüber so dargestellt.« Er zögerte, erklärte dann aber: »Es ist besser, ihn unter Kontrolle zu haben. Er …«, Ambrosius berichtigte sich, »ihr wart zu lange euch selbst überlassen. Ich hätte das nicht zulassen dürfen.«

Endlich! Diese Gelegenheit musste er beim Schopfe packen. Karl fühlte, wie eine fiebrige Hitze in ihm aufstieg.

»Wohin bist du damals, in dieser Augustnacht siebzehnhundertsiebenundvierzig, verschwunden?« Karls Augen waren dunkel vor Zorn. »Ich habe mich nach der Verwandlung unter einem Gebüsch im Klostergarten versteckt und gehofft, du kämest irgendwann aus deinem Weinkeller.« Karls ganze Qual brach sich Bahn. »Ich habe in dir einen Vaterersatz gesehen, einen Vertrauten, der mir helfen könnte. Denn ich wusste nicht wohin. Ich schämte mich, traute mich instinktiv nicht nach Hause.« Karl sprach immer aufgebrachter. »Heute weiß ich, dass ich meine Mutter, eine unbescholtene Witwe, nicht gefährden wollte. Schließlich war in manchen Köpfen

der Hexenwahn noch immer nicht getilgt. Ich habe sie nie mehr gesehen!« Die letzten Worte schrie der sonst so sanfte Mann heraus. Ambrosius sackte förmlich in sich zusammen, verteidigte sich aber.
»Auch ich musste jemanden schützen. Und zwar aus genau dem von dir erwähnten Grund.« Ambrosius straffte sich wieder, sah konzentriert auf die Fahrbahn. »Erinnerst du dich, dass Matthias' Großmutter als Kräuterhexe bezeichnet wurde?«
Karl lachte bitter auf. »Ich kannte sie nicht, bin ihr aber wahrscheinlich einmal im Dorf begegnet. Mir kam eine hübsche, freundliche Frau entgegen, an deren Arm ein Korb mit Kräutern schwang. Sofort fiel mir die von den meisten Dörflern gefürchtete Hexe ein. Ich erkannte, trotz meiner Jugend, die Lächerlichkeit dieser Ängste; ihr ganzes Erscheinungsbild war für mich das einer Kräuterfee.«
»So ist das, Karl«, zum ersten Mal nannte er ihn beim Namen, »was die Leute nicht kennen, fürchten sie. Amanda war schon immer eine Kräutergelehrte. In ihrem kleinen Haus am Dorfrand bewahrte sie eine Menge Bücher in einer verschlossenen Truhe auf. Darin befanden sich natürlich auch Werke, die sich mit dunkler Magie befassen, denn auch darüber müssen wir informiert sein.«
Karl stutzte nicht nur über das wir, ließ Ambrosius aber weitererzählen.
»Matthias verschaffte sich, wie auch immer, Zugang zu den Büchern. Die darin beschriebenen blutsaugenden Wesen und ihr scheinbar endloses Dasein faszinierten ihn besonders.« Ambrosius nahm etwas Gas weg, da er schneller als erlaubt durch die hereinbrechende Nacht preschte. »Er war ein undurchschaubarer Junge. Obwohl ich spürte, dass er mich bespitzelte, war ich nicht vorsichtig genug. Es gelang ihm, mir zu folgen und mich zu ertappen, als ich einen Angler tötete. Dieser war zwar ein kranker Mann, aber nichtsdestotrotz habe ich ihn umgebracht.« Ambrosius wischte mit einer Hand über sein Gesicht als gelte es, dunkle Schatten zu vertreiben.
»Außerdem«, Ambrosius beäugte argwöhnisch die Insassen eines Wohnmobils, als er es überholte, »hatte er die geheimen Treffen

zwischen mir und Amanda beobachtet, woraus er folgerte, sie wäre von gleicher Art wie ich. Daraufhin klärte ich ihn über Amandas Abstammung aus dem Geschlecht der Langlebenden auf.« Ambrosius beobachtete das Wohnmobil im Rückspiegel. »Du kannst dir gar nicht vorstellen wie Matthias, in der Annahme er trage dieses Erbgut in sich, triumphierte. Aber es stimmte nicht, ich sagte ihm wahrheitsgemäß, dass Amanda ihn als Findelkind bei sich aufgenommen hatte.«

Matthias ein Findelkind; die Kräuterfee eine Langlebende, die Ambrosius – *seit wann?* - kannte … Karl schwirrte der Kopf, doch er wagte es nicht, Ambrosius zu unterbrechen.

»Matthias hatte uns beide in der Hand. Wir wären auf dem Scheiterhaufen gelandet, hätte er seine Kenntnisse über uns weitergegeben. Er verlangte von mir, ihn zu dem zu machen, was ich bereits war. Ich ließ mich erpressen, bot ihm jedoch an, nach der Verwandlung mit ihm wegzugehen. Zwar stand ich kurz vor dem Aufbruch zu einer längeren Reise, dennoch hätte ich Matthias zuerst nach England gebracht, wo man sich innerhalb der Organisation seiner angenommen hätte. Er lehnte es rigoros ab.« Ambrosius schwieg, doch Karl tat ihm nicht den Gefallen, zu fragen. So fuhr er, was ihm sichtlich schwer fiel, fort. »Dieser neunjährige Junge, Karl, besaß Macht über mich. Ich fürchtete dermaßen um das Wohlergehen von Amanda, dass ich seine Forderung, dich ebenfalls zum Vampir zu machen, erfüllte.« Karl sah ihn unverwandt von der Seite an. Er merkte, wie mitgenommen Ambrosius war, doch dieses Geständnis konnte er ihm nicht ersparen. »Er zwang uns, euch zurückzulassen. Ich instruierte ihn darüber, wie er ohne uns Kontakt zu anderen Vampiren aufnehmen könne – es gab und gibt auch auf dem Kontinent Anlaufstellen. Vor allem nahm ich ihm das Versprechen ab, dir diese Möglichkeit aufzuzeigen.«

»Das hast du ihm geglaubt?«

»Zu meiner eigenen Beruhigung habe ich mir vorgemacht, er selbst würde Hilfe benötigen, denn immerhin wart ihr Kinder.«

»Welch bittere Erkenntnis, dass es vielleicht ein wenig Helligkeit in mein trübes Dasein gebracht hätte, davon zu wissen.«

»Es gibt keine Entschuldigung dafür, dass ich mich all die Jahre nicht um euch gekümmert habe. Meine Forschungen nahmen mich so sehr in Anspruch, dass ich alles andere hintenanstellte. Zwischendurch war ich nur einmal zu einem geheimen Treffen mit Desmond in Wales. Erst da erzählte ich ihm von zwei von mir geschaffenen Vampiren und dass ich mich der Verantwortung ihnen gegenüber entzogen hatte. Wir hegten beide die Hoffnung, ihr hättet euch längst mit Hilfe der Organisation in eine der Vampirfamilien integriert.«

Karls Verwunderung nahm immer mehr zu. »So etwas wäre möglich gewesen?«, fragte er ungläubig.

Ambrosius nickte, seine ganze Körperhaltung entsprach seinem schlechten Gewissen. »Ich verschwand wieder und Desmond stellte Nachforschungen bezüglich neuer Mitglieder innerhalb der bekannten Vampirfamilien an – ohne Ergebnis. Wir befürchteten, ihr wäret an die falschen geraten. Jene, die bewusst unerkannt bleiben, weil sie töten wollen«, angeekelt rümpfte Ambrosius die Nase, »sie lieben den Blutrausch. Keiner von uns kam auf die Idee, ihr könntet zweihundertfünfundfünfzig Jahre auf euch allein gestellt in ein und derselben Stadt überleben.« Ambrosius sah Karl mit einem seltsam wehmütigen Lächeln an. »Es ist eine unglaubliche Leistung unter solchen Umständen so lange unentdeckt zu bleiben.«

»Kannst du dir nur im Entferntesten vorstellen, welche Auswirkungen es auf mich hatte, von Matthias erst vor wenigen Nächten zu erfahren, er sei für meine Misere verantwortlich? Und wie es mir erging, als er mir hämisch versicherte, der von mir so verehrte Ambrosius habe es herbeigeführt?«

»Ich wage nicht, es mir vor Augen zu führen«, antwortete Ambrosius kaum hörbar.

»Ich war von dem Wunsch beseelt, euch grausam zu bestrafen. Wobei mir nicht im mindesten klar war, wie ich das anstellen sollte.

Zuerst musste ich herausfinden, wo du stecktest. Dass dich dann ein Mord zurück nach Schloss Bruchfurth führte, war Ironie des Schicksals.« Karl stieß verächtlich die Luft aus. »Der ehemalige Mönch Ambrosius zierte als Sonderermittler Ambros Weidtfelt die Titelseite der Tageszeitung.«

»Matthias erzählte mir, du hättest dich schlagartig nach seinen Enthüllungen verändert. Er traute dir diesen und auch den nächsten Mord zu. Ich zweifelte, obwohl ich die Tötungen durch einen Vampir zweifelsfrei feststellte. Ich musste dich finden, um Klarheit zu erlangen.« Entschuldigend fuhr Ambrosius fort: »Dass Desmond samt Anhang zu dieser Zeit auf dem Kontinent weilte, erfuhr ich erst später.« Er warf einen prüfenden Blick auf den Tacho. »Desmond, der seinen Halbbruder Edgar seit … ach, ewigen Zeiten, übler Verbrechen verdächtigte, kann ihm diese beiden Morde in deiner Heimatstadt nachweisen; Edgar wird endlich angeklagt.« Unnötigerweise sagte Ambrosius: »Du warst es nicht.«

»Nein«, sagte Karl barsch, »ein Mörder bin ich nicht. Wahrscheinlich wäre ich auch zu keinem geworden, denn mit meiner Wut und meinem Zorn kam ich selbst nicht zurecht.« Mit einer ungehaltenen Bewegung strich er eine Haarsträhne zurück. »Welch ein Glück«, fuhr er Ambrosius, der starr nach vorne guckte, an, »dass Belinda, in die ich mich so … mir nichts dir nichts verliebte, von meiner Art ist. Dadurch finde ich eine Rechtfertigung, meine Rachepläne nicht umsetzten zu müssen.« Karl stieß ein hartes Lachen aus. »Ohne Matthias und dich hätte ich sie ja nie getroffen, eigentlich müsste ich euch dankbar sein.« Karl drehte den Kopf aufgewühlt zum Seitenfenster. »Verzeihen kann ich dir nicht, Ambrosius«, Karl wandte sich ihm wieder zu, »du hast mir zu viel genommen. Niemals konnte ich Freundschaften schließen, mich nie irgendwo zugehörig fühlen … «, er stockte kurz, »der ganze Schmerz über all die Jahre ist nicht einfach weg und vergessen.«

Ambrosius vermochte nichts zu erwidern. Ihn schmerzte das Wissen, welches Leid er dem Jungen, den er so mochte, angetan hatte.

Würde er sein Vertrauen und damit seine Freundschaft je zurückerlangen? Versäumnisse ließen sich nicht rückgängig machen, doch nun konnte er sich bemühen, Karl zur Seite zu stehen, um ihn optimistischer in die Zukunft schauen zu lassen.
Längst hatten sie die Lichterflut Birminghams, die Karl ungemein beeindruckte, hinter sich gelassen, als Ambrosius das erdrückende Schweigen zu durchbrechen versuchte.
»Hast du dich schon damit befasst, welche Lehrgänge du belegen willst?«
Karl erwachte aus seiner Erstarrung. Bereitwillig verbannte er seine unaufhörlich kreisenden Gedanken in die Tiefen seines Unterbewusstseins.
»Zunächst Englische Sprache, grammatikalisch bin ich zwar recht gut, aber Aussprache und ganz normaler *Small Talk* fallen mir schwer«, Karl genehmigte sich einen Seitenblick auf Ambrosius um zu sehen, wie dieser auf den für ihn ungewohnten Ausdruck reagierte.
»Ein wenig zeitgemäßer Wortschatz kann nicht schaden«, kam die ehrliche Antwort.
»Das denke ich auch.« Karl betrachtete die Aufnahmen, die die Videokamera unablässig aus dem hinteren Teil des Fahrzeugs übertrug. »Auf jeden Fall Geschichte. Ich habe dermaßen viel Historisches gelesen, dass ich es ausführlich studieren möchte«, er war in seinem Element, »wie alles zusammenhängt, warum heute vieles so ist wie es ist und letztendlich auf längst vergangenen Ereignissen beruht, die Menschheit im Wandel der Zeiten …«, er atmete heftig ein, fuhr dann sarkastisch fort, »bei den letzten beiden Jahrhunderten kann ich natürlich mit eigenen Ausführungen dienen.«
Schnell fragte Ambrosius: »Wie bist du an all die Bücher gelangt?«
»Teilweise hab' ich mich in der Stadtbücherei einschließen lassen und die Nächte durchgelesen, manchmal auch Exemplare gekauft. Leider konnte ich mir keine umfangreiche Bibliothek zulegen, da

wir häufiger umziehen mussten.« Letzteres klang ganz selbstverständlich.
»Wissbegierig warst du ja von jeher«, Ambrosius ließ die wehmütigen Erinnerungen, die sich an ihn heranschlichen, nicht zu, »wenn es dich interessiert, erzähle ich dir, wohin ich mich damals aufgemacht habe.«
Obwohl es Karl verdross, sich bereits wieder von Ambrosius einwickeln zu lassen und sich eine alte Vertrautheit breit machte, stimmte er zu.
»Mein Verschwinden, besser gesagt diese abenteuerliche Reise, die mich hinter den Ural bis fast in die Mongolei führen würde, war von langer Hand geplant, aufgrund der Vorkommnisse dann allerdings sehr überstürzt.«
»Handlanger!«, schneidend drang Edgars Stimme durch den Lautsprecher, »mich dürstet nach Blut!«
Edgars zunehmende Unruhe war Karl seit einigen Meilen aufgefallen, doch die Kälte des Tonfalls und die Direktheit der Forderung trafen ihn unvorbereitet. Karl kniff die Augen zusammen und beobachtete Edgar eingehender. Trotz der Handschellen, die seine Hände vor dem Körper in Zaum hielten, zog er dauernd am Anschnallgurt. Karl stieß Ambrosius an, um ihn darauf aufmerksam zu machen.
»Keine Sorge, diese Sonderanfertigung ist abschließbar und der Schlüssel bei mir gut aufgehoben«, vertraute Ambrosius ihm an. Gelassen drückte er den Einschaltknopf der Gegensprechanlage. »Bist du so aggressiv, weil dir das Jagen und Töten fehlt? Seit deiner Festnahme sind doch erst ein paar Nächte vergangen, du gewöhnst dich besser an den Gedanken von Fertignahrung.«
Karl verblüffte es, mit welcher Genugtuung Ambrosius es sagte und mit welch zufriedenem Lächeln auf den Lippen seine Hand vorschnellte, um den Lautsprecher auszuschalten. Gerade noch rechtzeitig, denn Edgar hob zu einer Schimpftirade an, die von seiner

Frau Agatha unterstützt wurde. Karl konnte es nicht unterbinden, dem pantomimisch anmutenden Gehabe schadenfroh zuzusehen.
»Ich war in einer bestimmten Mission unterwegs«, nahm Ambrosius seine brüsk unterbrochenen Ausführungen wieder auf, »uns war von Experimenten in den Weiten Sibiriens berichtet worden. Wir gingen davon aus, auf Gleichgesinnte zu stoßen, die wie wir erforschten, ob es zukünftig gelänge, solch blutrünstige Ungeheuer«, er deutete mit dem Kopf nach hinten, »zu reduzieren oder gar zu verhindern.«
»Desmond erwähnte mir gegenüber, dass ihr euch seit Jahrhunderten mit diesem Thema befasst.« Als Karl Ambrosius fragenden Blick sah, fügte er hinzu: »Ich erzählte Desmond von meinen leider ergebnislosen Versuchen ohne Blut auszukommen.«
»Richtig, auch ehemalige Menschen benötigen dieses Elixier, aber ihr benötigt weniger. Möglicherweise reduziert sich der Bedarf bei den Nachkommen aus Verbindungen zweier einstiger Menschen noch weiter. Vermischen sich Gene von Langlebenden, Vampiren und Menschen immer häufiger, erhoffen wir für zukünftige Generationen ein entsprechend Jahrhunderte währendes Dasein ohne diese lästige Notwendigkeit des Bluttrinkens. Und somit würden vermutlich auch diejenigen unter uns seltener, denen das Aussaugen anderer Lebewesen Freude bereitet.«
»Forschen nur Desmond und du diesbezüglich?« Ein gewisser Argwohn lag in Karls Stimme.
»Ursprünglich ja, dann begeisterten wir Amanda für unsere Idee. Im Laufe der Zeit, Tendenz steigend, gewinnen wir immer mehr Anhänger. Wir kämpfen gegen die traditionellen Familien.«
Karl hob fragend die Augenbrauen. »Desmond erwähnte einen Geheimbund, der Mischwesen jagt ...«
»Nun, in den alteingesessenen Familien herrscht zum Teil noch der Wahnsinn des reinen Blutes, sie lehnen eine Vermischung unterschiedlicher Wesen ab, heiraten nur untereinander. Dadurch werden sie einerseits blutrünstiger, andererseits verkürzt es ihr Dasein, sie werden und wurden immer degenerierter.« Ambrosius fuhr relativ

langsam durch eine kurvenreiche Baustelle. »Um dem eigenen Verfall entgegen zu wirken, hielten sie in unterirdischen Laboren Menschen gefangen. Durch Versuche, deren Einzelheiten ich dir ersparen möchte, hofften diese Bestien, gesunde Vampire zu züchten. Auf das, was ich in der eisigen Kälte Sibiriens entdeckte«, sie legten wieder an Fahrt zu, »war ich nicht annähernd vorbereitet.«
Ambrosius überkam ein Schauder.
»Aufgrund der Entfernung dauerten Benachrichtigungen Monate, falls sie überhaupt den Empfänger erreichten. Von daher nahm ich es auf mich, zurückzukehren. Ich musste sicher stellen, dass Desmond von diesen grauenhaften Entdeckungen erfuhr.« Kleinlaut sagte er: »Es war ... dieses Treffen in Wales.«
»Aha.«
»Es gelang uns, Menschen, Mischwesen, Langlebende und eine erstaunliche Anzahl reinblütiger Vampire zu überzeugen, diesen entsetzlichen Versuchen Einhalt zu gebieten. Schon bald verfügten wir über eine hübsche Anzahl Freiwilliger. Uns stand eine beschwerliche Reise mit unbekanntem Ausgang bevor.«
Karl spürte deutlich, wie schwer es Ambrosius fiel, weiterzureden.
»Wir arbeiteten über Jahre im Untergrund, setzten Gewalt ein, nicht nur Gegner, sondern Freunde und auch gefangengehaltene Menschen kamen um.«
Ambrosius saß mit eisiger Miene am Steuer.
»Zu diesem Zeitpunkt«, seine Stimme war belegt, »begann Edgar hier in unserem Heimatland, seine blutgierigen Anhänger um sich zu scharen. Er propagierte vehement die Erhaltung der reinen Vampirclans, dabei schönte er die eigene Biographie - Edgar ist der Spross aus der Verbindung eines Vampirs mit einer Langlebenden. Er legte alles daran, jemanden wie Agatha zu heiraten. Es adelte ihn gewissermaßen.« Ambrosius beschönigte nichts. »Dieser Geheimbund hat sich der Jagd nach Mischwesen verschrieben, die sie dann auf abscheuliche Art und Weise eliminieren.«

»Und da lebt er mit Desmonds Familie unter einem Dach?« Karl klang logischerweise aufgebracht.
»Du weißt es?«
»Vor meiner Abreise klärten Desmond und Laura mich auf, ja.«
»Dann ist es in Ordnung, wenn ich es erzähle.« Ambrosius sprach wieder mit fester Stimme. »Natürlich verschwieg Desmond Lauras einstige Menschlichkeit, sie war bereits verwandelt, als er mit ihr auf Scotch Eternity eintraf. Allerdings glaubten Agatha und Edgar nie so ganz an ihre Abstammung aus einer Vampirfamilie vom Kontinent und bei ihrem Aufenthalt auf Schloss Stiemheim fand Agatha Beweise, dass Lauras Eltern Menschen waren. Es brachte ihr nichts ein, Belinda als wertloses Halbblut zu beschimpfen und Laura die Verführung Desmonds zu unterstellen, denn beide standen von Anfang an unter seinem Schutz. Bevor er sich in Laura verliebte und mit ihr eine Familie gründete, war Desmond ein hochangesehenes Mitglied im Vampirrat, er lebte oft wochenlang in Schottland, um aktiv und vor Ort Entscheidungen mitzutragen. Als er dann Laura, die bereits ein Kind erwartete, nach Scotch Eternity brachte, zog er sich offiziell zurück. Dadurch wog man seine Gegenspieler in Sicherheit. Seither agiert er im Hintergrund.« Respektvoll, fast drohend, fügte er hinzu: »Niemand sollte Desmonds Macht unterschätzen.«
Karl stimmte in Gedanken zu, ansatzweise war es ihm bereits demonstriert worden. Doch es beruhigte ihn ungemein, Belinda und Laura in Desmonds Obhut zu wissen. Allein wenn er Edgar und Agatha, die mit wütenden und drohenden Gebärden von den Kameras eingefangen wurden, ansah, bebte er vor Zorn. Im nächsten Moment wurde sein Blick von einem anderen Bild eingefangen. Matthias starrte Agatha und Edgar mit leicht gesenktem Kopf von unten herauf an. Sein Lächeln war anerkennend und böse zugleich. Karl kroch eine Gänsehaut über den Rücken. Wie oft hatte Matthias ihn in eben dieser Art belauert.

»Matthias war schon immer von einer dubiosen Aura umgeben«, spontan und ohne Zusammenhang zum vorher Gesagten, sprudelte Karl es hervor, »hast du eigentlich hinterfragt, aus welchem Grund er auch meine Verwandlung wünschte?«
»Nein«, Ambrosius fühlte sich äußerst unwohl, »ich fand seinen Wunsch nach einem gleichaltrigen Gefährten nur natürlich. Und außerdem schien er an dir zu hängen, wie an einem Bruder. Spätestens als ihm klar war, dass er zu niemandem wirklich gehörte, solltest du seine Familie sein.«
»Es könnte tatsächlich stimmen«, Karl sah gedankenverloren durch die Windschutzscheibe. »Während der ersten Jahrzehnte, als ich vor Kummer tatenlos und depressiv vor mich hin vegetierte, wuselte er ausgesprochen zufrieden um mich herum. Als ich mich dann aber aus meiner Lethargie befreite, anfing zu arbeiten und immer selbständiger mein Dasein in den Griff bekam, beobachtete er mich zunehmend argwöhnisch. Irgendwann stellte ich ihn vor die Wahl mich so zu akzeptieren, wie ich war und versprach, ihn ebenfalls so zu nehmen, wie es seiner Art entsprach oder er solle ausziehen. Aber allein leben wollte er nicht, es gefiel ihm, unsere Zufluchtsorte zu teilen. Dabei gebe ich zu, dass Matthias ausgesprochen gewieft darin war, neue Verstecke für uns auszukundschaften. Wir kamen also zurecht.« Karls Ton war härter geworden; der Verdacht, den er durch Ambrosius' anschauliche Darstellung bezüglich der Kreuzung verschiedener Lebensformen hegte, schlich sich immer stärker an ihn heran. Von erneuter Wut übermannt, ballte er die Hände zu Fäusten und fauchte: »Vielleicht waren wir ja bei all euren edlen Plänen ein reizvolles Experiment?«
Ambrosius zuckte wie unter einem Peitschenhieb zusammen.
»Nein, Karl, nein«, widersprach Ambrosius heftig, »die einzige winzig kleine Rechtfertigung die ich anführen kann ist, dass ich auf deinen guten Einfluss Matthias gegenüber hoffte und eines Tages … auf ein Wiedersehen mit dir … als Zeitzeugen.«

»Ja, das bin ich ja auch«, stimmte Karl bissig zu, »kann dir zweihundertfünfundfünfzig Jahre Geschichte meiner Heimatstadt bieten, Zerstörung und Wiederaufbau inbegriffen. Wie gesagt, ich bin interessiert am Wandel der Zeit.«

Sie verfielen in bedrückendes Schweigen. Statt Klarheit, wirbelten zusätzliche Fragen durch Karls Hirn. Was war eigentlich aus Amanda geworden? Nicht nur Ambrosius, auch Desmond schien sie zu kennen. Wie lange lebten Langlebende? Fragen zu Desmond, dem Vampirrat, nähere Einzelheiten zu Edgar und Agatha … Sicherlich könnte Ambrosius ihm noch manches beantworten, doch seine Sturheit hinderte ihn. Um sein Gedankenkarussell ein wenig anzuhalten, konzentrierte Karl sich auf die Strecke. Bedauerlicherweise sah er aufgrund der Dunkelheit nur wenig von dem, was es längs des Motorway gab. Meile um Meile legten sie zurück; seit Manchester waren sie an keinem weiteren derart großstädtischen Lichtermeer vorbeigekommen, die Landschaft schien eher hügeliger zu werden. Gut fünf Stunden fuhren sie nun schon Richtung Norden. Auf den Straßen war es ruhiger gewordenen, was sowohl der nächtlichen Uhrzeit als auch der dünner werdenden Besiedlung zuzuschreiben war. In einer besonders dunklen Gegend, so schien es Karl zumindest, verließ Ambrosius den Motorway und steuerte nach wenigen hundert Metern einen verlassen wirkenden Parkplatz hinter einem längst geschlossenen Pub an. Ambrosius hielt mitten auf dem Hof. Bevor die Scheinwerfer ihres Fahrzeugs erloschen, gewahrte Karl eine beachtliche Anzahl bulliger Landrover, die sofort einen Kreis um sie bildeten. Karl fühlte sich bedrängt, eingekesselt. Stirnrunzelnd blickte er zu Ambrosius, der sich allerdings schon durch die geöffnete Wagentür hinauswuchtete. Karl hörte geflüsterte Begrüßungen und Gemurmel. Plötzlich riss jemand die Beifahrertür auf. Karl versuchte, in seinem Sitz eine abwehrende Haltung einzunehmen, wurde aber aufgrund der hektischen Bewegung vom Sicherheitsgurt in Schach gehalten.

»Hi!«, ein junges männliches Gesicht grinste ihn an, »ich bin Rob und übernehme.«
Rob streckte Karl eine Hand entgegen und als Karl sie zögerlich ergriff, schüttelte Rob sie kräftig ohne mit Grinsen aufzuhören. Er deutete auf den Anschnallgurt: »Manchmal ganz schön hinderlich.« Karl befreite sich davon. Rob ging zur Seite, um ihn aussteigen zu lassen. Karl trat ein wenig auf der Stelle, um seine vom langen Sitzen steifen Beine wieder zu beleben. Rob stand wie ein Wachhund neben ihm.
»Sind Sie zu meinem Schutz oder als Bewacher abgestellt?«
»Wo ist da der Unterschied?«, fragte Rob mit ironisch hochgezogenen Brauen.
Damit brachte er Karl zum Lachen, was Ambrosius, der gerade um den Wagen bog, erleichtert aussehen ließ.
»Gut, gut, ihr habt euch schon bekannt gemacht«, er bedachte Rob mit einem kameradschaftlichen Schlag auf den Rücken, was dieser mit einem kritischen Blick kommentierte.
»Aus Sicherheitsgründen trennen wir uns hier. Rob wird dich in einem der Landrover nach Cliffton bringen während ich mit meiner wertvollen Fracht an ihren Bestimmungsort fahre.«
»Es wäre nicht schlecht gewesen, mich vorher einzuweihen. Schließlich …«, Karl brach ab. Er wertete die nicht erfolgte Information als Misstrauen, verzichtete jedoch vor Rob auf eine Auseinandersetzung mit Ambrosius.
Dieser trat nah zu Karl. »Es ist zu unser aller Schutz. Trotz der Vorsichtsmaßnahmen kalkulieren wir das eventuelle Gelingen eines Überfalls ein«, Ambrosius trat noch näher zu Karl, »der Gegner ist grausam, Karl. Er foltert auf gemeinste Art und Weise. Je weniger einer von uns weiß, umso besser.« Ambrosius legte beschwichtigend eine Hand auf Karls Schulter. »Es hat absolut nichts mit dir zu tun.«
Er sah Karl, dessen Lippen fest aufeinander gepresst waren und ihm einen unnachgiebigen Ausdruck verliehen, um Verständnis bittend an.

»Nun, Rob«, Ambrosius bemühte sich um einen zwanglosen Tonfall, »dann wünsche ich eine ereignislose Fahrt.«
»Jepp!«, Rob salutierte spielerisch, indem er die Hacken zusammenschlug und seinen Arm mit falsch verdrehter Hand an den Kopf schnellen ließ. Jede Aktion von breitem Grinsen begleitet.
»Wo ist Ihr Gepäck?«
Karl ging zum Wagen, holte seinen Rucksack und die neue Reisetasche hervor. Indem er letztere heraushob, wunderte er sich darüber, dass es jemanden gab, der Sachen für ihn zurechtgelegt und dafür gesorgt hatte, dass sie so ordentlich eingepackt wurden. Nur für ihn. Das musste ein Traum sein.
Wieder einmal in Gedanken verloren, folgte er Rob zu einem der Landrover. Fast zeitgleich hievten sich die jungen Männer auf ihre Plätze. Eins der anderen Fahrzeuge gab ein Zeichen mit der Lichthupe, woraufhin Rob startete und dem Wagen folgte. Karl bemerkte im Außenspiegel, dass sich ihnen ein weiteres dieser Ungetüme anschloss. Dermaßen eskortiert, begriff Karl deutlich, dass sein Dasein auf dieser Insel nicht ausschließlich bereichert und einfacher wurde, sondern dass die Bedrohungen von ganz anderer Dimension waren als ihr bisheriges Fortlaufen und Verstecken in ihrer Heimatstadt. Dort wären sie nur durch einen Zufall als Vampire entlarvt worden, denn niemand ahnte etwas von ihrer Existenz. All die Ängste, die er mehr als zweihundertfünfzig Jahre ausgestanden hatte, schienen ihm angesichts des seit ewigen Zeiten andauernden Kampfes zwischen Gut und Böse lächerlich. Ob Menschen, Vampire oder sonst wer, immer ging es nur um Macht.
»Sie sind in Deutschland aufgewachsen?«, unterbrach Rob, der fast akzentlos deutsch sprach, Karls düstere Überlegungen.
»So ist es.«
Karl nahm seinen Begleiter der nächsten Stunden in Augenschein. Seine intensiv blauen Augen, aus denen einem der Schalk entgegenlugte, dazu das üppig dunkle Haar entlarvten ihn eindeutig keltischer Abstammung. ‚Ein typischer Schotte', dachte Karl, dem

seine nächtelangen Studien in der Stadtbibliothek ein weiteres Mal zugutekamen.

»Wieso sprechen Sie so gut meine Sprache?«

Rob strich eine seiner lockigen Haarsträhnen hinters Ohr.

»Ich hab' Interesse an Sprachen, unter anderem an der Ihren«, er grinste Karl in seiner fröhlichen Art an, »deshalb wurde ich auserkoren, mich des Gastes, der die wichtigste Sprache des Globus' nicht wirklich beherrscht, anzunehmen.«

Rob hatte es derart theatralisch vorgebracht, dass Karl in sein Lachen einstimmte.

»Ich bin für's erste auch Ihr Zimmergenosse«, Rob verlangsamte etwas, da er zu nah an den vorausfahrenden Wagen herankam, »passt, glaub' ich ganz gut, ich schätze Sie auch auf Mitte zwanzig – also Menschenjahre, meine ich.«

Verblüfft schnellte Karls Kopf herum. Ihm fehlte das Gespür, seinesgleichen zu erkennen.

»Sie …«, Karl unterbrach sich, »wie albern, ich finde wir sollten uns duzen?«

Rob nickte fröhlich.

»Du bist ein Vampir?«

»Na, sicher. Aus so 'nem richtig alteingesessenen Clan. Keine Ahnung, in welch grauer Vorzeit meine Ahnen hierher einwanderten und sich in den Highlands niederließen. Müsste ich mal erforschen, aber Geschichte ist nicht so mein Ding.« Er zog desinteressiert die Schultern hoch.

»Meins um so mehr«, Karl war sofort angetan, »ich würde mich gern mit einer Familiengeschichte befassen. Wenn du einverstanden wärst, nähme ich mir die eure vor«, er war kaum zu bremsen, »du kannst, zumindest was einige Jahrhunderte betrifft, eigene Auskünfte geben und den Rest erkunden wir gemeinsam.« Voller Enthusiasmus wandte Karl sich Rob zu, dessen Stirn in tiefe Falten gelegt war.

»Puh, bist du emsig«, gespielt entsetzt hob Rob kurz die Hände in die Luft.
»Nun, ja«, Karl mäßigte sich, Rob ahnte schließlich nicht, aus welch langen Versäumnissen sein Eifer resultierte, »ich bin einfach neugierig, wie eure Sippe bei der späteren, recht dünnen Besiedlung, in den Highlands überleben konnte.«
Rob schlug lachend mit der flachen Hand auf's Lenkrad. »Sie an, der Deutsche hat Humor!«
»Soll das ein Kompliment sein?«
»Und was für eins«, Rob schüttete sich fast aus vor Lachen. Als er sich wieder gefasst hatte, bemühte er sich um Ernsthaftigkeit. »Man hat mir aufgetragen, dich ein wenig zu informieren. Wir sind auf dem Weg zur Unterkunft, dort kümmern sich sowohl Menschen als auch Vampire um alles. Bei den Studierenden handelt es sich ausschließlich um Vampire. Der Lehrkörper wiederum besteht aus beiden Gattungen.« Rob sah kurz zu Karl, der durch Kopfnicken zu verstehen gab, dass er folgen konnte. »Während der momentanen Ferien sind nur wenig Studenten anwesend. Es gibt immer einige, die vorher zurückkommen, da sie noch einiges für's kommende Semester vorbereiten wollen oder was nachzuholen haben. Andere bleiben ganz hier.« Rob starrte ausdruckslos auf die Straße. Karl konnte sich des Eindrucks nicht erwehren, als überlege Rob, ob er ihm etwas Bestimmtes mitteilen solle oder nicht.
»Du solltest wissen …«, bei dem munteren Rob hakte es ein wenig, »es gibt da so eine Clique. Seit einigen Jahren bleiben sie grundsätzlich während der Semesterferien im Haus.« Rob schniefte. »Und seit dieser Zeit häufen sich die Fälle von Menschen, die vermisst werden.« Der sich bisher so unbeschwert gebende Rob wirkte mit einem Mal aufgewühlt. »Sie tarnen sich Neuankömmlingen gegenüber als hilfsbereit und umgänglich. So erschleichen sie sich deren Vertrauen, beeinflussen sie und dadurch gelingt es ihnen manchmal, ihren Kreis zu vergrößern.«

»Danke für die Warnung«, sagte Karl leise und dann, sehr vorsichtig, »haben sie es bei dir versucht?«
»Ist lange her«, Robs Lockerheit war verschwunden, »es gibt verdammt attraktive Frauen unter ihnen, eine eroberte mein Herz. Als ich merkte, wie blutrünstig sie war, brachte es mich fast um den Verstand. Für mich war es unmöglich, die Beziehung aufrecht zu erhalten. Auch nicht, als man mich von anderer Seite darum bat, um ihnen durch meine Mitwisserschaft etwas nachzuweisen. Zu Verrat war ich ebenso wenig in der Lage, ich liebte sie zu sehr.«
Karl erschütterte das Gehörte. Als er besänftigend eine Hand auf Robs Arm legte, spürte er, wie verkrampft dieser das Lenkrad hielt. Rob sah ihn kopfschüttelnd an. »Warum erzähle ich dir das eigentlich? Ich kenne dich doch gar nicht.«
Karl zog lächelnd seine Hand zurück. »Vielleicht ist es ja der Beginn einer Freundschaft.«
Karl dachte an die Menschen, die er an seinen zahlreichen nächtlichen Arbeitsplätzen kennengelernt hatte. Natürlich waren Freunde darunter, Menschen die ihn mochten und denen er weh tun musste. Denn irgendwann wurde es Zeit, spurlos zu verschwinden. Nicht nur, dass sie sich tagsüber mit ihm treffen wollten, er alterte einfach zu langsam. Bevor es auffiel musste er eine Weile untertauchen, von seinen Ersparnissen leben und wieder nach einem Arbeitgeber suchen, der bereit war ihn zu beschäftigen. Es wurde immer schwieriger; da er keine Papiere besaß, musste er sich auf dubiose Arbeitsverhältnisse zu entsprechend wenig Lohn einlassen. Matthias verhöhnte ihn fast ständig deswegen; er bevorzugte es, seinen Lebensunterhalt als Liebhaber einsamer Damen zu bestreiten, es erschien ihm um ein vielfaches angenehmer, als nachts einer unterbezahlten Tätigkeit nachzugehen. Für Karls ‚Anständigkeit' fehlte ihm ganz einfach der Sinn. Nein, ein Freund war Matthias nie. Umso schöner, wenn es einen Vampir gäbe, zu dem sich ein freundschaftliches Verhältnis entwickeln würde. Kein Weglaufen mehr, nie mehr lügen. So viele Jahre schienen Karl vergeudet. Er merkte nicht, dass er sich

wieder ganz in sich selbst zurückgezogen hatte. Auch das ein Erbe seiner so lange währenden Einsamkeit.

Rob erwies sich als einfühlsam; eine angenehme Ruhe breitete sich aus.

Nachdem sie eine längere Strecke an nur kleinen oder gar keinen Ortschaften vorbeigerauscht waren, erschienen die Lichter Glasgows. Karl genoss diese Ablenkung und reckte interessiert den Hals.

»Du bist wohl nie viel gereist?« Rob lächelte nachsichtig.

»Nein«, Karl sah keinen Grund, es zu verheimlichen, »ich war immer nur in meiner Heimatstadt.«

»Jetzt ist es nicht mehr weit«, Rob wechselte auf eine andere Schnellstraße, »zum Glück, denn bald wird es hell.« Rob hielt sich korrekt an die Geschwindigkeitsbegrenzungen. Als Vampir konnte man sich keine unnötige Verkehrskontrolle leisten. »Wann seid ihr losgefahren?«

»Noch vor Sonnenuntergang, so gegen achtzehn Uhr.« Karl verwirrte der Kreisverkehr, durch den Rob gekonnt den Wagen lenkte. »Das ist eine ganz schöne Strecke hier hinauf in den Norden.«

»Stimmt«, Rob lachte, »bis Cliffton schafft man es um diese Jahreszeit so gerade während der Nacht. Wenn du noch höher in den Norden willst, ist ein sonnensicheres Auto sinnvoll oder«, er grinste sein sympathisches Grinsen, »eine Zwischenstation bei Freunden erforderlich.«

Ein Kreisverkehr folgte dem nächsten. Um diese Herausforderung noch zu steigern, wurde es stetig diesiger.

»Na, da wirst du gleich von unserem schottischen Nebel empfangen«, Rob wies mit einer Hand auf die graue Trübnis vor den Wagenfenstern, »kommt von der Nordsee.«

»Wirkt ungemütlich«, Karl fröstelte, »aber ich sehe den Vorteil, tagsüber hinausgehen zu können.«

»Ja, schon«, Rob passierte einen weiteren der nicht enden wollenden Kreisverkehre, »dieser Nebel birgt aber auch Gefahren. Oftmals verschwindet der ganze *mist*, wie wir es nennen, innerhalb kürzester

Zeit. Bei solchem Wetter solltest du also immer in der Nähe eines Unterschlupfes sein.«

»Gut zu wissen.«

»Bist ein echtes Greenhorn«, Rob sah ihn bewusst tadelnd an, »da muss ich ja 'n bisschen aufpassen.«

Bevor Karl etwas erwidern konnte, tauchte aus dem Dunst vor ihnen eine beeindruckende Ruine auf. »Wow!«, entfuhr es ihm bei dem unglaublichen Bild, das sich ihm bot. Zwar vermochte er durch den wabernden Nebel nur Fragmente zu erkennen, doch das verstärkte seine Neugier nur noch mehr.

»Unsere alte Kathedrale«, erklärte Rob in einem Tonfall, als handele es sich um einen Lebensmittelladen. Er düste daran vorbei und hinein in den Ort. Unweit des mittelalterlichen Bauwerks hielt er vor einem ähnlich alt wirkenden langgestreckten Haus.

»So, da wären wir. Willkommen in Cliffton!«

Rasch griff Rob, während er ausstieg, nach Karls Tasche. Karl schickte sich an, das Fahrzeug ebenfalls geschwind zu verlassen. Schnell blickte er um sich, als er seinen Rucksack über die Schulter warf, doch die Begleitfahrzeuge schienen in einem der Kreisverkehre abhanden gekommen zu sein. Dann lief er dem um das Haus eilenden Rob hinterher. An einem elektronisch gesicherten Kellerzugang tippte Rob den Zugangscode ein und die Tür, die alt und marode schien, öffnete sich automatisch. Karl registrierte, dass es sich um eine Stahlsicherheitstür handelte. Der äußere Eindruck täuschte sicher nicht nur ihn. Er folgte Rob, der einen Finger an den Mund legte, leise durch den Gang bis zu einigen Stufen, an deren Ende sich eine weitere, nur mit Hilfe eines Codes zu öffnende Tür befand. Nachdem sie auch diese durchschritten hatten, standen sie in einem Flur, der mit dickem rotem Teppichboden ausgelegt war. Ebenso rote Samtvorhänge verhüllten die kleinen, über der offiziellen Eingangstür angeordneten Fenster. Zügig ging Rob zu der dunklen Holztreppe, die ins obere Stockwerk führte. Hier waren die Stufen mittig mit dem geräuschschluckenden Teppichboden belegt. An

der vertäfelten Wand hingen Portraits in altmodischen Rahmen. Karl stieß Rob von hinten an und zeigte auf die Konterfeis, von denen einige aus grauer Vorzeit datierten, denn manche Herren trugen Backenbärte und die wenigen Frauen dazwischen seltsam anmutende Frisuren. Vieles war Karl vertraut, doch es gab auch Abbildungen, die aus einer Zeit vor seinem Dasein rührten.
»Schulleiter«, flüsterte Rob.
Im Haus herrschte absolute Ruhe und Karl vermutete, dass die Anwesenden wohl alle schliefen. Sie gelangten ins obere Geschoss und Rob ging zu einer der hinteren Türen auf dem Gang.
»Unser Reich«, er sprach jetzt mit normaler Lautstärke.
»Muss man im Haus immer so leise sein?«
»Nein«, Rob sah Karl direkt in die Augen, »deine genaue Ankunft sollte möglichst unspektakulär erfolgen. Man wird dich irgendwann später als eventuellen Neuzugang vorstellen. Das weiß ich aber nicht so genau«, er hob seine Hände wie zu einem Unschuldsbeweis in die Höhe, »ich bin nur ein ausführendes Element und nicht so hochrangig, dass man mir alles darlegt.« Er fand zu seinem Grinsen zurück. »Deins.« Rob zeigte auf ein Bett unter der Dachschräge.
Es gab noch das Bett, in dem Rob schlief, einen Schrank mit zwei abschließbaren Türen, zwei Schreibtische mit dazugehörigen Stühlen und, dort wo ein wenig freie Wand es zuließ, Regale. Auf Robs Schreibtisch stand ein Laptop mit angeschlossenem Drucker. Als Karl dieser modernen Technik ansichtig wurde, fiel ihm siedendheiß Belindas Abschiedsgeschenk ein. Während der gesamten Reise hatte er nicht einen Moment daran gedacht, sich das Gerät erklären zu lassen. Gerade als er Rob fragen wollte, gemahnte er sich zur Vorsicht. Durfte er Rob wirklich dermaßen vertrauen?
»Uaah«, Rob gähnte ausgiebig und reckte sich, »das war 'ne lange Nacht. Ich hau' mich hin.« Er schnappte sich seinen Waschbeutel und ging zur Tür. »Ach so«, er blieb stehen, »die sanitären Einrichtungen sind ganz am Ende vom Gang. Am besten kommst du gleich mit.«

Karl kramte seine Pflegeutensilien aus dem Rucksack; hier genoss er also nicht den Komfort eines eigenen Bades, wie es in Lauras und Desmonds gastlichen Häusern üblich war. Es galt also, sich auch bei der Körperpflege an den Kontakt mit anderen zu gewöhnen.

Auf einer Seite des Flurs befand sich eine Abteilung mit Toiletten und gegenüber gab es einen großen Raum mit zahlreichen Duschen und Waschtischen.

»Im Erdgeschosch gibt es dasch nochmal«, Rob klang etwas undeutlich, da er sich gerade die Zähne schrubbte, »ischt für die Mädelsch, die haben da ihre Zimmer«, Rob gurgelte und spie Zahnpasta ins Waschbecken, »ist unter Strafe gestellt, sich tags in der anderen *Abteilung* aufzuhalten«, Rob grinste sein breitestes Grinsen, »falls man sich erwischen lässt.« Er rubbelte sein Gesicht trocken und schlug Karl kumpelhaft auf die Schulter.

Wieder im Zimmer, vergrub Rob sich gleich unter seiner Bettdecke, nicht ohne Karl noch eine ‚erste angenehme Tagesruhe' gewünscht zu haben. Die wünschte Karl sich auch, bezweifelte dies aber, denn all die neu aufgeworfenen Fragen, Eindrücke und Erkenntnisse schwirrten durch seinen Kopf. Ganz zu schweigen von dem Problem, wie er Belinda erreichte.

Noch immer plärrte ihr die Stimme der Mailbox entgegen. Zuerst hatte sie ihn gegen Mittenacht angerufen, dann zwei Stunden später, danach eine SMS abgeschickt. Nichts. Sie war kurz davor, ihr Handy wütend in die Ecke zu werfen. Bald würde es bereits hell! Sie versuchte es noch einmal. Wieder nur diese Ansage. Mit einem Mal schwand aller Zorn und wich Besorgnis. Belinda war den Tränen nahe. Wenn sie ihm doch vorher nur ausführlicher die Handhabe erklärt hätte. Sie vergaß ständig, dass Karl bis vor kurzem fast noch wie im Mittelalter lebte. Belinda beschloss nachzusehen, ob ihre Eltern noch wach waren und huschte durch den stillen Flügel. Aus dem Wohnzimmer klangen Stimmen; beruhigt steckte sie ihren Kopf zur Tür herein. Ihre Mutter schlug sich gerade vor die Stirn, so, als bezichtige sie sich großer Dummheit und murmelte: »Wieso komme ich erst jetzt darauf? Du liebe Zeit, Desmond!«, sie sprang auf, »es ist doch ganz offensichtlich, der gleiche Ausdruck in den Augen und …« Ihre Mutter brach mitten im Satz ab, als sie die Tür hörte. Wie ertappt, starrte sie ihr entgegen.

»Maman, entschuldige, ich wollte dich nicht unterbrechen«, Belinda sah schuldbewusst drein, »erzähle Papa ruhig, was du gerade meintest.«

»Sicherlich hat das bis später Zeit«, schaltete ihr Vater sich ein. Laura signalisierte mit einem Desmond vertrauten Lidschlag Zustimmung.

»Was ist denn, Liebes?«, Laura ging zu ihrer Tochter, »bist du noch gar nicht müde?«

»Ich kann ihn nicht erreichen!« Sie schmiegte sich trostsuchend in die Arme ihrer Mutter.

»Wen?«, fragte ihr Vater betont desinteressiert.

»Karl natürlich«, entrüstet blickte sie ihn an, »ich muss doch wissen, ob er gut angekommen ist. Er hat überhaupt nicht auf meine Anrufe und SMS reagiert«, kleinlaut fügte sie an, »aber er weiß wahrscheinlich auch nicht wie.«

»Besitzt Karl denn ein Handy?«, die Augenbrauen ihres Vaters zogen sich zweifelnd in die Höhe, »er schien mir in dieser Hinsicht doch etwas … antiquiert.«

Für diese Bemerkung erhielt er einen tadelnden Blick seiner Frau.

»Nun, ja, Papa, ich hatte doch noch ein älteres und …«, sie kaute nervös auf ihrer Unterlippe, »ich hab's ihm vor der Abreise gegeben.« Der Vertrag lief auf ihren Vater und somit zahlte er die Gebühren. Vielleicht hätte sie ihn vorher fragen sollen.

»So, so«, ihrem Vater misslang der Versuch, streng zu wirken und sein schauspielerisches Talent brach zusammen. Er gluckste in sich hinein. Schnell löste Belinda sich von ihrer Mutter, lief zu ihm und küsste ihn auf die Wange.

»Fast fürchtete ich, du wärst mir böse«, sie hockte sich auf die Sessellehne, »stattdessen veralberst du mich«, sie puffte ihn, wurde dann aber wieder ernst.

»Also«, Belinda ging zu einem Beistelltisch und goss sich etwas Wasser ein, »ich hab' ihm nicht wirklich erklärt, wie es funktioniert. Jedenfalls schaltete ich es aus«, sie trank einen Schluck, »ich dachte es wäre besser, damit er nicht versehentlich irgendwelche Tasten aktiviert.« Ihre Nägel klopften ungehalten gegen das Glas. »Aber er hat es bisher nicht wieder eingeschaltet!« Ihre Verstimmung wich erneuter Sorge, sie zog ihre Stirn in Falten. »Was ist denn jetzt mit ihm, wie erfahre ich, ob er gut angekommen ist?«

»Solange wir nichts hören, läuft alles wie geplant. Telefonate werden nur bei Dringlichkeit geführt. Ein paar einfache Vorkehrungen, damit einige Dinge einigermaßen geheim bleiben. Je weniger Personen den Aufenthaltsort von Edgar kennen, umso besser.«

»Was hat Karl damit zu tun?«, empörte Belinda sich umgehend.

»Ach, mein Kleines«, ihr Vater seufzte, »leider gibt es eine Menge Spitzel, die wir nicht kennen und mit Sicherheit ist der nächtliche Konvoi nicht so geheim vonstattengegangen, wie wir es gerne hätten. Weiß man wo Karl oder Ambrosius sind, weiß man wo nach Edgar und Agatha zu suchen ist.«

Belinda wurde blass. Es verschlug ihr für einen kurzen Augenblick die Sprache, in welcher Gefahr Karl sich befand.

»Warum hast du ihn dann mitfahren lassen?« Ihre Ängste fanden ein Ventil, indem sie ihrem Vater entgegenschleuderte: »Du kannst ihn ganz einfach nicht leiden und es kümmert dich nicht.« Sie warf sich aufs Sofa und ließ den Kopf hängen.

»Du weißt, dass es nicht so ist. Ihn später allein reisen zu lassen, wäre nicht weniger gefährlich. Kind, er kennt sich doch überhaupt nicht aus«, ihr Vater bat mit ruhiger Stimme weiterhin um ihr Gehör, »er wird auch anderweitig untergebracht als Ambrosius samt seiner Fracht. Ich denke, sie haben alle ihren Bestimmungsort erreicht und befinden sich in Sicherheit.«

Desmond verschwieg, dass die Mitglieder des *Clubs der Bewahrer* sich sehr gut darauf verstanden, die Preisgabe von Geheimnissen zu erzwingen; bei der Vorstellung, einer aus ihren Reihen könne an diese Monster geraten, sträubten sich Desmonds Nackenhaare. Waren nicht ohnehin alle Vorsichtsmaßnahmen nichtig? Unter den Ratsmitgliedern, die zu der Verhandlung auf dem Anwesen des Hohen Richters anreisten, könnten sich, vertraulichen Berichten zufolge, aktive Mitglieder des *Clubs* befinden. Insofern war die Gefahr keineswegs mit dem Erreichen des Ziels gebannt. Desmond versuchte, sich diese Gedankengänge nicht anmerken zu lassen und bemühte sich um ein gelassenes Äußeres.

Belinda saß unschlüssig da. Ihre Mutter lächelte sie optimistisch an. »Bedenke die lange Fahrt, Schätzchen. Karl wird müde sein und sich später bei dir melden. Mach dir also keine Sorgen und geh schlafen.«

»Ihr sagt es mir aber, wenn ihr etwas erfahrt?«

»Natürlich!« Ihre Mutter stand auf und strich ihr übers Haar.

Also stand Belinda ebenfalls auf, küsste zuerst ihre Mutter, dann ihren Vater auf die Wange und sagte beim Hinausgehen: »Eine gute Ruhe!«

Desmond wäre seiner Tochter am liebsten gefolgt, um Lauras vorwurfsvollen und zweifelnden Blicken zu entkommen. Er seufzte laut und mitleiderregend. Laura lachte böse. »Keine Chance, mein lieber Ehemann, heraus mit allem, was du mir in dieser Angelegenheit verschwiegen hast.«

Seine Bemühungen, sie mit Details zu verschonen, waren, wie so häufig, gescheitert; auch diesmal würde sie die ganze, wenn auch unangenehme, Wahrheit verlangen. Desmond ließ nichts unversucht, seine Frau abzulenken: »Was wolltest du mir eigentlich erzählen, bevor Belinda hereinkam?«

# Kapitel 9

Total frustriert kletterte Matthias aus dem Gefangenentransporter. ‚Eingebildeter Lackaffe', er bedachte Edgar mit einem seiner düsteren Blicke. Dieser ausgemergelte Typ hatte ihn während der gesamten Fahrt vollkommen ignoriert. Dazu diese widerwärtige Person, die ihren Ehemann anschmachtete; sie förderte seinen Hass, den er oftmals gegenüber dem weiblichen Geschlecht empfand, aufs heftigste zutage. Matthias kochte innerlich. Nichts, absolut nichts hatte er über das Töten von Vampiren in Erfahrung gebracht; der einzige Grund, aus dem er mitgereist war. Doch nun galt es, sich für die Begegnung mit Karl, Ambrosius' erklärtem Liebling, zu wappnen. Durfte vorne mitfahren, sie bespitzeln und abhören. Brauchte er Karl überhaupt noch, jetzt, wo er Elenor besaß? Bei der Erinnerung an ihre weichen Rundungen rannen wohlige Schauer durch seinen Körper. Sie durfte ihn niemals verlassen, so, wie seine Mutter es getan hatte. Nein, sie gehörte ihm, ihm allein.
Während Matthias um den Wagen ging, beobachtete er voller Genugtuung, wie Edgar und Agatha, in ihren Handschellen und unter strengster Bewachung, weggeführt wurden. Abwartend stellte er sich neben die Beifahrertür, die just in diesem Moment heftig aufgestoßen wurde. Ein Kerl mit Bodyguardmaßen sprang auf den Boden. Matthias betrachtete den gestählten Körper des Mannes anerkennend, vergaß aber nicht, sich ebenfalls in Positur zu stellen, um seine imposante Erscheinung ins rechte Licht zu rücken. Der andere musterte ihn arrogant und reckte sich noch etwas mehr in die Höhe. Matthias tat es ihm selbstbewusst gleich. Ihm fiel der nächtliche Zwischenhalt ein, wo neben Gesprächsgeräuschen auch eindeutig Motorenbrummen mehrerer Fahrzeuge zu hören war, verhaltenes Türenschlagen als Zugabe. Da war der Typ wohl zur Verstärkung zugestiegen. Matthias' Annahme wurde umgehend bestätigt, denn er

baute sich dicht neben Ambrosius, der gerade im Blickfeld erschien, auf.
»Wo ist Karl?«, blaffte Matthias sofort.
Der Aufpasser ging gleich in Hab-acht-Stellung, doch Ambrosius hob Einhalt gebietend die Hand. Den herrischen Ton überhörend, dirigierte Ambrosius sie zum Haus. »Wir werden zu einem Imbiss erwartet und danach teilt man uns die Zimmer zu. Ich freue mich auf eine dringend benötigte Schlafpause, danach sehen wir weiter.« Er schaute Matthias, der ihn mit lauerndem Blick fixierte, offen an: »Karl ist in Cliffton.«
Es gab keinen Grund, es Matthias zu verheimlichen. Irgendwann träfen die beiden ohnehin aufeinander; es war nur dem Zufall zu verdanken, dass sie sich nicht bereits auf Scotch Eternity allein über den Weg gelaufen waren. Ambrosius war bewusst, wie sehr Karl einer Aussprache mit Matthias entgegenfieberte; dennoch würde er es begrüßen, wenn Matthias nicht umgehend nach Karl suchte. Ihm wäre wohler, wenn das Unvermeidliche später geschah, unter seiner oder Desmonds Anwesenheit. Doch wie ließe sich das arrangieren? Wieder einmal war er mit vorrangigen Aufgaben betraut und Desmond würde erst zur Prozesseröffnung eintreffen. Mit ungutem Gefühl ging Ambrosius, den Bodyguard wie einen Schatten im Schlepp, zum Gebäude. Matthias, der in der dicken Suppe, die sie immer stärker umwaberte, nichts ausmachen konnte, folgte ihnen notgedrungen.
Ein stocksteifer Butler führte sie wortlos durch eine Empfangshalle in einen langgestreckten Speiseraum. Es war für eine Mahlzeit eingedeckt, doch nur wenige verteilten sich an den großen Tischen. Ambrosius bedeutete Matthias, sich in seine Nähe zu setzen. Wortlos Verstimmung aussagend, zog Matthias geräuschvoll einen Stuhl zurecht. Missmutig stierte er auf die Tischdecke, bis ein weibliches Etwas in langem Tweedrock und hochgeschlossener, gestärkter Bluse, Schüsseln zwischen sie stellte. Belustigt sah er der grauhaarigen Frau hinterher.

»Ist sie ein Mensch oder ein Vampir?«, fragend sah Matthias erst Ambrosius und dann den Muskelprotz daneben an.
Letzterer griff bereits nach den Schüsseln und häufte Undefinierbares auf seinen Teller. Nach eingehender Prüfung, ob die Menge ausreichend war, reichte er die Speisen weiter. Ambrosius langte erfreut zu.
»Sie ist die langjährige Vertraute des Hausherrn«, mit verschmitztem Lächeln wisperte er, »böse Zungen munkeln, sie sei auch seine Geliebte.«
Matthias prustete hinter vorgehaltener Hand los: »Wie verknöchert ist denn dann der Hausherr?«
»Betagt«, Ambrosius reichte die Schüsseln an ihn weiter, »koste mal, schottische Nationalspeisen.«
»Iiihh«, Matthias schüttelte sich, »was ist das für ekliges Zeug?«
»Haggis …«, Ambrosius kaute bereits, »… Innereien im Schweinemagen und noch … Blutpudding«, er schluckte, »schmeckt wirklich gut.«
Skeptisch nahm Matthias etwas von dem Black Pudding. Dann stellte er die Schüssel so weit von sich weg, wie seine Arme reichten.
»Du hast meine Frage nicht wirklich beantwortet, ist sie jetzt eine von uns oder nicht?«
»Sie entstammt einer der alten Vampirfamilien aus den Highlands«, Ambrosius nahm sich nach, »du solltest ihren Einfluss nicht unterschätzen. Normalerweise lässt sie sich nicht dazu herab, Gäste zu bedienen.«
»Ist das dann eine besondere Ehre für uns?«
»Ganz im Gegenteil«, Ambrosius rülpste leise hinter vorgehaltener Hand, »sie wollte uns genauestens beäugen, sich einen ersten Eindruck verschaffen.«
»Wo sind wir hier eigentlich?«
Abschätzend maß Matthias den altmodisch eingerichteten Raum.
»Alles ein bisschen überholt, wirkt wie im vorletzten Jahrhundert.«

»Schotten sind oft sehr traditionell«, Ambrosius senkte die Stimme, »wir befinden uns auf dem Herrschaftssitz des Obersten Richters des Vampirrates«, ein eindringlicher Blick durchbohrte Matthias, »du solltest dich entsprechend verhalten.«
»Soll ich hier eingesperrt sein?«, müpfte Matthias ungehalten auf, »ist das ganze ein Gefängnis?«
»Nein, natürlich nicht. Wobei das Anwesen gut versteckt in einem Tal liegt. Rundum wohnt niemand sonst, wir sind hier sehr abgeschieden.«
»Oh, wie öde«, stöhnte Matthias, »wie weit ist es denn bis zu diesem Clifftton?«
Ambrosius blieb die Antwort schuldig; er stand hastig auf und folgte einem finster aussehenden, leicht gebeugten Mann, der wie aus dem Nichts aufgetaucht war. Matthias fühlte sich wie in einem Vampirfilm. Wohin war er denn hier geraten?
»Ungefähr zwanzig Minuten mit dem Auto.«
Sieh an, der Hüne konnte sprechen. Und nicht nur das, obwohl er die Auskunft in Englisch erteilte, hatte er die zuvor in Deutsch geführte Unterhaltung mitbekommen. Matthias betrachtete den noch immer Haggis in sich hineinschaufelnden Mann. Dann legte er seine Arme auf den Tisch und neigte seinen Oberkörper nach vorn. Vielleicht war es ihm möglich, dem Kerl weitere Informationen zu entlocken. Und dabei konnte er auch gleich wieder seine Englischkenntnisse aufbessern. Matthias beherrschte diese Sprache wesentlich besser als Karl. Damals hatte er argwöhnisch beobachtet, wie der lernbegierige Karl sich mit Grammatik und Vokabeln herumschlug. Mit der Aussprache quälte er sich ganz besonders. Natürlich verhöhnte Matthias ihn wegen seines Eifers. Während Karl über den Büchern büffelte, sorgte Matthias heimlich für die Bekanntschaft mit einer Lehrerin. Sie brachte ihm die Sprache als Gegenleistung für seine Liebesdienste hervorragend bei. Matthias vernachlässigte das Grammatikalische, das war ihm viel zu mühselig. Dennoch vermochte er sich gut auszudrücken und, worauf es ihm noch mehr

ankam, er verstand alles prächtig. Wusste nur keiner. Gerade überdachte er die nächste Frage, als sich eine Hand fest auf seine Schulter legte. Erschreckt fuhr er zusammen und sah hoch. Ein weiterer Diener oder was auch immer, stand mit ausdruckslosem Gesicht neben ihm. Matthias schüttelte die Hand unwirsch ab. Mit süffisantem Lächeln trat der andere einen Schritt zurück, machte die Andeutung einer Verbeugung und wies mit einer nonchalanten Handbewegung auf den Ausgang.
»Please«, er machte eine theatralische Pause, »Sir!«
Da der Bodyguard unbeeindruckt weiter aß, beschloss Matthias, der Aufforderung nachzukommen. Der Mann eilte mit weit ausholenden Schritten vor ihm her, führte ihn durch Flure und Treppen hinauf, bis er in einem langen Gang vor einer Tür stehen blieb, diese öffnete und in den Raum zeigte. Kaum war Matthias hineingegangen, schloss sich die Tür hinter ihm. In einem Anfall von Panik riss Matthias sie wieder auf. Er starrte dem hageren Typ hinterher, der auf den langen Beinen schon fast wieder das Ende des Korridors erreicht hatte. Matthias nahm umgehend das Schloss unter die Lupe. Ein einfacher Bartschlüssel steckte von innen, niemand wollte ihn einsperren. Obwohl es lächerlich war, sich mit dieser simplen Schließvorrichtung sicher zu fühlen, drehte Matthias den Schlüssel herum. Als er sich umwandte sah er ein Bett, daneben einen Stuhl mit einem Stapel Handtücher. Durch einen schmalen Zwischenraum getrennt, gab es einen weiteren Stuhl mit Handtüchern, der neben einer bettbreiten Lücke stand. Wurde wohl noch jemand erwartet, der auf dem Boden schlief. Hinter einem Paravent entdeckte er eine Waschgelegenheit. Verärgert dachte Matthias an den unfreundlichen Hausdiener, der ihm weder Duschen noch Toiletten gezeigt hatte. Nun, so vergrößerte eine weitere Person die Liste derer, die Matthias sich noch besonders vorzunehmen gedachte. Beifällig lächelte er sein Spiegelbild an um gleich darauf von unangenehmen Gedanken abgelenkt zu werden. Was führte Ambrosius eigentlich im Schilde? Er hatte ihn zu diesem Ausflug verleitet, der

bisher ohne irgendeinen Nutzen für ihn war. Es gab keine neuen Erkenntnisse, die seinem Plan dienlich waren. Denn dieser sah seine schnellstmögliche Rückkehr nach Südengland vor, um sich der beiden Frauen, von denen er Gefahr witterte, zu entledigen. Womöglich war er auch zu ungeduldig und brachte hier doch noch in Erfahrung, wie er dies bewerkstelligen könnte. Wenn endlich alles erledigt war, würde er in Ruhe mit seiner Elenor eine Bleibe suchen. Seine Idee, auf dem Gestüt zu wohnen, hatte er längst verworfen; unter den wachsamen Augen eines Desmond samt seiner Bediensteten zu leben, kam auf gar keinen Fall in Frage. Den kleinen Bengel Eugen nähmen sie selbstredend mit.

Hochzufrieden mit diesen Aussichten zog Matthias sich aus, hängte seine erst neulich erworbene superteure Designer-Jeans samt maßgeschneidertem, hautengem Hemd sorgfältig in den Schrank und legte sich ins Bett. Während er versuchte, eine bequeme Schlafposition zu finden, durchzuckte ihn erneut der Gedanke an Karl. Er war zu weit weg, um von hier seine Fährte aufzunehmen. In Clifton würde es ihm gelingen, ihn zu erschnüffeln. Elenor und Eugen wären zwar bald seine Familie, doch irgendwie vermisste er seinen langjährigen Weggefährten. Es war angenehm, sich an die oft heftigen Wortgefechte, die sie aufgrund ihrer unterschiedlichen Lebensweisen austrugen, zu erinnern. Wie Karl dauernd versuchte, ihn für einen Broterwerb zu erwärmen. Manchmal kam er ganz angetan von irgendeiner Nachtarbeit zurück, erzählte begeistert von Kollegen und was er alles erlernt, gemacht und getan hatte. Meist hörte Matthias nur mit halbem Ohr hin; er verbrachte seine Nächte weit angenehmer. Dennoch interessierte ihn grundsätzlich, wo Karl sich aufhielt. Er durfte nicht zu selbständig werden, das konnte er nicht zulassen. Auch war so manches Gespräch mit ihm durchaus interessant, gar erhellend; im Grunde hatte Karl ihm immer etwas beigebracht, ihn sozusagen weitergebildet. Tja, wie stellte er es an, dass Karl wieder zu seinem Leben gehörte? Matthias seufzte, Grübeln gehörte nicht zu seinen Stärken und seine zwiespältigen Gefühle bezüglich Karl stifteten nur Verwirrung. Er verbannte diese sonderbaren Gedankengänge dorthin, wo sie hingehörten – tief ins Unterbewusstsein.

Lautes Hämmern gegen die Tür riss Matthias aus dem Schlaf. Ungehalten schimpfte er: »Verdammt noch mal, was soll das?« Es hämmerte einfach weiter. Verschlafen wankte er durchs Zimmer. Bevor er aufschloss, spannte er seine Muskulatur an. Jahrhunderte andauerndes Versteckspiel und auf der Hut sein zeigten Wirkung. Der letzte Rest Schlaf schwand. Betont langsam zog er die Tür einen Spalt auf.

»Ihr Zimmergenosse ist eingetroffen, Sir!«, grinste das lange Elend von heute Morgen ihn herausfordernd an. ‚Na, warte, Bürschchen', grinste Matthias mit warnendem Lächeln zurück. Dann hielt er dem neuen Gast übertrieben einladend die Tür auf. Herein kam ein Vampir undefinierbaren Alters. Ebenso groß und durchtrainiert wie Matthias, ging er federnd zu seiner Schlafecke, warf eine schwarze Reisetasche vor den Stuhl und drehte sich um. Matthias vergaß zu atmen. Augen, hell und voll abgründiger Intensität, betrachteten ihn. Was für eine Aura! Matthias war fasziniert. Diesem Kerl gelang es, Furcht durch bloße Anwesenheit zu verbreiten. Er entblößte eine Reihe gepflegter Zähne; obwohl keiner sonderlich hervorstach, war das Gebiss Respekt einflößend. Bei Matthias bewirkte das ganze Äußere lediglich Neugier. Er taxierte ihn von oben bis unten und bewunderte seine eindeutig kostspielige Garderobe. Dieser Gentleman trug, ganz den gängigen Vampirklischees entsprechend, rundweg schwarz. Er und Karl hatten es stets sorgfältig vermieden, auch nur annähernd so auszusehen. War einfach zu auffällig und damit zu gefährlich.

Von der Tür her drang Gepolter und Geächze. Zwei Gehilfen schleppten schwarzlackierte Holzbretter herein, legten diese in die freie Lücke und machten sich daran, sie zusammenzustecken. Mit verschränkten Armen beaufsichtigte Matthias' Zimmergenosse ihr Tun. Es verschlug Matthias beinah die Sprache, als in kurzer Zeit

ein kompletter Sarg entstand. Die Männer blickten den Besitzer fragend an; er entließ sie mit einem ungeduldigen Handwedeln.
»Benötigt der Meister noch etwas?«
Matthias hatte den Diener, der jetzt unterwürfig im Türrahmen stand, komplett vergessen. Was ging hier eigentlich ab? Mann, Mann, Mann, war ja so'n richtiges Vampirgetue. Kannte er echt nur aus Filmen und Büchern. Da war Karl und ihm bisher aber nett was entgangen. Matthias' Begeisterung wuchs, er wollte unbedingt mehr von dieser ganzen Truppe erfahren.
»Danke, nein, Giselher!« Eine blutleere Hand mit langen, knotigen Fingern bedeutete Giselher zu verschwinden. Matthias bereitete es mächtig Spaß, Besagten anzugrienen und dessen Namen dabei verächtlich mit den Lippen zu formen. Trotz dessen erkennbaren Ärgers schloss er die Tür höflich leise.
Der *Meister* sah Matthias gebieterisch an, was ihn ziemlich aufbrachte. Doch er mahnte sich zur Vorsicht, schließlich war Verstellen eine Kunst, die *er* meisterlich beherrschte.
»Teatime«, stellte Matthias mit einem Blick auf den laut vor sich hintickenden Wecker neben seinem Bett fest, »also noch hell ... und ich hellwach«, Matthias zog spielerisch tadelnd seine Augenbrauen zusammen, »bei so unsanfter Schlafunterbrechung.«
Daraufhin schnellten die Augenbrauen des Meisters verblüfft in die Höhe.
»Mit dem Ruhen wird es jetzt ohnehin schwierig«, ließ er sich herab zu antworten, »denn nach und nach treffen alle ein.«
Zur Bestätigung stiefelten Neuankömmlinge mit schweren Schritten durch den Gang, begleitet von kehlig lärmenden Stimmen.
»Ich bin als Beisitzer geladen«, gab er erstaunlicherweise preis, wobei er das Wort Beisitzer betonte, als sei es eine Herabwürdigung seiner Person. Zudem sprach er mit einem üblen Akzent.
»Sie sind wohl nicht von hier?«
Matthias erhielt keine Antwort. Es war also durchaus üblich, seine Herkunft im Dunkeln zu belassen. ‚Phantastisch', dachte Matthias

und beschloss auf der Stelle, sich ebenso geheimnisvoll zu verhalten. Er rief sich den improvisierten Lebenslauf ins Gedächtnis, zu dem Ambrosius ihm vor der Abreise geraten hatte. Als Amerikaner deutscher Abstammung war er gegenüber den Insel- und Kontinentvampiren auf der sicheren Seite. Sie würden von ihm keinerlei Wissen bezüglich europäischer Begebenheiten erwarten; seine mangelnde Sprachkenntnis, von der Ambrosius ausging, könne er damit erklären, dass innerhalb seines Clans die einstige Heimatsprache gepflegt wurde. Matthias begrüßte Ambrosius' Sorge um seine Sicherheit, auch wenn sie sich in Grenzen hielt.

»Nennen Sie mich ganz einfach Matty«, Matthias zeigte sich umgänglich, »für unseren gemeinsamen Zwangsaufenthalt sollte das reichen.«

Das Wagnis gelang. Der andere stutzte, dann gähnte er und reckte sich.

»Trotz all des Gelärmes werde ich versuchen, ein wenig zu schlafen. Die Anreise verlief außerordentlich anstrengend.« Schon verschwand er hinter dem Paravent, steckte dann aber den Kopf noch einmal hervor. »Du traust normaler Abdunkelung der Räume?«

»Bevor ich mich in sowas lege«, Matthias deutete auf den Sarg, »verkrieche ich mich lieber sonst wo.« Dann drehte er sich um und ging hinaus auf den Flur, an dessen Ende er einen großen Raum mit Toiletten und Duschen fand. Er war viel zu neugierig um die Zeit mit Schlaf zu vertrödeln und erledigte rasch die erforderliche Körperpflege. Wieder im Zimmer, kleidete er sich an. Dabei nahm er keine Rücksicht auf den unter seinem Sargdeckel schlummernden Meister; dieser hatte es ja auch nicht getan.

Mit den Händen in den Taschen, schlenderte Matthias durch das Gebäude. Durch ein Fenster in der Nähe der Eingangstür blitzte ständig Scheinwerferlicht. Angelockt, stellte er sich hinter die Scheibe; ihm bot sich eine beeindruckende Szenerie. In kurzen Abständen fuhren mehr oder weniger protzige Limousinen, edle Sportwagen, aufgemotzte Kleinwagen bis hin zu ganz normalen Autos vor.

Zum Teil seltsam gekleidete Vampire beiderlei Geschlechts entstiegen den Fahrzeugen; sie wurden trotz des noch immer herrschenden Nebels umgehend von menschlichen Bediensteten in Empfang genommen, die sie unter riesigen, mit sonnensicherem Bezug versehenen Schirmen, ins Haus geleiteten. Andere Helfer chauffierten Gäste in Kleinbussen herbei. Was für eine unerwartete Schar lebender Vampire! Matthias fühlte sich aufgedreht, als stünde er unter Drogen; so viele von seiner Art gab es und hier kam höchstwahrscheinlich nur ein geringer Teil derer zusammen, die tatsächlich existierten. Er war erpicht darauf, mehr zu erfahren und begab sich auf die Suche nach jemandem, der sich ausfragen ließ. Geschirrklappern wies ihm die Richtung; er gelangte in die Küche, in der eine rundliche Frau summend Gebäck, Marmelade und eine cremige Masse auf Tellern arrangierte. Der zugeknöpfte Hausdrache war zum Glück nicht da.
»Eigentlich wollte ich um einen Tee bitten, aber wie ich sehe, sind Sie beschäftigt.«
»Ganz genau, junger Mann. Ein bisschen Geduld und es wird Ihnen serviert«, antwortete sie höflich, aber bestimmt.
»Kann ich helfen … was auch immer auf den Tellern ist … sie zu verteilen?«, Matthias versprühte seinen Charme, »und danach darf ich hier in Ruhe einen Tee trinken?«
»Oh, my dear«, die Köchin lächelte zaghaft, »nebenan wartet eine ganz schön große Gruppe, da ist jede Hilfe willkommen!« Sie hielt ihm einen Teller unter die Nase. »Kosten Sie, ich bin berühmt für meinen *Cream Tea* oder«, sie wirkte unsicher, »gehören Sie zu denen, die nur Flüssignahrung mögen?«
»Keineswegs«, Matthias beäugte die Speisen kritisch, »stellen Sie es für mich zur Seite, ich bring' erst mal was zu den anderen.«
Elegant schnappte Matthias eins der riesigen Tabletts, jonglierte damit in den Speisesaal und verteilte seine süße Fracht. Forschend nahm er dabei die Damen und Herren unterschiedlichsten Alters und, das verblüffte ihn am allermeisten, unterschiedlichster Haut-

farben, in Augenschein. Ihre Missachtung seiner Person tolerierte er für den Moment; sie hielten ihn für einen Diener und maßen seinen beobachtenden Blicken keine Bedeutung bei. Aufgekratzt, das nunmehr leere Tablett lose am Arm baumelnd, kehrte er zurück in die Küche.

»Puh, da haben Sie ja was zu bewältigen!«, Matthias setzte sich auf die Tischkante. Seine neue Bekanntschaft reichte ihm einen Teller. »Das ist doch nicht alle Tage so«, mit einer lässigen Handbewegung gab sie zu verstehen, dass ihr die Arbeit nichts ausmachte, »ich bewirte ja sonst nur die beiden Herrschaften. Eigentlich finde ich es ganz gut, ab und an für so viele etwas herzurichten. Ich backe schon den ganzen Nachmittag Scones.« Sie steckte sich ein ordentliches Stück ihrer selbstgemachten Rosinenbrötchen in den Mund. »Wobei … der Anlass ist natürlich nicht so schön«, sie sprach mit vollem Mund, »eine Gerichtsverhandlung besagt nun mal, dass über ein Strafmaß für ein Verbrechen entschieden werden muss. Soweit ich weiß, handelt es sich diesmal um ein ganz besonders arges Vergehen«, sie kaute, schob dann noch einen Bissen hinterher, »sonst wären auch nicht alle hergebeten worden.« Mit einem großen Schluck Tee spülte sie nach.

»Ja, eine ganz schöne Ansammlung.«

»Welche Funktion haben Sie?« Die wie nebenbei hingeworfene Frage ließ Matthias hellhörig werden.

»Ich war während des Transports für die Sicherheit zuständig«, antwortete er zurückhaltend und fast wahrheitsgemäß.

»Oh, das hört sich gefährlich und vor allem verantwortungsvoll an.« Beruhigt, nicht an falscher Stelle zu viel geplaudert zu haben, rollte sie bewundernd mit den Augen.

»Ist ja alles gutgegangen«, Matthias senkte bescheiden den Blick. »Sind denn jetzt alle da?«

»Bis auf ein, zwei Nachzügler …«, sie studierte eine Liste, die an einer Pinwand hing, »ist der Hohe Rat komplett.«

Matthias registrierte, dass ihm seine Antwort umgehend einen Status der Dazugehörigkeit verschafft hatte. Hinzu kam, dass die wohl grundsätzlich vorhandene Freundlichkeit der Köchin nun ungebremst über ihn hereinbrach. Sie goss ihm fürsorglich Tee nach und gab bereitwillig weiter Auskunft.

»Einige der Auswärtigen reisen mit der Fähre oder dem Flieger bis Newcastle«, sie dämpfte ihre Stimme, »oder sie schweben relativ unbemerkt auf dem Privatflugplatz ein.«

»Ein Privatflugplatz? Alle Achtung!«

»Ja«, sie kicherte erfreut, »ist schon toll, was? Es ist gar nicht weit von hier und Jim holt sie dann ab.« Stolz fügte sie hinzu: »Jim ist mein Sohn.«

»Sie haben bereits einen erwachsenen Sohn?«

»Jim ist letzte Woche zwanzig geworden«, ihre Augen leuchteten, »und er genießt bereits das volle Vertrauen des Obersten Richters!«

»Darauf können Sie zu Recht stolz sein.« Matthias legte kurz seine Hand auf die ihre. »Also, wenn es nicht zu aufdringlich ist … könnte Ihr Sohn vielleicht …«, Matthias unterbrach sich.

»Nur heraus damit, was kann Jim für Sie tun?«

»Ich habe noch nie einen Flughafen … ehem … ich meine einen Privatflughafen gesehen«, Matthias tat verschämt, »wenn Ihr Sohn es einrichten kann … ob er mir wohl den Flugplatz zeigen könnte?«

Angetan von der Bitte eines so vertrauenswürdigen Mitglieds dieser Zusammenkunft dachte sie sofort laut über eine Möglichkeit nach.

»Mmh, … heute Nacht sollen sich erst einmal alle ausruhen. Erst in der darauffolgenden Nacht ist die erste Tagung«, sie gluckste wegen des unpassenden Ausdrucks, »des Hohen Gerichts. Tja, sobald alle hier sind, hat Jim Zeit. Aber bis dahin«, sie hob bedauernd die Schultern, »muss er abkömmlich sein. Eventuell klappt es noch gegen Morgen, bevor es hell wird.«

»Natürlich«, Matthias stand auf und legte verständnisvoll eine Hand auf ihren Arm, was sie mit einem herzlichen Lächeln quittierte. Hochzufrieden, soviel über die geplanten Abläufe erfahren zu ha-

ben, beugte er sich zu der Köchin vor. »Darf ich Ihren Namen erfahren?« Ihr leichtes Erröten gefiel ihm.
»Deirdre!«, erteilte eine befehlsgewohnte Stimme die Auskunft.
»Ja, Ma'am!«, ertappt zuckte die Köchin zusammen. Schnell zwinkerte Matthias ihr zu und flüsterte: »Bis später, Deirdre.«
Dann schlängelte er sich schleunigst an der drohend in der Küche aufgetauchten Dame des Hauses vorbei. Ihre herrischen Blicke maßen ihn so abschätzend, dass in ihm der Wunsch entstand, ihr an die Kehle zu gehen. Dabei kam ihm sein Hauptanliegen wieder in den Sinn. Wie tötet man seinesgleichen?
Er hielt noch immer den Teller in der Hand, den Deirdre ihm gegeben hatte. So ging er ganz einfach in den Speisesaal, setzte sich etwas abseits einer zusammenhockenden Gruppe südländisch anmutender Vampire und bespitzelte sie. Ihre Unterhaltung führten sie temperamentvoll laut in einer ihm unverständlichen Sprache, die schnell gesprochenen Worte untermalten sie mit heftiger Gestik. Der Anblick der samthäutigen, dunkelhaarigen Damen weckte seine Gelüste. Von den Männern, die, wenn sie ungestüm lachend ihre Köpfe zurückwarfen, unter dunklen Schnäuzern blinkende Zähne zeigten, ging eine strotzende Potenz aus. Waren das überhaupt Vampire? Möglicherweise gelang es, seinem Zimmergenossen etwas zu entlocken. Bevor Matthias aufstand, suchte er Blickkontakt zu einer in leuchtendes Rot gekleideten Langhaarigen. Nachdem er ihre Aufmerksamkeit erlangt hatte, verließ er den Raum.
Als er in sein Zimmer kam, fand er den Meister wach und wieder in seine schwarzen Sachen gehüllt. Er stand über eine Straßenkarte gebeugt am Schreibtisch.
»Gut geruht, … Sir?«, erkundigte Matthias sich nicht ohne Ironie.
»Danke, Matty«, er zeigte Matthias weiterhin seinen Rücken, »kennst du dich hier aus?«
Nur, weil er ihm den Vornamen genannt hatte, hieß es noch lange nicht, dass er ihn wie einen dummen Jungen behandeln konnte.

»Nein, ebenso wenig wie du.« Selbstgefällig lächelnd wartete Matthias auf die Reaktion. Der Meister drehte sich abrupt um und durchbohrte ihn mit einem Röntgenblick. Matthias hielt stand - und bestand.

»Heute Nacht«, der Meister wandte sich wieder der Karte zu, »ist ein Treffen in der Kathedrale von Cliffton«, er sah hoch, »ein geheimes Treffen, versteht sich.«

Matthias war baff, er konnte sich keinen Reim darauf machen, wieso er darüber informiert wurde.

»Ich brauche einen Wagen, um in diesen Ort zu gelangen. Von hier, dieser abgeschiedenen Einöde, ist es zu Fuß zu weit.« Was ihn zu ärgern schien, denn Verdruss zeigte sich auf seinem Gesicht. »Kannst du fahren?«

Daher wehte also der Wind. »Kann ich.«

»Gut«, der Meister sah auf seine, selbstverständlich mit schwarzem Lederband versehene, Armbanduhr, »in zwei Stunden fahren wir ab. Ich ordere einen Wagen und du«, ein Fingerzeig auf die Karte, »kannst dich mit der Strecke vertraut machen. Sei pünktlich! Und«, ein mehr als drohender Blick, »kein Wort zu niemandem.«

Matthias empfand die Anweisungen und den befehlenden Ton als Demütigung. Jedoch die Aussicht, in Dinge eingeweiht zu werden, die ihm bisher verborgen waren, ließ es ihn vorerst ertragen.

Bevor der Meister durch die Tür verschwand, sagte er anmaßend: »Dein dandyhaftes Aussehen ist etwas auffällig, nachts sind schwarze Sachen zu bevorzugen.« Empört holte Matthias Luft. »Zieh was von mir an, falls du nichts Dezenteres dabei hast.«

»Hast du kein Interesse, dir die Kathedrale und den Friedhof anzusehen?«

Rob stupste Karl lachend gegen den Arm. »Bin ich vielleicht schon länger hier in der Gegend und kenne das Ensemble mehr oder weniger von Anfang an und in wesentlich besserem Zustand?«

»Ja, klar«, Karl schlug sich gegen die Stirn.

»So«, Rob zeigte auf eine Stelle in der Umzäunung, über die Karl mit relativ geringen Kletterkünsten auf das nachts geschlossene Gelände der Kathedrale gelangen konnte. »Sei vorsichtig mit der Taschenlampe«, Rob hielt ein paar Zweige zur Seite, um Karl das Hinübersteigen zu erleichtern, »hin und wieder führt noch jemand seinen Hund aus. Wenn das Licht bemerkt wird, hetzen sie dir gleich die Polizei auf den Hals.«

Karl landete leicht verkratzt auf dem Boden. »Danke, ich bin es gewohnt, aufzupassen. Also«, gespannt sah er Rob an, »dann geh' ich mal auf Entdeckungsreise.«

»Viel Spaß!« Rob entschwand leichtfüßig.

Nach wenigen Schritten befand Karl sich zwischen Grabplatten. Wenn der Lichtstrahl nicht ausreichte, um stark verwitterte Steinmetzarbeiten zu erkennen, tastete er sie mit den Händen ab. Gräber aus dem siebzehnten Jahrhundert, mit den für diese Epoche üblichen morbiden Symbolen, reihten sich aneinander. Auf fast allen fand sich ein Totenkopf mit gekreuzten Knochen darunter, manche erinnerten mit einem zusätzlichen Stundenglas oder einer Glocke an die irdische Endlichkeit. Eine von sechzehnhundertneunzehn datierte Platte überraschte ihn mit streng graphischen Mustern. Vollends geriet Karl aus dem Häuschen, als er eine piktische Stele aufspürte. Enthusiastisch, soviel Zeugnis längst vergangener Zeit zu finden, eilte er von einem Grabmal zum anderen. Er erreichte aufrecht stehende Grabsteine, deren Inschriften ab Mitte des neunzehnten Jahrhunderts datierten und wesentlich freundlichere Verzierungen aufwiesen. Mittlerweile schmerzte ihn von dem dauernden nach unten beugen der Rücken. Karl schaltete die Taschenlampe aus, um sich zwischendurch einmal so richtig zu recken. Die Ruine der Kathedrale, auf die er dabei schaute, lockte ihn. So beschloss er, sie sich als nächstes anzusehen. Gerade als er hinübergehen wollte, hielt ihn ein Geräusch zurück. Sofort duckte er sich und schlich in gebückter Haltung zu einem Strauch, der sich glücklicherweise in der Nähe befand. Dieser verbarg ihn nicht sonderlich gut, doch Karl blieb keine andere Wahl, denn schon hörte er leise Stimmen. Mindestens vier Gestalten eilten zur Kathedrale. Bevor Karl noch darüber nachdenken konnte, was es damit auf sich hatte, huschte eine weitere dunkle Gestalt in einiger Entfernung hinter ihm vorbei. Dem nebligen Tag war eine erstaunlich klare Nacht gefolgt und die schmale Sichel des zunehmenden Mondes tauchte den Schauplatz in gespenstisches Licht. Karl wagte es nicht, seine Position zu verlassen. Gespannt beobachtete er die unterschiedlichsten Ankömmlinge. Durchgängig in dunkle Gewänder oder auch weite schwarze Umhänge gehüllt, schienen manche von übler Art. Ihr bloßes Auftauchen verursachte Karl kalte Schauer. Trafen sich diese dubiosen Personen zu einer schwarzen Messe? Vor solch einer Clique hatte Rob ihn nicht gewarnt; entweder wusste er nichts davon oder hielt ihre Treffen lediglich für nicht bedrohliche Maskeraden. Karl jedenfalls schüttelte es voller Grauen und auch Furcht. Doch er blieb unentdeckt, denn sie eilten alle, ohne auch nur einen Blick nach rechts oder links zu verschwenden, zielstrebig in die gleiche Richtung. Anscheinend rechneten sie nicht mit der Anwesenheit anderer. Bisher zählte Karl elf. Nachdem minutenlang niemand mehr eingetroffen war, wollte Karl aus seinem unbequemen Versteck hervorkriechen, doch da spürte er mehr als er hörte, weitere eintreffen. Ihre Schritte, obwohl mit Bedacht gesetzt, klangen nah. Karl spähte zwischen den spärlichen Zweigen des Gesträuchs hindurch. Er erstarrte. Matthias, in Begleitung eines dämonisch aussehenden Mannes, ging ganz knapp an ihm vorbei. Matthias rümpfte die Nase, beugte sich ganz leicht zu dem Gestrüpp und griente; er hatte ihn gerochen. Und natürlich wusste Matthias, dass er es wusste. Er war aufgeflogen, aber Matthias ließ sich nichts anmerken. Er und sein Begleiter hatten es ziemlich eilig, wahrscheinlich waren sie die letzten. Schlagartig begriff Karl, dass es sich um eine Versammlung von Vampiren handelte. Alle Vorsicht außer Acht lassend, folgte er Matthias und dem Unbekannten; sie verschwanden in dem halbwegs erhaltenen achteckigen Chor. Durch die intakten Glas-

fenster sah Karl Kerzen flackern. Er schob sich an der äußeren Wand bis zum Eingang vor; ihm schlugen aufgeregte Stimmen entgegen. Er versuchte, etwas von dieser heftigen Debatte mitzubekommen.
Auf der Innenseite lehnte Matthias gelangweilt am Durchgang. Der Meister hatte erklären müssen, warum ein Nichtmitglied ihn begleitete und erreicht, dass er zumindest anwesend sein durfte. Als man ihn unter dem Vorwand, er solle den Eingang bewachen, auf diese Position verwies, fühlte er sich zum Türsteher degradiert. Matthias prägte sich jeden einzelnen dieser überheblichen Herren ein. Ihr Kauderwelsch konnte er nicht verstehen und so verlegte er sich darauf, die Gerüche der Nacht einzusaugen. Es roch nach Tod und Verwesung. Um seinen Mund lag Häme, als er sich fragte, wie viel dieses Gestanks von den Versammelten ausging; einige waren bereits stark von Verfall bedroht. Matthias atmete weiter tief ein. Ah, sieh an! Ihm stieg Karls Geruch in die Nase; er stand sicherlich auf der anderen Seite des Eingangs um herauszufinden, was hier vor sich ging. Matthias überlegte, ob er einfach zu ihm gehen sollte. Karl war so kompliziert, musste immer alles geklärt haben. Und somit stand ihm noch eine Aussprache bevor. Aber hier und jetzt? Nein, das konnte er vergessen, so einfach würde er Karl nicht versöhnen können. Aber wenn er ihm seine damaligen Beweggründe glaubhaft darlegte? Karl war so mitfühlend, fast gutmütig. Brachte er also eine entsprechende Geschichte zu Gehör, würde Karl ihm verzeihen. Matthias wollte nicht auf ihn verzichten, er gehörte zu ihm. So war das.
Eng an die Außenmauer gepresst, drang nicht zuzuordnendes Sprachengewirr an Karls Ohren. Obwohl keine Chance bestand, auch nur ansatzweise etwas zu verstehen, besagten das wütende Geraune und die zornigen Ausbrüche bereits genug. Karl lauschte alarmiert. Neben unterschwellig drohenden Tönen vernahm er eine besonders grausame Stimme, bei deren Klang er sich unwillkürlich zusammenkauerte. Karl spürte die bedrohliche Atmosphäre beinah physisch.

Doch dann riss er sich zusammen. Es musste ihm gelingen, Desmond oder Ambrosius zu verständigen. Schleunigst eilte er davon und hoffte, nicht von Matthias verfolgt zu werden. Flugs erreichte er die von Sträuchern gesäumte Einzäunung, bei deren Überwindung er sich seine Unterarme aufschürfte. Die neuen Kratzer bildeten eine hübsche Symbiose mit den verkrusteten Wunden, die er sich erst vor wenigen Tagen bei seiner Flucht aus einer Schrebergartenanlage zugezogen hatte. Doch aufgeregt wie er war, bemerkte Karl die Verletzungen nicht. Er rannte weiter und da er es gewohnt war, selbst große Distanzen zu Fuß zurückzulegen, erreichte er zügig und unbemerkt den Kellereingang seiner Unterkunft. Hastig gab er den vierstelligen Code ein und wartete innen, bis die Tür wieder selbständig verriegelte. Für einen Moment lehnte er sich japsend dagegen. Als er wieder einigermaßen Luft bekam, stieß er sich mit den Händen ab und durchquerte auf leisen Sohlen den Gang. Plötzlich schwang kurz vor ihm eine der Türen auf und heraus torkelte eine in ein Can-Can-Kostüm gekleidete Frau. Musik und lallende Stimmen brandeten hinter ihr durch die offensichtlich gut gepolsterte Tür, bevor sie diese mit übermütigem Schwung ins Schloss zog.
»Wen haben wir denn da?«
Noch ehe Karl reagieren konnte, versperrte sie ihm in den Weg. Sie war kleiner als er, was sie nicht hinderte, sich auf die Zehenspitzen zu stellen und ihre Arme um seinen Hals zu schlingen.
»So eilig?« Lasziv drängte sie sich gegen ihn.
Karl legte seine Hände an ihre Taille und schob sie sanft, aber bestimmt, fort. Sie verströmte einen penetranten Blutgeruch, der ihn ekelte.
»Oh«, sie stolperte ihm wieder entgegen und legte eine Hand flach auf seine Brust, »wir sind aber schüchtern.«
Karl missfiel es, Frauen grob zu behandeln. Und diese hier, wenn sie nicht gerade trunken von Blut war, gehörte durchaus zu der Sorte, die männlichen Wesen gefährlich werden konnten. Mittlerweile

hatte sie seine Hände gegriffen und schlenkerte sie kokett hin und her.

»Ich bin sehr in Eile.« Da dies den Tatsachen entsprach und Karl sich ohnehin nicht mit ihr einlassen wollte, klang es schroffer als gewollt. »Bis irgendwann später«, fügte er einlenkend hinzu.

Sie zog einen Flunsch, was ihrem Aussehen keineswegs schadete.

»Ver-spro-chen?«, hickste sie und krallte ihre Fingernägel in seine Schultern.

Etwas grober als zuvor, entledigte Karl sich ihrer Nähe. Rasch schritt er zum Ende des Flurs, um durch die zweite gesicherte Tür endlich ins Erdgeschoss zu gelangen. In seiner Hektik vertippte er sich, ein hässlich schriller Signalton erklang. Lachend stand sie schon wieder hinter ihm. Sie raffte ihr voluminöses Kleid in die Höhe und versuchte, eins ihrer Beine zwischen Karls zu schieben.

»Siehst du, du sollst bleiben.«

Ungeachtet ihrer Verführungsversuche tippte Karl erneut. Diesmal sprang die Tür mit einem Surren auf. Sie riss an seinem Shirt. Als Karl sich heftig aus ihrem Griff löste und die Tür zuschlug, wusste er, dass er sich eine Feindin geschaffen hatte.

Zwei Stufen auf einmal nehmend, sprintete Karl die Treppe hoch. Vor seiner Zimmertür blickte er sich um und lauschte. Nein, sie war ihm nicht gefolgt. Schnell trat er ein. Rob saß mit wild abstehenden Haaren vor dem Computer und prustete vor sich hin.

»Gut, dass du kommst«, begrüßte er Karl ohne hochzusehen, »ich muss da was aus'm siebzehnten Jahrhundert vom Kontinent schreiben. Unser Prof ist so'n Fan von Literatur aus der Zeit«, er gönnte Karl einen herzerweichenden Blick, »du bist doch so belesen ...«

Karl winkte nervös ab und rieb unbewusst seine schmerzenden Unterarme.

»Herrje, wie ist das passiert?«, entfuhr es Rob, als er die Kratzer sah.

»Bin da etwas unvorsichtig hinübergeklettert«, Karl überlegte, was er Rob erzählen konnte, »denn ich erhielt auf dem Gelände Gesellschaft.«

Rob drehte sich ganz zu ihm herum. »Was hast du gesehen?« Rob wirkte aufgeregt. Karl zögerte, wie vertrauenswürdig war Rob tatsächlich? Rob stand auf. »Karl, ich weiß, dass ein geheimes Treffen irgendwann irgendwo stattfinden soll.« Er rannte im Zimmer auf und ab, um dann wieder vor Karl Halt zu machen. Er ergriff ihn an den Schultern und schüttelte ihn heftig. »Mann, raus mit der Sprache, sie führen nichts Gutes im Schilde!« Rob fragte eindringlich: »Wie viele waren es und woher kamen sie? Was weißt du?« Wirsch fuhr er sich durchs Haar. »Wir müssen Ambrosius verständigen!«
Karl fiel eine Last von der Seele. Rob schien auf der richtigen Seite zu stehen.
»Ich zählte dreizehn«, schilderte Karl, nicht weniger aufgeregt als Rob, »übelste Gesellen kamen aus allen Richtungen.« Rob wählte inzwischen eine Nummer auf seinem Handy. »Ambrosius?«, Rob sah Karl an, »das Treffen scheint in vollem Gange … ja … dein neugieriger Karl«, ganz kurz grinste er frech, »ist gerade von dem Gelände der alten Kathedrale zurückgekommen … okay«, Rob gab Karl das Handy.
»Zuerst kamen elf, Ambrosius. Dann … «, Karl hustete nervös, »tauchte Matthias in Begleitung eines dämonisch wirkenden Typs ebenfalls auf.« Er lauschte in den Hörer. »Vor etwa einer Viertelstunde bin ich dort weg … nein, es hörte sich nicht nach einer Abstimmung oder einem Beschluss an, eher nach heftigem Disput. Auf mich wirkte es bedrohlich …« Karl nickte dem Hörer zu. »Danke, Ambrosius!«
Er reichte das mobile Teil an Rob zurück.
»Ausschalten kann der gnädige Herr nicht selbst?«
»Ich kenne keine Handys«, erklärte Karl mit zusammengekniffenen Lippen.
Rob sah Karl ungläubig an. Dann starrte er auf das Handy, legte es aber weg.
»So«, Rob schien sich wieder etwas zu entspannen, »jetzt wird alles eingeleitet. Hauptsache wir wissen, dass die Zusammenkunft statt-

findet. Wir ahnten weder Zeitpunkt noch Ort«, Rob schlug Karl anerkennend gegen die Schulter, »dank dir kann wahrscheinlich allerschlimmstes verhindert werden.«
Karl wünschte sich mehr zu erfahren, doch zuvor brannte ihm ganz etwas anderes unter den Nägeln. Er kramte in seinem Rucksack und hielt Rob Belindas Geschenk entgegen.
»Da wartet jemand auf meinen Anruf. Aber ich weiß nicht, wie ich es machen soll …«
»Du Hinterwäldler! Komm her, ich zeig's dir.«
Wohlwollend wie ein verständnisvoller Lehrer setzte er sich neben Karl und aktivierte das moderne Kommunikationsmittel. »Oh, du hast Nachrichten!«

Krawallartiger Tumult lenkte Matthias' Aufmerksamkeit auf die versammelte Runde. Spöttisch beobachtete er die sich angiftenden, geifernden Tattergreise. Der Meister erschien ihm hier, zwischen den weitaus bedrohlicher aussehenden Vampiren, durchaus nicht so meisterlich, wie er sich ihm gegenüber gebärdete. Zumindest schien er einer der jüngeren zu sein, wahrscheinlich lag er deshalb in der Rangordnung noch nicht so weit vorn. ‚Wie verbraucht und verdorben alle aussehen, mit Sicherheit kommen sie zusammen auf einige tausend Jahre.' In dem Moment als Matthias sich abwenden wollte, durchdrang ein dumpfer Knall das Gezeter. Ein Vampir mit stark vernarbtem und dadurch entstelltem Gesicht, hatte seinen kerzengeraden schwarzen Stock mit silbernem Knauf derart heftig auf den Boden gestoßen, dass alle verschreckt innehielten. Eigentlich war er mehr ein Gerippe als ein Körper, doch seine Autorität war unverkennbar. Seine abgehackten Worte spie er in die Stille. Sie bewirkten eine erneute, noch heftigere Debatte als zuvor. ‚Was für ein wilder Haufen. Wirklich zu schade, dass ich nicht verstehe, worum es geht.' Verärgert und auch gelangweilt, gähnte Matthias ausgiebig. Er stutzte, schnüffelte. Karls Geruch war fast nicht mehr wahrnehmbar. Da die Versammelten kurz davor schienen, sich gegenseitig an die Kehle zu gehen und keinerlei Notiz von ihm nahmen, schlich Matthias hinaus. Nichts außer den schiefen und krummen Umrissen der in die Nacht ragenden Grabsteine war zu sehen. ‚Na, warte, ich finde dich schon.' Er nahm Karls Fährte auf, die ihn kreuz und quer über den ganzen Friedhof führte. Musste Karl sich denn immer für jedes Detail interessieren? Wie mühselig. Schließlich führte ihn Karls Geruch zu einer nicht ganz so dicht mit Sträuchern gesäumten Stelle der Einzäunung; hier war er wohl vor gar nicht allzu langer Zeit hinübergeklettert. Matthias schickte sich an, es Karl gleichzutun, als ihn ein Klacken zurückhielt. Unmittelbar ging er in Deckung. Noch während er zweifelte, ob er wirklich etwas gehört hatte, sah er, wie sich dunkel vermummte Gestalten durch das Eingangstor pirschten. Sie trugen Nachtsichtbrillen und führten Gewehre mit Infrarotzielfernrohren im Anschlag. Ein Trupp von etwa dreißig Mann bewegte sich lautlos zum Chor der Kathedrale. Die Ruhe, mit der sie ihren Einsatz durchführten, fand Matthias' Hochachtung. Doch wer oder was waren sie? Vampire, Menschen oder gar beides in netter Eintracht? Wenn sie die Versammlung, vom Meister so verschwörerisch als geheim gepriesen, mit solch schwerem Geschütz zerschlagen wollten, war das Ganze wohl bedeutender, als er bisher vermutete. Von ihm, aufgrund ihres Alters, ihrer seltsamen Gewänder und ihres dramatischen Auftretens als wichtigtuerische Altherrengruppe belächelt, schienen diese Vampire in der Tat etwas im Schilde zu führen, vor dem andere sich fürchteten. Dass er das so verkannt hatte, erzürnte ihn. Jedenfalls würde man ihn nicht erwischen. Aber wieso rückte überhaupt ein Einsatzkommando an? Matthias traf die Erkenntnis heftig. Karl! Nur er konnte sie verraten haben. Nein, nicht die anderen, nur *ihn*! So wollte er sich rächen, ihn hochnehmen, einsperren lassen. Eifersüchtig dachte Matthias an die lange Fahrt, während der Ambrosius Karl in Geheimnisse einweihen konnte, und auch mit Sicherheit getan hatte. Karl war zum Spitzel geworden. Sein Interesse an den maroden Grabsteinen und der Ruine nutzte er als perfekte Tarnung; sogar er war darauf hereingefallen. Deshalb war Karl so schnell verschwunden; hätte er nur besser aufgepasst! Wütend schwang Matthias sich über den Zaun, um Karl weiter zu verfolgen. Doch nach nur einigen Schritten durchzuckte ihn ein anderer Gedanke fast schmerzhaft. Für sein Fehlen bei der Versammlung würde es bei den Vampiren nur eine denkbare Erklärung geben – sie würden ihm den Verrat anlasten! Damit nähme Karl ihm jede Chance, in diesen Kreis, der für ihn um einiges interessanter geworden war, aufgenommen zu werden. Ha, das hatte Karl gut ausgetüftelt. Ob sie ihn schnappten oder nicht, er saß in der Klemme. Matthias war hin- und hergerissen zwischen dem Wunsch, Karl umgehend aufzuspüren und zur Rede zu stellen oder zurückzugehen und dadurch sein Ansehen beim Meister und seinesgleichen aufzupolieren. Letztere Option verwarf er gleich wieder, denn ihm war natürlich nicht klar, was in der Ruine mit den Anwesenden geschah, oder waren sie doch nicht gefährlich und alles inszeniert? Er tastete nach dem Wagenschlüssel in seiner Hosentasche. Das war eine Verschwörung gegen ihn, ausgeheckt von Ambrosius und Karl. Der Verdacht fraß sich in Matthias fest. Ohne weiter auf die Geschehnisse auf dem hinter ihm liegenden Gelände zu achten, hastete er zum Auto. Ungewollt holte ihn die Vergangenheit mit aller Macht ein. Seine frevlerische Tat in der Nacht seiner Verwandlung … Beschattete man ihn von jeher? Besaß Ambrosius Kenntnis von allem und jedem was ihn betraf? Nun hatten sie ihn hierhergelockt um ihn unschädlich zu machen. Gehetzt blickte er sich um, doch niemand war zu sehen. Matthias erreichte den Wagen, warf sich auf den Sitz und trat kräftig aufs Gas. Er musste auf schnellstem Weg zurück zum Anwesen. Unter Umständen bot sich eine Gelegenheit, Ambrosius als ersten von seiner umfangreichen Liste der Störenfriede zu streichen. Anschließend schnurstracks zurück in den Süden des Landes; dort würde er Amanda den Garaus machen und sich mit der Vampirin befassen. Karl würde er eine Lektion erteilen. Vor der Abreise hatte er diese eingebildete Cousine von Elenor mit Karl, der dreinschaute wie ein

verliebter Trottel, tuscheln sehen; wenn sich da nicht eine Wunde schlagen ließ. Boshaft lächelnd und angespornt durch die Vielzahl der zu erledigenden Aufgaben, jagte Matthias durch die Waldwege. Er beglückwünschte sich, als nach kurzer Zeit das zwischen den Tannen gut verborgene graue Backsteingebäude im Dämmer auftauchte. Das hatte er ja in einer Rekordzeit hinbekommen. Aufgewühlt betrat er den Flur, wo er fast in Ambrosius hineingelaufen wäre, der ihm, für seine Leibesfülle ungewöhnlich flott, entgegenkam. Und siehe da, Ambrosius konnte seine Überraschung nur schlecht verbergen.
»Hallo, Matthias, so früh noch unterwegs?«
»Ich habe einen kleinen Ausflug nach Clifton unternommen um Ausschau nach Karl zu halten. Ich war ihm tatsächlich auf der Spur«, Matthias sah Ambrosius betont herausfordernd an, »aber es kam was dazwischen.«
Seine Hände ballte er zu Fäusten. Doch Ambrosius geriet nicht, wie erhofft, weiter aus der Fassung, sondern stellte eine neutrale Mine zur Schau.
»Nun, ihr werdet schon Gelegenheit haben, euch zu treffen«, er musterte Matthias aus den Augenwinkeln, »ich muss nochmal los.«
Es klang, als führe er zum Einkaufen und, um dem ganzen die Krone aufzusetzen, versetzte er Matthias einen freundlichen Klaps gegen die Schulter. Dann eilte er hinaus.
Mit verzerrtem Gesicht blickte Matthias ihm hinterher. Ambrosius täuschte ihn nicht; er war drauf und dran, ihm zu folgen, wog jedoch das Risiko ab, denn schließlich wusste er nicht, mit wem Ambrosius zusammentreffen würde. Falls sie ihn entdeckten …
Matthias ging stattdessen zum Gemeinschaftsraum, in dem allerdings gähnende Leere herrschte; auch die Küche war verlassen. Sie waren wohl alle in ihren Zimmern und machten es sich für die Tagesruhe in den Betten und Reiseschlafsärgen gemütlich.
Ruhelos streifte Matthias durch einen Gang, der tief ins Gebäude führte. An dessen Ende stieg er eine Treppe hinab. Unten ange-

langt, bewegte er sich vorsichtig durch den auf dieser Ebene recht schmalen Flur, an dessen Ende fahles Licht schimmerte.

»Bitte, bleiben Sie stehen!« Aus einer Tür rechts vor ihm trat ein junger Mann. »Nichts für ungut, Sir, aber hier unten herrschen strenge Regeln.«

»Ach, ja? Nun, ich kenne mich nicht aus, da ich zum ersten Mal Gast in diesem Haus bin.«

»In diesem Bereich sind die Gefangenen untergebracht und außer den Wachhabenden ist es den anderen nicht erlaubt, sich hier aufzuhalten.« Entschuldigend hob er die Hände.

»Keine Ursache, Regeln sind Regeln«, Matthias gab sich jovial, »aber wie fügen sich die beiden denn, ich habe sie ja bis hierher begleitet …«

»Oh, Sie sind das!«, der junge Mann strahlte, »freut mich Sir, ich bin Jim, der Sohn …«

»…der Köchin«, ergänzte Matthias und schüttelte Jims hingehaltene Hand.

»Wenn das so ist«, Jim gab die Türöffnung frei, »kommen Sie doch auf einen Kaffee herein.«

Matthias folgte der Einladung nur zu gern und staunte nicht schlecht, als er in dem kleinen Raum auf drei Bildschirmen einen mit einer hohen Steinmauer eingefassten Innenhof sah. Ein Monitor zeigte Edgar mit Agatha, wie sie die Köpfe zusammensteckten. Sie schlenderten in trauter Zweisamkeit, Agatha hatte sich bei ihrem Mann untergehakt, über den Hof. Matthias zeigte verständnislos auf die beiden.

»Sie wollten unbedingt an die Luft, wir nehmen an, dass sie … « Jim sprach leise weiter »Fluchtmöglichkeiten checken.« Er hob eine Warmhaltekanne an. »Mmh, die ist leer. Wenn Sie für einen Moment aufpassen? Dann hole ich schnell frischen Kaffee. Meine Mutter ist bestimmt mittlerweile in der Küche zugange.«

»Mach ich gern.« Manchmal lief alles wie geschmiert.

»Soll ich Ihnen auch was zu essen mitbringen? Wir haben vorzügliches selbstgemachtes Haggis.«
»Nicht nötig, ich esse später.«
Jim ging nach oben und Matthias widmete sich der Beobachtung des Ehepaares. Sie verschwanden aus dem einen Bild und tauchten auf einem anderen wieder auf. Es dauerte eine Weile, bis Matthias sich zurechtfand und die Aufnahmen zuordnen konnte. Die hinterste Ecke des Innenhofes wurde logischerweise nicht von einer Kamera eingefangen, denn kein Vampir würde sich derart weit von dem schützenden Gebäude entfernen. Doch genau dorthin schienen die beiden zu gehen. Wieso wagten sie das? Es wurde zusehends heller, die Sonne würde jeden Moment über die Mauer scheinen. War tatsächlich eine Befreiung in letzter Sekunde vorgesehen?
Aufgeregt trat Matthias aus dem Raum und ging zur Hoftür. Durch das Sichtfenster spähte er hinaus, vermochte die entscheidende Stelle aber auch von dieser Position nicht einzusehen. Nach draußen traute er sich nicht mehr. Hier unten einen menschlichen Bewacher einzusetzen machte durchaus Sinn, dieser konnte zu jeder Zeit hinaus. Matthias begab sich wieder zu den Monitoren.
Tatsächlich kamen Edgar und Agatha auf einem der Schirme wieder ins Bild. Sie hetzten zum Gebäude zurück. Edgar eine Gestalt des Zorns. Agatha versuchte mit den weit ausholenden Schritten ihres Mannes mitzuhalten und hielt dessen Arm verzweifelt umklammert. Edgar stieß sie mit voller Wucht von sich. Sie stolperte, strauchelte und stürzte mit rudernden Armen auf den Rücken. Agatha kreischte ihrem Mann hinterher, denn es gelang ihr nicht, allein hochzukommen. Edgar rannte ungerührt weiter. Ihm blieb keine Zeit, er musste der drohenden Gefahr auf dieser schattenlosen, ungeschützten Fläche entkommen. Ganz ohne nebligen Dunst stieg eine wunderschöne Morgensonne immer höher und sandte ihre gefährlichen Strahlen in den Innenhof. Agatha hatte es geschafft sich auf die Seite zu rollen und versuchte sich hochzustemmen. Es gelang ihr nicht mehr. Sie schrie entsetzlich. Matthias starrte wie hypnotisiert

auf den verbrennenden Körper. Kleine Rauchwolken stiegen von Agatha auf. Eine andere Kamera fing den heranjagenden Edgar ein. Tierisch brüllend warf er sich gegen die Tür. Matthias löste sich von den Bildschirmen und rannte auf den Flur. Dabei fuchtelte er mit den Armen in der Luft herum und rief: »Zu Hilfe, zu Hilfe!« Ihm war die Überwachungskamera, die auf die Tür gerichtet war, nicht entgangen; somit betätigte er, sichtlich aufgebracht, den nicht zu übersehenden Alarmknopf neben der Tür. Dann schickte er sich an, diese aufzuziehen, wobei er den altmodischen Riegel, den er bei seinem ersten Blick durchs Fenster vorgeschoben hatte, zurückzog. Sein breiter Rücken verdeckte beide Male, was seine Hände vollzogen. Matthias riss die Tür auf. Ihm zu Füßen lag Edgar. Üble Brandwunden an den Beinen hinderten ihn aufzustehen. Immer schneller tasteten sich die todbringenden Sonnenstrahlen vor. Mit Genugtuung sah Matthias auf Edgar hinab. Und Edgar bedachte Matthias mit einem wissenden Blick. Matthias beugte sich hinunter um den Anschein der Hilfe zu erwecken.

»Zurück, zurück!«

Jim eilte mit weiteren Menschen heran, er zog Matthias mit aller Kraft in den Flur.

»Sir, was machen Sie denn«, Jim war ganz bleich, »Sie bringen sich doch in Gefahr! Darum kümmern sich andere.«

Fürsorglich legte er einen Arm um Matthias' Schultern und stellte sich mit ihm an die Wand, um die Helfer vorbeizulassen. Dann geleitete er ihn hinauf in die Küche. Matthias ließ scheinbar erschüttert den Kopf hängen. Jims Mutter wogte auf ihn zu und umarmte ihn. »Sie armer Junge, was haben Sie nur erlebt? Wir hörten die Schreie bis hier oben. Setzen Sie sich, setzen Sie sich!«

Matthias wurde auf einen Stuhl gedrückt und die Köchin tätschelte ihm liebevoll den Kopf. Jim ließ sich ihm gegenüber nieder.

»Ich bitte Sie um Entschuldigung. Es war fahrlässig von mir, Sie allein zu lassen. Es war meine Aufgabe, dort unten achtzugeben …«

Jim war ernsthaft betroffen und nun bekam er den Kopf von seiner Mutter getätschelt. Beide wirkten sehr besorgt und zerknirscht. Matthias gefiel es durchaus, dass Mutter und Sohn sich seinetwegen so grämten.

»Nein, bitte«, er sah sie nacheinander gekonnt treuherzig an, »Sie dürfen sich meinetwegen keine Vorwürfe machen. Mir geht es gut.«
Nach einer kleinen Pause äußerte Matthias seine Überlegungen zu dem Vorfall. »Außerdem denke ich, dass die beiden Gefangenen tatsächlich fliehen wollten. Warum sonst sollten sie sich bei der nahenden Morgendämmerung so weit über den Hof gewagt haben? Sie sind dieses Risiko wahrscheinlich bewusst eingegangen.«
Matthias nahm die Tasse mit dem frisch aufgebrühten Kaffee und blies hinein. Er war sicher, dass Edgar mit einem Entkommen gerechnet hatte. Sein wutverzerrtes Gesicht, als er von der hintersten Ecke des Hofes zurückeilte, sprach Bände, seine Verbündeten hatten ihn versetzt. Matthias nippte an seinem heißen Getränk. Oder zählten die Versammelten in Clifftton zu Edgars Anhängern und ihre wütenden Wortgefechte rührten von einem Für und Wider einer derart gewagten Befreiung? Von ihnen war keine Hilfe zu erwarten, dafür hatte das Einsatzkommando gesorgt. War es doch keine Verschwörung gegen ihn? Darüber wollte er jetzt nicht nachdenken, denn er spürte die bangen Blicke der Köchin und auch die von Jim. Lächelnd sah er von ihr zu ihrem Sohn und sagte betont streng: »Schluss damit! Wenn Sie sich beide weiterhin solche Sorgen um mich machen, kann ich gar nicht mehr entspannt hier sitzen und mich von Ihnen verwöhnen lassen.«
Geschmeichelt erhob sich die Köchin. Sie begann an der langen Arbeitsplatte mit den üblichen Tätigkeiten. Jim, der ganz angetan von Matthias' Freundlichkeit war, goss Kaffee nach, stand dann aber auf.
»Ich werde nachsehen, was mittlerweile unten passiert.«
»Brauchst du nicht, Jim.« Ein großer Sanitäter, stark mitgenommen, kam in die Küche. »Hast du einen Kaffee für mich?«

Er bekam ihn umgehend.

»Also«, er zog sich einen Stuhl zurecht, »für Agatha konnten wir nichts mehr tun.« Er sah bedauernd in die Runde. Matthias nahm das zum Anlass, sein Gesicht in den Händen zu verbergen. »Ich hätte eher reagieren müssen«, er schaffte einen angedeuteten Schluchzer, »aber ich war wie gelähmt, das ... das ... ist unverzeihlich!«

»Sie trifft keine Schuld«, entgegnete der Mann entschieden, »so schnell hätten wir gar nicht vor Ort sein können um noch etwas zu verhindern. Sie wurde ja komplett ungeschützt von der Sonne getroffen. Das geht dann blitzschnell.«

Matthias sah ihn fragend an. Der andere blickte über den Tassenrand. »Wir sind eine Ambulanz für Vampire. Sie glauben gar nicht, wie leichtsinnig manche sind«, er schüttelte traurig den Kopf, »so etwas habe ich durchaus schon mehrfach erlebt.«

»Schrecklich«, sagte Matthias, dem es unglaublich schwerfiel, seine Begeisterung zu unterdrücken. »Was ist denn mit Edgar?«

»Richtig, ich bin ja auch gekommen, um was auszurichten«, er stützte seine Unterarme auf den Tisch, er wirkte müde. »Edgar ist schwer verletzt und nicht ansprechbar. Er wird medizinisch versorgt. Was weiterhin geschieht, wird der Rat entscheiden. Man trug mir auf, alle zu informieren, bis dahin das Haus nicht zu verlassen.« Er hielt sich die Hand vor den Mund, um ein Gähnen zu tarnen. »Die meisten schlafen ohnehin, also schieben wir ihnen Mitteilungen unter den Türen durch. Kannst du beim Verteilen helfen, Jim?«

»Klar, doch. Drucken sie die Nachrichten schon aus?«

Der Sanitäter schaute auf seine Armbanduhr: »Gib ihnen noch zehn Minuten.«

»Kann ich wenigsten dabei behilflich sein?« Matthias gefiel sich ungemein in der Rolle des umgänglichen, von Schuldgefühlen geplagten Vampirs.

»Du liebe Güte, nein!«, der Mann erhob sich, »nochmal ganz deutlich, *Sie* trifft keine Schuld. Ich finde ..., besser gesagt ... wir alle finden, dass Sie sich erst einmal von Ihrem Schock erholen müssen. Sie sind zum ersten Mal hier und erleben gleich so etwas Furchtbares.« Er trat um den Tisch und legte Matthias die Hand auf die Schulter. »Gehen Sie und ruhen Sie sich aus. Falls Sie nach dieser Aufregung überhaupt Schlaf finden.«

# Kapitel 10

Da er Belinda um diese Uhrzeit nicht mehr anrufen wollte, folgte Karl Robs Rat und schickte ihr, was sich als mühseliges Unterfangen herausstellte, eine Textnachricht. Um sie nicht zu beunruhigen, beschränkte er sich darauf ihr mitzuteilen, die Fahrt sei ohne Vorkommnisse verlaufen und ihm gehe es gut. Karl verfasste die Mitteilung in Englisch, wobei er den unverfänglichen Text laut vor sich hin sprach. Rob amüsierte es, wie merkwürdig die Worte klangen.
»Mann, deine Aussprache ist grottenschlecht«, Rob verdrehte die Augen, »aber das kriegen wir hin.«
Karl nickte betreten und mühte sich weiter ab.
Rob betrachtete den gutaussehenden Mann, der so gar nicht auf einen Vampir schließen ließ. Im Grunde bedauerte er, dass Karl so unmittelbar zwischen die Fronten der verfeindeten Parteien geraten war. Doch durch sein Verhalten erwies er sich als aufrichtiger Mitstreiter. Vielleicht, und diese Hoffnung hegte nicht nur Rob, gewannen sie Karl grundsätzlich für ihre Sache.
»So«, Karl wischte sich imaginären Schweiß von der Stirn, »geschafft!«
»Diese Belinda muss dir viel bedeuten, wenn du dich dermaßen ins Zeug legst«, stichelte Rob gutmütig.
»Ja.«
Rob wusste bisher nicht, dass in einem einzigen knappen Wort so viel Ernsthaftigkeit stecken konnte. Er hielt es für angebracht, das Thema zu wechseln.
»Also, was deine Studienpläne betrifft«, Rob drückte seinen Rücken durch, »hast du was Bestimmtes angedacht?«
»Geschichte«, kam umgehend die Antwort, »du hast ja schon mitbekommen, wie wichtig mir dieses Thema ist. Allerdings geht es mir nicht nur um die Ereignisse aus der Vergangenheit, sondern ganz besonders um die Menschheit im Wandel der Zeit.«

»Na, das ist doch nicht wirklich Geschichte, oder?«

»Tja, ich weiß nicht, was in welchen Lehrgängen unterrichtet wird, »da besteht Klärungsbedarf. Außerdem …, falls sowas überhaupt auf dem Lehrplan steht …«, Karl überlegte kurz, doch nach Ambrosius' Ausführungen auf der Fahrt hierher war er mehr denn je daran interessiert, »etwas in der Art wie ‚Spezielle Lebensformen, gestern und heute'.«

»Wow«, Rob schlug sich lachend auf die Oberschenkel, »du hast aber Wünsche, da müssen sie wohl noch einen separaten Studiengang für dich kreieren!«

Karl schob verlegen seine Brille hoch. »Ich muss mich natürlich erst mal erkundigen und mich einleben.«

»Genau«, Rob zeigte mit dem Finger auf ihn, »da liegt noch eine kleine Führung zu den Studienorten an. Eigentlich befinden sich alle Colleges im Umfeld, ebenso wie die Zentralbibliothek. Wichtig ist dir zu zeigen, wie du möglichst unbemerkt zu den verschiedenen Vorlesungen gelangst. Es gibt immer Menschen, denen etwas auffällt, die argwöhnisch werden, weil sie des Nachts Geräusche hören oder Schatten sehen. Sie ahnen, dass es uns gibt … und fürchten uns. Ebenso, wie wir sie fürchten. Aber«, Rob trug wieder seinen spitzbübischen Gesichtsausdruck, »wir finden auch menschliche Helfer, eben jene, die uns nicht verdammen. Sie sind allerdings nicht weniger gefährdet als wir«, er gähnte, »ihre Artgenossen dürfen nicht erfahren, wem sie Dienste leisten.« Rob räkelte sich ausgiebig. »Bald wird es hell. Ich schlage vor, wir nehmen die Besichtigungstour heute Abend in Angriff, Besuch eines Pubs eingeschlossen.«

»Ihr wagt euch wirklich in Pubs oder gibt es besondere für solche wie uns?« Karl umschiffte nach wie vor das Wort Vampir.

»Wir mischen uns unter sie. Die meisten von uns bemühen sich, auszusehen wie Menschen und üben sich in deren Gepflogenheiten. Solange wir nicht der Sonne ausgesetzt sind, können wir ganz ähnlich leben. Wir veranstalten Feten, gehen ins Kino oder zu anderen

kulturellen Veranstaltungen, nehmen an den Studentenumzügen teil.«
»Studentenumzüge?«
»Hier erstickt alles in Traditionen. Seit ewigen Zeiten gibt es die Sache mit den roten Schals, so einen musst du dir unbedingt zulegen. Im ersten Semester darfst du ihn um den Hals schlingen und dann wandert er von Semester zu Semester tiefer. Wenn du dein Studium erfolgreich beendet hast, ziehst du ihn hinter dir her.«
»Es findet tagsüber statt?«
»Äh …, fängt im Hellen an.«
»Dann geht's zum Glück nicht.«
»Es bedeutet nicht, dass Traditionen gleichzeitig eine Pflicht darstellen. Obwohl, gerade der Spaß für die Erstsemester ist köstlich.« Schalkhaft blinzelte er Karl zu. »Es ist das Fest der Kinder«, er lachte vornübergebeugt, »die Mütter schieben die als Kleinkinder verkleideten Studenten in Buggys durch die Stadt, es gibt Wackelpudding, Lollies und allen möglichen Kinderkram«, er schnappte lachend nach Luft, »abends machen die Väter dann was erwachsenes und gehen mit den Frischlingen in den Pub.«
Karl teilte Robs Fröhlichkeit nur bedingt. Solche Gebräuche erschienen ihm ausgesprochen albern, dennoch versetzte ihm die Tatsache, dass Mütter gemeinsam mit ihren Söhnen und Töchtern daran teilnahmen, einen Stich.
»Als Nachtschwärmer sind wir da ja außen vor«, entgegnete er harscher als gewollt.
»Ach, was«, Rob nahm so schnell nichts übel, »wir machen unsere Umzüge halt ein wenig später«, wieder blitzte er Karl schalkhaft an, »mach' dich also auf was gefasst.« Er gähnte ohne vorgehaltene Hand. »Eine Mütze voll Schlaf wäre nicht schlecht, was meinst du?«
Karl wurde mulmig, er wusste so wenig von dieser Welt außerhalb seines bisher so eingeschränkten Daseins.
»Auf was genau soll ich mich gefasst machen?«

»Hey, Kumpel, da passiert nichts weiter«, Rob schenkte Karl ein offenes Lächeln, »dafür sorge ich schon.«
Dann wandte er sich ab und suchte nach seinen Waschutensilien. Als Karl ebenfalls aufstand, um nach seinem Waschbeutel zu greifen, klingelte Robs Handy. Rob kreiselte suchend umher und fand es auf dem Tisch. Kurz schaute er auf's Display. »Ambrosius«, informierte er Karl, dann witzelte er ins Telefon: »Was verschafft mir die Ehre zu dieser täglichen Schlafenszeit?«
Karl, der schon zur Tür unterwegs war, zögerte. Rob winkte ihn zurück und Karl setzte sich zu Rob auf die Bettkante.
»Ich stelle auf mithören, dann muss ich Karl nicht noch einmal alles erzählen.«
Schon ertönte Ambrosius' Stimme. »Guten Morgen, Karl. Wir konnten die Versammelten, dank deines Hinweises, dingfest machen. Matthias war allerdings nicht mehr bei ihnen, er tauchte, kurz nachdem ich von den Einsatzkräften über die Festnahmen informiert worden war, hier auf. Da man mich vor Ort erwartete, war ich in äußerster Eile, so blieb keine Zeit, Matthias zu befragen. Aber das wird nachgeholt, mit den Verhören der Festgenommenen wurde bereits begonnen.« Es entstand eine Pause, in der offenen Leitung hörte es sich an, als mahle Ambrosius mit den Kiefern. »Ich bin erst vor wenigen Minuten auf das Anwesen des Obersten Richters zurückgekehrt und mit dramatischen Ereignissen konfrontiert worden.«
In knappen Sätzen schilderte Ambrosius, was geschehen war. Karl und Rob hörten fassungslos zu.
»Da Edgar, falls er überlebt, auf unbestimmte Zeit nicht vernehmungsfähig ist, stößt eine Gerichtsverhandlung ohne Anhörung des Verdächtigen bei einigen auf Ablehnung. Insofern hat der Hohe Rat umgehend eine Konferenz einberufen«, Ambrosius klang gehetzt, »sobald wir zu einem Entscheid gelangt sind, melde ich mich.«
Noch bevor Karl oder Rob etwas erwidern konnten, beendete Ambrosius die Verbindung. Karl brannte die Frage auf der Zunge, ob

Ambrosius wohl eine Verurteilung des nachweislich Schuldigen ohne dessen Aussage befürwortete oder sich für das Recht einer Verteidigung einsetzte. Wobei Karl nicht im mindesten eine Ahnung davon hatte, welche Rechtsprechung unter seinesgleichen herrschte.
»Weißt du, ob das geht?«
»Was?«, fragte Rob zurück, der abwesend auf sein Handy guckte.
»Jemanden verurteilen, den man nicht vernehmen kann?«
»Wenn die Beweislage ausreichend ist …«, Rob seufzte, anscheinend fehlte ihm die Lust, Karl dahingehend eine ausführliche Erklärung zu geben, dennoch erläuterte er: »Im Prinzip passen sich unsere Gesetze denen der Menschen an. Wobei«, er vermochte sich ein Grinsen mal wieder nicht zu verkneifen, »in jedem Staat der Erde eine andere Rechtsprechung gilt.« Er zog herausfordernd die Augenbrauen hoch. »Such dir also eine aus, die dir genehm ist.«
»Hab' verstanden«, antwortete Karl desillusioniert. Wie immer war alles komplizierter als man meinte.
Rob erhob sich müde. »Jetzt mach' ich mich aber bettfertig!«
Karl folgte ihm, bereits tief in Gedanken versunken.

Nachdem sie Karls SMS erhalten hatte, saß Belinda eine Weile unentschlossen da. Sollte sie zurückschreiben, ihn anrufen oder sich einfach nur über seine Nachricht freuen? Keineswegs wollte sie aufdringlich wirken und schon gar nicht den Anschein erwecken, ihm hinterher zu laufen. Schier endlos hatte er sie schmoren lassen! Wie schön wäre es, sich mit Elenor auszutauschen. Da der Beau mit nach Schottland gefahren war, konnte sie es versuchen. Trotzig stampfte sie auf, alles sollte so sein wie vorher. Energischen Schrittes ging sie hinüber in den Wohntrakt ihrer Verwandten, klopfte beherzt an die Zimmertür ihrer Cousine und trat ein.
»Hallo, Elenor«, Belinda war mit einem Mal kleinlaut, »schön, dass du noch wach bist. Hast du etwas Zeit für mich?«
»Was für eine Frage«, Elenor war ehrlich erstaunt. »Setz dich!«, sie zeigte auf einen der Sessel.

Belinda sah aus den Augenwinkeln auf das breite Bett, auf dem sie es sich normalerweise nebeneinander bequem gemacht hätten. Für sie schien es Tabu. Also ließ sie sich in eins der Sitzmöbel sinken. Es hing ein seltsamer Geruch im Raum. Elenor lag in einem schwarzen, leicht durchscheinenden Nachthemd verträumt da. Belinda überraschte das Outfit. Bisher ahnte sie nicht ansatzweise von derart sexy Sachen ihrer Cousine; diese, in einem spitzenbesetzten Nichts steckende Person, war ihr fremd. Sie selbst trug einen knallroten Hausanzug aus leichter Baumwolle. Ihre Cousine setzte sich auf und das tief dekolletierte Nachthemd offenbarte mehr als nötig von ihrem üppigen Busen.
»Was für ein heißes Teil!« Die Bemerkung entfuhr ihr schneller, als ihr lieb war.
Elenor lächelte entrückt. »Ja, das findet Matthias auch.«
Der schon wieder. Leicht verärgert guckte Belinda gegen die Zimmerdecke. Dann verinnerlichte sie, was Elenor gerade gesagt hatte.
»Wirklich, er hat dich schon so gesehen?«
Elenor erhob sich und trat zu Belinda. »Er kennt mich auch ohne das.« Dabei zog sie mit zwei Fingern an dem hauchdünnen Stoff.
»Du hast dich mit ihm eingelassen?!«, platzte Belinda heraus.
Elenor betrachtete eingehend ihre Fingernägel, dann sagte sie unvermittelt: »Ich vermisse ihn so«, und, fast wieder die alte, »ach, Belinda, ich bin schrecklich verliebt.«
»Ja, an jenem Abend auf dem Kontinent verliebten wir uns in Karl und ...«, Belinda sprach ungern seinen Namen aus, »Matthias.«
»Wie verzweifelt wir waren, weil wir dachten, sie seien menschlich.«
Elenor lachte befreit auf.
»Kaum zu fassen, dass sie von unserer Art sind«, stimmte Belinda zu, »aber«, sie beugte sich zu ihrer Cousine, die sich gerade in einen Sessel schmiegte, hinüber, »was lässt dich dermaßen in höheren Regionen schweben?«
»Seine Küsse, seine Hände«, Elenor seufzte, »einfach alles, was er mit mir anstellt.«

‚Oh, weh', dachte Belinda, ‚sie ist ihm ja regelrecht verfallen, er hat sie nach Strich und Faden verführt.' Das machte ihr Matthias noch unsympathischer. Sie wusste nicht recht, wie sie sich verhalten sollte. Auch sie sehnte sich nach der körperlichen Nähe Karls; nur gab es da noch etwas viel Tieferes, das Besitz von ihr ergriffen hatte, seit sie ihm zum ersten Mal begegnet war. Es war die Gewissheit, füreinander bestimmt zu sein. Dieses Gefühl war stärker als alles andere. Und es machte ihr Angst. Die Furcht, sie könne ihn verlieren, weil er sie ablehnte, bescherte ihr Panikattacken. Von den schlechten Träumen gar nicht erst zu reden.
»Ich freue mich für dich«, Belinda gab sich alle Mühe, es ehrlich klingen zu lassen. Bei jedem anderen wäre es so gewesen; doch sie besaß ein untrügliches Gespür für negative Strömungen. Und genau die sandte Matthias aus.
»Wenn du so glücklich bist, dann geht es dir wegen deiner Eltern sicher auch besser?«, brachte Belinda diesen wunden Punkt zur Sprache, »hast du sie noch einmal sprechen können?«
»Nein!« Es klang ungewohnt hart. »Ich brauchte eine Weile«, Elenor saß kerzengerade, »aber weißt du, dann war ich bereit, endlich die Wahrheit zu akzeptieren. Sie legen keinen Wert auf uns«, sie sprach wieder mit ihrer melodisch schönen Stimme, »sie hätten ja auch nach uns fragen können.« Sie lehnte sich zurück.
»Und ... Eugen?«
Elenor zuckte die Achseln. »Er hat wohl schon einen Ersatz für seinen ... unseren Vater gefunden. Im Moment weiß ich den kleinen Kerl nicht einzuschätzen, aber das werde ich in den Griff bekommen.« Elenor klang ausgesprochen selbstbewusst.
Belinda sah ihre Cousine konsterniert an. »Dieser Ersatz ist?«
»Matthias, er steht uns zur Seite«, sagte Elenor ganz selbstverständlich. »Doch nun zu dir. Du bist sicher nicht ohne Grund zu mir gekommen.«

Überrascht horchte Belinda auf, Elenor klang so erwachsen. Wie kindisch sie sich vorkam, von einer einzigen SMS dermaßen aus dem Gleichgewicht gebracht worden zu sein.

»Ach«, druckste sie herum, »es ist nur, ich bin ganz aus dem Häuschen, weil ich etwas von Karl gehört habe«, sie sah ihre Cousine unsicher an. »Ich glaube schon, dass er mich liebt. Aber … es umgibt ihn noch diese Mauer«, dann nuschelte sie, »so ein Liebespaar wie Matthias und du sind wir noch nicht.«

»Kleines«, auf einmal war Elenor neben ihr, »mich hat es einfach überrollt. Ich bereue es keineswegs. Matthias ist so stark und«, sie sah ganz verzückt aus, »so sanft.« Endlich erschien Elenors wohlvertrautes Lächeln, bei dem sich ihre Grübchen zeigten. »Sei ruhig aufgeregt. Und wenn Karl dich liebt, wird er zulassen, dass du die Mauer einreißt.«

»Wie vernünftig du bist, du schaffst es immer, meine Sorgen kleiner zu machen«, sie stand auf und umarmte Elenor herzlich. »Dann will ich dich nicht länger stören, du bist ja schon im Schlafgewand.« Neckend zog Belinda an einem der Spaghettiträger von Elenors schwarzem Etwas. »Ich wünsch' dir schöne Träume«, Belinda küsste ihre Cousine auf die Wange und wandte sich zum Gehen. In diesem Augenblick trat ihre Mutter ins Zimmer.

»Da ich höre, dass ihr wach seid, komme ich einfach herein.« Laura hielt ihren Kopf gebeugt, drehte sich seitlich zur Tür und schloss sie. Ihre Hand lag ungewöhnlich lange auf der Klinke, bevor sie sich zu den jungen Frauen umwandte. Bereits bei der tonlosen Stimme ihrer Mutter wurde Belinda hellhörig, aber nun, da sie in ihr blasses Gesicht mit den müden Augen schaute, schrak sie regelrecht zusammen.

»Maman«, mit einem Satz war Belinda bei ihr und schloss die kleinere Frau in ihre Arme, »was ist mit dir, bist du krank?«

Elenor war in den Sessel gesunken, in dem Belinda vorher gesessen hatte. Bang blickte sie ihrer Tante entgegen. Laura sah ihre Nichte an Belindas Schulter vorbei direkt in die Augen. Wieder war sie die

Überbringerin schlechter Nachrichten. Sie fasste eine Hand ihrer Tochter und führte sie zu dem anderen Sessel. Für sich selbst zog sie Elenors Schreibtischstuhl heran und setzte sich mit geringem Abstand zwischen die beiden.

»Ich denke wir lassen Eugen noch schlafen«, Laura fiel das Atmen schwer, sie griff sich unbewusst an den Hals. »Wir bekamen einen Anruf aus Schottland. Es ereignete sich ein tragischer Unfall.« Laura hustete, ihre Stimme versagte. Elenor sprang auf, füllte ein Glas mit Wasser und reichte es ihrer Tante. »Danke, Liebes!« Vorsichtig nippte Laura daran, sie fürchtete den Inhalt zu verschütten. Belinda war außerordentlich beunruhigt, ihre Mutter so zu sehen. Sie wusste, dass sie Karl sehr zugetan war. Sollte ihm doch etwas zugestoßen sein?

»Maman«, rief sie fast hysterisch, »sag was passiert ist!«

Erst in diesem Moment realisierte Laura, was ihre Tochter durchmachte.

»Entschuldige«, sie sah auf das Glas in ihrer Hand, »mit Karl ist alles in Ordnung.« Dann wanderte ihr Blick zu Elenor. Laura versagte beinah der Kreislauf, sie griff mit der freien Hand unter die Kante vom Sitz, suchte Halt. »Deine Eltern haben einen Rundgang gemacht, sie … sie haben sich weit vom Eingang zum Gebäude entfernt«, Lauras Augenlider flatterten, »sie hofften auf Unterstützung von außen, es war eine Befreiung geplant.« Laura trank ein wenig. »Niemand war da, die Verschwörung aufgeflogen«, sie sprach seltsam abgehackt, »und … ein sonniger Tag brach an.« Laura trank wieder, blickte dann bestürzt zu ihrer Nichte.

»Sprich weiter, Tante Laura«, Elenor klang erstaunlich ruhig und gefasst, »ich will alles erfahren.«

»Deine Eltern mussten über eine ungeschützte Fläche zurück.« Laura schwankte auf ihrem Stuhl. »Agatha … deine Mutter … sie stürzte, dein Vater schaffte es nur bis vor die Tür.«

Desmond und Laura hatten lange überlegt, wie viel Wahrheit sie den Kindern von Edgar und Agatha zu diesem Zeitpunkt zumuten

wollten und sich dafür entschieden, Edgar bis zur Bekanntgabe des offiziellen Untersuchungsergebnisses keine Schuld an Agathas Tod zuzuweisen.
»Deine Mutter wurde in voller Intensität von der Sonne getroffen, Elenor.«
Belinda vergrub ihr Gesicht in den Händen. Ihnen allen war bekannt, welch entsetzlicher Tod das Verglühen ist.
»Und mein Vater?«, fragte Elenor emotionslos.
»Er liegt im Koma, er hat schwere Verbrennungen erlitten.«
Laura lehnte sich erschöpft zurück, doch sogleich rief sie sich zur Ordnung; diese jungen Menschen benötigten Trost und Beistand.
»Elenor«, Laura klang jetzt gefestigter, sie setzte sich wieder gerade hin, »für dich und Eugen sind diese furchtbaren Ereignisse schwer zu verkraften. Was immer wir für euch tun können, wir sind für euch da.« Laura atmete tief durch. »Wann wollen wir es deinem Bruder sagen?«
»Sobald er aufwacht, Tante Laura. Dann ist es schlimm genug, ihn damit zu konfrontieren.«
»Sag' mir Bescheid, ja? Ich komme gern hinzu, Elenor, es ist nicht leicht …«
Elenor schüttelte heftig verneinend den Kopf. »Nimm es mir nicht übel, aber jetzt liegt die Verantwortung für Eugen allein bei mir. Ich habe mich eh immer um ihn gekümmert«, Elenor stemmte sich aus dem Sessel, wobei das voluminöse Nachthemd ihren Körper mehr zur Schau stellte, als verbarg, »wenn ich einen Rat oder Hilfe benötige, wende ich mich gern an dich oder euch.« Dann, mit einer Autorität, die sowohl Belinda als auch Laura überraschte, sagte sie: »Jetzt brauche ich Ruhe, geht, bitte!«
Belinda kaute heftig auf ihrer Unterlippe, diese Elenor kannte sie nicht. Dazu noch ihre Mutter, die ihr mit einem Mal so schutzbedürftig erschien. Brüsk stand sie auf, zog Laura vom Stuhl und ohne ein weiteres Wort auf den Flur. Ihre Mutter ließ es widerstandslos geschehen, was Belinda vollends aus dem Konzept brachte. Durch

die Stärke, die ihre Mutter normalerweise bewies, war ihr nie aufgefallen, wie zart und zerbrechlich sie eigentlich war. Belinda löste den Griff vom Arm ihrer Mutter und sie gingen langsam nebeneinander her.
»Warum nimmt dich das so mit?«, Belinda blieb stehen. »Natürlich ist diese Art des Todes grauenhaft, aber hast du dermaßen an Tante Agatha und Onkel Edgar gehangen?«, empörte sie sich, »das wäre mir ganz neu«, ergänzte sie schnippisch. Ihr Groll, dass Tante und Onkel für den Zustand ihrer Mutter verantwortlich zeichneten, machte sich Luft.
Laura sah ihrer Tochter den vorwurfsvollen Ton nach. »Nein«, antwortete sie ehrlich, »ganz im Gegenteil. Umso mehr hänge ich an Elenor.« Laura legte sanft eine Hand auf den Arm ihrer Tochter. »Ihr seid wie Schwestern aufgewachsen, deine Cousine verbrachte mehr Zeit bei mir, als bei ihrer eigenen Mutter … und dann muss ich ihr beibringen, was geschehen ist. Was meinst du, was das alles bei Eugen und Elenor auslöst, wie sie damit fertig werden?« Laura wehrte sich verärgert. »Denk' nur mal, es wäre umgekehrt!«
Betroffen schaute Belinda auf ihre Füße.
»Du hast Recht, Maman. Mir will gar nicht in den Kopf wie man damit umgehen soll, die eigenen Eltern als Verbrecher angeklagt zu wissen. Dann der tödliche Unfall der eigenen Mutter …«, sie unterbrach ihre Überlegungen, denn ihre Mutter klammerte sich haltsuchend am Geländer der Treppe zur Halle fest. Belinda fürchtete, sie könne zusammenbrechen und umfasste sie umsichtig.
Laura entspannte sich ein wenig und strich ihrer Tochter über die Wange. »Schon gut, Schätzchen. Seit einigen Nächten und Tagen ist einfach zu viel in zu kurzen Abständen geschehen.«
Laura ging, eine Hand weiterhin am Geländer, die Treppe hinunter. Belinda blieb dicht neben ihr; sie wurde das Gefühl, ihre Mutter verschweige etwas, nicht los; doch sie unterließ es, nachzufragen.
»Kommst du klar, mein Kind?« Sie hatten ihren Wohntrakt erreicht.

»Irgendwie schon. Ich muss das alles erst einmal sacken lassen und auch versuchen, ein bisschen zu schlafen.«
»Sonst kommst du, ja?«
»Das weißt du doch, Maman.«
Belinda drückte ihre Mutter, dann entschwand sie in den Seitengang.
Laura sah ihrer Tochter hinterher. Sicherlich würde sie schon bald ihre kindliche Anhänglichkeit verlieren. So war das, wenn man erwachsen wurde und erst recht, wenn eine wildfremde Person die eigenen Gefühle durcheinanderwirbelte. Ein wehmütiges Lächeln erschien auf ihrem Gesicht. Sie hatte ihre menschlichen Eltern wegen Desmond verlassen. Seither war tief in ihrem Innern ein stetiger dumpfer Schmerz. Dennoch würde sie es jederzeit wieder tun. Ein leiser Seufzer, dann wandte sie sich mit neu erwachender Energie ihren Wohnräumen zu. Ihre Sehnsucht, sich in Desmonds Arme fallen zu lassen und nur einen Augenblick der Ruhe zu genießen, war groß; doch ihr Privatleben blieb gegenwärtig auf der Strecke. Umso überraschter reagierte Laura, als sie Desmond im Wohnzimmer antraf.
»Wie schön, mein Ehemann ist anwesend«, ein leicht ironischer Unterton klang durch, »keine Besprechung oder Telefonate in deiner Bibliothek?«
Desmond kam zu ihr, beugte sich hinunter und küsste sie auf den Mund. Sie umarmte ihn und er hielt sie ebenfalls umschlungen. Einen wunderbaren Moment genossen sie die Wärme und Zuversicht, die sie sich gegenseitig gaben. Als sie sich voneinander lösten, hielt Desmond seine Frau um Armeslänge von sich und sah sie sorgenvoll an.
»Du lässt es zu nah an dich herankommen«, stellte er ohne Vorwurf fest.
Laura schlängelte sich unter seinen Händen, die sanft auf ihren Schultern ruhten, weg und ging erbost zu dem Beistelltisch mit der Wasserkaraffe. Während sie sich eingoss sagte sie, mit dem Rücken

zu ihm: »Was soll ich denn machen? Da ist einfach so vieles, was mich berührt. Man bildet sich ein, noch schlimmer kann es nicht kommen«, sie lachte zornig auf, »und dann bringt Edgar seine Frau um.« Sie drehte sich zu ihrem Mann. »Am meisten fürchte ich den Augenblick, in dem seine Kinder es erfahren.« Sie ließ die Flüssigkeit im Glas kreisen. »Es beschäftigen mich allerdings auch persönliche Angelegenheiten.«
Desmond wünschte sich einen Anruf oder sonst einen Vorwand, um in die Bibliothek entschwinden zu können.
»Da wäre die Konfrontation mit dem besten Freund meines Mannes, eine Verbindung, deren Intensität mir nicht bekannt war«, Lauras Stimme bebte, »und den ich nicht wirklich einschätzen kann. Dann noch«, ihre Schultern zuckten von unterdrückten Schluchzern, »der eigene Mann, der einen seit Jahrhunderten schützt und mächtiger ist, als es einem je in den Sinn kam.«
Desmond war bereits hinter ihr und zog sie an sich. Sie wehrte sich nicht, ein Zeichen, wie verzweifelt sie war.
»Machst du mir Vorhaltungen, weil ich meine Stellung nutze, dich und Belinda vor unseren Feinden – und einer wohnte hier in diesem Haus – zu bewahren?« Desmond legte sanft eine Hand unter Lauras Kinn und versuchte, ihr in das tränenfeuchte Gesicht zu sehen. Unwirsch wandte Laura den Kopf zur Seite.
»Du verstehst mich nicht«, schluchzte sie, »ich fühle mich von dir hintergangen. Wir haben immer alles besprochen und geteilt und du«, sie schluchzte noch heftiger, »hast mir verschwiegen, wie gefährlich es auch für dich war und *ist*«, sie hob ihre Stimme, der Tränenstrom ebbte ab, »mit uns zu leben!« Sie stieß ihre kleinen Fäuste gegen seine Brust. »Nur zu«, ermunterte Desmond seine Frau, dankbar, dass sie wieder wütend wurde und die Tränen versiegten, »schlag mich ruhig, weil ich euch liebe und mir nichts schöneres vorstellen kann, als euch bei mir zu haben.« Seine Augen bestätigten das Gesagte, dennoch war Laura noch nicht versöhnt. »Du hättest die Sorge um uns mit mir teilen müssen, es wäre auch für dich leich-

ter gewesen.« Laura beruhigte sich etwas. »Es verletzt mich, ich empfinde es als …«, sie überlegte, »Vertrauensbruch.« Sie sah ihn mit klaren Augen an. »Von jetzt an keine Geheimnisse mehr. Ich meine es ernst. Es ist richtig, unser Kind nicht mit jedem Detail zu belasten, aber mir gegenüber solltest du offen sein.«
»Wenn du es unbedingt wünschst.« Desmond klang nicht überzeugt, er setzte sich aufs Sofa und sah sie sinnierend an.
»Es ist doch nicht neu für dich, dass du nichts gewinnst, wenn ich Dinge erst im Nachhinein erfahre!« Ihr Zorn legte zu; geräuschvoll stellte sie ihr Wasserglas auf den Tisch. »Versprich mir, mich über *alle* deine Aktionen zu informieren. Da ich nun weiß, dass du im Vampirrat über mehr Einfluss und Macht verfügst, als ich jemals ahnte, beunruhigt es mich noch mehr, wenn ich nur Bruchstücke erfahre.«
»Ja«, gab Desmond zu, »leider ist es so.«
»Du kannst mir meine Sorgen nicht nehmen, indem du mir nichts erzählst«, fauchte sie ihn an, »begreif' das doch!«
Desmond stieß seine Fingerspitzen gegeneinander. Seine Frau war nicht bereit, seine Beweggründe nachzuvollziehen; wahrscheinlich machte sie sich keine Vorstellung davon, wie er litt, wenn sie nicht glücklich war. Sie empfand seine Fürsorge als Vertrauensbruch, das durfte nicht sein. Desmond stand auf.
»Ab sofort wirst du in alles eingeweiht.« Er ging zu ihr und sah auf sie hinunter. »Sobald in Schottland die weiteren Abläufe beschlossen sind, wird Ambrosius mich informieren. Weitere Schritte müssen besprochen, geplant, organisiert werden. Ich kann hier schlafen, damit dich das Telefon nicht stört.«
Laura legte den Kopf ein wenig schräg. »Das hättest du wohl gerne, dann erfahre ich wieder nur die Hälfte«, sie reckte sich hoch und drückte einen Kuss auf seine Lippen, »außerdem, wer seine Nase in alles steckt, muss auch Unannehmlichkeiten hinnehmen.« Sie nahm seine Hand. »Komm, lass uns versuchen bis zur nächsten Unterbrechung zu schlafen.«

Hellwach stierte Karl an die Zimmerdecke. Wie im Schneckentempo glitten die Tagesstunden vorüber. Wie gewöhnlich marterten alle möglichen Gedanken sein Hirn. Rob gab dezente Schlafgeräusche von sich. Als das leise gestellte Handy dumpf brummte, schraken beide hoch. Verschlafen tastete Rob nach dem Störenfried.
»Hallo?«, Rob rieb sich die Augen.
»Ach, Ambrosius ... ja, hab' ein Nickerchen gemacht.«
Karl sah, auf seine Ellbogen gestützt, Rob neugierig an. Rob zwinkerte zu ihm hinüber.
»Karl ist auch wach ... geht klar, ich stelle auf mithören ...«
»Tut mir leid, wenn ich euch geweckt habe«, auch Ambrosius hörte sich müde an. »Der Hohe Rat entlässt vorerst alle Mitglieder und Gäste in ihre Heimstätten, da die Urteilsfindung vertagt wird. Zudem müssen die Videoaufnahmen, die Edgar wahrscheinlich eines weiteren Verbrechens schuldig machen, ausgewertet werden. Dafür wird man sich Zeit lassen, wohl auch, um abzuwarten, ob der Angeklagte aus seinem Koma erwacht. Sollte dies der Fall sein, wird ihm die Chance einer Verteidigung zugebilligt.«
Mit Genugtuung hörte Karl heraus, dass Ambrosius es missbilligte.
»Wie lange will man denn auf Edgars Erwachen warten?«, fragte Karl ungehalten.
»Auf unbestimmte Zeit«, entgegnete Ambrosius resigniert. »Wie dem auch sei, ich werde mich am Abend auf die Rückreise begeben. Willst du heute schon mitfahren, Karl, oder noch ein paar Tage bleiben?«
Karl sann einen Augenblick darüber nach. Im Prinzip ließe er sich gern von Rob noch das eine oder andere zeigen, doch wie sollte er dann auf eigene Faust zum Gestüt gelangen? Das wagte er in dem für ihn bisher noch so unbekannten Land nicht. Niemals wäre er auf die Idee verfallen, Ambrosius zu fragen, wie er dann zurückreisen solle. Er war es einfach nicht gewohnt, Hilfe anderer in Anspruch zu nehmen oder überhaupt danach zu fragen.

»Ich schließe mich an, dann kann ich die Zeit bis zum Studienbeginn nutzen, mir meine Bleibe einzurichten.« *Und Belinda sehen.*
»Wohnst du denn nicht im Herrenhaus?«
»Desmond bot mir ein kleines Haus als Unterkunft an. Ich werde es mieten.«
»So, so«, sagte Ambrosius nur. »Ich melde mich, sobald wir losfahren.«
Rob wedelte mit Karls Handy vor dessen Nase herum.
»Warte, Ambrosius, ich geb' dir noch die Nummer von meinem Handy.«
»Willkommen in der Welt der modernen Kommunikation«, antwortete Ambrosius trocken und beendete damit das Gespräch.
»Dich hat es wirklich erwischt«, bemerkte Rob.
»Was genau meinst du?«
»Du solltest fragen *wen* ich meine … deine Belinda natürlich.«
»Sie ist nicht *meine* Belinda.«
»Aber sie schwirrt dir im Kopf herum«, Rob war ganz ernst, »ich meine es nicht böse, Karl. Ich denke nur, es hat einen zugkräftigen Grund, dass du noch vor Semesterbeginn zurück in den Süden willst um deine Wohnung herzurichten.«
Karl setzte sich Rob gegenüber. »Weißt du, mir ist es wichtig, mir ein eigenes Zuhause zu schaffen. Belindas Eltern sind mehr als gastfreundlich und in ihrem Haus steht mir ein Zimmer mit allem Komfort zur Verfügung, Vollverpflegung inklusive. Aber«, Karl sah auf seine Hände, »ich habe mich immer selbst um alles gekümmert, ich kenne es nicht, bedient und umsorgt zu werden.«
Wie eine windgepeitschte Wolke, die sich nur ganz kurz vor die Sonne schiebt, huschte ein Schatten über Karls Gesicht. Doch als er hochsah, war seine Fassade wieder hergestellt. Mit fester Stimme fügte er an: »Außerdem behagt es mir nicht, Belinda ständig unter dem Dach ihrer Eltern zu treffen.« Er erhob sich verhalten lächelnd. »Väter sind mit Vorsicht zu genießen.«

Rob stand ebenfalls auf. »Komm, alter Knabe, wir drehen mal 'ne Runde. Schlafen kann ich eh' nicht mehr, da bleibt noch Zeit, dir einiges zu zeigen.«

Dringende Telefonate führen, organisatorische Besprechungen leiten, Anweisungen hier und dort erteilen - Ambrosius fühlte sich unter Druck wie lange nicht. Seine zu bewältigenden Aufgaben wurden durch das gewaltige Geschorre der bereits Abreisenden zusätzlich erschwert; die Altvorderen beaufsichtigten grantelnd das Verladen ihrer Schlafsärge; die ausladenden Einzelteile von Doppelsärgen verschiedener Paare standen im Weg; alles zog sich hin. Ambrosius hieß es nicht gut, denn je später es wurde, umso länger wären sie tagsüber unterwegs. Bevor er endgültig seine Sachen zusammenpacken konnte, galt es, noch ein Problem zu bewältigen.
Er stand vor der Tür von Matthias' Zimmer und klopfte forsch. Die Tür wurde aufgerissen.
»Was willst du denn?«, begrüßte Matthias ihn wenig freundlich.
»Entschuldige die Störung«, Ambrosius blieb höflich, »es wurde beschlossen, alle Gäste vorerst nach Hause zu schicken. Wir werden in einer Stunde fahren können und ich bitte dich, dann reisefertig zu sein.«
Matthias frohlockte innerlich; so eine gute Gelegenheit, schnell in den Süden zu gelangen! Um sich selbst Genüge zu tun, begehrte er auf: »Und wieso meinst du, dass ich mitkommen will?«
»Dies ist kein Hotel und wenn der Hausherr keine Gäste beherbergen möchte, bleibt nur die Abreise oder die Suche nach einer anderen Unterkunft. Nur, was willst du hier, wo du niemanden kennst?«
»Pah, als wenn ich nicht zurechtkäme«, herausfordernd sah Matthias auf den untersetzten Mann herunter.
»Lass gut sein, Junge. Ich habe anstrengende Stunden hinter mir. Fährst du nun mit oder nicht?« Ambrosius wirkte tatsächlich erschöpft.

»Geht klar, bin in 'ner Stunde unten.« Er knallte Ambrosius die Tür vor der Nase zu.
Müde, aber erleichtert, ging Ambrosius zu seinem eigenen Zimmer; das hatte besser geklappt, als erwartet.
Desmond und er hegten ursprünglich die Hoffnung, Matthias im Haus des Richters unterbringen zu können, wo ihm eventuell eine Ausbildung zum Bodyguard oder Wachmann angeboten werden könnte. Ambrosius schätzte, dass es seinen Neigungen am nächsten kam und er dort durch eine sinnvolle Beschäftigung einigermaßen unter Kontrolle wäre. Falls er sich überhaupt auf eine regelmäßige Tätigkeit einließ. Doch der Grund, längere Zeit in diesem Haus zu verweilen, war nicht gegeben und somit musste Ambrosius ihr Ansinnen, bei einem Vieraugengespräch dem Richter diesen Vorschlag zu unterbreiten, hintenanstellen. Insofern war es gut, Matthias erst einmal unter seiner Aufsicht zu wissen.
Ambrosius warf seine Sachen in den altmodischen Koffer. Er nahm sich vor, sobald er wieder im Süden angelangt war, sofort Amanda aufzusuchen. Sie wusste nichts von Matthias' Anwesenheit auf der Insel. Zumindest nicht von ihm. In dem ganzen Freudentaumel des Wiedersehens hatte er schlichtweg versäumt, es zu erzählen. Oder sollte er sich eingestehen, dass er sie vor ihrem einstigen Zögling warnen musste? Amanda ahnte nichts von dem Hass, den der Junge ihr gegenüber empfand. Doch er, Ambrosius, hatte es damals in seinen Augen gesehen. Bisher hatte er ebenfalls versäumt, Matthias darauf vorzubereiten, dass seine Zieh-Großmutter in unmittelbarer Nachbarschaft von Desmonds Gestüt lebte. Ließe sich dadurch ein Aufeinandertreffen mildern? Ambrosius warf den Kofferdeckel zu. Versäumnisse schienen ihn auszuzeichnen.

Erst nach zehn Uhr abends fuhr die unauffällige Limousine am Studentenheim in Clifton vor. Ambrosius winkte Karl neben sich in den Fond. Am Steuer saß ein Mann undefinierbaren Alters, der weder grüßte, noch seinen Namen nannte. Daneben lümmelte, was

Karl völlig unvorbereitet traf, Matthias bequem im nach hinten geschobenen Sitz. Karl saß eingezwängt da und versuchte, die Fassung zu wahren. Der Fremde erwies sich insgesamt als wortkarg, er konzentrierte sich voll und ganz auf das Fahren. Seine Anwesenheit unterband jedes Gespräch, so hing jeder seinen eigenen Gedanken nach.

Gegen drei Uhr in der Früh verließen sie den Motorway und fuhren bis an den von dichten Laubbäumen gesäumten Rand eines leeren Parkplatzes. Unter tief hängenden Zweigen gut verborgen, stand ein Wagen. Ambrosius bedeutete ihnen auszusteigen. Noch genossen sie den Schutz der Dunkelheit. Nachdem sie sich die Beine vertreten und eine kleine Ration aus einer Blutkonserve erhalten hatten, stiegen sie in den anderen PKW, der mit dunkel getönten Scheiben ausgestattet war. Diesmal übernahm Ambrosius das Steuer und Karl erhielt den bequemeren, vorderen Platz. Matthias kroch maulend nach hinten, wo sich der Fahrer dieses Wagens mit verschränkten Armen und geschlossenen Augen eine Ruhepause gönnte. Insofern erhielten sie auch von ihm weder Gruß noch Namen. Der bisherige Chauffeur entschwand so wortlos, wie er es während der gesamten Fahrt gewesen war.

Die Reise verlief weiterhin zügig und schon bald grüßte Birmingham mit seinen Lichtern. Auch hier schafften sie es aufgrund der frühen Stunde noch ohne Stau. Doch mit jeder Minute wurde es heller und voller. Die Menschen erwachten. Sie fuhren zu ihren Arbeitsstätten, Kinder wurden in Kindergärten oder Schulen gebracht, die Schichtwechsel in Krankenhäusern oder Fabriken vollzogen sich. Meile für Meile gesellten sich immer mehr Fahrzeuge zu ihnen. Manchmal riskierte einer der Vorbeifahrenden einen Blick zu den dunklen Scheiben. Je weiter sie in den Süden kamen, umso sonniger wurde es. Der Nachrichtensprecher im Radio verkündete mit sich vor Begeisterung überschlagender Stimme, dass es heute den ganzen Tag umwerfend schön bleiben würde und riet allen, einen Tag Urlaub zu nehmen, um die Sonne ausgiebig zu genießen.

»Fahr doch in irgendein Versteck, Ambrosius!«, Matthias umklammerte Karls Rückenlehne und versuchte, sich zu Ambrosius vorzubeugen, »wenn eine ganz normale Polizeikontrolle uns anhält können wir doch nicht aussteigen«, er wirkte regelrecht panisch, »ich habe gesehen, was die Sonne anrichtet!«
»Ja«, bestätigte Ambrosius, »du hast die ganze zerstörerische Kraft des Sonnenlichts beobachtet. Und wie ich hörte, dir durch deinen … Rettungsversuch einen guten Ruf im Haus der Richters erworben.« Ambrosius fuhr mit unverminderter Geschwindigkeit weiter. »Bis zum nächsten Treffpunkt ist es nicht mehr weit«, beschwichtigte er, »an der nächsten Ausfahrt verlasse ich den Motorway«, er drehte sich halb nach hinten, »vorher gibt es keine Möglichkeit.« Ambrosius sah wieder mit voller Aufmerksamkeit durch die Windschutzscheibe.
Überzeugt, in einen Hinterhalt gelockt zu werden, schlug Matthias voller Wucht mit der Faust gegen Ambrosius' Kopfstütze. »Du willst mich vernichten! Bei der Versammlung bin ich dir durch die Lappen gegangen, obwohl er hier«, er schlug gegen Karls Rückenlehne, »mich verpfiffen hat.«
»Schweig!«
Karl zuckte merklich zusammen; eine derart schneidende Stimme hätte er von Ambrosius niemals erwartet. Selbst Matthias setzte sich verblüfft in den Sitz zurück. Von dem Mitreisenden war nichts zu vernehmen. Karl drehte sich, soweit es ging, herum. Der Unbekannte saß groß und wuchtig da. Karl konnte sich des Gefühls nicht erwehren, dass er unter den gesenkten Augenlidern hellwach war. Dann fiel es ihm wie Schuppen von den Augen. Beide, der erste und auch dieser Fahrer, waren Leibwächter. Daher das Schweigsame, namenlose.
»Unsere Chauffeure beziehungsweise Begleiter sind menschlich, nicht wahr?«, sprach Karl seinen nächsten Gedanken laut aus. Der Mann reagierte nicht. ‚Wie dumm ich bin‘, schalt Karl sich selbst. Bei dem Zwischenstopp hatten nur Ambrosius, Matthias und er

etwas aus der Blutkonserve erhalten. Die beiden anderen tranken aus ihren eigenen Thermoskannen.

»Mann, Karl, du hast mal wieder den richtigen Riecher«, meldete Matthias sich mit alter Vertrautheit, »schon in Schottland umgaben uns menschliche Aufpasser. Hätte ich selbst drauf kommen müssen, dass man den ach so einflussreichen Ambrosius unter besonderen Schutz stellt.« Matthias' Tonfall wurde bissig. »Glaub' nur nicht, dass es um uns geht.«

Karl saß stocksteif da. Wie sollte er sich Matthias gegenüber, der ihn ansprach als wäre nichts geschehen, verhalten? Damit nicht genug, sein stets vorhandenes Misstrauen, jeder wolle ihn hereinlegen, schien stärker als je zuvor. Karl sorgte sich, trotz allem, um seinen langjährigen Weggefährten. Schon früh bemerkte Karl sein Hadern mit allen, die ihm Freundlichkeit oder mehr entgegenbrachten. Immer war er auf der Hut, immer befürchtete er, hintergangen zu werden. Seit er allerdings von Ambrosius wusste, dass Matthias ein Findelkind war und ihn diese Mitteilung vor mehr als zweihundertfünfzig Jahren schwer getroffen hatte, erschienen Karl manche Verhaltensweisen nachvollziehbar. Er musste ständig in der Angst gelebt haben, verlassen zu werden; durchaus eine Erklärung für sein Kontrollbedürfnis. Dennoch empfand Karl Matthias' ständige Unterstellung, alle Welt wolle ihm Übles, von Anfang an krankhaft und im Moment spürte er seine an Verfolgungswahn grenzende Manie beinah körperlich. Was nur war in den letzten Tagen geschehen? Sofort warf Karl sich vor, falsch gehandelt zu haben; er hätte Matthias nicht sich selbst überlassen dürfen. Er fühlte sich verantwortlich, sein Selbstbewusstsein stetig von neuem aufzupäppeln, auf ihn zu achten. Dadurch hatte er Matthias von vielem abhalten können; seines Wissens schuf er keine neuen Vampire und hatte auf grausames Morden verzichtet. Er akzeptierte sogar nach und nach immer mehr normale Nahrung, die Karl heranschaffte. Oft war es ihm gelungen, Matthias' verschrobene Gedankengänge zu relativieren

und in gerade Bahnen zu lenken. Nichtsdestotrotz enthielten seine Überlegungen oft ein Quäntchen Wahrheit.
Karl sah Ambrosius von der Seite an. Sein Gesicht wirkte steinern. Wortlos wechselte er auf die mittlerweile erreichte Abfahrt, steuerte durch einen großen Kreisverkehr und fuhr auf eine ruhige Landstraße. Wie viel Macht besaß Ambrosius eigentlich? Er schien ein durchaus einflussreiches Mitglied des Vampirrats zu sein. Könnte er womöglich bewerkstelligen, Matthias im Auge zu behalten sobald er mit seinem Studium begann? Darüber musste er unbedingt noch vor seiner Rückreise nach Schottland mit Ambrosius sprechen. Im Moment allerdings galt es dafür zu sorgen, dass ihn Matthias' Verhalten nicht zum Verbündeten machte.
»Wie können anwesende Menschen uns denn helfen?«, versuchte er abzulenken.
Ambrosius entspannte sich. »Bei einer Polizeikontrolle können sie, falls erforderlich, aussteigen, den Kofferraum öffnen und so weiter.«
»Und wenn alle aussteigen müssen?«, fragte Matthias aggressiv.
»Dann hilft nur Gas geben und fliehen«, sagte Ambrosius, als wäre es das Selbstverständlichste von der Welt.
»Was macht er dann, wenn wir abhauen?«, Matthias nickte mit dem Kopf zu seinem Sitznachbarn.
»Das, was die jeweilige Situation erfordert«, erwiderte Ambrosius wortkarg.
»Zum Beispiel?« Matthias ließ nicht locker.
So, als hätten sie es herbeigeredet, blinkte in einigen hundert Metern Entfernung ein Blaulicht am Straßenrand. Von den langsam daran vorbeifahrenden Wagen wurde das eine oder andere Fahrzeug herausgewunken und kontrolliert. Ambrosius bog dermaßen rasant in den so passend auftauchenden Feldweg ein, dass alle heftig nach links drifteten und die Anschnallgurte sie festzurrten. Danach drosselte er sofort das Tempo, um keine Aufmerksamkeit auf sich zu ziehen. Einige bange Minuten verstrichen, während der sie nur mit der erlaubten Geschwindigkeit an den abgemähten Feldern entlang-

fuhren. Doch niemand verfolgte sie. Während der weiteren Fahrt herrschte im Wageninnern ängstliches Schweigen.

Aufgrund des nicht geplanten Umweges erreichten sie den nächsten Treffpunkt erst mit halbstündiger Verspätung. Ambrosius lenkte den Wagen ohne zu zögern in die geräumige Halle einer Autowerkstatt. Hier standen allerlei, teilweise schrottreife, Fahrzeuge. Sie vermittelten den Eindruck einer Filmkulisse, niemand schien wirklich Reparaturen vorzunehmen. Am Ende der verbeulten und rostigen Vehikel stach ein glänzendes modernes Fahrzeug mit Vierradantrieb hervor.

»So«, Ambrosius hielt und schnallte sich ab, »der letzte Wechsel.« Diesmal erwarteten sie zwei Bodyguards. Der große, dunkelhäutige mit Glatze, zeigte eine beachtliche Reihe schimmernder Zähne, als er in ihre Richtung lächelte. Karl fand ihn gleich sympathisch. Der andere trug farbenfrohe Tattoos auf seiner bleichen Haut. Durch das schwarze Muscle-Shirt stellte er seine bunten Arme und den ebenfalls rundherum tätowierten Hals entsprechend zur Schau. Ein Halfter mit Waffe spannte sich quer über seinen Oberkörper. Er langte in den Innenraum des Wagens und zwängte sich unlustig in das zum Vorschein gekommene leichte Sakko, das die Waffe zwar verbarg, sich darüber aber leicht ausbeulte. Der Farbige trug einen dunklen Anzug; seine Jacke wölbte sich auf der anderen Seite und wies ihn als Linkshänder aus.

»Kommt«, Ambrosius öffnete den Kofferraum und sie nahmen ihre Reisetaschen heraus. Dann folgten sie ihm zu dem Geländewagen. Karl war perplex, als Desmond aus dem Schatten trat und Ambrosius erleichtert umarmte. Wobei es fast kurios anmutete, wie der große schlanke, stets so unnahbar wirkende Mann sich zu dem untersetzten Ambrosius hinunterbeugte.

»Guten Morgen, Gentlemen!«, grüßte Desmond mit diesem emotionslosen, typisch britischen Tonfall zu ihnen herüber. Eine Erwiderung des Grußes wartete er gar nicht erst ab, sondern er zog Ambrosius mit sich zum hinteren Teil des Wagens. Sobald die beiden

saßen, fuhr wie von Geisterhand eine dunkel getönte Glastrennwand nach oben. Während Karl das Ganze nachdenklich beobachtete, stand Matthias mit wie zum Angriff gesenktem Kopf da und schnaubte wütend. Unbeeindruckt bedeutete der Tätowierte ihm mit einer Kopfbewegung einzusteigen und setzte sich sofort dazu. Für Karl blieb der Beifahrersitz neben dem Dunkelhäutigen. Beim Einsteigen registrierte er, dass von Desmond und Ambrosius weder etwas zu sehen noch zu hören war. Es musste sich um enorm dringliche Angelegenheiten handeln, wenn Desmond höchstpersönlich hier auftauchte und die restliche Reisezeit nutzte, diese mit Ambrosius zu besprechen. Dann noch der zweifache Begleitschutz - eindeutig ein Indiz, mit welch wichtigen Männern sie unterwegs waren. Oder sollten sie beide bewacht werden? Fürchteten Desmond und Ambrosius, sie könnten aufeinander losgehen und dadurch die anderen gefährden? Verdenken mochte Karl es ihnen nicht. Desmond kannte ihn und Matthias erst seit wenigen Tagen, Ambrosius hatte sie als menschliche Jungen in Erinnerung, er wusste nicht, ob und wie ihre Charaktere sich als Vampire verändert hatten. Schließlich lagen zweihundertfünfundfünfzig Jahre dazwischen.
»Verlief Ihre Reise bisher gut, Sir?«, unterbrach der am Steuer sitzende Leibwächter Karls Überlegungen.
»Ja, doch, danke!«, antwortete Karl, um eine einigermaßen korrekte Aussprache bemüht, »schön zu hören, dass Bodyguards auch sprechen können.« Karl erntete ein fröhliches Kopfnicken. »Da bin ich wohl eine Ausnahme, Sir, diese schweigsamen Fahrten mag ich nicht so.« »Na, das trifft sich gut, da können Sie mir ja ein bisschen was über die Gegend erzählen?«, fragte Karl.
Ihm war zwar ernsthaft daran gelegen, möglichst viel über das Land, in dem er sich zukünftig aufhalten würde, zu erfahren, doch in erster Linie bot diese unverfängliche Bitte eine willkommene Entschärfung der angespannten Situation.
»Aber gern, Sir!«
»*Carl* reicht.«

Ein Blick zur Seite verriet, dass er ihn in Verlegung gebracht hatte. Da er Karls Freundlichkeit zurückweisen musste, sah er fast traurig aus, als er leise antwortete: »Okay, Sir!«
Karl nickte verstehend und legte beschwichtigend seine Hand auf den Arm des anderen. Ein kleines Lächeln zeigte sich in dem dunklen Gesicht des Mannes, der weder Karls Namen kennen sollte noch seinen eigenen preisgeben durfte.
Beim nächsten Herausfahren aus einem dieser, dieses Land überziehenden, Kreisverkehre begann er munter auf dieses und jenes hinzuweisen. Auf den Plätzen hinter ihnen stießen die Erklärungen und Karls Nachfragen nicht gerade auf Gegenliebe, denn ab und an ließen sich Laute des Unbehagens vernehmen. Das wiederum amüsierte Karl und stachelte ihn zunehmend an, begeistert auf jedwede Sehenswürdigkeit wie sanft geschwungene Hügel, weidende Schafe oder Häuser mit besonders vielen Kaminen, zu reagieren. Er genoss sogar den herrlichen Sonnenschein. Aus einem unerklärlichen Grund war Karl davon überzeugt, das Gestüt ohne Gefährdung zu erreichen. So vergingen die restlichen Meilen wie im Flug. Karl fühlte sich gelöst; ein vollkommen neues Erlebnis.

Bedingt durch das strahlend schöne Wetter wurden sie bis in die sichere Garage des Herrensitzes chauffiert. Karl verabschiedete sich mit einem herzlichen Händedruck von ihrem Fahrer und nickte dem bulligen anderen Begleiter beim Aussteigen kurz zu. Umgehend gesellte Matthias sich zu ihm. Breitbeinig baute er sich vor Karl auf, verschränkte die Arme, sah ihn herausfordernd an und zischte: »Verräter!« Karl zuckte zurück, es war nicht an Matthias, ihm Vorwürfe zu machen.
Ambrosius, der ebenfalls aus dem Vehikel geklettert war, kam wachsam auf sie zu.
»Da seid ihr ja endlich!« Laura eilte zu ihrem Mann, der auf der anderen Seite des Fahrzeugs stand. Arm in Arm kamen die beiden um den Wagen.

»Guten Morgen zusammen«, begrüßte Laura sie, »in der Küche haben wir einen kleinen Imbiss vorbereitet«, sie sah alle nacheinander an, »vor dem Schlafengehen ist eine Stärkung vielleicht willkommen.«
Sie lud sie mit einer Handbewegung ein, ihr zu folgen. Karl erstaunte es ein weiteres Mal, dass sich jemand um anderer Wohlergehen bemühte. Wie angenehm es sich anfühlte.
Ob Belinda sich um ihn gesorgt oder ihn vermisst hatte?

Dicht nebeneinander saßen Belinda und Elenor auf dem oberen Absatz der Dienstbotentreppe und horchten angestrengt, was sich in der unteren Etage abspielte. Sie befolgten Lauras Anweisung, die Heimkehrer nicht schon jetzt zu begrüßen, nur ungern. Belinda versuchte, die völlig nervöse Elenor zu beruhigen.
»Meinst du«, flüsterte sie ihrer Cousine ins Ohr, »Matthias kann dir Einzelheiten von dem, was sich zugetragen hat, berichten? Womöglich weiß er, wie es deinem Vater geht.«
»Ach, was«, Elenor winkte heftig ab, »das erfahre ich schon. Ich will wissen, ob es ihm gut geht!«
Belinda kaute auf ihrer Unterlippe. Waren Elenor ihre Eltern wirklich so egal oder tat sie nur so?
»Na, hört sich ganz so an, als wären alle in der Küche, da müssen wir uns wohl noch etwas gedulden bis …«, Belinda schlug sich erschreckt eine Hand vor den Mund, als ihre Mutter genau aus dieser Richtung auftauchte. Am Fuß der Treppe blieb sie stehen und sah nach oben.
»Erwischt!«, lächelte Belinda schuldbewusst zu ihrer Mutter hinunter.
»Na, ich habe es doch geahnt, dass ihr euch hier herumtreibt«, sagte sie verständnisvoll. »Alle sind wohlbehalten angekommen, ihr könnt also getrost in eure Zimmer gehen.«
Laura vertraute darauf, dass die beiden ihrer Aufforderung nachkämen und ging hinüber in ihre Räume.

»Dann geh' ich mal«, Belinda stand auf, klopfte nicht vorhandene Flusen von ihrer Hose und lächelte Elenor zaghaft an.
»Ja«, Elenor zog sich am Geländer hoch, »ich warte ganz einfach, bis er zu mir kommt. Glaub' mir«, fügte sie überzeugt an, »das wird nicht lange dauern.«
Belinda schaute ihrer Cousine, die ohne sich noch einmal umzuwenden einfach wegging, hinterher. Ihr blieb tatsächlich nichts weiter übrig, als allein in ihrem Zimmer auszuharren, bis es schicklich war, Karl zu begrüßen. Nachdenklich trödelte sie über die Flure und Treppen. Immer stärker beschlich sie das Gefühl, dass eine gewisse Unbeschwertheit auf der Strecke geblieben war, so, als habe man eine Grenze überschritten. Zwischen Elenor und ihr würde es nie mehr so sein, wie zuvor, denn in ihrer beider Leben hatten andere, für sie wichtigere Personen, Einzug gehalten. Ihre innere Stimme, die sie nur zu gern überhört hätte, verriet ihr, dass das Leben mit fortschreitendem Erwachsenwerden komplizierter wurde.

Kaffee dampfte, frische Brötchen mit Salzbutter und Erdbeermarmelade lagen bereit, dazu für jeden eine Ration warmes Blut. Da Laura umgehend in ihren Wohntrakt entschwunden war, befand sich außer Desmond, Ambrosius, Matthias und Karl niemand sonst in der Küche. Nach der langen Fahrt nahmen sie alle ihren Imbiss im Stehen. Matthias stürzte nur das Blut hinunter und verließ ohne ein weiteres Wort die Küche. Kurze Zeit später wollte Karl, der mit großem Appetit alles Angebotene genossen hatte, es Matthias gleich tun.
»Eine angenehme Ruhe«, er hob seine Hand zum Gruß und ging zur Tür.
Unvermittelt trat Desmond ihm in den Weg. Er legte beide Hände auf Karls Schultern und sah ihn ernst an.
»Wir sind Ihnen zu tiefstem Dank verpflichtet. Durch Ihre Beobachtung in Cliffton und Ihr umsichtiges Handeln konnte Blutvergießen verhindert werden.« Desmond nahm seine Hände herunter.

»Nach internen Besprechungen sind wir zu dem Schluss gelangt, Sie in unsere bisherigen Ermittlungen einzuweihen.« Desmond, Karls fragenden Blick ignorierend, setzte sich. Ambrosius nahm ebenfalls Platz, so blieb Karl nichts anderes übrig, als sich einen Stuhl heranzurücken.

»Es besteht kein Zweifel, dass Edgar und Agatha Hilfe von außen erwarteten. Mittlerweile sind die Aufnahmen der Videoüberwachung des Gefängnishofes ausgewertet. Sie sind trotz des herannahenden Tages zu einer weit entfernten Stelle der Ummauerung gegangen, da sie hofften, dort fliehen zu können. Es wurden Halterungen für Seile auf der anderen Seite gefunden, die es zuvor nicht gab. Einige der Verschwörer bestätigten in den ersten Verhören unsere Vermutungen, gaben aber auch zu Protokoll, dass Uneinigkeit bestand, da manche von ihnen das Risiko einer Befreiung zu so gefährlicher Stunde nicht eingehen wollten. Dadurch zog sich die Versammlung zu lange hin und ermöglichte die Festnahmen.« Zwischendurch sah Desmond immer wieder zu Ambrosius, der den Ausführungen zustimmte. »Sicherlich hätten unsere menschlichen Helfer versucht, den Ausbruch zu verhindern; dabei wären sie eventuell verletzt oder gar umgebracht worden. Glücklicherweise kam es nicht so weit. Edgar, der nicht ahnte, dass seine Verbündeten aufgeflogen waren, wartete vermutlich auf ein vereinbartes Zeichen. Als ihm bewusst wurde, dass niemand dort war, kroch die Sonne bereits über die Mauer.« Desmond hielt die Kanne mit dem Kaffee hoch. Karl bejahte und Desmond schenkte ihm und sich selbst ein. »Leider bestätigte sich auch, dass Edgar seine Frau Agatha ganz bewusst abgeschüttelt hat, um selbst schnell genug zur rettenden Tür und ins Innere des Gebäudes zu gelangen.«

Agathas Familie pochte bereits vehement auf rasche und vollständige Aufklärung, zudem verlangten sie Kopien der Videoaufnahmen. Ob dieser Forderung nachgegeben werden musste, wurde derzeit überprüft.

Desmond trank einen Schluck. »Wieso Edgar dann nicht sofort hineinkam, wissen wir nicht. Untersuchungen haben ergeben, dass das Schloss, wie ursprünglich angenommen, nicht klemmte. Jedenfalls brach er, mit der Hand an der Klinke, vor der Tür zusammen.«
»Die Aufnahmen zeigen«, schaltete Ambrosius sich ein, »dass Matthias zu diesem Zeitpunkt dort war und den Wachhabenden, der seiner Aussage nach Kaffee holte«, Ambrosius schwenkte seine Tasse durch die Luft, »vertreten hat. Er ist zur Hoftür gegangen, wahrscheinlich um die beiden von dort zu beobachten. Ob er den Riegel vorgeschoben hat, ist nicht ersichtlich. Jedenfalls hat er sich im Haus des Obersten Richters ein gutes Ansehen erworben, da er, als er aufgrund des Unglücks erneut zur Tür rannte um Edgar«, Ambrosius wog seinen Kopf, »... hereinzuziehen, Gefahr lief, eigene Verbrennungen zu erleiden.« Ambrosius trank den schon erkalteten Kaffee in einem Zug aus.
»Was soll das heißen?«, fragte Karl aufgebracht. Eine solche Bösartigkeit von Matthias konnte er sich nicht vorstellen.
»Wir wissen Matthias nicht einzuschätzen«, Desmond stieß seine Fingerspitzen gegeneinander. »Wozu ist er fähig, was sind seine Motive?«
Karl starrte vor sich hin. »Eigentlich dachte ich, ihn zu kennen - nach all dieser Zeit«, Karl sah zweifelnd von Desmond zu Ambrosius, »habe ich mich dermaßen geirrt?«
»Sei vorsichtig, Junge!«, mahnte Ambrosius ernst.
»Wir halten Sie auf dem Laufenden«, beendete Desmond das Gespräch, »jetzt haben Sie erst einmal Ruhe verdient.«
Karl stand auf. »Danke, für die Informationen.«
Im Flur lehnte Matthias mit verschränkten Armen an der Wand. Er stieß sich ab, kam auf Karl zu und packte ihn beidseitig bei den Schultern.
»Du hast uns also verraten.« Es klang, als halte man einem Kind eine durchaus verzeihliche Missetat vor.

»Matthias«, Karl war ungehalten, »du gehörst doch gar nicht zu ihnen und hattest mit dieser Versammlung nichts zu tun. Du warst doch nur von diesem Typ, mit dem ich dich vor der Kathedrale gesehen habe, fasziniert. Man hätte dich zwar mitgenommen, aber Ambrosius hätte den Irrtum aufgeklärt.«
»Ambrosius«, wütend schüttelte Matthias, dessen Hände immer noch auf Karls Schultern lagen, diesen vor und zurück, »schon wieder Ambrosius. Wäre er doch in der Versenkung verschwunden geblieben.« Frustriert nahm er seine Hände weg und ließ seine Arme neben dem Körper baumeln.
»Du hast dich in dieser Nacht mit den falschen Leuten eingelassen«, beschwichtigend redete Karl auf seinen langjährigen Gefährten ein, »dazu hattest du schon immer einen Hang.«
Mit großer Genugtuung stellte Matthias fest, wie sehr Karl sich bereits wieder Gedanken um ihn machte; letztendlich würde er ihm verzeihen. Die Angst, die Karl ihm vor wenigen Nächten eingejagt hatte, schwand; seine Rachepläne schienen sich in Luft aufgelöst zu haben. Kein Wunder, denn hier eröffneten sich ihm neue Wege, er konnte studieren und allen möglichen Quatsch an Wissen in sich hineinstopfen, davon bekam Karl ja nie genug. Matthias wurde immer ruhiger, sein bereits gefasster Plan bestätigte sich. Karl durfte nie und nimmer erfahren, was er sich gleich nach ihrer Verwandlung hatte zu Schulden kommen lassen; das würde alles für immer zerstören. Noch in der kommenden Nacht würde er handeln. Er sah auf seine Füße und antwortete zerknirscht: »Das hast du mal wieder richtig erkannt.«
Karl ging nicht darauf ein, ihn quälte eine ganz andere Frage.
»Warum, Matthias?«
»Es war mir langweilig und so ein kleiner Ausflug ...«
»Das meine ich nicht«, unterbrach Karl ihn barsch, »und das weißt du auch!«
Er hatte es befürchtet, Karl musste immer alles aufarbeiten. ‚Verdammt noch mal und zugenäht‘, fluchte Matthias innerlich, ‚er will

allen Ernstes wissen, warum ich Ambrosius zwang, uns beide zu Vampiren zu machen.'

»Ich kann das gar nicht so richtig erklären …«

»Woher wusstest du überhaupt von der Existenz solcher Wesen?«, fuhr Karl grob dazwischen; er wollte die von Ambrosius gemachten Angaben gern von Matthias bestätigt haben.

In dem Moment trat Ambrosius aus der Küche.

»Noch nicht müde?«, versuchte er es ganz unverfänglich.

Sicherlich waren sie gehört worden und der Verdacht lag nahe, dass Ambrosius bewusst einschritt.

Matthias ergriff die günstige Gelegenheit beim Schopf. »Ja, doch, ich wollte gerade in mein Zimmer gehen«, er grinste, »bis später dann.« Leutselig hob er eine Hand und lief rasch den Flur hinunter.

»Danke, Ambrosius«, fauchte Karl, »du weißt sehr gut zu verhindern, dass ich etwas über damals in Erfahrung bringe.«

Wütend ging Karl los, drehte sich aber noch einmal um. »Ich frage mich nur, aus welchem Grund.«

Betrübt sah Ambrosius ihm hinterher. Würde er je wieder Karls Vertrauen gewinnen?

# Kapitel 11

Matthias reckte und streckte sich wohlig. Draußen zeigte sich bereits die Abenddämmerung. Beschwingt sprang er aus dem Bett und ging pfeifend ins Bad, den Komfort auskostend, nicht erst minutenlang durch Geheimgänge ins Hauptschloss schleichen zu müssen, um dort die sanitären Einrichtungen zu nutzen; von der steten Bedrohung, noch einen Angestellten der dort untergebrachten Marketinggesellschaft oder die Putzkolonne, die ihre Reinigung ausnahmsweise auf den Abend statt den Morgen verlegt hatte, anzutreffen, ganz abgesehen. Er duschte ausgiebig und sorgte mit entsprechender Körperlotion für einen ganz besonders männlichen Duft. Seine Garderobe bot unerfreulicherweise keine Auswahl, was er jedoch in Kürze zu ändern gedachte. Er ging davon aus, dass die beiden Frauen über Bargeld verfügten, dieses würde er sich aneignen, sobald er sie beseitigt hatte. Danach müsste er nur noch in Erfahrung bringen, wo sich schicke Klamotten kaufen ließen. Noch ein letzter verärgerter Blick auf seine verblassenden blonden Strähnen, dann begab Matthias sich auf leisen Sohlen zu Elenors Zimmer.
Von drinnen hörte er lautes ‚Kawumm, rattata, pjeung' und ähnliche, krawallartige Geräusche, verursacht von einer Kinderstimme. Nachdem er höflich geklopft hatte und hereingebeten wurde, sah er Eugen mit einem dieser elektronischen Spielgeräte mit untergeschlagenen Beinen auf dem Boden sitzen. Seine rötlich nachwachsenden Haarstoppeln bildeten einen hübschen Kontrast zu den immer noch grünlich schillernden vorhandenen Haaren. Er blickte unwillig hoch, strahlte aber sofort, als er Matthias erkannte. Elenor saß am Fenster. Ihre trübe Miene änderte sich schlagartig als sie sah, wer hereinkam. Erfreut stand sie auf und begrüßte ihn mit einer innigen Umarmung. Matthias drückte sie kurz fest an sich, setzte sich dann wie selbstverständlich auf den Schreibtischstuhl, drehte

sich in den Raum hinein und beugte sich, mit den Armen auf den Oberschenkeln abgestützt, zu den beiden vor.

»Es ist schrecklich, was in Schottland geschah«, seine Stimme traf den richtigen Tonfall, »doch ich bin für euch da. Von jetzt an werden wir wie eine Familie sein. Ich weiß, Eugen«, sprach er den Kleinen direkt an, der daraufhin sein Spielgerät zur Seite legte, »dass ich dir deinen Vater nicht ersetzen kann. Aber«, zuversichtlich richtete Matthias seinen Oberkörper auf, »bis zu seiner Genesung und Rückkehr werde ich versuchen, ihn zu vertreten.«

Eugen sprang auf. Er verhedderte sich ein wenig in den losen Schnürsenkeln seiner klobigen Stiefel und stolperte Matthias entgegen. Matthias hob ihn auf eins seiner Knie. »Wir werden das schon schaukeln, Kumpel!«

Elenor erwachte langsam aus ihrer Trance. Wie liebevoll Matthias mit Eugen umging, welch ein Trost er für sie beide war. Noch immer saß dieser Kloß in ihrem Hals, der sie stumm machte.

»Während der Rückfahrt fand ich genügend Zeit, Pläne für unsere gemeinsame Zukunft zu schmieden«, er blickte Elenor verheißungsvoll in die Augen. Seine Wortwahl war gut überlegt. Normalerweise sprach er nicht so gestelzt, das überließ er Karl, doch in manchen Situationen brachte ihn diese Ausdrucksweise durchaus weiter. Elenor horchte tatsächlich entsprechend auf. »Darüber können wir später in Ruhe sprechen. Ich denke, ihr müsst erst einmal den Tod eurer Mutter verkraften.«

»Die blöde Kuh!«, Eugen rutschte entrüstet von Matthias' Schenkel. »Die hat sich doch gar nicht um mich gekümmert.« Mit verschränkten Armen und Schmollmund stand Eugen mitten im Raum. Matthias schnellte hoch und baute sich drohend vor ihm auf.

»So spricht man nicht über eine Mutter!«, seine Augen glänzten dunkel, »nicht jeder hat das Glück, seine Mutter zu kennen. Also erwarte ich Respekt von dir.« Matthias' Hände ballten sich währenddessen zu Fäusten.

Entsetzt starrte Eugen ihn an. Schon war Elenor neben ihm und legte beschützend einen Arm um ihren Bruder. Matthias fing sich wieder. »Entschuldigt«, schnell senkte er den Blick, »aber«, er verdeckte sein Gesicht mit einer Hand und murmelte dahinter, »ich sah sie stürzen und … und … konnte nichts für sie tun.« Mit hängenden Schultern stand Matthias da.

»Ist ja nicht so schlimm«, tröstete Eugen ihn, »wer weiß, ob sie überhaupt wiedergekommen wäre.«

Elenor strich Matthias beruhigend über die Wange.

»Aber«, Eugen stupste ihm mit dem Zeigefinger gegen den Arm, »was meinst du damit, mein Vater käme zurück? Der muss doch ins Gefängnis?«

Matthias setzte sich in einen der Sessel am Fenster, zog Elenor auf die Lehne und hob Eugen wieder auf seinen Schoss. Er fühlte sich großartig.

»Nun, euer Vater ist schwer verletzt, er liegt im Koma. Sobald er daraus erwacht, wird es eine Gerichtsverhandlung geben. Bis dahin wird einige Zeit verstreichen und insofern kann erneut eine Befreiung geplant und organisiert werden.« Genau das würde Matthias zu verhindern wissen.

Eugen grinste ihn an: »Klasse, da bin ich dabei.« Dann hüpfte er wieder von Matthias' Oberschenkel und legte eine imaginäre Waffe an. »Paff, paff, auf den Boden ihr Verbrecher.« Dabei raste er im Zimmer umher und attackierte Elenors Bett.

»He, jetzt reicht's!«, rief Elenor ihn zur Ordnung.

»Ja, deine Schwester hat recht. Du solltest dich benehmen«, schaltete Matthias sich ein.

Elenor stutzte, leichtes Unbehagen regte sich in ihr. Anstehende Entscheidungen würde sie zusammen mit Tante und Onkel treffen; bei allem zur Schau gestellten Selbstbewusstsein war ihr der Rat der beiden eine unerlässliche Hilfe. Sie waren ihre Familie und natürlich Belinda. Matthias würde integriert werden, da hegte sie keinen Zweifel, doch er führte sich auf, als gäbe es zukünftig nur noch sie drei. Von dem Unsinn eines Befreiungsversuchs ganz zu schweigen. Eigentlich müsste sie Matthias Einhalt gebieten, aber als sie zu ihm schaute, sah er sie in just diesem Moment sehnsüchtig an. Ihre Leidenschaft gewann die Oberhand, sie erwiderte seinen begehrlichen Blick. Ihr Bruder erwies sich als störendes Element und sie überlegte, wie sie ihn für eine Weile in seinem Zimmer beschäftigen könnte. Als wäre es abgesprochen, erklang leise das Signal des Haustelefons.

»Ja, wunderbar, schicken Sie sie doch bitte herauf in Eugens Zimmer!«

Zufrieden lächelnd sah sie Eugen an; ihr Bruder verschränkte sofort die Arme und stampfte fest auf. »Ich will kein Kindermädchen! Warum passt du nicht auf mich auf«, und mit einem auffordernden Blick zu Matthias, »und er da?«

»Eugen«, sie hockte sich vor ihn, »für mich gibt es eine Menge zu klären und zu erledigen, da fehlt mir einfach die Zeit«, sie richtete sich auf, »es ist nicht mehr so wie vorher, Kleiner.« Sie streckte ihm eine Hand hin. Eugen prüfte genau den Gesichtsausdruck seiner Schwester und entschied, nachzugeben. »Na, gut! Mal sehen, wie lange sie es mit mir aushält.«

Elenor verdrehte die Augen, war aber froh über die Umsichtigkeit ihrer Tante Laura, die sie heute Nachmittag mit diesem Vorschlag überraschte. Da sie ihr versicherte, es handele sich um eine resolute junge Frau, stimmte Elenor erfreut zu. Schließlich war es nicht ganz einfach, eine verschwiegene Person zu finden, die sich bis in den Morgen hinein eines ungezogenen Bengels annahm. Da zeigten sich mal wieder die Verbindungen der Familie und, keineswegs unerheblich, der Vorteil, solche Leistungen großzügig entlohnen zu können.

»Bin gleich wieder da«, wandte Elenor sich beim Hinausgehen zu Matthias um. Als Antwort zog dieser sich, anzüglich grinsend, sein T-Shirt über den Kopf.

Für Karl war es nichts Neues, den Tag schlaflos zu verbringen, sich ruhelos herumzuwälzen oder, wie im Moment, grübelnd im Raum hin- und herzulaufen. All die Eindrücke, die in Schottland auf ihn eingestürmt waren; dazu die von Sicherheitskräften begleitete Rückreise. Ganz besonders beschäftigte ihn sein ungewisses Gefühl bezüglich Matthias. War er all die Jahre von ihm getäuscht worden? Natürlich wusste Karl von Matthias' dunkler Ader, für ernsthaft böse hatte er ihn jedoch nie gehalten. Von daher verwunderte es nicht, dass ihn Matthias' höhnisches Geständnis, sowohl seine als auch Karls Verwandlung von Ambrosius erpresst zu haben, dermaßen schockierte und aus dem Konzept brachte. Damit war er wieder bei Ambrosius angelangt. Was verbarg er? Oder sah er nur Gespenster? Verzweifelt umfasste Karl das Medaillon, das er seit seiner Flucht aus der Gruft von Schloss Bruchfurth ständig um den Hals trug. Nie mehr würde er es ablegen. Ganz gleich, ob man Männer wegen des Tragens von Schmuck belächelte oder aus Angst, zu sehr aufzufallen. Ohne Vorwarnung packte ihn die Einsamkeit mit stählernem Griff; Karl krümmte sich, wie unter starken körperlichen Schmerzen, zusammen. Er kannte diese Attacken, die aus dem Nichts auftauchten und ihn in den Abgrund zu ziehen drohten. Karl richtete seinen Oberkörper ganz langsam wieder auf. ‚Atme, bleib ruhig!', befahl er sich selbst. Tief sog Karl Luft in seine Lungen. Noch sah alles verschwommen aus. Langsam tastete er sich am Bett entlang zur Wand. Er lehnte sich dagegen. Mit der Zeit hatte Karl gelernt, nicht jedes Mal die Besinnung zu verlieren. Anfänglich dauerten seine Ohnmachten Stunden. Wie oft spürte Matthias ihn auf, schleppte ihn in ihr jeweiliges Versteck und bewachte ihn. Dabei wäre Karl nichts lieber gewesen als der Tod, was Matthias jedoch von Anfang an verhindert hatte. Dafür verfluchte Karl ihn mehr als einmal. Bis sich dann vor wenigen Tagen alles veränderte; es gab keinen Grund, sich derart verlassen zu fühlen. An erster Stelle stand Belinda, hinzu kam ihre Familie, ein Studium und ein Job winkten, gar ein eigenes Zuhause, ein Dasein zwischen und mit anderen. Karl atmete wieder normal. Es war ihm gelungen, seine Gedanken in eine positive Richtung zu lenken, die automatisch wieder zu Belinda zurückkehrten. Mittlerweile war es kurz vor sechs Uhr nachmittags und er fragte sich, wie lange Belinda schlief. Außer der Angewohnheit, ihre Unterlippe zu traktieren, kannte er weder Belindas Vorlieben noch Abneigungen, wusste nichts von ihren nächtlichen Abläufen oder Tätigkeiten. Sicherlich ließe es sich herausfinden.

Ohne jemandem zu begegnen, schaffte Karl es bis zu Belindas Zimmer; er klopfte, sah sich aber sofort nervös um, ob es sonst irgendwen auf den Flur lockte.

»Bist du das, Elenor?« Die Tür schwang auf. »Karl, komm herein!« Sie war ganz aufgeregt. »Papa hat mir gesagt, ihr kämet alle aus Schottland zurück und«, sie griff nach seinen Händen, »dass du als sehr vertrauenswürdige Person giltst.« Ihre Augen leuchteten. »Papa mag dich immer mehr.« Sie zog ihn zu den Sesseln am Fenster. »Ich wollte sofort zu dir, als ich heute Vormittag hörte, dass ihr angekommen seid, aber Maman meinte, du müsstest dich ausruhen und so ...«

Sie hatte umgehend zu ihm gewollt! Karl genoss diesen Moment des Glücks. Es hielt ihn nicht im Sessel; er trat vor sie, ging in die Hocke und legte seinen Kopf auf ihre Knie. »Wärst du doch zu mir gekommen«, er sah wieder auf, »ich konnte ohnehin nicht schlafen.«

»Jetzt bist du ja hier! Erzähl', wie war es? Ich bin so gespannt - welche Eindrücke hattest du und, ja«, sie setzte ihrer Unterlippe zu, »natürlich möchte ich wissen, was nun wird, was du beschlossen hast.«

Belinda wollte an seinen Entscheidungen teilhaben, wissen, was er erlebt hatte. Passierte das wirklich ihm? Karl setzte sich wieder. Belinda stand auf, holte Gläser, eine Karaffe mit Wasser und eine Schale voll gut duftender Kekse.

»Shortbread, mein Lieblingsgebäck.« Sie biss ein Stück ab und hielt ihm die Schale hin. »Ist einfach köstlich.« Genussvoll kauend, setzte

sie sich. »Was ist denn los?«, fragte sie, als sie sah, wie erstaunt Karl guckte.
»Wie selbstverständlich ihr das alles macht«, Karl schluckte, »Plätzchen und Getränke servieren, nett hinsetzen, plaudern«, er schüttelte ungläubig den Kopf, »das … das ist so *normal*.«
Belinda hörte auf zu kauen, sie konnte sich einfach nicht vorstellen, wie Karl bisher gelebt hatte. Belinda besah den Rest des Kekses, den sie in der Hand hielt. »Sowas kennst du aber?« Sie schwenkte den Keks durch die Luft, wobei sie Krümel über den Tisch verteilte.
»Nicht unbedingt diese Sorte«, lachte Karl, dann sah er sie ernst an. »Belinda, ich finde die Art, wie ihr mit eurer Existenz umgeht, einfach wunderbar«, er wurde ganz leise, »so etwas war mir bisher fremd.«
Belinda aß nicht weiter, sondern legte das angebissene Gebäck neben ihr Glas. Ihre Kehle war wie zugeschnürt. Sie sah Karl wehmütig an.
»Deshalb muss ich noch diesen Herbst mit meinem Studium anfangen, es ist für mich wie ein Neubeginn, der Eintritt zu einem sinnvollen Dasein«, Karl blickte zu Boden, »ich … ich fange an, mich selbst zu akzeptieren.« Jetzt sah er Belinda wieder an, deren Schultern vor unterdrückten Schluchzern leicht bebten. »Und es scheint fast so, als gäbe es jemanden, der mich mag.« Liebevoll schaute er Belinda in das verzweifelte Gesicht. »Wirst du mir helfen, zu mir selbst zu finden?«
Belinda war so unvermittelt bei ihm, um ihn aus dem Stand heraus zu umarmen, dass sie sein Glas umstieß.
»Mist«, schimpfte sie. Es half ihr allerdings, nicht zu rührselig zu werden. Schnell holte sie ein Gästetuch aus dem Bad und wischte die Feuchtigkeit auf. Karl nutzte die Gelegenheit ebenfalls, die sich aufbauende Dramatik zu entschärfen.
»Da ich noch fast vier Wochen Zeit habe, wollte ich das Cottage, das ich von deinem Vater miete, einrichten.«

»Super, sowas plane ich gerne!« Belinda rieb sich begeistert die Hände. »Was hast du denn so für einen Geschmack, möbelmäßig, meine ich?«

Karl stand auf. »Das hängt ganz von den Kosten ab, ich möchte nicht gleich meine sämtlichen Ersparnisse hineinstecken. Erst einmal das nötigste, dachte ich.«

Geheimnisvoll lächelnd ging Belinda zum Fenster und hob vorsichtig einen Zipfel des dicken Vorhangs hoch. »Wir können los!« Mit Schwung zog sie die Übergardinen auf. »Keine Gefahr, die Sonne ist fast schon weg. Ungefähr nur fünfzehn Minuten, dann sind wir an dem Haus. Du wirst es sauber und mit allem was man braucht vorfinden.«

Karl glaubte zu träumen. »Ich weiß gar nicht, was ich sagen soll …«

»Danke wäre schon okay«, fand Belinda zu ihrer gewohnten Frechheit zurück.

»Danke!«, sagte Karl lachend und küsste sie auf den Mund.

»Komm, lass es uns anschauen!«, schlug Belinda ungeduldig vor.

Nach einem angenehmen Spaziergang über einen mit Pferdehufabdrücken übersäten Weg, gelangten sie zwischen Feldern und Baumansammlungen zu Karls neuem Domizil. Belinda ging hinter das Haus, löste einen Stein im unteren Bereich der Mauer und holte einen Schlüssel hervor.

»Wir haben für alle Fälle diesen Ersatzschlüssel versteckt, ob du ihn weiterhin dort aufbewahren willst, musst du selbst entscheiden.«

Belinda hielt Karl den Schlüssel hin. Karl stand einfach nur da. »Nun nimm!«, forderte sie ihn voller Anspannung auf, »du bist jetzt hier der Hausherr.«

Karl nahm den Schlüssel ausgesprochen vorsichtig an sich. Er wog ihn in der Hand, dann ging er zur Eingangstür. Bevor er sie erreichte, überkamen ihn Ängste. Was wäre, wenn Matthias sich bei ihm einquartieren wollte? Nein, heftig schüttelte Karl den Kopf. Diesmal nicht, er würde sich widersetzen. Es war an der Zeit, endlich getrennte Wege zu gehen. Grimmig schloss er auf. Belinda blieb, ob

seiner deutlichen Verärgerung, die sie nicht nachvollziehen konnte, verhalten hinter ihm. Karl blieb mitten im Türrahmen stehen.
»Es ist ja komplett eingerichtet!« Er drehte sich freudig zu Belinda um, sein Zorn wie weggeblasen.
»Ja, was meinst du denn, was du vorfinden würdest? Nur geschrubbte Böden?«
»Äh, irgendwie ja. Schließlich hatte ich keine Ahnung, dass Möbel vorhanden sind«, er sah sie an, »du hast doch vorhin gefragt, wie ich mich einrichten will, oder etwa nicht?«
»Ja, schon, aber ich sagte auch, dass erst einmal alles nötige da ist!«
Karl ging neugierig herum, öffnete Schranktüren und stellte fest, dass außer Geschirr auch Handtücher und Bettwäsche in ausreichender Anzahl vorhanden waren. Er wandte sich, mit nach außen gedrehten Handflächen an den herabhängenden Armen zu Belinda um und zog hilflos die Schultern in die Höhe. »Ich bin sprachlos.«
Belinda biss sich vor Freude auf die Unterlippe. Sie konnte es kaum erwarten, ihrer Mutter zu erzählen, wie gut es ihnen gelungen war, Karl zu überraschen. Sie verschwieg, dass Geschirr, Bettwäsche und Handtücher nagelneu waren. Belinda durfte die Sachen aus einem schier unerschöpflichen Vorrat, den der Haushalt ihrer Mutter aufwies, aussuchen.
»Wenn es dir nicht so gefällt, kannst du dir ja nach und nach etwas anderes kaufen«, fühlte Belinda vor.
»Ja, ja, sicher, aber erst einmal ist alles perfekt«, Karl streckte seine Arme aus und vollführte eine Drehung. Dann ging er wieder zur Eingangstür. »Bestandsaufnahme«, sagte er. Hochzufrieden stellte Belinda sich neben ihn. Karl blickte auf den Esstisch aus gebeiztem Holz, um den sich vier Stühle gruppierten. Links davon befand sich in einer Nische von knapp zwei Metern eine funktionale Einbauküche mit Gasherd, Spüle und Kühlschrank. Mit den schnörkellosen Hänge- und Unterschränken in gebrochenem Weiß bildete sie eine stimmige Ergänzung zur Essgruppe. Neben der Küchenzeile erlaubte ein kleines Fenster den Blick auf den Sonnenaufgang, schwere

dunkelblaue Vorhänge rahmten es ein. An der hinteren Wand gab es ein Sofa mit zwei Sesseln, deren ebenfalls dunkelblaue Stoffbezüge hervorragend zur Fensterdekoration passten. Zwischen den Sitzmöbeln stand ein niedriger Glastisch. Rechts gab es zwei in die Wand eingelassene Türen.

»Es … es ist wunderschön. Nur«, Karl kamen die Zufluchtsstätten, deren Öffnungen sie akribisch mit Brettern zunagelten, ihre fensterlosen Kellerverstecke und ihre zuletzt bewohnte muffige Gruft in den Sinn, »bei euch auf dem Gestüt, genau wie hier, lässt nichts auf eine Behausung von Vampiren schließen.«

»Da hast du recht«, Belinda erinnerte sich an manch düstere, manchmal gar mit Spinnweben geschmückte, Unterkünfte anderer Familien, vom jahrhundertealten Mobiliar gar nicht erst zu reden. Dass ihr helles Zuhause, indem jedes Vierteljahrhundert neue Einrichtungsgegenstände platziert wurden, sowie die gesamte Lebensart ihrer Familie auf die menschliche Abstammung ihre Mutter zurückzuführen war, ging ihr erst auf, seit sie davon wusste. »Es liegt sicher daran, dass wir eine enge Beziehung zu Menschen haben.« Mit einem raschen Blick überprüfte sie, ob ihre Bemerkung beiläufig genug ausgefallen war, denn ohne Rücksprache mit ihrer Mutter mochte sie deren sorgfältig gehütetes Geheimnis, selbst Karl gegenüber, nicht preisgeben.

Doch Karl registrierte seine Umwelt nicht mehr. Vor seinen Augen bildete sich ein Schleier, der Raum verschwamm. Ein anderer Tisch mit Stühlen tauchte auf, seitlich an der Wand sah er den mit Holz zu befeuernden Herd, daneben den kunstvoll gearbeiteten Schrank, in dem das hübsche Geschirr stand. Karl hörte das leise Murmeln des an der Kate vorbeifließenden Flusses … Karl fasste sich an die Kehle, rang nach Atem, röchelte und stürzte auf den Boden. Belinda schrie auf, sie beugte sich über ihn, versuchte seinen Kopf anzuheben.

»Gleich vorbei«, japste Karl, »kei-keine Angst«, er versuchte, Belinda beruhigend übers Gesicht zu streichen, doch seine Hände zitterten

zu stark. Belinda stürzten Tränen aus den Augen, sie nestelte an der Tasche ihres Blazers und förderte ihr Handy zutage. »Nein, nicht«, Karl griff danach. Er war bereits wieder in der Lage, sich aufzusetzen. »Nicht weinen«, er wischte ihre Tränen mit den Fingerspitzen weg. Dann rappelte er sich mit Belindas Hilfe auf.
»Manchmal überwältigen mich Bilder aus der Vergangenheit, ganz ohne Vorwarnung«, entschuldigend sah er sie an, »es tut mir leid, dich so erschreckt zu haben.«
Sie setzten sich auf das Sofa. Ihre Bestürzung schmerzte ihn.
»Als Junge …«, es kostete ihn Überwindung, »bevor meine Verwandlung geschah, lebte ich mit meiner Mutter in einer Kate, die dieser sehr ähnlich war.« Ein bitterer Zug erschien um seinen Mund. »Dort gab es einen fast ebenso großen Raum in ähnlicher Weise eingerichtet, nur mit dem Mobiliar der damaligen Zeit.« Karl sann vor sich hin, bevor er fortfuhr. »In unmittelbarer Nähe strömte der Fluss vorbei. Es ist der gleiche, der auch an Schloss Stiemheim vorbeifließt.«
Belinda nickte, sie hatte das Gewässer auf der Fußgängerbrücke zu Schloss Bruchfurth überquert. »Dann kennen wir beide doch schon eine ganze Menge aus deinem früheren Leben«, sagte sie einfühlsam, »die beiden Schlösser, den Fluss …«
»Leben!«, Karl sprang auf, »diesen Ausdruck verwende ich nur, wenn es um Menschen oder Tiere geht. Wir führen doch lediglich ein Dasein.«
»Karl«, Belinda klang energisch, »betrachte unsere Art doch als eine weitere Spezies«, sie hielt eine ihrer schmalen Hände hoch und zählte an den Fingern ab, »Menschen, Fauna, Flora, Langlebende, Vampire … was weiß ich, was es sonst noch gibt«, sie ließ ihre Hand sinken, »wir alle haben ein Recht zu *leben*.« Sie zog ihn wieder neben sich. »Unter den Menschen gibt es gute und böse, unter den Langlebenden ebenfalls und so ist es auch bei den Vampiren. Nicht alle von uns sind von Natur aus Mörder!« Sie fand zu ihrer schnippi-

schen Art zurück. »Mir ist es jedenfalls bisher erspart geblieben, für meine Nahrung töten zu müssen. Keine Ahnung, wie es bei dir ist.«
»Belinda«, Karl nahm ihren Kopf behutsam zwischen seine Hände, »nur ganz zu Anfang, als ich weder aus noch ein wusste, habe ich kleine Waldtiere getötet, um mich von ihrem Blut zu ernähren. Doch bald entdeckte ich andere Quellen. Zuerst schlich ich mich zu Bauernhöfen und stahl Blut von geschlachteten Tieren. Später trieb ich mich bei Schlachthöfen und Metzgereien herum, wo sich dann aufgrund zunehmender Kontrollen bald nichts mehr stehlen ließ. Fortan musste ich von meinen mühsam erarbeiteten Ersparnissen kräftig dafür bezahlen. Es wurde immer komplizierter und teurer. In neuerer Zeit kaufte ich von einem bestechlichen Krankenpfleger Blutkonserven. Er war ein undurchsichtiger Typ und bei jedem Treffen mit ihm fürchtete ich einen Hinterhalt.« Beschämt wandte Karl seinen Kopf zur Seite. »Ein illegales, verachtenswertes Dahinvegetieren.«
»Kannst du mal damit aufhören, dich selbst zu bemitleiden und unsere Art dermaßen negativ zu betrachten?«, wütend blitzte Belinda ihn an. »Weder meine Mutter noch mein Vater haben je einen Menschen getötet. Wir unterhalten innerhalb der Organisation eigene Blutbänke«, als sie Karls ungläubigen Blick sah, ergänzte sie auftrumpfend, »mit Blut freiwilliger Spender bestückt!«
»Es ist für mich einfach so fremd, dass ... dass Menschen uns zugetan sein sollen. Ich habe nie gewagt, es einem von ihnen zu gestehen, wer oder was ich bin. Stets habe ich mich zurückgezogen, bevor sie merkten, wie langsam ich altere, auch konnte ich tagsüber nichts mit ihnen unternehmen. Immer gab es Kollegen, die mir ihre Freundschaft anboten - aus lauter Angst vor Entdeckung und davor, dass sie sich abwenden würden, habe ich die mir freundlich gesonnenen Menschen enttäuscht.« Karl sah auf seine Hände. »Eine zusätzliche Qual für mich.«
»Kollegen?«

»Mmh?«, Karl, der dabei war wieder in die Vergangen abzutauchen, sah erstaunt hoch.
»Was für Kollegen?«, hakte Belinda nach.
»Na, die am Arbeitsplatz. Was meinst du, wovon ich meine Nahrung bezahlte? Ich habe fast immer irgendeine nächtliche Tätigkeit verrichtet. Schon als Junge, als ich langsam aus meiner Lethargie erwachte, suchte ich mir eine bezahlte Beschäftigung.«
»Du hast schon als Kind gearbeitet?« Je mehr die behütete und verwöhnte Belinda von Karl erfuhr, umso stärker wurden ihre Gefühle für ihn.
»Damals war es eine kleine Hütte, sie schmolzen Raseneisenerz.« Karl lächelte versonnen bei der Erinnerung, dass man ihn wegen seiner Schmächtigkeit eigentlich gar nicht nehmen wollte. »Sie lag nicht weit von unserer damaligen Unterkunft entfernt. War ein ganz schön harter Knochenjob, mein erster, den ich mir unter Vorspiegelung falscher Tatsachen erschlichen habe.« Karl fuhr sich unwirsch übers Gesicht.
Belinda kniete sich aufs Sofa, schlang beide Arme um Karls Hals und zog ihn an sich. Sie spürte, wie sehr sie ihm ganz nah sein wollte und hatte das Gefühl, innerlich zu glühen. Am liebsten wäre sie in ihn hineingekrochen.

Karl lag auf dem Rücken, einen Arm um Belinda geschlungen, die eng an ihn geschmiegt an seiner Seite lag. Sie betrachtete sein Profil, fuhr mit dem Finger über seinen Nasenrücken, sein Kinn, seinen Hals und umschloss letztendlich das Medaillon, das auf Karls behaarter Brust ruhte. Sanft löste Karl ihre Hand und küsste ihre Finger. Belinda spürte, dass Karl bereits wieder diese Mauer umgab. Sie durfte nicht zu viel erwarten. Nach und nach erführe sie sicher mehr aus seinem früheren Leben. Auch, wessen Bild er in dem Medaillon aufbewahrte. Aufkeimende Eifersucht nagte an ihr. Karl war ein Mann von gut sechsundzwanzig Menschenjahren, somit wäre es unsinnig anzunehmen, sie sei die erste Frau, auf die er sich einließ.

Doch sie würde ihn für sich gewinnen. Belinda stützte sich auf einem Ellbogen ab, küsste ihn kurz auf den Mund und sprang aus dem Bett. Karl hörte Wasser rauschen.
»Die Dusche funktioniert«, rief sie, »das ist hier, bei den alten Leitungen, nicht ganz so selbstverständlich.«
Karl stand auf; zweifelnd ging er im Zimmer auf und ab. War es richtig von ihm, mit diesem jungen Mädchen eine Beziehung einzugehen? Die Initiative war eindeutig von Belinda ausgegangen, dagegen gewehrt hatte er sich allerdings nicht.
»Los jetzt, ich bin fertig«, gutgelaunt schubste Belinda ihn ins Bad. Sie stellte sich vor den Spiegel während er duschte, kämmte und föhnte ihre Haare. Karl stellte die Dusche ab. »Gehört das auch alles zum Inventar?« Er zeigte nacheinander auf Duschgel, Föhn, Körperlotion, die Anordnung von komplettem Rasierzeug und andere Kleinigkeiten zur Körperpflege. »Klar«, verlegen bearbeitete Belinda ihre Unterlippe, »sozusagen die Erstausstattung. Du bist ja so plötzlich von zu Hause weg, da wussten wir nicht, was du so alles brauchst.«
Belinda hatte mit großer Sorgfalt alles ausgesucht, aber das musste er nicht wissen. Karl trat hinter sie, wobei er sich kräftig mit dem Badetuch abrubbelte. »Von zu Hause weg«, sagte er leise und küsste sie auf den Hals, »was ist ein zu Hause?«
Belinda antwortete mit leiser Hoffnung in der Stimme: »Vielleicht irgendwann einmal hier.«
Sie gingen zurück ins Schlafzimmer und kleideten sich an.
»Wann wirst du einziehen?«
»Mehr oder weniger sofort«, Karl zog den ausgeleierten Riemen seiner Sandale ins letzte noch mögliche Loch. »Ich habe ja nicht viel zu packen. In der nächsten Nacht könnte ich dann hierher wechseln.« Er überprüfte den Sitz. »Sind schon ziemlich ausgelatscht.«
»Ja«, Belinda zeigte vorwurfsvoll auf seine Füße, »sowas ist das allernachletzte. Da du hier nicht viel zu organisieren hast, bleibt uns noch reichlich Zeit, dich mit modischer Garderobe auszustatten.«

Betont forsch griff sie nach ihrer Handtasche. Sie versuchte zu überspielen, dass ihre Laune bei dem Gedanken zum Herrenhaus zurückzugehen und sich unweigerlich den Abläufen dort anpassen zu müssen, auf den Nullpunkt gesunken war. Plötzlich hellte sich ihr Gesicht auf.
»Weißt du was, wir machen noch einen kleinen Spaziergang«, Belinda hakte sich bei Karl unter, »nicht weit von hier wohnen zwei ältere Freundinnen von mir oder besser gesagt von meiner Mutter. Für mich sind sie sowas wie Tanten und da ihr demnächst ziemlich nah beieinander wohnt, solltet ihr euch kennenlernen.«
»Gut dass du mir sagst, dass es Nachbarinnen gibt. Es hätte mich doch sehr erschreckt, da ich es gewohnt bin, grundsätzlich im Verborgenen zu leben. Sind sie von unserer Art?«
»Nur Claire, Amanda ist eine Langlebende.«
Amanda? Lebte *diese* Amanda hier? Ambrosius hatte es mit keinem Wort erwähnt.
»Ist Amanda eine Kräuterkundige?«
»Ja«, verblüfft sah Belinda ihn an, »woher weißt du das?«
»Wenn es die Amanda ist, die ich meine, lebte sie damals in der Nähe von meiner Mutter und mir.«
Belinda blieb einen Moment sprachlos, dann schlug sie voller Elan vor: »Lass es uns überprüfen!«

Obwohl er mit nacktem Oberkörper schaufelte, umkreisten ihn die Mücken mit respektvollem Abstand. Mittlerweile maß die Grube etwa einen Meter fünfzig in der Länge. Matthias stand bis zur Hüfte darin. Er wischte sich den Schweiß aus dem Gesicht und stützte sich auf den Schaufelstiel. ‚Richtig anständiges Werkzeug', anerkennend streifte sein Blick die Spitzhacke, die er ebenfalls aus dem Geräteschuppen von Mitch entwendete. Die Beschaffenheit des Waldbodens war ihm fremd und er konnte nicht voraussehen, wie schwierig sich der Aushub gestaltete. Erfreulicherweise war die ausgesuchte Stelle recht weich; sie zu finden war um einiges aufwendiger gewesen. Um das Haus der beiden Frauen stand außerordentlich dichter Strauch- und Baumbewuchs, entsprechend durchwurzelt der Boden. Doch als er ein wenig tiefer ins Dickicht vordrang, entdeckte er diese winzige Lichtung. Leider befand sie sich weiter vom Haus entfernt, als ihm lieb war, da Amanda aber durch ihre zierliche Statur nicht viel wog, trüge er sie wohl problemlos hierher. Von der anderen blieben eh nur verbrannte Knochen, die er in dem schwarzen, ebenfalls gestohlenen, Müllsack zu transportieren gedachte. Matthias holte tief Luft und warf weiteren Waldboden nach oben. Als er nur noch ab seiner Taille herausragte, befand er sein Werk als gelungen und hievte sich hinaus. Alles in allem war mehr Zeit vergangen, als geplant, dennoch blieb ihm bis zum Sonnenaufgang noch eine Verschnaufpause. Er ließ sich am Rand der Lichtung auf einer übergroßen Baumwurzel nieder und überdachte noch einmal den weiteren Ablauf.

Nachdem er sich ausgeruht hätte, schliche er zum Haus der beiden. Sobald der Tag nahte, musste alles sehr schnell gehen, da sein Vorgehen für ihn selbst eine gewisse Gefahr barg. Er plante, lautstark den Kräutergarten Amandas zu vernichten und sie somit durch die nach Süden gehende Seitentür hinauszulocken, in seine Gewalt zu bringen und hinters Haus zu ziehen. Danach folgte der entscheidende Teil seiner Überlegungen. Laut Wettervorhersage begänne der neue Tag ebenso strahlend, wie der vorherige endete. Er musste, solange die Sonne noch von der Gartenmauer verdeckt blieb, Amanda durch das Zufügen schmerzhafter Verletzungen zwingen, laut zu schreien. Derweil hielte er sich mit ihr bereits nah am Schatten der Bäume der östlichen Mauer auf, quälte sie immer weiter und gedachte durch ihre Hilferufe solche Panik zu entfachen, dass ihre Freundin alle Vorsicht außer Acht ließ und herauseilte, um sie zu retten. Hinter den Bäumen fände er selbst Schutz, schlüge die Vampirin aus dem Hinterhalt nieder und wartete, bis die Sonne ihr Werk vollbrachte. Während die Vampirin verglühte, würde er sich endgültig von seiner verhassten *Großmutter* befreien. Danach brächte er sie im Schutz der Bäume an diesen Ort. Blieb nur zu hoffen, dass niemand tagsüber die Frauen besuchte, denn den verbrannten Körper konnte er selbstredend erst nach Sonnenuntergang entfernen. Aber abdecken ließe er sich! Zufrieden, nicht nur über diese spontane Idee, sondern insgesamt, begann Matthias kleinere Äste zu sammeln und junge, elastische Zweige abzubrechen, um daraus eine Matte herzustellen. Mit etwas Glück lag der verbrannte Körper nah genug an den Bäumen, um die Matte darüber zu werfen; unter dem Geflecht fielen die verkohlten Reste kaum auf. Matthias war überzeugt, dass alles gelänge und so gab er sich Zukunftsplänen hin.

Wäre der Schock über das unerklärliche Verschwinden der beiden Frauen erst einmal abgeebbt, böte das Haus eine hübsche Bleibe für ihn, Elenor und Eugen. Sie zögen dort ein und hielten die in diesem Land üblichen Teegesellschaften ab, beschäftigten Butler und Gärtner. An Geld mangelte es wohl kaum, da Elenor ihre Eltern beerbte, wobei er das Nichtüberleben Edgars noch einfädeln musste. Dazu würde er sich mit dementsprechend einflussreichen Vampiren in Verbindung setzen. Einen Sportwagen schaffte er an, natürlich ohne Chauffeur. Sein Leben lag schillernd vor ihm; man respektierte ihn, er besäße eine Frau, die ihn liebte und niemals verlassen würde. Auf seinem Gesicht zeigte sich ein Anflug von Wahn, als er sich setzte und mit seinem Flechtwerk begann.

Belinda und Karl schlenderten Hand in Hand zu dem Haus von Amanda und Claire.
»Sie wohnten immer hier, jedenfalls, seit ich auf der Welt bin«, erzählte Belinda, »ich bin gar nicht auf die Idee gekommen, dass sie mal woanders gelebt haben könnten. Aber das war eben vor meiner Zeit.« Belinda lachte verschmitzt. »Mit jedem Wehwehchen bin ich zu ihnen gelaufen. Sie trösteten mich mit einer heilenden Tinktur oder flößten mir einen schmackhaften Tee ein. Ich habe es genossen, nicht nur von meinen Eltern, sondern auch von ihnen verwöhnt zu werden.«

Karl hörte gebannt zu. Wie Desmond ihm gesagt hatte, altern alle Vampire, ob einst menschlich oder nicht, ähnlich langsam. Belinda war knapp siebzehn Menschenjahre alt, also siebzehnhundertsiebenundvierzig oder -achtundvierzig geboren. Demzufolge war Amanda tatsächlich, wie von Ambrosius berichtet, sofort nach der für Matthias und ihn so schicksalhaften Nacht geflohen und zwar nach England. Warum nur hatte Ambrosius ihm nicht erzählt, dass sie hier in der Nähe lebte?

»Sie haben im Ort einen kleinen Laden«, unterbrach Belinda Karls Grübeln, »dort verkaufen sie mit großem Erfolg ihre selbst hergestellten Produkte. Manchmal durfte ich helfen, was ich richtig aufregend fand. Du glaubst gar nicht, wie entzückt die Touristen von mir waren. Wenn die gewusst hätten, dass sie einem kleinen Vampirmädchen den Kopf tätscheln oder zulächeln!« Sie gluckste in sich hinein. Ihre Fröhlichkeit wirkte ansteckend und die bei Karl aufkommende Verkrampfung löste sich. »Amanda brachte mir einiges bei und ich mische Salben für die Verletzungen unserer Pferde zusammen«, nicht ohne Stolz fügte sie hinzu, »sie wirken sogar!«

Karl zog Belinda an sich und küsste sie. »Du bist umwerfend«, lachte er.

Es stoppte Belindas Redefluss keineswegs. »Amanda ist, wie soll ich sagen … irgendwie flippig. Auf jeden Fall ist sie die Unbeschwertere der beiden.«

Vor Karl tauchte das Bild einer hübschen dunkelhaarigen Frau auf, die ihm, den Korb mit Kräutern am Arm, auf der Dorfstraße entgegenkam. Als er sie grüßte, hatte sie ihm, dem damals Neunjährigen, zugezwinkert.

»Claire hielt sich Jahre im Hintergrund, sie wirkte scheu, beinah ängstlich. Mittlerweile ist sie ein wenig lockerer geworden und scherzt sogar manchmal. Doch sie war und ist stets zuverlässig und, ja, auf ihre Art herzlich«, Belinda begleitete ihre Ausführungen mit einem bestätigenden Kopfnicken, »allerdings nagt etwas an ihr, quält sie, aber das verbirgt sie hinter einem Schutzwall.« ‚Fast so wie du',

hätte Belinda beinah angefügt, schaffte es aber, die Worte hinunterzuschlucken.
Seltsam, mehr als auf die Begegnung mit Amanda, war Karl auf das Treffen mit der introvertierten Unbekannten gespannt.
»Da sind wir!« Sie bogen um eine letzte Mauerecke und Karl sah einen relativ großen Durchgang, von einem geöffneten doppelflügeligen Holztor eingerahmt. In geschlossenem Zustand bot es mit der Ummauerung einen guten Schutz, denn alles war mehr als mannshoch. Belinda wurde immer aufgeregter. Sie betätigte den altmodischen Türklopfer dreimal kurz hintereinander, machte eine Pause und wiederholte das Ganze. Die Person, die kurz darauf öffnete, hielt sich hinter der Tür verborgen. Erst als Belinda und Karl in der Diele standen und die Tür wieder verriegelt war, drehte sich die zierliche Frau herum. Karl erkannte sie auf Anhieb.
Amanda schloss Belinda in die Arme. »Kleines«, sie reichte Belinda bis knapp unters Kinn, »schön dass du uns besuchst. Ihr habt eure Reise auf den Kontinent ja schnell abbrechen müssen.«
Belinda ging nicht darauf ein, sondern griff nach Karls Arm. »Ich möchte euch Karl vorstellen!«
Normalerweise perfekt im Umgang mit Überraschungen, brachte diese Amanda gehörig aus dem Konzept. Es kostete sie einiges an Mühe, einen unverfänglichen Gesichtsausdruck zur Schau zu stellen, während sich ihre Gedanken überschlugen. Begegnete sie hier und jetzt dem Jungen Karl, den Ambrosius damals zu einem Vampir gemacht hatte? Altersmäßig passte es, hinzu kam, dass Belinda deutsch sprach, was besagte, dass der junge Mann diese Sprache beherrschte. Handelte es sich bei Karl um einen der beiden Gäste, die Laura bei ihrem letzten Telefonat erwähnte?
»Na, das ist doch mal was«, versuchte sie lachend ihre Bestürzung zu überspielen, »noch nie hast du uns einen deiner Verehrer vorgestellt. Nur herein mit euch!«
Amanda, innerlich aufgebracht, ging voraus ins Wohnzimmer.

Dort hatte Claire mit einer Lektüre vor dem offenen Fenster gesessen, diese aber beim Klang von Belindas Stimme zur Seite gelegt. Als die anderen hereinkamen, erhob sie sich erfreut lächelnd, um Belinda zu begrüßen. Ihr Lächeln erstarb. Claire stand da wie in Stein gemeißelt. Belinda und Amanda folgten ihrem ungläubigen Blick. Karl, dem alle Farbe aus dem Gesicht gewichen war, verharrte auf der Stelle. Niemand bewegte sich, die Stille schien greifbar. Dann löste Claire sich aus ihrer Starre und bewegte sich wie in Zeitlupe auf Karl zu; mit einer unendlich liebevollen Geste strich sie seine Haarsträhne, die ihm regelmäßig in die Stirn fiel, zurück.
»Du siehst deinem Vater sehr ähnlich, mein Junge.«
»Wieso lebst du?«, brachte Karl heiser hervor.
»Wohl aus dem gleichen Grund wie du, mein Kind«, Claire hob erneut eine Hand und legte sie auf Karls Wange um zu spüren, dass er keine Vision war, »irgendwer hat unsere Lebensform verändert. Hätte ich nur geahnt, was dir zugestoßen ist ...«, Claire ließ ihre Hand sinken.
»Ich traute mich nicht nach Hause ... ich wurde in der Nacht, als ich im Kloster beim Fest aushalf, angefallen und erwachte als ein blutrünstiges Monster ...«, Karl brach ab, seine Stimme ein einziger Hilfeschrei.
»Es stieß dir in jener Nacht zu?«
»Wie hätte ich zu dir zurückkehren können? Es dauerte Jahre, bevor ich in der Lage war, zu unserer Kate zu schleichen, um zu sehen, wie es dir geht«, Karl hielt, von der Erinnerung überwältigt, inne; er schob seine Brille hoch. »Ich hörte eine Männerstimme und fröhliches Kinderlärmen und vermutete, du hättest sowohl meinen Vater als auch mich längst vergessen«, Karl lachte unfroh, »doch es lebte eine andere Familie dort. Also ging ich zum Friedhof. Das Grab meines Vaters fand ich in verwahrlostem Zustand, ein Grab von dir fand ich nicht.« Mit belegter Stimme sagte er: »Es minderte meine Verzweiflung in keiner Weise. Ich wusste, ich würde dich nie mehr wiedersehen.«

»Dann geschah es in der gleichen Nacht«, Claire klang rau, »ich wartete voller Unruhe auf deine Rückkehr. Als du nach Mitternacht noch immer nicht zu Hause warst, beschloss ich, dir entgegenzugehen. Ein Geräusch ließ mich unvorsichtig aus dem Haus treten, da ich vermutete, du seist es.« Claire kämpfte um Haltung. »Bis heute weiß ich nicht, wer oder was mich niederrang. Erst bei Sonnenaufgang kam ich wieder zu mir. Ich lag auf dem Weg und floh instinktiv vor den näher kommenden Strahlen ins Haus. Dort sah ich dann die Bisswunden«, Claire zeigte auf die mittlerweile fast unsichtbaren Narben an ihrem Hals, »ich begriff, was ich jetzt war. Es schien mir unmöglich, dir entgegenzutreten. Zudem fürchtete ich die Dorfbewohner, wie sollte ich meine Veränderung auf Dauer verheimlichen? Erklären, dass die Sonne mich verglüht? Da wäre ich schnell auf dem Scheiterhaufen gelandet. Aber, was mir viel ärger zusetzte, was geschähe dem Kind einer vermeintlichen Hexe? Ich hätte dich also in Gefahr gebracht.« Karl hörte schweigend zu, doch seine ganze Körperhaltung signalisierte ungeheuren Zorn. »Meine Sorge um dich wuchs, denn nun quälte mich nicht nur die bange Ungewissheit, ob dir etwas zugestoßen war. Es brachte mich beinah um den Verstand, dich verlassen zu müssen. Doch mir blieb keine Wahl, so packte ich das nötigste zusammen, hinterließ dir einen Brief und einen Teil meiner Ersparnisse. Bei Einbruch der Dunkelheit floh ich, ohne Kenntnis, was mit meinem Sohn war.« Claire schaute nach unten, sie zitterte.
»Warum hat er es mir nicht gesagt?« Karls Stimme war voller Hass. Die Frauen schraken zusammen, als er eine Faust in seine andere Hand schlug. »Welche Qual hätte er uns beiden erspart!« Karl nestelte das Medaillon unter seinem Shirt hervor. »Das ist alles, was mir von dir blieb!«
Belinda wusste weder ein noch aus; Amanda verstärkte den Druck ihres Arms, mit dem sie Belinda hielt. Die junge Frau lehnte dankbar ihren Kopf gegen den der älteren. Es war für Amanda schwie-

rig, ihr Trost und Halt zu vermitteln, denn diese extreme Situation verlangte ihr selbst einiges ab.

»Du weißt wer es war?« Claire berührte sanft Karls Hand, mit der er das Medaillon umschlossen hielt.

»Ambrosius, wer denn sonst!«, schrie er heraus, er war kaum noch in der Lage, seine Wut und Enttäuschung in Zaum zu halten. »Ich muss zu ihm, dafür wird er büßen!«

»Nein«, mischte Amanda sich ein, »er kann es nicht gewesen sein. Ambrosius brachte mich in jener Nacht sofort über die Landesgrenzen und begleitete mich, bis ich an einem sicheren Ort war. Danach trennten sich unsere Wege bis …«

»Was macht Sie so sicher?«, giftete Karl sie ungehalten an.

»Weil ich ihn kenne.«

»Es gehört also zu Ambrosius' Spezialitäten, kleine Jungen zu Vampiren zu machen«, erwiderte Karl zynisch.

Amanda schwieg, sie erkannte die Zwecklosigkeit jedweder Entgegnung.

Karl nahm die Hände seiner Mutter zwischen seine. »Natürlich möchte ich alles von dir erfahren … wie es dir ergangen ist«, ihm gelang nur ein verzerrtes Lächeln, »doch zuerst benötige ich Klarheit!«

Claire sah den tiefen Schmerz in den Augen ihres Sohnes und mühte sich, nicht vor ihm in Tränen auszubrechen. Er war von einem Kummer beherrscht, den sie nicht zu heilen vermochte. Sie fühlte seine innere Unruhe, so dass sie die Frage, die ihr bezüglich dieses Ambrosius durch den Kopf wirbelte, zurückhielt.

»Geh«, sagte sie leise, »und kläre was nötig ist. Nach all der Zeit schaffe ich es, mich noch ein wenig länger zu gedulden.« Sie strich ihm noch einmal über die Wange.

Wortlos drängte Karl sich an Belinda und Amanda vorbei. Sofort löste Belinda sich aus deren Arm und lief Karl hinterher.

Amanda stand wie unter Schock da. Auf diese Weise hatte sie endlich erfahren, wann Claire zu einer Vampirin geworden war und welchen Verlust sie zu überwinden versuchte. Nun verstand sie die stetige Trauer in ihren Augen.

»Claire«, Amanda machte einen Schritt auf sie zu; sie hatte sich zum Fenster gedreht.

Claire wandte sich zu ihrer Freundin um.

»Ich wusste, dass er noch lebt, sein Bild war mir immer gegenwärtig.« Für einen Moment strahlten Claires Augen, dann überzog der ewig traurige Schatten sie wieder. »Ich hätte nach ihm suchen müssen, wie konnte ich ihn nur allein lassen.« Sie vergrub ihr Gesicht in den Händen. Amanda zog sie sanft herunter. »Claire, du hast richtig gehandelt. Es ist nur allzu verständlich, dass dich diese unerwartete Begegnung mit deinem Sohn aus dem Gleichgewicht bringt ... doch jetzt habt ihr euch wieder.« Amanda nötigte Claire in den Sessel. »Ich bin sicher, dass Karl zur Ruhe kommt, sobald er weiß, wer dir das angetan hat.«

Claire sah Amanda mit einem schwer deutbaren Blick von unten herauf an. »Karl ist der Meinung, es bereits zu wissen.« Claire hielt den Blick der Freundin fest. »Als du zum ersten Mal von deinem Freund Ambrosius erzähltest, hielt ich es für eine unglückselige Namensgleichheit«, Claire lachte freudlos, »denn den von Karl damals so verehrten Mönch Ambrosius hielt ich seit langem für tot und begraben, er konnte unmöglich der Vampir Ambrosius sein.« Ungewohnt ironisch ergänzte sie: »Wie man sich irren kann.«

Amanda überlegte einen Moment, dann griff sie nach einem Hocker und setzte sich vor die Freundin. »Mag sein, dass es nicht der richtige Zeitpunkt ist, aber«, Amanda fuhr entschlossen fort, »mir ist gerade einiges klar geworden. Ich denke, du, Ambrosius und ich, lebten eine Weile im gleichen Dorf.« Hellhörig hob Claire den leicht nach unten gebeugten Kopf. »Erinnerst du dich an die Kräuterhexe«, ein wehmütiges Lächeln stahl sich in Amandas Gesicht, »die am Rand des Ortes in der Nähe von Kloster Nonndorf lebte?«

Claire starrte Amanda sekundenlag an, dann nickte sie begreifend. »Ja, Mitte des achtzehnten Jahrhunderts konnten sich die Dörfler eine Heilkundige nur als widernatürliche Person erklären«, im Gedanken daran schüttelte Claire verständnislos den Kopf, »niemand nannte oder kannte ihren … *deinen* Namen.«

»Ich war immer nur die Kräuterhexe, die man in der Öffentlichkeit mied, in der Dunkelheit aber durchaus aufsuchte, sowohl Männlein als auch Weiblein erbaten heilende oder stimulierende Tränke und Tinkturen.«

»Weder dir noch dem Mönch Ambrosius bin ich je begegnet.« Claire richtete sich kerzengerade auf. »Du hattest einen Enkel, der mit Karl zur Schule ging. Karl fand ihn ein wenig zu anhänglich, doch Matthias tat ihm leid, da man ihm ebenso, wie seiner Großmutter, aus dem Weg ging.« Claire wirkte plötzlich sehr streng. »Wieso war dein Enkel in Calais nicht bei dir und wo ist er jetzt? Sind Langlebende eher selbständig?«

Amanda wand sich unter der berechtigen Frage; anlügen wollte sie die Freundin jedoch nicht.

»Ambrosius und ich reisten so um siebzehnhundertfünfunddreißig, -sechsunddreißig gemeinsam auf den Kontinent, bestrebt, unser Wissen zu erweitern. In dem Dorf nahe Kloster Nonndorf fand ich eine Bleibe und Ambrosius tarnte sich als Mönch. Dadurch erhoffte Ambrosius sich Zugang zur Klosterbibliothek und geheim gehaltenen Schriften, auch ich war begierig in ihnen zu lesen oder Abschriften anzufertigen. Geplant waren drei, vier Jahre Aufenthalt. Dann fand ich ein kleines Etwas auf meiner Schwelle. Ich nannte ihn Matthias, nahm ihn auf und zog ihn groß. Eigentlich wollte Ambrosius im Sommer siebzehnhundertsiebenundvierzig das Dorf verlassen, um endlich zu seiner lange geplanten Reise, die ihn weit in östliche Gebiete führen würde, aufzubrechen. Ich wollte Matthias dann mit nach Wales nehmen.«

»Er war also gar nicht dein Enkel.«

»Nein.« Amanda schüttelte den Kopf. »Matthias war von Anfang an ein merkwürdiges Kind. Er lungerte überall dort herum, wo ich ihn nicht erwartete. Er war gerade eingeschult, da bedrängte er mich bereits, ihm die Zubereitung meiner Tinkturen zu erklären und reagierte aufmüpfig, als ich es mit der Begründung, er sei zu jung, um mit diesem Wissen sinnvoll umzugehen, ablehnte.« Amanda stockte und das Bild eines wütenden, fast bedrohlich wirkenden Jungen tauchte vor ihr auf. »Er war angetan von meinen Büchern und Schriften, wobei ich die, die unter anderem die verschiedenen Daseinsformen beschreiben, streng unter Verschluss hielt. Wie er dann von blutsaugenden Wesen erfuhr, weiß ich nicht. Ob er ein gewisses Gespür dafür hatte … jedenfalls schlich er Ambrosius hinterher und enttarnte ihn als Vampir. Er erpresste ihn und drohte, nicht nur ihn, sondern auch mich zu verraten. Da die Dörfler mich ohnehin für eine Hexe hielten, hätte das Auffinden meiner doch sehr aufschlussreichen Schriften ausgereicht, mich anzuklagen und zu verbrennen.«
»Und was hat Matthias von Ambrosius erpresst?«
Amanda stand auf und ging nervös im Raum hin und her, dann blieb sie vor Claire stehen. »Matthias verlangte, zum Vampir gemacht zu werden.«
Claire schnappte nach Luft.
»Zudem zwang er uns, umgehend zu verschwinden. So brachte Ambrosius mich bis nach Calais, wo ich Desmond treffen sollte um mit ihm zusammen nach England zu segeln. Auf dem Weg dorthin gestand Ambrosius, dass Matthias weiterhin gefordert hatte, seinen Freund Karl ebenfalls zu verwandeln.«
Claire fuhr sich mit der Hand übers Gesicht. Ihr Gefühl hatte sie also nicht getäuscht. Während all der Jahre hegte sie insgeheim einen Groll gegen den Mönch Ambrosius; sie machte ihn für das Verschwinden ihres Sohnes verantwortlich, denn nur wegen seines Einflusses hatte Karl so viel Zeit im Kloster verbracht.
»Ich wusste also, dass zwei Menschenkinder zu Vampiren gemacht worden waren.« Amanda brauchte einen Moment, bis sie weiter-

sprechen konnte. »Was ich persönlich davon hielt, tut nichts zur Sache, die Erschaffung neuer Vampire ist einzig und allein Angelegenheit des Vampirrates und der Vampire untereinander. Langlebende und Vampire tauschen zwar Informationen aus und helfen sich gelegentlich, aber niemals mischt man sich ein.« Amanda sah Claire offen an. »Wir ließen die Jungen ganz einfach zurück.« Schuldbewusst blickte Amanda zu Boden. »Ich habe nie hinterfragt was aus ihnen geworden ist.« Amanda stand mit gebeugten Schultern da. »Karl ist hier, aus Gründen, die ich nicht kenne. Er ist verzweifelt und voller Zorn.« Hilflos knetete sie ihre Hände. »Und Matthias ... keine Ahnung.«

Amanda wartete auf irgendeine Reaktion. Beschimpfungen, Schuldzuweisungen, einen wütenden Ausbruch. Alles wäre besser, als Claire wie versteinert dort sitzen zu sehen.

»Es ist wohl besser, wenn ich dich allein lasse. Du musst deine Gefühle bewältigen und ... ein Urteil über mich fällen.« Als Amanda zur Tür ging, wirkte es, als trüge sie eine gewaltige Last. »Ich gehe in den Wald, das eine oder andere Kraut fehlt.« Beim Hinausgehen drehte sie sich noch einmal um. »Ganz gleich, was Ambrosius an Schuld auf sich geladen hat, dich hat er nicht angefallen, er hätte es mir erzählt. Wir werden versuchen herauszufinden, welch anderer Vampir sich damals im Dorf herumtrieb.«

Amanda schloss ganz sacht die Tür. Sie wollte den Verdacht, der sich immer stärker in ihr ausbreitete, nicht zulassen. Doch der Gedanke ließ sie nicht los. Sobald sie aus dem Wald zurück war, was stets half den Kopf frei zu bekommen, würde sie mit Ambrosius sprechen. Vielleicht wusste er, wo Matthias sich aufhielt.

# Kapitel 12

»Schade«, liebevoll strich Désirée an dem schwarzen glänzenden Stoff entlang. In einem extra dafür angeschafften Schrank hingen zehn identische venezianische Kapuzenumhänge, im Fach daneben lagen, sorgfältig in Seidenpapier eingewickelt, ebenfalls aus Venedig angelieferte Masken. Seufzend schloss sie die Türen. Mortimer hatte vermutlich recht; die örtlichen Spießer waren nicht wirklich dazu geeignet, eine geheime Bruderschaft oder ähnliches zu bilden; die meisten gingen zusammen kegeln oder humba-täteräten im Karnevalsverein. Wie gern hätte sie eine besonders düstere Zeremonie vorbereitet, wobei sie Szenen aus Romanen und Filmen nachzueifern gedachte, aber natürlich stünde sie Mortimer so zur Seite, wie er es wünschte. Denn die Begegnung mit ihm hatte ihr Leben von Grund auf verändert, und das, was sie verband, würde sie durch nichts gefährden. Sie lernten sich in der hiesigen Bücherei, in der Désirée unter ihrem bürgerlichen Namen Ingeborg Meier seit einem Vierteljahr als Bibliothekarin arbeitete, kennen. Als sie die Neigung des Bestatters und Pathologen für eine spezielle Literatur erkannte, machte sie es sich zur Aufgabe, ihn stets mit von ihr aufgestöberten dunklen Werken zu überraschen. Ihre Verehrung für den Gebieter zeigte sich in seinem, in die Innenseite ihres rechten Oberschenkels eintätowierten Namen. Den klangvollen Namen Désirée entdeckte sie als Titel eines längst vergessenen Romans in den hinteren Reihen ihres Arbeitsplatzes. Angeblich war diese Frau mit Napoléon verbandelt, bis Joséphine daherkam und ihn sich schnappte. Letztendlich war Ingeborg der Wahrheitsgehalt dieser Geschichte egal, nur der Name Désirée – die Erwünschte – gefiel ihr auf Anhieb.
»Wo bleibst du denn?«, rief Mortimer.
Rasch eilte sie in den angrenzenden Raum. Zum Empfand der lediglich drei Gäste hatte sie sich in schwarzen Tüll und Spitze gehüllt.
»Alle Achtung«, bekundete Mortimer, »du siehst blendend aus.«

Geschmeichelt vollführte Désirée eine Drehung, damit er sie ausgiebig bestaunen konnte.

»Meinst du«, sie schmiegte sich an den schmalen Mann, »wir können die Bruderschaft irgendwann vergrößern, damit die schönen Sachen, die du mir erlaubt hast zu bestellen, Verwendung finden?«

»Ganz sicher«, Mortimer reckte sich nach oben, um seiner mit einer kräftigen Statur ausgestatteten Geliebten einen Kuss auf die Wange zu drücken, »wir stehen erst am Anfang, aber was für einem!« Hinter seinen Brillengläsern funkelte es fanatisch. »Heute müssen wir die Geldgeber überzeugen, zu investieren. Das wäre ja gelacht, wenn es uns aufgrund dieses Schatzes«, er wies mit dem Kopf in den hinteren Raum, »nicht gelänge.«

Fast zeitgleich trafen die Erwarteten ein. Vorausschauend hatte Désirée verbreitet, ihr Verlobter Mortimer habe Nachricht aus England erhalten; dort gäbe es eine dringende Familienangelegenheit zu klären, sodass am Donnerstagabend die weiteren, in Deutschland lebenden Verwandten, einträfen. Damit wirkte sie Gerüchten entgegen, die ansonsten zwangsläufig durch drei vor dem Haus parkende Limousinen mit auswärtigen Kennzeichen entstünden. Denn Mortimers englische Abstammung, von der man aufgrund des ungewöhnlichen Vornamens und der Verschlossenheit, die dieser Zugereiste an den Tag legte, ausging, sorgte für ungeteiltes Interesse der Dörfler; sie schätzten sich glücklich, dass ihre Bibliothekarin sie auf dem Laufenden hielt. Denn Ingeborg versäumte es nicht, hinter vorgehaltener Hand anzudeuten, dass Mortimer, zu ihrem Leidwesen, schon bald auf die Insel reisen müsste.

Désirée geleitete die Herren, solide Geschäftsleute, die sich bestimmt nicht freiwillig kostümierten, in die Kellerräume. Während sie neugierig umherschauten, ertönten über versteckte Lautsprecher zwölf dumpfe Glockenschläge. Nachdem der letzte verhallt war, trat Mortimer aus dem Nebenraum.

»Ich grüße euch!« Mortimer hob theatralisch die Hände. »Heute«, er blickte die drei der Reihe nach an, »präsentiere ich euch das, nachdem wir so lange suchten.«
Einer brummte ungeduldig, ein anderer ließ sich zu einem eher höflichen als beeindruckten Raunen hinreißen. Mortimer lächelte tiefgründig. Dann schritt er zu einer abgedeckten Ganzglasvitrine, die unbeleuchtet an der hinteren Wand stand. Désirée, ihn um fast einen Kopf überragend, ging hinter ihm, wobei sie sich mühte, ihre großen Schritte zu mäßigen. Als sie in die Nähe der Vitrine kamen, gingen die über einen Bewegungsmelder gesteuerten, bläuliches Licht verströmenden Strahler an. Désirée stellte sich wie eine Leibwache neben Mortimer.
Er spürte die Ungeduld der anderen und kostete es aus, wobei er wohlwollend seiner verborgenen Meisterwerke gedachte. Wunderschön hatte er Romeo und Julia, wie er die beiden nannte, hergerichtet. Nichts sah man ihnen von den erlittenen Qualen an. Mit einer überraschend schnellen Bewegung zog er das schwarze Tuch herunter. Ein seltsam spitzer Schrei und ein dunklerer Laut des Erschreckens freuten ihn ungemein.
»Habe ich zu viel versprochen?«
»Was soll das?«, es war der Beleibte, »das sind doch Schaufensterpuppen, du willst uns hochnehmen!«
»Dann kommt und schaut genau!«
Neben der Vitrine befand sich ein Stehpult auf dem ein großformatiges Fotoalbum lag.
»Ich habe Schritt für Schritt dokumentiert, wie die Veränderungen der Leichen von ihrem Zustand in der Pathologie bis zu ihrer jetzigen Präsentation vor sich ging.« Er wies auf das Album. »Bitte sehr!«
Zuerst wagte der Füllige, der einen grauen maßgeschneiderten Anzug trug, einen Blick auf die beiden jungen, leblosen Menschen. Dann blätterte er nach und nach das Album bis zum Ende durch. Währenddessen nahm der athletisch wirkende und mit einer enormen autoritären Ausstrahlung behaftete Jüngste die Leichen in Au-

genschein. Danach untersuchte er jedes Foto akribisch mit den Augen; die entsprechenden Berichte des Pathologen las er in aller Ausführlichkeit. Der dritte, ein zittriger Mann mit schütterem Haar, verließ sich auf ihre Aussagen, die Leichen seien eindeutig echt und die Tötung durch einen Vampir erwiesen.

Nun saßen sie, Mortimer zwischen sich, mit einigem Abstand zur Vitrine im Halbkreis. Désirée reichte Häppchen und Getränke.

»Dies ist der Beginn! Durch diese beiden, bedauerlicherweise viel zu jung verstorbenen Menschen, ist bewiesen, dass unsere Überzeugung richtig ist.« Mortimer breitete in einer dramatisch wirkenden Geste seine Arme aus. »Unser erklärtes Ziel war und ist«, er senkte bedeutungsvoll die Stimme, »einen dieser Vampire aufzuspüren, sobald ihre Existenz nachgewiesen ist.«

»Du weißt, nach wem wir suchen?« Kalt schnitt die Frage des athletisch Autoritären durch den Raum.

»Ich habe eine Vermutung«, antwortete Mortimer selbstsicher, »es war ein Sonderermittler vor Ort, der nicht gerade dem Typus Sonnenanbeter entsprach. Trotz der hohen Temperaturen letzte Woche trug er einen breitkrempigen Filzhut, war eingehüllt in einen langen Trenchcoat und, am auffälligsten, seine Hände steckten in Lederhandschuhen. Diesen Beobachtungen zufolge könnte er ein Vampir sein. Ob er auch der Täter ist«, Mortimer zuckte mit den Schultern, »keine Ahnung. Möglich, dass mehrere Vampire in der Gegend sind oder waren, wobei ich auf nichts stieß, was diese Annahme stützt. Interessant ist jedenfalls die Tatsache, dass der Herr Sonderermittler Ambros Weidtfelt nicht mehr auffindbar ist.«

»Wo willst du deine Suche beginnen?«, fragte der Beleibte.

Jedes Mitglied der Bruderschaft war mit einer Aufgabe betraut; Mortimer mit der des Aufspürens. Dem Nachweis der Existenz dieser Wesen hatten sie sich alle verpflichtet, es war purer Zufall, dass es Mortimer gelungen war.

»Im Grunde kommt nur die britische Insel infrage, allein ihre separate Lage bietet sich hervorragend für den Verbleib dieser Wesen an. Seit Jahren sammelt jeder von uns Informationen über seltsame Ereignisse, Begebenheiten, Unerklärliches, von dort schwappen die zahlreichsten Berichte herüber. Mit an Sicherheit grenzender Wahrscheinlichkeit ist der Herr Sonderermittler in diese Richtung entschwunden.«

»Und wenn du ihn oder einen anderen aufspürst ...«, meldete sich ängstlich der grauhaarige, zittrige Mann, der bisher alles schweigend hingenommen hatte.

»Du liebe Zeit«, platzte der Wohlgenährte heraus, »das haben wir doch schon alles groß und breit erörtert! Seit Jahren liegst du uns in den Ohren, dir liefe aufgrund deines Alters die Zeit davon, ein Vampir müsse dringend gefunden werden ... und jetzt«, er schüttelte tadelnd den Kopf, »geht dir der Mumm flöten. Aber, es ist beschlossen, du wirst Mortimer helfen, ihn einzufangen. Ob wir ihn dann nach Deutschland bringen können wird sich zeigen. Gegebenenfalls lassen wir uns dort zu Vampiren machen.«

»Aber«, der Grauhaarige schluckte nervös, »woher wissen wir, dass er uns nicht einfach leersaugt, wie, wie ... diese da ...«

»Auch Vampire kann man töten«, wieder diese kalte Stimme des Jüngsten, »er wird es nicht wagen, denn wir sind zu dritt. Sollte er einen von uns umbringen, hat er sein eigenes Leben verwirkt. Mach dir keine Sorgen«, die Stimme wurde noch kälter, »es ist festgelegt, dass ich mich als erster zur Verfügung stelle.«

Désirée bekam eine Gänsehaut, sie traute dem Kerl mit der schneidenden Stimme nicht. Als sie von der bevorstehenden Zusammenkunft erfuhr, rügte sie Mortimer wegen seiner Leichtsinnigkeit, wirkliche Identität einschließlich Wohnsitz preiszugeben. Mortimer hingegen erklärte, dass genau diese Kenntnisse voneinander sie gegenseitig schützte. Wieso, war Désirée schleierhaft; ihrer Meinung nach war Mortimer viel zu vertrauensselig und allein das ein Grund, stets auf ihn aufzupassen.

»Kurz und gut«, ergriff Mortimer wieder das Wort, »ich muss eine Weile mein Geschäft schließen, Aufträge als Pathologe kann ich ebenfalls nicht annehmen, sodass ich längere Zeit auf Einnahmen verzichte. Zudem reduzieren sich meine eigenen Ersparnisse für Unterkünfte, Lebensmittel, Leihwagen, Benzin, Bestechungsgelder und etliche andere Dinge beträchtlich. Da niemand von uns weiß, wo und wann genau ich eines dieser Geschöpfe aufspüre, benötige ich eine erste Zahlung aus dem Fond.«

Der Beleibte holte seine Aktentasche, die er unter dem Stuhl deponiert hatte, hervor. »Meine Risikofreudigkeit war lohnenswert«, sagte er händereibend, kramte einige Papiere hervor und reichte sie herum. »Unsere Einlagen haben sich fast verdreifacht.«

Beim Anblick der erwirtschafteten Beträge nickten die anderen anerkennend, was ihm ein selbstzufriedenes Aussehen verlieh.

Désirée wunderte sich wie problemlos alle zustimmten, eine ihrer Meinung nach schwindelerregend hohe Summe auf Mortimers Konto zu transferieren. Wie sehr der Mensch doch nach Unsterblichkeit strebte! Ihr selbst war der Gedanke, eine endlos lange Zeit mit ihrem Geliebten zuzubringen, durchaus angenehm. Denn genau das stellte Mortimer ihr in Aussicht. Désirée ahnte nichts von der Übereinkunft der vier Verbündeten, keine weiteren Vampire zu erschaffen.

Derweil die Herren noch das eine oder andere Detail besprachen, brachte Désirée Gläser und Geschirr nach oben in die Küche, wo sie ungeduldig wartete, bis der letzte Wagen abfuhr.

Endlich kam Mortimer zu ihr, umarmte sie von hinten und flüsterte in ihren Rücken: »Ist das nicht wunderbar gelaufen?«

»So viel Geld«, hauchte sie und drehte sich ihm entgegen, »welches Vertrauen sie zu dir haben«, bewundernd sah sie auf ihn hinunter, »ich frage mich nur, wie du es geschafft hast, dass sie mich akzeptieren.«

»Ich überzeugte sie, wie unverzichtbar deine Hilfe für mich ist. Du hältst mir hier im Dorf den Rücken frei, sorgst dafür, dass meine bürgerliche Fassade aufrecht erhalten bleibt.«

Damit log er keineswegs; vieles vereinfachte sich, wenn Désirée die Dörfler mit Informationen fütterte, die seine längere Abwesenheit erklärten. Menschen ließen sich immer manipulieren, es schmeichelte ihnen, wenn ihre Bibliothekarin sie an ihren und seinen Angelegenheiten teilhaben ließ; dadurch gestaltete sich seine Rückkehr ohne Argwohn seitens der hier lebenden Menschen.
»Wann reist du ab?«, sie sah ihn unglücklich an.
»Am Sonntag, gleich von hier aus.«
Nur ein paar Kilometer entfernt lag ein kleiner, ehemaliger Militärflugplatz, von dem eine irische Airline günstig nach Südengland flog. Mortimer gedachte äußerst sparsam mit dem zur Verfügung gestellten Geld umzugehen.
»Wie lange wirst du weg sein?«
»Keine Ahnung, meine Süße. Im Grunde muss ich erst einmal sondieren und dann sehen wir weiter.«
»Kann ich nicht nachkommen?« Sie schmollte.
»Mäuschen«, Mortimer versuchte ihre Taille zu umfassen, »wer soll dann hier auf das Haus samt des besonderen Inhalts achten? Du weißt doch, wie wichtig du hier bist!«
Er küsste sie innig.
»Bald, schon bald, haben wir unendlich viel Zeit füreinander.« Mortimer sah Désirée tief in die Augen. »Wir werden gemeinsam die braven Dorfbewohner dezimieren und eine eigene Dynastie gründen«, er wusste genau, worauf sie hereinfiel, »ein Imperium!«
»Oh, Mortimer!«
Désirée nahm seine Hand und führte ihn ins Schlafzimmer. Mortimer lächelte selbstgefällig. Er war jetzt Mitte dreißig und eine immense Verlängerung seiner Lebenszeit rückte in greifbare Nähe. Das Ableben Désirées hingegen, war nach Gelingen ihres Vorhabens längst beschlossene Sache.

# Kapitel 13

Von zwiespältigen Gefühlen überwältigt, lief Karl mit solcher Geschwindigkeit Richtung Gestüt, dass Belinda nichts übrig blieb, als ihm außer Atem hinterherzuhetzen.
»Nun warte doch!«, rief sie verzweifelt, »warum schließt du mich so aus?«
Karl verlangsamte schuldbewusst sein Tempo, bis Belinda zu ihm aufschloss, dann marschierten sie Hand in Hand über den Weg. Belinda machte die Härte, die auf Karls Gesicht lag, Angst.
»Kannst du dich gar nicht darüber freuen, deine Mutter wieder zu haben?«, versuchte sie, ihn zu besänftigen, »von uns ganz zu schweigen. Ist es für dich ohne Bedeutung«, sie atmete tief durch, um ihre Enttäuschung zu überwinden, »was vorhin geschehen ist?«
Karl verstärkte zwar beruhigend den Druck seiner Hand, die die ihre hielt, zog sie jedoch mit starr nach vorne gerichtetem Blick einfach weiter.
»Während der Fahrt nach Schottland verstand er es, mich für seine Ausführungen zu interessieren«, stieß er mit einem Mal hervor, »bei mir keimte Hoffnung auf«, Karl lachte frustriert, »er schaffte es beinah mir zu vermitteln, meine Daseinsform nicht grundsätzlich als Makel zu sehen, lullte mich ein, genau wie damals, als ich noch ein Junge war und ihn als Vaterersatz betrachtete. Zu dieser Zeit bekam ich gar nicht genug von seinen Berichten aus fernen Ländern«, Karl klang verächtlich, »wie naiv ich war.« Ganz kurz sah er Belinda, die aufmerksam zuhörte, an. »Matthias bezichtigte ihn mir gegenüber der Lüge, da es für einen schätzungsweise Fünfunddreißigjährigen unmöglich schien, in dieser Zeitspanne derart viel zu erleben. Aber dann entdeckte Matthias, dass die Lüge eine andere war. Die Zeit war für Ambrosius kein Problem, nur war er keineswegs ein Mönch.«

Belinda setzte die Seelenqual, die aus Karls Worten sprach, zu. Würde er sich je von seiner Vergangenheit lösen können? Erleichtert sah sie Licht vom Gestüt durch die Bäume schimmern.
»Wir sind gleich da«, Belinda kaute auf ihrer Unterlippe, »was … hast du jetzt vor?«
»Ich werde ihn zur Rede stellen, was sonst!«, rief Karl aufgebracht.
»Vielleicht gehen wir erst einmal zu meinem Vater«, sagte Belinda vorsichtig, »du bist so außer dir«, ihr Vater wusste immer Rat, gab Sicherheit, »und wir …«
»Was geht es deinen Vater an? Es ist einzig und allein meine Angelegenheit!«
»Ich dachte ja nur, du kannst ihm deine Verdächtigung vortragen und mein Vater kann als Schiedsrichter fungieren …«
»Soll ich Ambrosius auch noch die Möglichkeit einer Verteidigung geben?«, reagierte Karl ungehalten, »für mich ist er schuldig.«
Belinda setzte alles auf eine Karte und wagte noch einen Vorstoß.
»Genau das ist der Punkt. Ich befürchte, ihr geht euch gegenseitig an die Kehle.« Sie blieb stehen und da sie Karls Hand fest gepackt hielt, musste er ebenfalls anhalten. Bittend sah sie ihm in die Augen.
»Ein Vermittler oder noch besser ausgedrückt, ein objektiver Betrachter«, argumentierte Belinda, »hält die Gemüter kühl.«
Unvermittelt schloss Karl Belinda, die so besorgt und auch verletzlich wirkte, in die Arme. Es stimmte, er war kaum in der Lage, einen klaren Gedanken zu fassen, von daher erachtete er ihren Vorschlag als sinnvoll. Beruhigend strich er über ihr Haar. »Du hast recht, lass uns zuerst zu deinem Vater gehen.«
Im Haus angelangt, hasteten die beiden umgehend zur Bibliothek; da zwischen Belinda und ihren Eltern eine große Vertrautheit bestand, betrat sie den Raum ohne anzuklopfen und bedeutete Karl, hereinzukommen. Aufgeregt hörten sie Laura, die sich ihrem Mann über seinen wuchtigen Schreibtisch hinweg entgegenbeugte, sagen:
»Doch, Desmond, ich bin mir sicher. Schon bei meiner ersten Begegnung mit Karl …«

Beim Geräusch der sich öffnenden Tür verstummte Laura und drehte sich um. Desmond, der mit Schriftstücken vor sich hinter dem Schreibtisch saß, blickte Belinda und Karl, die unsicher stehenblieben, fragend entgegen. Alle verharrten sie, als seien sie von einem Regisseur platzierte Statisten, die erst auf sein Zeichen agieren dürften. Dann überwand Laura ihre Bestürzung und ging auf Karl zu.

»Es ist so, Karl«, sie legte eine ihrer kleinen Hände sacht gegen seine Brust und sah ihn von unten herauf an, »in Ihrer Gestik, dem Ausdruck in Ihren Augen erinnerten Sie mich seit unserer ersten Begegnung an jemanden. Ich bin der Meinung«, Laura hielt seinen Blick fest, »ich weiß, an wen. Sie ähneln einer langjährigen Freundin von uns, die ganz in der Nähe wohnt. Ich schlage vor, Sie sollten sie kennenler...«

»Ich war mit Karl bei Claire und Amanda«, unterbrach Belinda fahrig ihre Mutter, »Claire ... Claire ... sie ist ...«

»Meine Mutter!«

Geräuschvoll schob Desmond seinen Stuhl zurück und trat erregt zu ihnen. Laura griff haltsuchend nach einer Hand ihres Mannes.

»Der gleiche Schmerz«, Laura sprach sehr leise, »in den Augen von Claire und in Ihren Augen, Karl.« Laura war tief berührt, sie lehnte sich gegen ihren Mann. »Aber«, sie stockte, als fürchte sie die Antwort, »wieso lebten sie voneinander getrennt?«

Belinda spürte den schwelenden Zorn Karls, der sich umgehend zeigte.

»Sie wissen«, Karl redete ungewohnt laut, »dass ich heimtückisch zu einem Vampir gemacht wurde«, seine Lautstärke nahm zu, »vor Scham und Angst ging ich nicht zu meiner Mutter zurück. Und dann erfahre ich vorhin, dass sie«, Karl verlor die Beherrschung und schrie, »ebenfalls in jener Nacht angefallen wurde!«

Sowohl Desmond als auch Laura hoben zu einer Frage an, doch Karl ließ sich nicht stoppen. »Warum hat er es mir nicht gesagt? Wie viel Leid wäre sowohl meiner Mutter als auch mir erspart geblieben! Wir hätten uns gemeinsam durchschlagen können und nicht …«

»Karl«, betont ruhig verschaffte Desmond sich Gehör, »wen verdächtigen Sie, Ihre Mutter zur Vampirin gemacht zu haben?«

»Das fragen Sie noch?!«, empört rang Karl nach Atem, »es war Ambrosius! Er hat mich in jeder Beziehung betrogen und hintergangen, ich …«

»Bitte beruhigen Sie sich, Karl«, Desmond legte seine Hände auf Karls Schultern, »Ambrosius brach sofort mit Amanda auf, nachdem er seine unrühmlichen Taten, von denen ich erst wesentlich später erfuhr, an Ihnen und Matthias begangen hatte. Da wir damals in Kontakt standen, wusste Ambrosius, dass ich zur gleichen Zeit mit Laura geflo… unterwegs war und so«, Desmond hob eine Hand, um Karls Frage abzublocken, »begleitete er Amanda, bis sie gefahrlos mit Laura und mir weiterreisen konnte. Ambrosius hätte gar keine Zeit gehabt, noch mehr Unheil anzurichten.«

Trotz allen Zorns registrierte Karl mit Genugtuung, dass Desmond Ambrosius' Handeln tadelte.

»Den Grund, aus dem Amanda so dringlich geschützt werden musste, kannte ich nicht, doch da sowohl die Langlebenden als auch wir Vampire ständig Gefahren ausgesetzt sind, helfen wir uns gegenseitig, ohne Fragen zu stellen. Jedenfalls warteten wir zusammen mit Amanda auf die Überfahrt nach England.« Desmond ging zu der Sitzgruppe vor dem Kamin, um sich Wasser aus der auf einem kleinen Glastisch bereitstehenden Karaffe einzugießen. Er nahm einen langen Schluck, bevor er weitererzählte. »Ambrosius brach zu einer lange geplanten Mission auf und erst als wir uns … Jahre später in Wales trafen, berichtete Ambrosius mir von der Erpressung durch Matthias und den Frevel, den er daraufhin begangen hat. Warum hätte er mir verschweigen sollen, dass es noch ein weiteres Opfer gab?«

Desmond ging zum Telefon auf seinem Schreibtisch und drückte eine Taste.

»Kommst du bitte in die Bibliothek?«, sagte er ohne Umschweife.
»Wir sollten uns setzen«, forderte Desmond die Anwesenden auf und schob einen weiteren Sessel vor den Kamin.
Laura und Belinda versuchten ihrer Anspannung Herr zu werden indem sie mit Wasser gefüllte Gläser verteilten. Belinda, die aus den Augenwinkeln Karl in Abwehrhaltung dastehen sah, zog ihn konsequent in einen Sessel und setzte sich in den danebenstehenden. Als es klopfte, legte sie mit leichtem Druck eine Hand auf Karls Arm um zu verhindern, dass er Armbrosius, der hereinkam und auf Desmonds Wink hin zu ihnen trat, gleich angriff.
»Was gibt es Dringliches? Ihr sitzt da, als erwartetet ihr mich zu einem Verhör.« Ambrosius erkannte die angespannte Situation ebenso wie die Gereiztheit, die Karl ihm gegenüber aussandte.
»Setz dich, bitte!«, Desmond bot Ambrosius mit einer Geste den freien Sessel an, wartete bis er saß und sagte unverblümt: »Gegen dich wird die Anschuldigung erhoben, Claire zur Vampirin gemacht zu haben.«
»Claire?« Ambrosius war sichtlich schockiert. »Ich bin ihr bei Amanda zum ersten Mal begegnet. Wer ist diese geheimnisvolle Frau?«
Karl hielt es nicht mehr im Sessel, er stand erregt auf. »Sie ist meine Mutter!«
»Daher kam sie mir so bekannt vor!« Ambrosius sprach Karl direkt an. »Es ist diese Ähnlichkeit der Körpersprache zwischen euch.«
Überrascht registrierte Laura, dass es Ambrosius als einzigem, außer ihr, aufgefallen war.
»Karl«, Ambrosius erhob sich, »auch wenn es dir schwerfällt mir zu glauben«, er streckte ihm seine Hände mit nach außen gedrehten Handflächen entgegen, »ich kannte deine Mutter nicht. Amanda und ich flohen sofort nach meinen … schändlichen Taten.«
Karl fiel in den Sessel zurück. Ambrosius bekannte sich offen und ohne Vorbehalt ihnen allen gegenüber zu seinen Vergehen, warum

also sollte er, wie es Desmond bereits andeutete, die Verwandlung einer weiteren Person leugnen?

»Wer dann?«, Karl sah hilfesuchend in die Runde.

»Wir fragten Claire«, Desmond räusperte sich, »also Ihre Mutter, Karl, nie, wann ihre Verwandlung geschah.« Er stieß seine Fingerspitzen gegeneinander, fuhr dann fort: »Amanda, Laura und ich warteten seit längerem in Calais auf einen geeigneten Segler nach England. Amanda beobachtete eines Morgens im Hafen eine Kutsche mit Neuankömmlingen und sah eine der Reisenden, eine bis auf die Knochen abgemagerte Frau, hinter Fässern Schatten suchen, sobald die Kutsche davonfuhr. Amanda erkannte auf Anhieb, in welchem Dilemma sich die Unbekannte befand. Sie war eine ehemalige Menschenfrau, die mit ihrer veränderten Lebensform nicht umzugehen wusste. Amanda brachte sie zu uns. Geschwächt wie sie war, verstanden wir ihren Namen nur undeutlich, deshalb nannten wir sie Claire. Daran änderte sie bis heute nichts. Weitere Fragen stellten wir, wie unter uns üblich, nicht. Da Claire allerdings nur deutsch sprach, konnten wir ihren vorherigen Lebensraum eingrenzen, kamen aber nicht ansatzweise auf die Idee, dass Amanda und sie eine Weile im gleichen Dorf lebten.«

»Klara«, sagte Karl mehr zu sich selbst, »meine Mutter heißt Klara.« Dann, wieder lauter: »Sie sagten, Amanda habe sie abgemagert gefunden?«

Desmond nickte. »Sie muss lange ohne Nahrung gewesen sein, wahrscheinlich während ihrer gesamten Reise. Ihre Kleider schlotterten um ihren Körper, Krämpfe quälten sie«, Desmond gestattete sich ein kleines Lächeln, »dennoch war Claire eine eindeutig hübsche Person, was noch offensichtlicher wurde, nachdem wir sie aufgepäppelt hatten. Während dieser Zeit entwickelte sich gegenseitiges Vertrauen, Zuneigung und so freuten wir uns, als Claire unseren Vorschlag, mit hierher zu kommen und zukünftig hier zu leben, akzeptierte. Amanda und Claire verbindet seither eine enge Freundschaft.«

»Amanda rettete meiner Mutter das Leben«, sagte Karl verwundert, »meine Mutter lebt hier, ich bin jetzt hier ... seltsam, wie alles zusammenhängt.« Karl saß verwirrt da, dann sah er stirnrunzelnd zu Ambrosius, der wieder seinen Platz ihm gegenüber eingenommen hatte. »Aber wer verwandelte meine Mutter?«

»Es gibt nur eine Möglichkeit«, Ambrosius klang rau, »du erzähltest, er sei noch in der gleichen Nacht verschwunden ...«, Ambrosius blickte Karl mit unendlich qualvollem Ausdruck an.

»Matthias?!«, rief Karl, in seinem Gesicht ungläubiges Entsetzen.

»Außer mir wart ihr dort die einzigen Vampire.«

Desmond erhob sich spontan. »Weiß Matthias, dass Amanda und Claire in der Nähe leben?«

»Nein, bisher habe ich ihm nichts von seiner Zieh-Großmutter gesagt«, der sonst immer leicht rosig aussehende Ambrosius wurde blass, »eigentlich plante ich, zuerst Amanda von Matthias zu erzählen, doch so viel andere Aufgaben warteten bereits.« Er strich nervös über seine Stirn. »Matthias hasst Amanda, seit ich ihm erzählte ... erzählen musste, dass sie nicht seine Großmutter ist«, Ambrosius sprang hektisch auf, »sie dürfen nicht unvorbereitet aufeinandertreffen, wir müssen sowohl die beiden Frauen als auch Matthias informieren.«

»In seinem Zimmer ist er wohl nicht«, Laura, die umgehend Matthias Nummer gewählt hatte, horchte noch einen Moment auf das interne Freizeichen des Telefons.

»Bis zum Morgengrauen bleibt noch etwas Zeit, von daher wäre es wichtig zu wissen, ob er überhaupt im Haus ist. Was meinen Sie, Karl«, fragte Desmond, »Sie kennen seine Gepflogenheiten doch recht gut?«

»Hier ist alles neu für ihn, da schleicht er bestimmt in der Gegend herum!«

»Ich könnte Elenor fragen«, unterbrach Belinda verschämt und errötete.

Laura bedeutete Desmond nicht nachzuhaken, wieso Belinda auf diese Idee kam.

»Ja, bitte mach' das«, ermunterte Laura ihre Tochter.

Belinda wirkte aufgrund ihres Vorschlags bedrückt, verschwand aber augenblicklich.

»Woher sollte Matthias überhaupt wissen, wie Menschen zu Vampiren gemacht werden«, argwöhnte Karl, »und aus welchem Grund sollte er meiner Mutter das angetan haben?«

»Genau deshalb müssen wir Matthias befragen«, schaltete Desmond sich ein, der sich bereits eine Strategie zurechtlegte.

»Auf Amanda ist er tatsächlich nicht gut zu sprechen«, wandte sich Karl, noch immer an Matthias' Bösartigkeit zweifelnd, an Ambrosius, »doch meinst du wirklich, von ihm geht eine Bedrohung für sie aus?«

Ambrosius, mit dem Telefon am Ohr, winkte ungeduldig ab. »Nur der Anrufbeantworter«, sagte er mit ansteckender Nervosität.

»Amanda, Claire … ich bin es, Ambrosius. Matthias ist hier … wahrscheinlich erkundet er die Gegend … falls er euer Haus entdeckt … bitte, seid vorsichtig! Ich mache mich sofort zu euch auf den Weg.«

Durch Ambrosius' eindringlichen Ton alarmiert, spürte Karl mit einem Mal Panik in sich aufsteigen. Er sprang auf.

»Matthias ist weg!«, atemlos stand Belinda in der Tür, »kurz nach Mitternacht ist er verschwunden …«, Belinda holte tief Luft, »er hat Elenor gesagt, noch etwas Dringendes erledigen zu müssen.«

»Ich bin ein guter und schneller Läufer, über den Fußweg erreiche ich sie in Windeseile.« Ohne eine Antwort abzuwarten lief Karl mit entschlossenem Gesichtsausdruck an der besorgt aussehenden Belinda vorbei und sprintete durch den Flur.

»Gute Idee«, rief Desmond ihm hinterher, dann, zu Ambrosius, »wir nehmen den Wagen.« Mit einem raschen Blick zu Laura, die besorgt nickte, hastete Desmond Ambrosius zur Garage hinterher.

Belinda nagte an ihrer Unterlippe. »Maman«, sie schluchzte beinah, »ich halte es hier nicht aus, ich reite hinterher.«
»Wir können auch zusammen mit meinem Wagen fahren«, schlug Laura vor, die ebenfalls nicht abwartend zu Hause bleiben wollte.
»Was geht hier vor?«
Belinda schrak zusammen. Sie hatte Elenor, die genau hinter ihr stand, nicht herankommen hören.
»Ihr heckt ein Komplott gegen uns aus«, schimpfte Eugen, der sich halb hinter Elenors Rücken hielt und mit seinen Fäusten gegen die geöffnete Bibliothekstür hämmerte. »Ich will zu meinem Vater, ich will zu meinem Vater, ich will zu meinem Va…«
»Auch wenn du es ständig wie ein Mantra wiederholst weißt du, dass es nicht möglich ist«, versuchte Laura ihn zur Räson zu bringen.
Eugen schwieg tatsächlich und kratzte sich die, aufgrund seiner nachwachsenden Haare, juckende Kopfhaut.
Laura streckte ihre Hand nach Elenor aus, die von Eugen ergriff sie rigoros. »Kommt!«
Elenor maß Belinda mit einem abwägenden Blick, als sie sich an ihr vorbeidrängte. Freundlich war er keineswegs. Belinda nagte. Indem Laura ihre Nichte und ihren Neffen zu den Sitzmöbeln bugsierte, bedeutete sie ihrer Tochter mit einer Kopfbewegung, ihr Vorhaben in die Tat umzusetzen. Belinda lächelte erleichtert und rannte zu den Stallungen.
Elenor ließ sich in einen der Sessel fallen. Mit einer Hand hielt sie verkrampft das wollene Tuch zusammen, damit nicht allzu viel von dem aufreizenden Negligé darunter sichtbar wurde.
»Was ist los, Tante Laura?«
Durch Elenors sanften Ton merkte Laura, wie bekümmert sie auf ihre Nichte wirkte. Schnell straffte sie die Schultern und sah Elenor offen an. Ihre Nichte war eine erwachsene Frau, also würde sie auch so mit ihr umgehen.

»Mir geht es nicht gut, Elenor. In letzter Zeit wird mir mehr an Stärke abverlangt, als ich habe. Es ist ... furchtbar.« Laura ließ einen Moment den Kopf hängen. Eugen, der in kindlicher Manier seine Beine hin und her schlenkerte, horchte neugierig.
»Wir sind vor Sorge um Claire und Amanda im Augenblick sehr angespannt.« Laura berührte sacht die Schulter ihrer Nichte. »Elenor, für lange Erklärungen fehlt die Zeit. Matthias kennt beide Frauen und«, Laura richtete sich gerade auf und nahm ihren ganzen Mut zusammen, »er ist nicht gut auf Amanda zu sprechen, deshalb müssen wir ihn finden und die Frauen ebenfalls, sie sind anscheinend nicht zu Hause. Wir wollen verhindern, dass die drei allein aufeinandertreffen. Ich muss los, um mich an der Suche nach ihnen zu beteiligen!«
Sie ging entschlossen durch die Bibliothek zur Tür.
»Aber, Tante Laura ...«
»Bitte, Elenor, es geht jetzt nicht! Ich erkläre dir alles, wenn ich zurück bin.«
Mit eindringlichem Blick bat Laura um Verständnis, dann drehte sie sich brüsk um und verließ den Raum. Es kostete sie reichlich Überwindung, ihre Nichte, die ihr so flehentlich hinterhergerufen hatte, sich selbst zu überlassen.

Matthias, noch kurz zuvor äußerst selbstzufrieden, schäumte vor Wut. Nicht das kleinste Geräusch drang aus dem Haus, das er Schritt für Schritt umrundete. Sie waren nicht da! Wieder drückte er ein Ohr gegen ein Fenster. Was war das? Er lauschte angespannt auf das gedämpfte Läuten des Telefons; nach wenigen Klingeltönen drang das aufdringliche *Piep!* für die Ansage auf den Anrufbeantworter durch die stillen Räume. Nicht zu verstehen, was der Anrufer ausrichtete, stachelte seinen Zorn dermaßen an, dass er sein mühsam erstelltes Flechtwerk beinah zerstörte als er es heftig packte und mit sich zog. Es blieb ihm nichts anderes übrig, als hinter den Bäumen an der seitlich zur Einfahrt liegenden Mauer in Lauerstellung auszuharren. An einen Stamm gelehnt, ließ er seinen Plan noch einmal vor seinem geistigen Auge ablaufen; ein unwilliger Laut entwich ihm bei der Vorstellung, beide könnten zusammen auftauchen. Darauf war er nicht vorbereitet, er müsste improvisieren, auf seine Stärke vertrauen. Seine Gedanken sprangen unruhig hin und her. Da! Er hörte einen festen Schritt. Matthias verbarg sich hinter dem Baum und wartete mit hinterhältigem Lächeln.

Zuerst war Claire froh gewesen, von Amanda mit ihren konfusen Gedanken und Gefühlen allein gelassen zu werden, dann aber empfand sie die Ruhe im Haus bedrückend. Amanda und sie verbrachten manche Stunde wortlos nebeneinander, es reichte, die wohltuende Nähe der anderen zu spüren. Genau danach sehnte Claire sich und sie hatte sich aufgemacht, ihre Freundin zu suchen. An den üblichen Sammelstellen traf Claire sie nicht an, so blieb ihr aufgrund des nahenden Tages keine andere Wahl, als in den Schutz des Hauses zurückzukehren. Sie ging allerdings nicht durch die Haupttüre hinein, sondern wählte den seitlichen Eingang, um vorher den Garten zu kontrollieren. Amanda war untröstlich, als sie kürzlich ihre sorgfältig gehegten Kräuter herausgerissen und zertrampelt vorfand; sie hatten beide versucht, zu retten, was zu retten war. Claire ließ ihren Blick schweifen; im Schutz der grauen Morgendämmerung wirkten die neu bepflanzten Beete unversehrt. Sie hoffte inständig, dass es bei Helligkeit ebenso aussah. Betrübt über den Wunsch mancher zu zerstören, wandte Claire sich zur Tür und steckte den Schlüssel ins Schloss.

Trotz der noch relativen Dunkelheit erkannte Matthias eindeutig die Umrisse der Vampirin. Innerlich rieb er sich die Hände; er hatte befürchtet, sie vor der Eingangstür überwältigen und dann hierher schleppen zu müssen. Er war leichtsinnig mit seinen Kräften umgegangen und der stärkende Saft, den die altmodische Warmhaltekanne enthielt – beides fand er in Edgars Vorräten - war längst ausgetrunken. Von dieser Stelle musste er sie lediglich ein kleines Stück über den Boden ziehen, so verbrauchte er kaum weitere Energie.

Gerade als sie aufschloss, hörte Claire ein Geräusch hinter sich. In der Annahme, es sei Amanda, drehte sie sich erleichtert um, doch anstelle der Freundin kam ein Unbekannter aus Richtung der Bäume schnell auf sie zu. Ihr stand der Schrecken ins Gesicht geschrieben, zuerst die Verwüstung des Kräutergartens und jetzt ein Überfall! Laut rufend und gestikulierend machte sie einige Schritte auf den Angreifer zu. Unbeeindruckt sprang der Mann sie mit einem langen Satz an und riss sie mit sich zu Boden. Claire war auf den Rücken gestürzt und bekam unter dem Gewicht seines muskulösen Körpers kaum Luft. Sie wand und drehte sich, schaffte es, einen Arm unter ihm hervorzuziehen und versuchte, sein Gesicht zu zerkratzen. Doch er reckte seinen Kopf einfach in die Höhe und lachte spöttisch. Sie zerrte weiter an ihm, was ihn dermaßen in Rage brachte, dass er ihr einen Faustschlag ins Gesicht versetzte. Claire erschlaffte.

Matthias stellte sich zwischen ihre Beine, drehte sich mit dem Rücken zu ihr, ergriff sowohl ihren linken als auch ihren rechten Fuß und schleifte sie hinter die Ostseite des Hauses. Er beugte sich über sie um ihr genügend Hiebe zu verpassen, damit sie bis zum Sonnenaufgang besinnungslos blieb. Matthias hob erneut eine Faust um zuzuschlagen.

»Neiiiin!«, schrie Karl, der von der Einfahrt her um das Haus gerannt kam und trotz seiner Seitenstiche weiter auf Matthias zuhielt, der über Claire kniete, »du bringst sie nicht um!«

Karl stürzte sich von hinten auf Matthias und nahm ihn in den Würgegriff. Matthias bemühte sich aufzustehen, er grub die Nägel beider Hände tief in Karls Arm. Karl stöhnte laut auf, verminderte jedoch den Druck nicht.

»Ich muss es beenden«, krächzte Matthias, »sie sollte nicht überleben. Du brauchst ebenso wenig eine Mutter wie ich.«

Matthias mobilisierte sämtliche Kräfte, katapultierte sich hoch, bog gleichzeitig mit beiden Händen Karls Arm von seinem Hals und verdrehte ihn hinter dessen Rücken. Karl schrie auf. Matthias stand jetzt hinter Karl, hielt seinen Arm weiterhin fest gepackt und umklammerte mit seinem anderen Arm nunmehr Karls Hals. Er beugte sich zu seinem Ohr hinunter. »Ich war in der ersten Nacht zu unerfahren«, zischend und hämisch fügte er hinzu, »ich habe sie wohl nicht ganz leer gesaugt.« Matthias, durch seinen wachsenden Zorn immer unkontrollierter, flüsterte gefährlich: »Aber wieso bist du hier? Hat Ambrosius seinem Liebling von diesem Häuschen und seinen Bewohnerinnen erzählt?« Er riss Karls Kopf, trotz dessen heftigen Röchelns, unbarmherzig nach hinten.

Mit einem nach einem Schlachtruf klingenden Schrei stürzte Amanda heran. Im Lauf durchsuchte sie den Korb mit den Kräutern nach ihrem Messer, warf ihn, als sie es in der Hand hielt, achtlos zur Seite. Sofort stach Amanda auf die Hände des Angreifers ein, der ihr für einen Moment direkt in die Augen sah. Von der Erkenntnis, wen sie vor sich hatte gelähmt, verharrte das Messer in der Luft. Triumphierend grinsend rammte Matthias seinen Ellbogen unter Amandas Kinn. Die elfenhafte Frau knallte mit dem Kopf gegen die Hauswand, an der entlang sie auf den Boden rutschte und liegen blieb. Durch diese Aktion lockerte sich Matthias' Griff um Karls Hals, der bekam wieder Luft und auch etwas Spielraum, was er dazu nutzte, seinen Kopf zu beugen und Matthias in den Unterarm zu beißen. Matthias brüllte. Karl war überrascht, welche Kräfte Hass und Überlebenswille freisetzen. Durch den Schmerz, den Karls Vampirzähne ihm zugefügt hatten und Wut über seine eigene Unachtsamkeit, löste sich der letzte Rest einer Hemmschwelle. Matthias hieb mit ungeheurer Brutalität auf Karl ein, der nur noch schützend seine Arme über den Kopf hielt. Karl schwanden immer mehr die Sinne; durch einen Nebelschleier nahm er Motorengeräusche wahr.

Ambrosius hievte sich, noch bevor Desmond richtig abbremste, ungewohnt behände aus dem Landrover. Ein Schäfer hatte ihnen mit seiner Herde den Weg versperrt, was Nerven und Zeit kostete. Desmond folgte Ambrosius, der dem Tumult nach, auf die hintere

Hausseite zuhielt. Mit nur ein, zwei Schritten Abstand hasteten sie um die Ecke. Den beiden bot sich eine erschreckende Szenerie. Matthias' Faustschläge prasselten auf Karl ein; Claire, auf Hände und Knie gestützt, mühte sich aufzustehen; Amanda lehnte mit herunterhängendem Kopf an der Hauswand.
Desmond handelte umgehend, er warf sich mit solcher Wucht gegen Matthias, dass dieser strauchelte und von Karl, der zu Boden sackte, abließ. Karl versuchte, kriechend seine Mutter zu erreichen. Claire stand auf, doch ihre Beine gaben nach und sie sank neben ihrem keuchenden Sohn nieder. Mit letzter Kraft legte sie einen Arm um seine Schultern und die beiden blieben erschöpft liegen.
Schreckensbleich beugte sich Ambrosius über Amanda. Sie lebte! Rasch überzeugte er sich, sie für den Augenblick allein lassen zu können und eilte Desmond zu Hilfe.
Erst jetzt galoppierte Belinda heran. Ihre Stute hatte kurz vor Erreichen des Ziels aus unerklärlichen Gründen gescheut und war erst nach längerem Zureden bereit, sie hierher zu tragen. Als Belinda mit ihr durch die Einfahrt ritt, wieherte das Tier panisch und ging auf die Hinterläufe. Belinda erschreckte und verwirrte diese unerwartete Reaktion, doch als erfahrene Reiterin gelang es ihr, sich im Sattel zu halten und ihre Stute, indem sie sie zurück vor die Mauer dirigierte, soweit zu beruhigen, dass sie absitzen und *Princess* mit einem Klaps gegen die Flanke sich selbst überlassen konnte. Natürlich wusste Belinda nicht, dass sich ganz in der Nähe des Reitweges der von Matthias angelegte Aushub befand; Matthias Geruch, der für das Tier noch zu wittern war, schürte bei diesem Ängste, die beim Erreichen der Einfahrt erneut ausbrachen.
Belinda, die relativ beruhigt durch den parkenden Wagen ihres Vaters zur Eingangstür lief, stutzte. Wieso standen die Wagentüren weit auf? Hektisch blickte sie von links nach rechts; hörte Geräusche, die sie nicht zuordnen konnte und jagte zum nördlichen Giebel des Hauses. Hier war niemand, doch der Lärm verstärkte sich - das waren Kampfgeräusche! Belinda stockte der Atem, es durfte

nicht sein, dass sie auf der östlichen Seite aneinandergeraten waren. Gleich ging die Sonne auf, was sollte sie tun? Sie kaute wie wild auf ihrer Unterlippe, gab sich einen Ruck und spähte um die Hausecke. Als sie sah, wer alles ihrer Hilfe bedurfte, zögerte sie keinen weiteren Augenblick und rannte zu den anderen. An ihrem Vater und Ambrosius, die mit Matthias rangen, hetzte sie vorbei und kniete neben Karl und Claire nieder.
»Bitte, hilf ihr, ich kann … alleine …«, bat Karl und demonstrierte diese Fähigkeit, indem er über den Boden kroch.
Belinda stützte Claire und während sie schrittweise mit ihr zur Seitentür ging, drehte sie sich immer wieder mit angsterfülltem Blick zu den kämpfenden Männern um; selbst zu zweit schienen sie kaum in der Lage, den heftig um sich schlagenden Matthias niederzuringen, was Belinda ungemein zornig machte. Warum begab sich ihr Vater wegen eines miesen, hinterhältigen Vampirs in solche Gefahr? Ein gekonnter Biss in die Halsschlagader und er verblutete.
»Beiß ihn doch endlich!«, schrie Belinda außer sich.
Claire zuckte merklich zusammen, was Belinda dazu brachte, sich wieder darauf zu konzentrieren, sie – und sich selbst – in Sicherheit zu bringen. Endlich bogen sie um die Hausecke; Karl, der ächzend hinter ihnen geblieben war, robbte ebenfalls heran. Belinda, weiter bemüht mit Claire ins Haus zu gelangen, erkannte erleichtert das Motorengeräusch des Cabriolets ihrer Mutter. Als es erstarb, rief sie: »Im Kräutergarten, Maman, im Kräutergarten!«
Wie der Wind war Laura neben ihrer Tochter und half, Claire in die Kräuterküche zu bringen. Danach zogen sie Karl, der nach wie vor zu benommen war, um aufrecht zu gehen, hinein. Laura richtete sich kurzatmig auf, eilte aber sofort wieder hinaus bis zur Hausecke.
»Ins Haus, ins Haus!«, ihre Stimme überschlug sich fast, sie winkte wild mit den Armen, »seht!«
Schon bald würde der Sonnenball über die Mauer und durch die Bäume scheinen. Durch Lauras Rufen alarmiert, ließen Desmond

und Ambrosius umgehend von Matthias ab und spurteten zum Seiteneingang.
Bevor er um die Ecke stob, drehte Desmond sich noch einmal um. Matthias torkelte und fiel hin, er schien stärker verletzt als vermutet. Natürlich versuchte auch er, zum Haus zu gelangen, doch jedes Mal wenn er sich hochdrückte, knickte er wieder ein. Laura umklammerte Desmonds Arm. »Er wird es nicht rechtzeitig schaffen!«
Ambrosius war neben die beiden getreten und beobachtete Matthias' Bemühungen ebenso hilflos. Noch hilfloser fühlte er sich, als sein Blick weiter zu der noch immer bewusstlosen Amanda wanderte. Es schmerzte ihn unsäglich, sie so zu sehen.
»Wir können ihn nicht einfach verglühen lassen, wir müssen für Schatten sorgen«, rief Desmond aufgebracht, »aber wie?«
Laura löste sich von ihm und hetzte ins Haus. Ambrosius ging hinterher. Er fuhrwerkte in der Kräuterkammer herum, es hörte sich an, als versuche er einen Tisch hinauszuschieben. Desmond wagte sich zu einem Rettungsversuch um die Ecke, da züngelte ein Sonnenstrahl durch das Baumgeäst genau vor seine Füße und wies ihn in die Schranken. Und auch an Matthias leckten die todbringenden Strahlen immer näher heran. Fast schien es, als wäre es ein Spiel für sie. Desmond schauderte. Plötzlich erregte ein leises Stöhnen von der Hauswand seine Aufmerksamkeit.
»Amanda!«, rief Desmond eindringlich.
Amanda hangelte sich an der Mauer hoch und lehnte sich dagegen. Dann erfasste sie die Situation. Sie schob sich längs der Wand Richtung Matthias, prüfte, ob sie in der Lage war, allein zu stehen, ging dann leicht wackelig zu ihm. Er war auf allen Vieren, bewegte sich aber nicht vorwärts. Amanda stellte sich hinter ihn und spendete ihm mit ihrem zarten Körper notdürftig Schatten.
»Los, weiter!«, trieb sie ihn an; stupste ihn unermüdlich mit ihren kleinen Händen sobald er nachgab, dabei stellte sie sich immer so, dass Matthias nicht direkt von einem Sonnenstrahl getroffen wurde.
»Ambrosius, komm und hilf uns!«, rief Desmond.

Ambrosius kam schwitzend heran. Angespannt warteten sie, bis Matthias die Hausecke erreichte und sie seine Arme greifen konnten. Mit einem heftigen Ruck, noch gerade rechtzeitig, zogen sie ihn herum. Laura und Belinda stürmten, einen großen, noch zusammengefalteten Sonnenschirm zwischen sich, aus der Tür. Als die beiden Matthias im Schatten liegen sahen, ließen sie das Ungetüm aufatmend fallen.
»Amanda?«, fragte Ambrosius besorgt, »was ist mit dir?«
»Alles in Ordnung, ich komme gleich.«
Amanda, der es als einziger möglich war, der Sonne zu trotzen, verblieb kurz in der Wärme des Gestirns. Nach diesem Moment des Durchatmens, trat sie, darauf bedacht ihre Schwäche zu verbergen, zu den anderen. Ambrosius und Desmond mühten sich, den immer schwächer werdenden Matthias ins Haus zu bekommen, da die Sonne in absehbarer Zeit auch diese Seite bescheinen würde. Mit erheblichem Kraftaufwand bugsierten sie Matthias hinein und betteten ihn sofort auf die von Laura und Belinda ausgebreiteten Decken. Desmond stand auf und klopfte unsinnigerweise seine Hosenbeine ab.
»Wir sollten ihn trotz seines desolaten Zustandes fesseln«, er sah Ambrosius an, »die anderen Verletzten müssen versorgt werden und solange muss sichergestellt sein, dass Matthias uns nicht erneut angreift.«
Ambrosius griff nach den Wäscheleinen, die Amanda ihm hinhielt. Rasch und gekonnt banden die beiden Männer Matthias' Hände, was Laura erneut eine ihr fremde Seite Desmonds zeigte.
»Mir ist schleierhaft, wieso er dermaßen schwach ist«, Ambrosius sah auf Matthias hinunter, »unsere Hiebe können ihn doch nicht derart außer Gefecht gesetzt haben?« Desmond schüttelte den Kopf. »Später«, sagte er nur und erhob sich, nachdem er die Fesseln auf ordentlichen Sitz überprüft hatte.

Amanda stand an der Tür und verschloss sie sehr sorgfältig, drehte sich herum und zeigte den anderen den Schlüssel, bevor sie ihn in ihre Hosentasche steckte.
Ambrosius trat zu ihr, umfasste sie behutsam, was Amanda zuließ, und führte sie an den anderen vorbei in den Flur, half ihr fürsorglich die Treppe hinauf und geleitete sie bis in ihr Schlafzimmer.
»Ruh' dich aus, du musst erst einmal wieder richtig zu dir kommen. Wir kümmern uns schon um Claire und Karl.«
»Und was ist mir dir?« Amanda strich über eine üble Wunde in Ambrosius' Gesicht.
»Alles nur äußerlich«, winkte er ab. Dann nahm er ihre Hände und hielt sie fest. »Du hast mir einen schönen Schrecken eingejagt, als du so leblos an der Hauswand lagst«, Ambrosius war nicht mehr willens, seine Gefühle hintenanzustellen, »wir sind fahrlässig mit der Zeit umgegangen«, sagte er ernst, »auch wir leben nicht ewig.« Er räusperte sich. »Jetzt ist zwar nicht ganz der richtige Zeitpunkt …aber, ich muss das noch loswerden. Ich gedenke, mein Haus in Ambrosebury herzurichten.«
»Bist du es leid, dauernd herumzureisen? Du wirst doch auf deine alten Tage nicht sesshaft?«, versuchte Amanda die aufkommende Wichtigkeit der Situation zu schmälern.
»Ich möchte in deiner Nähe sein, mehr Zeit als bisher mit dir verbringen«, schnell fügte er hinzu, »natürlich nur so viel, wie du erlaubst.«
Sein lausbübisches Lächeln, das Amanda schon immer geliebt hatte, verscheuchte beinah all ihre Vorbehalte; sie sah ihn tiefgründig an.
»Ja, dich ein wenig öfter zu sehen als alle paar Jahrhunderte …«
Ambrosius strich mit einem Ausdruck innigster Zuneigung über ihr Haar; sie genoss diese liebevolle Geste, die so beruhigend und wohltuend war.
»So, nun muss ich schleunigst sehen, was es für mich zu tun gibt.«
Ambrosius fand Laura gleich nebenan in Claires Zimmer. Er blieb in der Tür stehen und betrachtete Amandas Freundin, die, was un-

fassbar schien, Karls totgeglaubte Mutter war. Was wusste Amanda? Bei ihrem gemeinsamen Essen vor wenigen Abenden spürte er, dass die beiden Frauen etwas verband, das ihn nie mit einbeziehen würde. Doch das war unwichtig, ihr Verhältnis befand sich auf einer anderen Ebene.

Laura trat, nachdem sie gebrauchte Wattetupfer entsorgt hatte, zu ihm.

»Claires Blessuren sind zum Glück nur äußerlich. Trotz der harten Faustschläge sind keine Anzeichen einer Gehirnerschütterung vorhanden. Sie wird eine Weile Schmerzen am gesamten Körper haben, aber mit etwas Ruhe und Fürsorge erholt sie sich bald.«

Laura blickte zu der malträtierten Claire, deren dankbares Lächeln sofort erstarb, da ihr angeschwollenes Gesicht zu sehr schmerzte.

»Was ist mit Ihren Verletzungen?«, wandte Laura sich aufrichtig mitfühlend an Ambrosius, der seinen Ohren aufgrund dieser freundlichen Nachfrage kaum traute.

»Nicht so tragisch, ich bin ganz glimpflich davongekommen.«

»Dann ist es ja gut.«

Sie verließen gemeinsam das Zimmer.

»Mit Amanda ist soweit alles in Ordnung?«, fragte Laura, als sie an deren Tür vorbeigingen.

»Ja, sie packt das, sie ist zäher, als sie aussieht.«

Laura entging der respektvolle, achtbare Ton keineswegs.

Ambrosius ging hinter Laura die Treppe hinunter. »Wo sind die anderen?«

»Desmond versorgt Karl im Wohnzimmer.« Sie waren unten angelangt. »Kommen Sie!« Laura ergriff Ambrosius' Arm und ging einträchtig neben ihm in den vorderen Teil des Hauses.

Ambrosius konnte sich Lauras Umgänglichkeit ihm gegenüber nicht erklären, war jedoch froh, dass sie ihm wieder wohlgesonnener war. Sie betrat vor ihm das Wohnzimmer und hielt die Tür auf. Das gab sofort die Sicht auf Karl frei. Ambrosius sog scharf die Luft ein, als er ihn wie leblos hingestreckt auf dem Sofa liegen sah. Da hatte offensichtlich nicht viel gefehlt und Matthias wäre zum Mörder geworden.

»Ohne Desmond und Sie wäre es schlecht um ihn bestellt gewesen«, Laura drückte, wie zum Zeichen des Dankes, ganz leicht Ambrosius' Arm.

Desmond betupfte noch eine letzte Wunde in Karls Gesicht mit einem antiseptischen Mittel, dann richtete er sich auf.

»Karl hat Glück gehabt und er ist jung, er übersteht das. Nur, woher rührt Matthias' Wut? Wie wir wissen, wünschte er sich Karl zum Gefährten, ließ ihn jahrhundertelang nicht aus den Augen. Wieso jetzt diese Tötungsabsicht?«

Desmond legte Belinda, die sich vor ihn schob und sich neben Karl aufs Sofa setzte, beruhigend eine Hand auf den Kopf.

»Ja, wie auch immer«, Desmond nahm seine Hand weg, es schien ihm schwerzufallen, »wie geht es Amanda und Claire?«

»Amanda schläft – hoffentlich, sie wird bald wieder auf die Beine kommen«, gab Ambrosius zuversichtlich Auskunft.

»Claire ist ebenfalls mit äußeren Verletzungen davongekommen«, erstattete Laura ihrem Mann Bericht, »das alles wird heilen. Nur diese infamen Angriffe auch psychisch zu verkraften, das ist ein ganz anderes Thema.« Laura scheute sich nicht, dieses Problem anzuschneiden.

»Nichtsdestotrotz müssen wir auch den Angreifer medizinisch versorgen«, Desmond schritt an Ambrosius vorbei und bedeutete ihm mitzukommen.

Matthias' Stöhnen, das sie bereits in der Diele hörten, trieb sie zur Eile an. Sie fanden ihn mit kaltem Schweiß auf der Stirn vor und er murmelte wirres Zeug.

»Hier kann er nicht bleiben, er scheint fiebrig«, Desmond strich sich übers Gesicht, »gibt es nicht ein Gästezimmer oder sonstigen Raum im Erdgeschoss?«

»Warte, neben dem Wohnzimmer ist noch eine Tür.«

Ambrosius ging schnell zu besagter Tür, klinkte sie auf und blickte tatsächlich in ein kleines Schlafzimmer.
»Wir können ihn hier hineinbringen!«, rief er durch den Flur.
Sie lösten Matthias' Fesseln, griffen je unter einen seiner Arme und schleiften ihn ins Zimmer. Ambrosius ließ ihn los und sich in einen am Fenster stehenden Sessel fallen.
»Wir bekommen ihn nicht ins Bett«, japste er.
Desmond schickte sich an, Matthias in eine sitzende Position zu bekommen. Er kippte seitlich weg. Wortlos ging Desmond mit langen Schritten ins Wohnzimmer.
»Ich brauche eure Hilfe.«
Laura und Belinda folgten ihm ohne weitere Fragen. Laura entwich ein ‚oh!', als sie Matthias sah und Belinda schnappte laut nach Luft.
»Irgendwie müssen wir ihn ins Bett bekommen«, sagte Desmond.
Mit viel ächzen und fluchen gelang es ihnen dann auch. Desmond eilte in die Kräuterküche und holte die Wäscheleinen. Er band sowohl Matthias' Füße als auch seine Hände locker am Bettgestell fest. Dabei sah er die kleinen Wunden.
»Sieh mal Ambrosius, sind das nicht Stichverletzungen?«
Der Freund kam herbei, beugte sich über Matthias und untersuchte dessen Hände. »Ja, ich denke schon, aber … sie sind seltsam entzündet.« Ambrosius kratzte sich den Kopf. »Ich muss Amanda stören, vielleicht erkennt sie, was es damit auf sich hat.«
»Warum macht ihr so ein Bohei um ihn«, Belindas vorheriges Erschrecken wich Empörung, »er hätte uns doch am liebsten alle vernichtet!«
»Dennoch überlässt man Übeltäter nicht einfach sich selbst«, maßregelte Desmond seine Tochter, »wir würden dadurch selbst zu Mördern. Unsere Einstellung, wie auch unsere Gesetzgebung, verpflichten uns nicht nur, für die Gesundheit eines jeden Sorge zu tragen, sondern auch dem schlimmsten Verbrecher eine ordentliche Gerichtsverhandlung zu ermöglichen!«

»Entschuldige, Papa«, Belinda kaute kleinlaut auf ihrer Unterlippe, »ich bin einfach so sauer auf ihn. Beinah hätte er Karl getötet …«
»Schon gut, Kind, wir sind alle etwas mitgenommen«, versöhnlich strich Desmond ihr übers Gesicht.
»Kann ich wieder ins Wohnzimmer?«, fragte sie leise.
»Natürlich, danke für deine Hilfe.«
Blass und zittrig kam Amanda, leicht von Ambrosius am Arm gehalten, herein. Sie löste seine Hand mit dankbarem Lächeln und trat ans Bett. Ihr reichte ein einziger Blick auf die gärenden Wunden.
»Gift! Manche Kräuter enthalten todbringende Substanzen, das ist allgemein bekannt. Solche schnitt ich auch in der Nacht und mein Messer war noch nicht gesäubert. Ich hieb damit auf seine Hände ein …«, Amanda brach ab, sie taumelte. Bevor Ambrosius bei ihr war um sie zu halten, fing sie sich. »Es sind die Säfte verschiedener aggressiver Kräuter. Ich muss ihm ein umfassend wirkendes Gegenmittel verabreichen. Und zwar so schnell wie möglich!«
Entschlossen, sich mit einer Hand an den Wänden abstützend, ging sie in die Kräuterküche. Nicht einmal Ambrosius wagte es, sie zu begleiten. So hörten sie nur, wie Schränke oder Schubladen auf- und wieder abgeschlossen wurden, lauschten dem Zerstampfen in einem Mörser, dem Zufügen von Flüssigkeit und Rühren.
»Ich habe immer einen Vorrat an Gegengiften«, erklärte Amanda, als sie mit einem Gestell, an dem ein mit gelblicher Flüssigkeit gefüllter Kunststoffbeutel hing, langsam ins Zimmer kam. Gekonnt band sie Matthias einen Gummischlauch um den rechten Arm, tastete nach einer Vene und stieß sachkundig eine Injektionsnadel hinein. Matthias zeigte keinerlei Reaktion. Während Amanda die Tropfgeschwindigkeit einstellte, sagte sie in den Raum: »Einer von euch kann bitte den zubereiteten Saft holen, er steht auf der Arbeitsplatte … und die Tasse.«
Ambrosius erledigte das nur zu gern und stand fast umgehend mit einem für Kranke konstruierten Trinkgefäß und einer Kanne Saft wieder im Raum.

»Je mehr Flüssigkeit er zu sich nimmt, umso besser«, Amanda nahm Ambrosius die gefüllte Schnabeltasse ab, »kannst du seinen Kopf etwas anheben?«
Amanda versuchte, Matthias den Saft einzuflößen; es lief alles aus seinen Mundwinkeln.
»Er kann nicht schlucken«, sagte Amanda tonlos, »was bedeutet, dass bereits erste Nervenlähmungen eingetreten sind. Wir können nur auf die Wirkung der intravenösen Behandlung hoffen. Falls sie anschlägt und über einen längeren Zeitraum erforderlich ist, müssen wir ihn auch ernähren.« Sie drehte sich kurz zu Desmond: »Kannst du mit Blutkonserven aushelfen?«
»Was für eine Frage, Amanda.«
»Da im Moment alles Notwendige getan ist, sollten wir uns ein wenig erholen«, ergriff Ambrosius, dem besonders am Wohl von Amanda gelegen war, das Wort. »Ich bleibe auf jeden Fall bei Matthias. Obwohl es nicht danach aussieht als könne er irgendwelches Unheil anrichten, mag ich ihn nicht unbeaufsichtigt lassen. Einer reicht, Desmond«, sagte er fast streng zu seinem Freund, der dabei war, sich ebenfalls als Wachtposten in dem anderen Sessel niederzulassen. »Fahr' mit deiner Familie nach Hause, gönnt euch ein paar Stunden Schlaf. Heute Abend sehen wir weiter.«
Desmond bemerkte den flehentlichen Blick seiner Frau. »Gut, alter Junge, dann überlasse ich dich hier deinem Schicksal.« Er klopfte Ambrosius auf die Schulter. »Aber du legst dich wieder hin?!«, bat Desmond Amanda.
Laura führte die Freundin behutsam zur Treppe. »Versuch ein wenig zu schlafen.«
Danach, von Desmond gefolgt, betrat sie leise den Wohnraum. Karl lag, wie zuvor, reglos auf dem Sofa, doch regelmäßige Atemzüge zeigten, dass er in einen Genesungsschlaf gesunken war. Belinda hatte sich in einen Sessel zurückgezogen.
»Wir sollten Karl ganz einfach hier ausruhen lassen«, flüsterte Laura an ihre Tochter gewandt, »ein Transport zum Gestüt ist nicht sinn-

voll. Außerdem«, jetzt wurde es heikel, »möchte er vielleicht bei seiner Mutter bleiben.«

Laura streckte die Hand nach ihrer Tochter aus. »Lass uns fahren, Schätzchen.«

Belinda schüttelte dermaßen heftig den Kopf, dass ihre Haare nur so flogen. Laura und Desmond tauschten einen einvernehmlichen Blick.

»Ich denke, wir können das verantworten«, Desmond beugte sich zu seiner Tochter hinunter, »es sieht nicht so aus, als stelle Matthias eine Gefahr dar. Dennoch bitte ich dich, vorsichtig zu sein.« Desmond richtete sich auf. »Ambrosius ist nebenan und gibt auf Matthias acht. Ich sage ihm Bescheid, dass du hierbleibst.«

Belinda stand schnell auf, umarmte dankbar ihren Vater und schloss danach ihre Mutter in die Arme. Laura küsste ihr Kind auf die Wange. »Ich muss zurück, mein Schatz, ich versprach Elenor, ihr alles zu erklären. Und das geht nur persönlich.«

Laura wirkte sehr verletzlich und Belinda nahm sie erneut in den Arm. »Ich komme hier zurecht, Maman. Es sind doch nur ein paar Stunden bis zum Abend und dann kommt ihr wieder und wir besprechen, was zu tun ist.«

Desmond registrierte die ungewohnte Konstellation – Belinda tröstete ihre Mutter. Es erstaunte und freute ihn zugleich, welche Sensibilität seine verwöhnte Tochter besaß.

Nachdem er Ambrosius über die Anwesenheit von Karl und seiner Tochter informiert hatte, ging er mit Laura durch die Eingangstür zu der um diese Tageszeit im Schatten liegende Hausseite. Dort standen ihre Wagen, die Türen einladend weit geöffnet, in den Zündschlössern steckten noch die Schlüssel.

»So nachlässig haben wir ja noch nie geparkt«, versuchte Desmond, dem die gedankliche Abwesenheit seiner Frau zusetzte, sie abzulenken.

»Stimmt«, antwortete sie gepresst.

»Willst du bei mir mitfahren?«

Laura sah ihn irritiert an. »Wieso?«
Desmond runzelte die Stirn. »Du wirkst so beschäftigt mit anderen Dingen.«
»Ich verspreche, mich auf's Fahren zu konzentrieren.«

Nachdem sie wohlbehalten eingetroffen waren und durch den nördlichen Zugang, der sowohl zu den Garagen als auch zu den Stallungen führte, ins Haus gingen, wurde Laura Schritt für Schritt langsamer.
»Was ist, Liebes?«
»Ich fürchte mich vor der Begegnung mit Elenor«, sagte sie geradeheraus, »wie soll ich ihr denn beibringen, dass Matthias so ... so niederträchtig ist? Und dass er jetzt selber in Lebensgefahr schwebt?« Laura blieb stehen. »Sie liebt ihn doch! Nach all dem Schrecklichen, was Elenor und Eugen zu verkraften haben nun auch noch das!«
»Meinst du, ich denke nicht auch die ganze Zeit darüber nach, wie es in den beiden aussieht?«, gestand Desmond verständnisvoll, »und vor allem, was wird?« Er griff fest nach Lauras Hand. »Wir stehen das gemeinsam durch.«
Laura schöpfte durch Desmonds Zuspruch neue Kraft und wappnete sich innerlich.
»Wir gehen am besten in ihren Wohntrakt, ich glaube nicht, dass sie die ganze Zeit in der Bibliothek gewartet haben.«
Hand in Hand liefen sie zu der die beiden Flügel verbindenden Halle. Gerade als sie die Haupttreppe hinaufwollten, erreichte Elenor den obersten Absatz und blieb stehen, einen Arm legte sie wie beschützend um die schmächtigen Schultern Eugens.
Verunsichert sah Eugen zu ihnen hinunter. Seine heile Kinderwelt, die aus Nacheifern selbsterkorener Vorbilder bestand, war aus den Fugen geraten. Zwar hatte er seine Mutter nicht wirklich gemocht, aber erstaunlicherweise vermisste er sie. Hinzu kam, dass sein Vater so krank war, dass er ihn nicht besuchen durfte. Sagte Elenor jeden-

falls. Na, ja, was mit Elenor selbst los war, verstand Eugen ganz und gar nicht. Sie lief nur noch verheult herum oder lag mit über den Kopf gezogener Decke im Bett. Und wo war dieser Matthias, den er zum neuen Freund erkoren hatte? Eugen fühlte sich von allen im Stich gelassen. Jetzt tauchten auch noch Tante und Onkel auf und wollten ihn bestimmt wieder mit irgendwas nerven. Eugen zog eine Fleppe, wuselte sich aus Elenors Arm und verschränkte abwehrend seine eigenen.

Laura sah die Verwirrtheit und Angst in den sonst so boshaften Kinderaugen, daneben Elenor mit vom Weinen aufgeschwollenen Gesicht. Der Kummer der beiden traf Laura wie ein Faustschlag in die Magengrube.

»Sicher wolltet ihr zu uns?«, Elenors Stimme wirkte hoffnungsvoll und ängstlich zugleich, »vor lauter Warten sind wir im Haus hin und her gelaufen …«

Ihre ungekämmten Haare und der Hausmantel, der unordentlich über ihrem dünnen Nachthemd hing, zeugten von ihrer schlechten Verfassung. Jetzt kam sie, da Laura und Desmond unschlüssig am Fuß der Treppe standen, hinunter. Ihr Bruder folgte ausgesprochen zögerlich.

»Wie seht ihr denn aus?«, entfuhr es ihr.

Eugen bekam große Augen. Onkel Desmond wirkte verschwitzt und war zerschunden, auch Tante Laura war ganz zerzaust und sie waren so richtig dreckig. Mussten die beiden mit jemandem kämpfen? Sie hatten richtig nett was abbekommen. Zufrieden stellte Eugen sich neben Elenor.

»Tante Laura«, Elenors Stimme bekam eine panische Nuance, »was ist passiert?«

Peinlich berührt sahen Laura und Desmond sich an, nicht einen Moment hatten sie an ihr Äußeres gedacht. Wie nachlässig, Elenor und Eugen dadurch zusätzlich zu beunruhigen.

»Wir wurden in eine Auseinandersetzung verwickelt«, gewohnt diplomatisch rettete Desmond die Situation, »lasst uns in Ruhe darüber sprechen.«

Er ging voraus und führte sie in die Bibliothek. Laura fuhr sich mit den Fingern durchs Haar und zupfte an ihrer Kleidung, bemüht, Elenors bohrendem Blick auszuweichen. Desmond setzte sich ruhig hin und bat die anderen mit einer Handbewegung es ihm gleichzutun.

»Was für eine Auseinandersetzung?«, platzte Elenor nervös heraus.

»Am besten fange ich mit dem an, was auch wir erst vor wenigen Stunden erfahren haben.« Laura, die in dem tiefen Sessel versank, rutschte ein wenig vor. »Ich deutete vorhin bereits an, dass Matthias unsere Nachbarinnen kennt … aber nicht nur er, es betrifft auch Karl.«

»Das kann doch gar nicht sein! Matthias und Karl lebten auf dem Kontinent und die Frauen immer hier. Ich kenne sie, seit ich mich zurückerinnern kann. Amanda stammt aus Wales, Claire aus …«, Elenors Stimme verlor sich im Raum, »das weiß ich allerdings nicht.«

»Amanda lebte in der Vergangenheit eine Weile auf dem Kontinent, sie kam mit uns nach Südengland als du noch kein Menschenjahr alt warst. In Calais trafen wir Claire, die uns ebenfalls hierher begleitete.«

Elenors Augen wurden groß.

»Während ihrer Zeit in Deutschland zog Amanda ein Findelkind auf. Es war Matthias. Was Claire angeht … sie ist die Mutter von Karl.«

»Oh!« Elenor schlug sich eine Hand vor den Mund. »Aber, wieso trennten sie sich?«

Desmond sah seine Nichte mitfühlend an; er versuchte, ihr in wenigen ruhigen Worten darzulegen, dass Matthias bereits als Kind diese bösartige Ader besaß und sowohl Ambrosius als auch Amanda zwang, zu fliehen.

Die junge Frau schlang den verrutschten Morgenrock fester um sich; ihr war anzumerken, wie sie nach diesen Mitteilungen um Haltung rang. Sie sah zu ihrem Bruder, der mittlerweile aufgestanden war und im aufgeschichteten Holz des offenen Kamins herumstocherte. Dann blickte sie ihre Tante an und sagte: »Matthias hat etwas an sich, das ich nicht wirklich beschreiben kann.«

Desmond erhob sich leise, ging zu seinem Schreibtisch und tat geschäftig.

Erst jetzt wurde Elenor bewusst, wie sehr sie sich wünschte, mit jemandem darüber zu sprechen. »Er ist auf eine Art besitzergreifend, die mir manchmal angst macht«, Elenor stieg die Schamesröte ins Gesicht, »dennoch kann ich mich ihm nicht entziehen.« Sie schaffte es nicht länger, Laura anzusehen.

Vom Kamin her beobachtete Eugen erst seinen Onkel, der Papiere auf dem Schreibtisch sortierte, dann riskierte er einen verstohlenen Blick zu den Frauen. Niemand achtete auf ihn. Schnell ratschte er ein überlanges Streichholz an der Reibfläche der Schachtel entlang und warf es auf die Holzscheite. Es ging aus. Dass sein Onkel alles mitbekam, merkte Eugen nicht.

»Claire ist eine Vampirin«, Elenor fasste sich, »wenn sie Karls Mutter ist, kann er doch nicht menschlich gewesen sein, wie er behauptet, und warum hat sie ihn alleingelassen?«

»Sie waren beide menschlich, sowohl Claire als auch Karl wurden hinterrücks in Vampire verwandelt. Danach, was weiter geschah, sollten wir besser die Beteiligten befragen.« Laura kostete es Mühe, weiterzusprechen. »Jedenfalls wähnte Karl seine Mutter längst tot und auch Claire wusste nichts vom Dasein ihres Sohnes.«

»Wie schrecklich!«, stieß Elenor mitfühlend hervor. »Aber warum war Belinda so außer sich, als ich ihr sagte, Matthias sei unterwegs? Vielleicht ahnt er, dass Amanda in der Nähe lebt und freut sich, sie nach all der Zeit wiederzusehen?«

»Wohl nicht, Elenor«, Desmond trat wieder zu den Frauen, er wählte seine Worte umsichtig, »Matthias hegt einen gewissen Groll gegen sie.«
»Pamm, pamm!« Eugen, dem es langweilig war, trug mit Desmonds Brieföffner einen imaginären Schwertkampf aus. Schnell eilte Laura zu ihm, und konnte, indem sie seine kleinen Hände festhielt, noch gerade verhindern, dass er sämtliche Papiere vom Schreibtisch hieb.
»Junger Mann, du weißt genau, dass Desmondterritorium tabu ist.«
Eugen schnitt eine Grimasse, stapfte zum Kamin, setzte sich mit untergeschlagenen Beinen davor und verschränkte beleidigt die Arme.
»Was weiter, Onkel Desmond?« Elenors Blick war bang.
»Es stellte sich heraus, dass Matthias derjenige ist, der Claire damals in der Nacht, als er selbst zum Vampir wurde, angefallen hat. Wahrscheinlich wollte er sie töten.«
»Er wollte Karl die Mutter nehmen?!«, rief Elenor, ihre Verzweiflung nahm zu. »Irgendwie habe ich gespürt, dass mit ihm etwas nicht stimmt, ich wollte es nicht wahrhaben«, sie begann zu weinen, »da gibt es endlich einen Mann, der mich will und jetzt, jetzt …«
Laura ertrug die Qual der jungen Frau kaum, sie setzte sich zu ihr auf die Sessellehne.
»Wir vermuteten, dass Matthias beide Frauen entdeckte und erkannte«, Desmond stieß seine Fingerspitzen gegeneinander, »deshalb suchten wir ihn. Er war tatsächlich bei ihrem Haus und hatte sie bereits angegriffen.«
Elenor unterdrückte nur unzulänglich einen Entsetzensschrei.
»Es geht ihnen gut!«, versicherte Desmond schnell.
»Weil ihr mit ihm gekämpft und Schlimmstes verhindert habt, nicht wahr?«
Desmond räusperte sich: »Ehem, ja.«
»Was …«, Elenor konnte kaum sprechen, »was sagt er denn selbst dazu?«
»Er wurde auch verletzt, Liebes«, sagte Laura zurückhaltend.

»Was habt ihr mit meinem Freund gemacht?!«, ereiferte Eugen sich, der bei den letzten Sätzen die Ohren gespitzt hatte. Er kam angerannt und trommelte mit beiden Fäusten gegen Desmonds Sessellehne.

»Wir mussten uns verteidigen, Eugen«, Desmond sah ihn streng an, »du setzt dich jetzt zu mir und lässt deine Schwester und Tante Laura miteinander reden.«

Eugen gehorchte schmollend.

Laura ergriff Elenors Hand. »Amanda wehrte sich mit ihrem Messer, mit dem sie zuvor auch … giftige Kräuter geschnitten hatte.« Elenors Augen weiteten sich. »Durch die Stichverletzungen gelangten diese Gifte in Matthias' Körper.« Elenor verbarg ihr Gesicht in den Händen. Lauras Hand, mit der sie zuvor noch die von Elenor gehalten hatte, sank matt herab.

»Amanda tut was sie kann, Elenor«, Desmond stand auf, er trat vor die Frauen, »Matthias erhält bereits ein Gegenmittel.«

»Kann ich denn zu ihm, mit ihm reden?«, fragte Elenor ganz leise.

»Nicht sofort«, Desmond klang sanft, »er ist im Moment nicht ansprechbar. Wir wollen die nächsten Stunden abwarten und dann am Abend nach ihm sehen. Außerdem«, Desmond legte vorsichtig eine Hand auf die Schulter seiner Nichte, »benötigen alle etwas Erholung.«

Mit einem Blick, der Desmond betrübte, sagte Elenor: »Ich verstehe, Onkel Desmond. Aber ihr fahrt nicht ohne mich?«

»Natürlich nicht!«

Eugen rutschte aus dem Sessel und folgte seiner Schwester zur Tür. Bevor die beiden hindurchgingen, drehte er sich um und bedachte sowohl Laura als auch Desmond mit einem drohenden Blick.

»Was machen wir nur mit ihm?« Laura blickte noch immer zur Tür.

»Was geht schon wieder in deinem Kopf vor?« Desmond trat neben seine Frau und sah skeptisch auf sie hinunter. »Das eine Problem noch nicht gelöst und schon beschäftigst du dich mit dem nächsten.«

»Hängt nicht alles zusammen?«
»Ja, im Grunde ist es so«, antwortete Desmond, er wirkte nachdenklich. »In den letzten Tagen hat sich unser Leben drastisch verändert.«
»Und es wird sich weiter verändern«, Laura tastete nach seiner Hand.
»Du zitterst«, bemerkte er voller Sorge, »du nimmst dir die ganzen Probleme zu sehr zu Herzen«, fest legte Desmond einen Arm um sie, »lass uns etwas ausruhen.«

Claire hielt es nicht mehr im Bett. Laura hatte ihr zwar versichert, Karl sei gut versorgt, doch der Wunsch, ihn zu sehen, zu berühren, war übermächtig. Jede Faser ihres Körpers schmerzte als sie sich nach unten kämpfte. Am Treppenende zwangen ihre wackeligen Beine sie, eine Pause einzulegen. Nach kurzem Innehalten ging sie an der offenstehenden Tür des Gästezimmers vorbei. Claire schrak zusammen, als sie ihren Angreifer, aus dessen rechtem Arm ein Infusionsschlauch zu einem Beutel an einem Tropfgestell führte, erkannte. Sie mühte sich bis zur Tür und ließ ihren Blick über den schlafenden Mann gleiten, dabei entdeckte sie die Wäscheleinen, die ihn ans Bettgestell banden. Davor saß Amandas Freund in einem niedrigen Sessel und döste. Wieso war dieser Übeltäter nicht der Polizei überstellt worden? Was machte er, dazu noch medizinisch versorgt, in ihrem Haus? Claire blieb noch einen Moment grübelnd stehen. Wahrscheinlich hatten Desmond und Amanda etwas entschieden, was sie zu gegebener Zeit erfahren würde.
Beruhigt, diesen gefährlichen Mann gefesselt und bewacht zu wissen, erreichte sie das Wohnzimmer. Vorsichtig stieß sie die angelehnte Tür auf. Gefiltert durch die dicken Vorhänge tauchte die Nachmittagssonne den Raum in mildes Licht.
Da lag er, ihr erwachsener Sohn, so vertraut und so fremd. Claire unterdrückte einen Schluchzer. Um ein Haar wäre er ihr ein zweites Mal genommen worden. Langsam bewegte sie sich zum Sofa und

sah auf ihn hinunter. Wie zerschunden er aussah! Ganz sacht berührte Claire sein Gesicht. Ein leichtes Rascheln hinter ihr ließ sie herumfahren. In einem der Sessel kauerte Belinda und suchte im Schlaf eine bequemere Position. Belinda war ihr vertrauter als der eigene Sohn. Wie ging sie jetzt damit um, dass die beiden sich ineinander verliebt hatten? Nachdenklich schweifte ihr Blick von Belinda zu Karl und wieder zurück. Eigentlich konnte sie diese Beziehung nur unterstützen. Claire mochte Belinda von Anfang an und nun schien es so, als führe der Weg zu ihrem Sohn über sie. Um den Schlaf der beiden nicht zu stören, stahl sie sich behutsam hinaus bis zur Küche.
Hier stützte sie sich einen Moment erschöpft am Tisch ab, dann setzte sie Wasser für einen Tee auf.
»Machst du mir auch einen?« Abwartend stand Amanda in der Tür.
Claire holte einen zweiten Becher aus dem Schrank. Amanda hingegen öffnete den Spezialkühlschrank, entnahm eine Blutration, füllte diese in ein geeignetes Gefäß und erhitzte die Flüssigkeit in der Mikrowelle.
»Du musst zu Kräften kommen«, sagte sie betont streng, als sie das Getränk vor Claire stellte und hob gleich abwehrend eine Hand, »ich weiß, dass du mit so wenig Blut wie eben möglich auskommen willst, aber dies ist eine besondere Situation. Also trink!«
Claire wusste, dass ihre extrem sparsam dosierten Blutrationen ihre Kräfte schmälerten; somit schätzte sie die Fürsorge der Freundin durchaus. Mit jedem kleinen Schluck spürte Claire, wie gut ihr das Blut tat. Gleichzeitig verzweifelte sie, wie stets, dass ihr Dasein von diesem Elixier abhing.
»Warum liegst du eigentlich nicht im Bett und erholst dich?«
»Könnte ich dich auch fragen«, entgegnete Claire, gab dann aber zu, »ich habe nach Karl geschaut.«
»Kann ich gut verstehen.« Amanda saß mit untergeschlagenen Beinen auf einem Küchenstuhl und sah von ihrer Tasse auf. »Und?«

»Er sieht übel aus, aber kein Fieber, keine eitrigen Wunden. Es ist wie Laura mir versichert hat - bald ist er wieder auf den Beinen.« Claire nippte zwischendurch an dem heißen Tee. »Ich habe auch den anderen gesehen, unseren Angreifer«, Claire sah ihre Freundin verwundert an, »wieso ist er nicht im Krankenhaus sondern wird in unserem Haus von dir behandelt? Er wollte uns töten, du musst ihn anzeigen!«

»Er kann weder ins Krankenhaus noch der Polizei übergeben werden«, Amanda sah Claire über die Teetasse hinweg an, »er ist ein Vampir.«

Überrascht hob Claire die Augenbrauen.

»Durch die Abwehr mit meinem Kräutermesser habe ich ihn vergiftet«, Amanda ließ den Tee in der Tasse kreisen, »ich träufele ihm ein Gegenmittel ein. Schlucken kann er schon nicht mehr.« Amanda wendete den Blick ab.

»Warum machst du dir wegen dieses Verbrechers Vorwürfe? Du handeltest aus Notwehr.«

»Es ist Matthias!«

Endlich war es heraus.

Claire verschlug es die Sprache, doch ihr Blick war voller Mitgefühl. Amanda ertrug Claires Warmherzigkeit nur schlecht, sie stand abrupt auf, zog energisch die Vorhänge zur Seite und starrte aus dem Fenster.

»Ich habe nicht die geringste Ahnung, seit wann er hier ist«, Amanda drehte sich wieder zu Claire, »Laura sprach allerdings beim letzten Telefonat von zwei deutschen Gästen, wahrscheinlich Karl und Matthias. Ich frage mich, warum Ambrosius es mir verschwiegen hat.«

Wie auf ein Stichwort steckte Ambrosius schuldbewusst den Kopf durch die Tür. Amanda, die ermattet an der Arbeitsplatte lehnte, sah ihm auffordernd entgegen. Ambrosius räusperte sich, dennoch klang seine Stimme belegt. »Zuerst habe ich es vergessen«, wieder zeigte sich diese schuljungenhafte Verlegenheit, »die Freude dich

wiederzusehen«, er brach ab. »Dann folgte umgehend die Überführung der Gefangenen nach Schottland.« Ambrosius holte ein Glas aus dem Schrank und hielt es unter den Wasserhahn. »Ich nahm die Jungen mit, Karl, weil er sich für ein Studium interessiert und Matthias«, Ambrosius nahm einen langen Zug, »damit ich ihn unter Kontrolle hatte.« Wieder stockte Ambrosius, fuhr dann aber beherzt fort: »Ich dachte, es wäre sinnvoll, euch mit Bedacht an ein Wiedersehen heranzuführen«, Ambrosius schüttelte bedauernd den Kopf, »dazu kam es leider nicht, da Matthias verschwunden war. Wir nahmen an, dass er euch aufspürte und … ihr in Gefahr wart.« Ambrosius wies mit dem Kinn zum Telefon, das leicht versteckt hinter der Brottrommel lag.
Während Claire versuchte, auf ihrem Stuhl eine weniger schmerzhafte Sitzposition einzunehmen, griff Amanda wortlos nach dem blinkenden Teil und hörte Ambrosius' Nachricht ab.
»Was sich leider bewahrheitet hat«, Amanda kam stirnrunzelnd zum Tisch. »Doch woher rührte eure Annahme, uns drohe Gefahr von Matthias?«
»Weil er dich hasst, Amanda«, sagte Ambrosius rundheraus, »und was Sie, Claire, betrifft, erhärtete sich der Verdacht, dass er Sie zur Vampirin machte. Ob bewusst oder versehentlich wissen wir nicht.« Ambrosius ließ sich Claire gegenüber auf einen Stuhl fallen. Bevor er weitersprechen konnte, kam Karl, liebevoll von Belinda gestützt, mit ihr herein. Karl zuckte merklich zusammen, als er die Anwesenden der Reihe nach ansah.
»Wie übel er euch zugerichtet hat!«, entfuhr es ihm.
»Dich nicht minder.«
Claire wollte aufstehen, doch Karl hielt sie mit einer Handbewegung davon ab. Er gelangte bis zum Tisch und unterdrückte nur unzulänglich ein Stöhnen, als er sich setzte. Belinda blieb, mit den Händen auf den Stuhllehnen, hinter ihm stehen.
»Es tut mir leid, Ambrosius, dich bezüglich meiner Mutter verdächtigt zu haben.« Karl sah Ambrosius fest an, dann sah er wieder in

die Runde. »Es war schrecklich, als Matthias während des Kampfes schrie ‚*du solltest genauso wenig eine Mutter haben wie ich*‘.« Karls Erschütterung war eindeutig. »Er sagte, er müsse beenden, was ihm in der ersten Nacht aus Unerfahrenheit nicht gelungen sei.« Wehmütig blickte Karl zu seiner Mutter. »Du solltest nicht überleben.«
Ambrosius sprang auf. »Schon in der ersten Nacht … was habe ich angerichtet …«
Amanda war kreidebleich. »Wir waren mehr als fahrlässig.«
»Hört auf!«
Alle im Raum fuhren zusammen, als Claire sich ungewohnt scharf Gehör verschaffte.
»Was sollen diese Selbstvorwürfe nach zweihundertfünfundfünfzig Jahren? Mich plagen ebenso Schuldgefühle. Ich habe meinen Sohn zurückgelassen, das habe ich mir nie verziehen!«
»Mutter«, warf Karl ein, doch Claire bedeutete ihm, still zu sein. »Wir drei«, mit einer Armbewegung umschloss Claire sich, Amanda und Ambrosius, »sind uns damals im Dorf nie begegnet, obwohl unsere Geschicke bereits miteinander verknüpft waren«, Claire sprach ruhig, fast sachlich, »Amanda rettete mir nach meiner Flucht das Leben. Nur wusste ich nicht, dass sie die Ziehmutter von Matthias war. Matthias machte mich zu dem, was ich bin. Ambrosius machte meinen Sohn zu dem, was er ist. Und heute war Ambrosius an der Rettung meines Sohnes beteiligt«, Claire bedachte Ambrosius mit einem warmen Lächeln. »Laura hat zwar nur nebenbei Ihre und Desmonds Hilfe erwähnt, aber mir ist klar, dass Karl nicht allein gegen Matthias angekommen wäre. Mag es noch so theatralisch anmuten, wir können nicht verleugnen, dass unsere Schicksale verbunden sind. Nutzen wir die Gelegenheit, die Vergangenheit gemeinsam zu bewältigen.« Claire erhob sich langsam und ging zu Karl. »Für mich ist das Wichtigste, dass du lebst.«
Niemand sagte etwas, jeder schien das Gehörte zu verarbeiten.

»Meine Hochachtung«, Ambrosius fand als erster die Sprache wieder, »Sie sind eine kluge Frau, Claire. Ich schließe mich nur allzu gern Ihrem Vorschlag an.« Er deutete eine Verbeugung an.
Amanda trat zu Claire und umarmte sie.
Erst jetzt bemerkte Belinda, wie verkrampft ihre Hände die Stuhllehne umfassten. Sie lockerte sie und legte sanft eine Hand auf Karls Schulter. Er legte eine Hand darüber.
»Damals hast du mir mein menschliches Leben genommen, Ambrosius«, Karls Stimme war nüchtern, »jetzt hast du mir dieses Dasein«, Karls Lächeln gelang aufgrund seines geschwollenen Gesichts nur schräg, »das ich seit kurzem zu schätzen weiß, erhalten.« Karl verstärkte den Druck auf Belindas Hand und schloss seine Mutter mit den Augen ein. Dann stand er mühsam auf. »Ich möchte mich gern etwas frisch machen, kann ich euer Bad benutzen?«
Claire trat zur Seite, um ihren Sohn vorbeizulassen.
»Im rechten Schränkchen finden Sie alles Nötige«, erläuterte Amanda, »wir sind stets auf Gäste oder Durchreisende eingestellt.«
»Ja«, bemerkte Karl trocken, »in Vampir- und ähnlichen Kreisen scheint es üblich zu sein.«
Er humpelte zur Tür. Belinda, durch die Gegenwart von Claire gehemmt, widerstand dem Drang, ihm ins Bad zu folgen. Sie fühlte sich allein gelassen und überflüssig.
»Jetzt muss ich nach dem Patienten sehen«, Amanda war schon halb aus der Tür, als sie Ambrosius fragte, »was hast du für einen Eindruck?«
»Bisher unverändert, Matthias liegt da, wie im Koma.«
Ambrosius folgte der voraushumpelnden Amanda ins Gästezimmer.
»Willst du dich auch ein wenig herrichten, Belinda?«
Claire versuchte, der jungen Frau die Unsicherheit zu nehmen.
»Gern«, stimmte Belinda erleichtert zu. »Aber vorher helfe ich dir nach oben«, ohne auf Claires abwehrende Geste zu reagieren, griff Belinda ihr unter den Arm.

Während sie durch den Flur tappten, hörten sie Amanda sagen:
»Wir müssen eine Entscheidung treffen, ich rufe Desmond an!«
Hektisch eilte Amanda aus dem Raum und lief beinah in sie hinein.
»Oh, ihr beiden, seid so lieb und wartet im Wohnzimmer, bis die anderen eintreffen.«
Sie rannte, so schnell ihre Blessuren es erlaubten, an ihnen vorbei zum Telefon.

# Kapitel 14

Zuerst hatte Laura eng an Desmond geschmiegt in seinem Bett gelegen und versucht einzuschlafen. Da sie sich dermaßen hin und her wälzte, war sie auf ihre Seite hinübergerutscht, um ihrem Mann nicht ebenfalls die nötige Ruhe zu erschweren. Als dann endlich der Nachmittag in den Abend überging, stand Laura auf und machte sich im Bad zurecht. Desmond empfing seine Frau auf der Bettkante sitzend. Ihm war deutlich anzusehen, dass er kaum mehr Schlaf gefunden hatte als sie. Laura küsste ihn und Desmond strich behutsam über ihr sorgenvolles Gesicht. Während er unter der Dusche stand, kleidete Laura sich an. Auch ohne miteinander zu reden, war ihnen bewusst, dass ihnen ähnliche Gedanken durch den Kopf gingen.
»Wir fahren am besten mit zwei Wagen«, rief Laura, um sich mit praktischen Dingen abzulenken.
»Warum?«
»Wir sind schon vier, wenn wir hinfahren«, zählte Laura auf, »dann müssen wir Belinda mit zurücknehmen, da Mitch *Princess* bereits hierher holte …«
»Fünf gehen doch ins Auto«, Desmond kam ins Schlafzimmer und ging zum Kleiderschrank.
»Und unsere Gäste?«
Desmond hielt Laura eine seiner Hosen und zwei Hemden entgegen; sie zeigte auf das farblich passendere.
»Bist du sicher, dass sie mit zu uns wollen? Vielleicht bleibt Ambrosius bei Amanda und Karl«, er mühte sich mit der Knopfleiste, »bei seiner Mutter?«
Laura stand mit ein paar Schuhen in den Händen vor den Betten. »Ja, vielleicht.« Sie schlüpfte hinein. Desmond betrachtete seine Frau kritisch. »Du fühlst dich wieder für alle zuständig, nicht wahr?«
Darauf antwortete Laura nicht, stattdessen sagte sie: »Da wäre ja

auch noch Matthias. Eventuell will er hierher zu Elenor oder, falls er noch gepflegt werden muss, möchte Elenor es übernehmen.«
»Sobald er transportfähig ist, wird er nach Schottland gebracht«, antwortete Desmond scharf, »und dort bis zu seiner Gerichtsverhandlung unter Aufsicht gestellt!«
Ohne ihren Mann anzusehen, griff Laura nach ihrer Handtasche. Desmond ahnte, wie gern sie Elenor und Matthias noch einen Aufschub des Unvermeidlichen gönnte.
»Du hast mich überzeugt«, lenkte er ein, »wir nehmen beide Wagen.«
»Gut. Ich sehe dann nach Elenor und Eugen, ob sie schon fertig sind.«
Desmond und Laura durchqueren gemeinsam die Halle.
»Können wir los, Tante Laura?« Elenor kam ihnen, wieder gewohnt gepflegt und ordentlich angezogen, entgegen.
»Ja, Liebes, ich war gerade auf dem Weg zu euch.«
»Wir sind bereit.«
Elenor wirkte gefasst. Zudem war es ihr gelungen, Eugen in eine nicht durchlöcherte Jeans und ein unzerrissenes T-Shirt zu kleiden, selbst seine Füße steckten in kindgemäßen Turnschuhen.
Ohne ein Wort zu wechseln gelangten sie in die Garage. Laura dirigierte Elenor sacht zu ihrem Cabriolet. Eugen platzierte sich neben Desmonds Landrover. Für seinen Onkel hegte er zwar keine sonderliche Schwäche, aber für dessen Auto. »Ich fahre hier mit!«
»Nach hinten«, sagte Desmond ohne Umschweife, »und anschnallen!«
Eugen rackerte sich mit dem Gurt ab. Desmond startete, fuhr aber nicht los, da sein Handy klingelte. Genervt nestelte er das aufdringliche Teil hervor.
»Amanda«, irritiert horchte er auf, »wir sind schon unterwegs!«
Eugen grinste zufrieden, als Desmond rasant durch die Einfahrt schoss und mit überhöhter Geschwindigkeit über die Wege preschte. Hatte er seinem Onkel gar nicht zugetraut. Eigentlich war er ja

doch nicht so übel. Tante Lauras Wagen war gar nicht mehr zu sehen, sie war wohl auch ziemlich schnell unterwegs. Mit verschränkten Armen genoss Eugen die Fahrt und müpfte nicht ein einziges Mal auf, wenn ihn das eine oder andere Schlagloch durchrüttelte. Im Nu erreichten sie das Haus von Amanda und Claire, davor wartete Tante Laura mit einem schon wieder so ernsten Gesicht. Eugen mochte das gar nicht, da war irgendwas faul. Er krabbelte aus dem Wagen und rannte an ihr vorbei.
»Elenor!«
Da kam sie zum Glück. Mann, wo waren nur ihre lustigen Grübchen? Sie lachte ihn gar nicht an, stattdessen ging sie in die Knie und hielt ihn sanft fest.
»Matthias ist sehr krank, Eugen. Du kannst zwar zu ihm, aber er kann nicht mit dir sprechen.« Sie richtete sich wieder auf und nahm seine Hand. »Komm!«
Laura und Desmond gingen den beiden hinterher. Ambrosius, übermüdet und unrasiert, stand am Kopfende von Matthias' Krankenlager. Er hob kurz eine Hand zum Gruß. Elenor und Eugen setzten sich zu dem wachsbleichen Matthias auf die Bettkante, Laura und Desmond stellten sich ans Fußende. Belinda, der man die Spuren des Erlebten noch deutlich ansah, kam als nächste herein. Die Szene, die sich ihr bot, zeichnete noch zusätzlich ein banges Fragen in ihr Gesicht.
»Guten Abend, zusammen«, flüsterte sie und stellte sich zwischen ihre Eltern. Laura griff sofort beruhigend nach ihrer Hand.
»Oh, nein!«
Es wurde fast kläglich ausgestoßen. Karl, der gleich hinter Belinda in den Raum trat, blieb erschüttert stehen. Traurig glitt sein Blick über seinen vom Fieber geschüttelten Weggefährten. Schwer atmend, stützte Karl sich am Türrahmen ab, seine am ganzen Körper vorhandenen Prellungen setzten ihm mehr zu als gedacht. Es entstand ein leises Rascheln, dann stand Belinda neben ihm. Bereitwillig ließ Karl sich von ihr zu einem Sessel geleiten, Belinda ließ sich

auf der Lehne nieder. Laura und Desmond traten ein wenig zur Seite, damit beide in die Versammelten integriert wurden. Claire, deren Schwäche eindeutig war, grüßte durch Augenkontakt und setzte sich sofort in den neben dem Sessel stehenden Stuhl. In dem kleinen Zimmer wurde es zunehmend stickiger. Ambrosius öffnete das Fenster. Milde Abendluft strömte herein und führte leichte, spätsommerliche Düfte mit sich. Ungeachtet der Sorgen anderer Wesen zwitscherten die Vögel ihre fröhlichen Lieder.

Karl fühlte sich wie in Trance, alles schien unwirklich. Murmelte da nicht der Fluss, an dessen Ufer er als Neunjähriger unzählige Stunden zugebracht hatte? Rief ihn da nicht seine Mutter? Und morgens, wartete da nicht sein Schulkamerad Matthias zwischen den Feldern auf ihn?

»Jetzt seid ihr komplett.« Amandas Stimme holte Karl in die Gegenwart zurück. »Kurz und gut, meine Medikamente zeigen keine Wirkung.« Mit einem Kopfschütteln erstickte sie Nachfragen. »Ich sage euch das so schonungslos, da ihr Vampire eine Entscheidung treffen müsst. Die einzige Möglichkeit, ihn eventuell zu retten, ist ein schwieriges Unterfangen mit ungewissem Ausgang.« Amanda sah Desmond an, der zustimmend nickte. »Sein Blut muss komplett ausgetauscht werden. Bisher ist dies sehr selten durchgeführt worden, auf jeden Fall ist eine Genehmigung durch den Hohen Rat erforderlich.« Amanda schaute vor sich hin. »Zudem stellt sich die Frage, ob es je gestattet wurde, einem nicht gesetzestreuen Vampir durch diese Maßnahme das Leben zu erhalten.« Sie sah wieder auf.

»Nein, von so einem Fall ist mir nichts bekannt«, schaltete Desmond sich ein. »Dennoch erlaubt unsere Gesetzgebung auch in einer solchen Situation eine Antragstellung. Wichtig sind dabei Fürsprecher. Normalerweise erfolgt eine schriftliche Eingabe der Befürworter an einen Ratsherrn. Da ich selbst zum Hohen Rat gehöre, entfällt diese Zwischeninstanz und ich kann hier und jetzt die Füroder Widersprache eines jeden aufnehmen. Äußern können sich alle, auch du Amanda, es zählen allerdings nur die Stimmen von

Vampiren ab achtzehn Jahren. Da ich als Mitglied des Hohen Rates anwesend bin, die Argumentation vor Ort aufnehme und auswerte, zählt meine Stimme nicht.« Desmond sah alle der Reihe nach an. »Da die Zeit drängt, sollten wir sofort beginnen. Bringst du mir bitte etwas zu schreiben, Amanda?«

Amanda brachte Desmond einen DIN-A4-Block und einen Kugelschreiber, er stellte sich ans Fenster und benutzte die Bank als Schreibtisch. Akribisch vermerkte er Uhrzeit, Datum und die Namen der Anwesenden. Darunter schrieb er als erstes seinen eigenen Namen, ließ Platz unter dem Wort *Argumentation* und setzte ein *Nicht stimmberechtigt* in Klammern dahinter.

»Auch wenn meine Stimme nicht ins Gewicht fällt, möchte ich euch gegenüber darlegen, dass ich einen Antrag auf Behandlung befürworte. Jeder, auch der übelste Verbrecher, hat ein Recht auf Leben.« Damit stellte Desmond sich ganz klar gegen die Todesstrafe, die vom Hohen Gericht noch immer verhängt werden konnte.

»Ja, Papa«, meldete Belinda sich vorwitzig, »ich stimme dir zu. Du hast mir bereits eine Lektion erteilt und ich habe sie verstanden.« Ein wenig unsicher blickte sie in die Runde. »Matthias war mir von Anfang an nicht sympathisch und jetzt mag ich ihn gar nicht mehr, aber wir dürfen niemanden bewusst sterben lassen. Und außerdem«, Belinda wurde rot, »möchte ich, dass er für dich wieder gesund wird, Elenor.«

Desmond vermerkte hinter Belindas Namen *Nicht stimmberechtigt*, nahm aber ihre Wortmeldung, nicht ganz ohne Stolz, zu Protokoll.

»Er hat euch alle fürchterlich zugerichtet«, Elenor war aufgestanden und sah jeden, der in den Kampf mit Matthias verstrickt gewesen war, an. »Besonders die Verletzungen, die Claire, Amanda und Karl erlitten haben, sprechen für sich.« Elenor wandte sich jetzt zum Bett. Sie ergriff eine von Matthias' kalten Händen. »Manchmal kann Liebe helfen. Ich wünsche mir, dass du überlebst.« Elenor beugte sich hinunter und küsste Matthias ganz leicht auf den Mund. Dann ging sie hinaus.

*Stimmberechtigt.*
Eugen sprang ihr hinterher, drehte sich jedoch kurz um und rief aufgebracht: »Klar soll der am Leben bleiben. Schreib das auf, Onkel Desmond!«
*Nicht stimmberechtigt.*
»Matthias ist doch nur ein Junge, der sich nach einer Familie sehnt. Ein Kind, das herausfindet, dass die eigene Mutter es nicht großziehen konnte oder wollte, wird sich immer fragen warum und darunter leiden. Darauf begründet sich sein ganzer Hass. Ich glaube nicht, dass Matthias abgrundtief böse ist. Er soll eine Überlebenschance bekommen.«
»Sie überraschen mich erneut«, Ambrosius sah Claire unverhohlen beeindruckt an. »Er hat zweimal versucht, Sie umzubringen und Sie treten für ihn ein. Für mich selbst kann ich nur hoffen, dass er überlebt. Denn sonst bekomme ich nie mehr die Gelegenheit wieder einigermaßen gutzumachen was ich versäumt habe.«
Desmond schrieb ohne Unterlass.
»Auch wenn meine Stimme nicht zählt«, ergriff Amanda das Wort, »sollt ihr wissen, dass mich ein schlechtes Gewissen plagt. Ich überließ einen Neunjährigen sich selbst, interessierte mich nicht dafür, was aus ihm wurde. Das ist unverzeihlich. Nur wenn Matthias überlebt, ist eine Aussöhnung möglich.«
»Im Grunde fühle ich wie Claire, er ist ein bedauernswerter Junge, der sich nach Liebe und Geborgenheit sehnt. Versuchen wir, ihm diese Chance zu geben.«
Desmond überraschte die Zustimmung seiner Frau keineswegs; er hätte ihre Antwort im Vorhinein vermerken können.
Niemand sah zu Karl, bedrückendes Schweigen füllte den Raum.
Karl saß tief versunken da, er war es nicht gewohnt, seine Gefühle anderen gegenüber zu äußern. Doch die hier Versammelten waren ihm mehr oder weniger vertraut und er spürte, dass er ein wenig von sich preisgeben musste.

»Schon um meinetwillen hoffe ich, dass Matthias überlebt«, Karls Stimme klang belegt, »nicht alles an ihm ist böse oder schlecht. Ich will seine Beweggründe verstehen, nur so schaffe ich es, mit dem Vergangenen klar zu kommen.« Karl atmete durch und hielt sich umgehend seine schmerzenden Rippen. »Es wäre schön, wenn wir die Möglichkeit bekämen, seine kranke Seele zu heilen.«
*Beschluss einstimmig.*
»Ich setze mich sofort mit dem Richter in Verbindung«, Desmond raffte die gefüllten Seiten zusammen, »ich gehe in dein Arbeitszimmer, Claire?«
»Ja, natürlich!«
Desmond kannte den winzigen Raum im Dachgeschoss, den Claire für ihre Büroarbeit nutzte. Hastig verschwand er nach oben, zog das für solche Fälle zu nutzende Handy aus seiner Hosentasche und wählte die geheime Nummer. Über eine reservierte Leitung erreichte er den Richter umgehend und persönlich. Ohne Umschweife brachte Desmond das einstimmige Ersuchen der Vampire vor und bat aufgrund der Dringlichkeit um eine rasche Entscheidung. Dann setzte er sich auf Claires Bürostuhl, stützte die Ellbogen auf der Schreibtischplatte ab und barg seinen Kopf in den Händen.

Während Matthias bereits als grauer Schatten mehr und mehr in die Zwischenwelt driftete, warteten die anderen ungeduldig auf eine Nachricht.
Laura war zu ihrem Mann nach oben gegangen.
Elenor achtete vor dem Haus auf Eugen, der imaginäre Kämpfe ausfocht. Seine geräuschvollen Attacken drangen bis ins Wohnzimmer, wo Belinda und Karl mit ineinander verschlungenen Händen auf dem Sofa saßen.
»Elenor und ich waren uns immer ganz nah, wir besprachen alles, es gab keine Geheimnisse zwischen uns«, Belinda blickte niedergeschlagen zum Fenster, »durch das, was in Deutschland passierte, entstand ein Bruch. Aber trotzdem«, Belinda setzte sich aufrecht

hin, »selbst wenn sie mir ablehnend gegenübersteht, will ich mich um sie kümmern. Gerade jetzt! Wenn es dir besser geht, werde ich genügend Zeit für sie haben.«
»Du solltest grundsätzlich für sie da sein«, Karl strich Belinda behutsam über die Unterlippe, der sie wieder zusetzte, »man kann sich nicht ausschließlich auf eine einzige Person konzentrieren«, er versuchte ein Lächeln, »auch wenn man sie noch so liebt.« Vorsichtig küsste er sie auf die Wange, ihn schmerzte bei jeder Bewegung irgendeine Stelle.
»Du hast Recht, wir können nicht jede Minute miteinander verbringen«, rang Belinda sich eine vernünftig klingende Erwiderung ab, hinter der sie nicht wirklich stand.
Karl hüllte sich in Schweigen und eine zunehmend schwermütige Stimmung breitete sich aus. Belinda setzte es zu und sie überlegte, wie sie Karl ablenken könnte. Mit einem Mal lächelte sie verschwörerisch.
»Du weißt inzwischen, dass meine Mutter früher menschlich war und ich ein Mischwesen bin, nicht wahr?«
»Ja, deine Eltern sagten es mir.«
»Mmmh«, sie nickte aufgeregt, »du weißt aber wahrscheinlich nicht, wie sehr meine Eltern sich davor fürchteten mir die Wahrheit zu sagen, ganz besonders meine Mutter«, Belinda schmunzelte. »Sie war noch menschlich, als sie mich bereits erwartete.« Karl kräuselte fragend die Stirn. »Mein Vater weigerte sich zuerst, sie und dadurch auch mich, zu verwandeln. Doch meine Mutter ist hartnäckig, es gelang ihr, ihn umzustimmen. Somit wurde ich zu einem Mischwesen. Als sie es mir endlich bei unserem Aufenthalt auf Schloss Stiemheim erzählte, fürchtete sie Vorhaltungen meinerseits, da sie für ihr ungeborenes Kind mitentschieden hatte. Ich verstand die Befürchtungen meiner Eltern gar nicht, ich sehnte mich nie nach einem menschlichen Leben«, Belinda schüttelte amüsiert den Kopf, »du hättest die beiden sehen sollen, wie sie schuldbewusst vor mir saßen. Außerdem«, Belinda wurde aufgeregter und zupfte entspre-

chend nervös an ihren Haarsträhnen, »hatte ich mich bereits in dich verliebt. Der Gedanke, dass ich als Mensch gar nicht mehr existieren würde und dir somit nie begegnet wäre, nahm mir beinah den Atem. Demzufolge war ich meinen Eltern außerordentlich dankbar, denn«, Belinda guckte irritiert, als Karl ihre unruhigen Hände festhielt, ließ es aber zu, »ich dachte du seist ein Mensch und«, sie redete immer schneller, »die Liebe meiner Eltern vor Augen, sah ich eine Chance für uns beide.« Sie strahlte Karl überaus glücklich an.
»Du wolltest mich zu einem Vampir machen!?«
»Wenn du einverstanden gewesen wärst …«
Gepolter auf der Treppe unterbrach sie.
»Das ist bestimmt mein Vater«, Belinda sprang auf, »vielleicht ist schon etwas entschieden.«
Karl zog Belinda wieder neben sich: »Lass uns hier warten …«
»Du fürchtest, dass sie ablehnen.«
Desmond stürmte mit langen Sätzen ins Gästezimmer und trat sofort zu Ambrosius, der nach wie vor an Matthias' Bett ausharrte.
»Mein Freund«, er legte Ambrosius fest eine Hand auf die Schulter, »wir haben das Einverständnis.«
Ambrosius Kopf sank nach vorne. »Danke!«
»Der Krankenwagen ist bereits unterwegs.«
Mit einem zuversichtlichen Kopfnicken verließ Desmond das Zimmer, traf im Flur auf Laura und sie gingen ins Wohnzimmer. Zwei fragend auf sie gerichtete Augenpaare erwarteten sie.
»Matthias wird abgeholt und in der Klinik behandelt.«
Belinda sah Karl erleichtert an, doch Karl wich alle Farbe aus dem Gesicht.
»Er kann nicht in ein Krankenhaus, wenn sie dort merken …«, Karl brach kalter Schweiß aus, »warum tun Sie das, es ist sein Todesurteil!«
»Karl, beruhigen Sie sich!«, Desmond, der dabei war, sich Wasser einzugießen, verschüttete die Hälfte, »es besteht keine Gefahr für Matthias. Ich vergesse immer wieder«, er sah Karl entschuldigend

an, »dass Sie nichts von unserem gut organisierten Leben wissen.« Desmond wischte sein Glas trocken bevor er trank. »Jedes unserer Privathäuser ist für eine Versorgung von Kranken und Verletzten relativ gut ausgestattet.«
»Das habe ich schon irgendwie mitbekommen«, bestätigte Karl, der sich langsam entspannte.
»Manchmal, wie im vorliegenden Fall, sind umfangreichere Maßnahmen erforderlich, von daher muss eine stationäre Behandlung erfolgen. Wir unterhalten eine Klinik in der Nähe von London, dort wird Matthias versorgt werden.« Nach kurzer Überlegung gab Desmond eine weitere Information preis. »Einen Komapatienten wie Edgar können wir ebenfalls nicht ohne professionelle Hilfe irgendwo unterbringen. Er ist in unserem Krankenhaus oben im Norden, an der Grenze zu Schottland.«
»Gibt es noch mehr solcher Einrichtungen?«
»Hier auf der Insel nicht, nein«, Desmond setzte sich, »ansonsten sind je nach Dichte der Besiedlung durch Vampire mehr oder weniger Kliniken weltweit vorhanden.«
‚Eine Parallelwelt', schoss es Karl durch den Kopf.
»Vampire studieren also auch Medizin?!«, Karl vermochte es nicht wirklich zu glauben.
»Wir können alles studieren«, Desmond lächelte zufrieden, »je nach Begabung, Ausdauer und finanziellen Mitteln.«
‚Also auch hier gesellschaftliche Unterschiede', dachte Karl grimmig.
»Sobald Matthias abgeholt worden ist, werden wir nach Hause fahren«, schaltete Laura sich ein. »Was halten Sie davon, Karl, sich noch ein paar Tage in unserem Haus umsorgen zu lassen? Ihre Mutter und Amanda sind selbst ziemlich mitgenommen und müssen genesen, von daher …«
»Ich nehme das Angebot gerne an«, Karl ließ Laura ihre Argumente nicht zu Ende vorbringen. »Wahrscheinlich kann ich in den nächsten Tagen ins Cottage ziehen, das Belinda so wohnlich für mich

hergerichtet hat … wofür ich auch Ihnen danke!« Er deutete im Sitzen eine Verbeugung an. Doch Laura schien mit seinem Vorhaben nicht zufrieden, Karl sah förmlich, wie es hinter ihrer Stirn arbeitete und sie nach einer wohlformulierten Frage suchte. Er kam ihr zu Hilfe. »Ich bin nicht mehr das Kind, das meine Mutter zurückgelassen hat. Wir können die Uhr nicht zurückdrehen und die jahrelange Trennung einfach wegwischen. Meine Mutter und ich müssen uns aneinander gewöhnen, dazu kann räumliche Unabhängigkeit wesentlich beitragen.« Karl klang selbstbewusst. »Durch Ihre Hilfe und Unterstützung«, Karls offener Blick traf erst Laura, dann Desmond, »sehe ich einen klaren Weg vor mir.«

»Eigentlich bin ich froh, endlich über meine Vergangenheit sprechen zu können«, bemühte sich Claire, die zusammen mit Amanda in der Küche wartete, ihrer beider Anspannung zu dämpfen. Wieder tranken die beiden Frauen etwas von ihrem selbst hergestellten Tee. »Ich bin über mich erstaunt, denn ich merke, wie ich es vermisse, jemandem von früher zu erzählen.« Versonnen blies sie in das heiße Getränk.
»Ja«, Amanda befühlte ihr Gesicht, »irgendwie ist es schön.«
»Wird Ambrosius hierbleiben? Es freute mich für dich«, sagte Claire ehrlich.
»Ihm gehört seit ewigen Zeiten ein kleines Haus nahe Stonehenge«, Amanda redete aufgeregt wie ein Teenager, »er will es herrichten.«
»Zieht ihr beide dort ein oder wäre es dir lieber, wenn er hier wohnt? Ich kann doch in unseren kleinen Shop ziehen, wir könnten noch einen Raum anbauen …«
»Wie bitte?« Amanda war sichtlich erstaunt. »Du und ich werden weiterhin in diesem Haus leben. Weder Ambrosius noch ich können unsere Selbständigkeit aufgeben. Uns näher sein, Zeit füreinander haben, ja, das sind erfreuliche Aussichten.«
Claire kam zu keiner Erwiderung, denn Ambrosius stieß die Tür auf und rief: »Sie haben zugestimmt, Matthias wird gleich abgeholt!«

»Das ist gut«, sagte Claire, »dann gehe ich nach oben.«
Sie erhob sich mühselig. An der Tür prallte sie beinah gegen Desmond.
»Ach, Desmond, nehmt ihr Karl noch ein wenig unter eure Obhut?«
»Äh, ja«, er schob sich an Claire vorbei in die Küche, »er will sich noch ein paar Tage bei uns erholen, bevor er umzieht.«
»Eine gute Entscheidung«, befand Claire.
Desmond, der nicht recht wusste, wie er mit dem Wiederfinden von Mutter und Sohn umgehen sollte, rettete sich durch eine Frage an Ambrosius: »Fährst du mit uns nach Scotch Eternity?«
»Gerne! Ich werde mein Haus in Ambrosebury renovieren«, Ambrosius legte einen Arm um die neben ihm stehende Amanda, »von daher wäre es angenehm, bis zum Abschluss der Arbeiten in einem ordentlichen Zimmer zu wohnen.«
»Natürlich, bleib, solange du willst. Nur«, Desmond zog die Stirn in Falten, »willst du deine Tätigkeit als Sonderermittler aufgeben? Du bist der beste, den wir haben.«
»Hört, hört!«, kommentierte Amanda.
Claire, die gerade die Tür hinter sich schließen wollte, blieb interessiert stehen.
»Vorerst auf keinen Fall, konnte ich doch dem einen oder anderen Übeltäter das Handwerk legen, zudem ist diese Tätigkeit ausgesprochen lukrativ. Aber in Zukunft reise ich von meinem festen Wohnsitz aus und kann stets zurückkehren.«
In Amandas Augen erschien ein Leuchten, das Desmond in dieser Intensität noch nicht aufgefallen war. Er räusperte sich verlegen. Laura, die ihm normalerweise in solch misslichen Lagen half, war nach draußen zu Elenor geeilt, um ihr die positive Entscheidung des Hohen Rates mitzuteilen. Vielleicht könnte er Claire, die auf die Klinke gestützt noch im Türrahmen stand, nach oben helfen?
»Was genau machst du als Sonderermittler?«, hakte Amanda nach.
Claire kam wieder ganz herein, Desmond rückte ihr einen Stuhl zurecht und setzte sich neben sie. Er wusste um die Zuneigung von

Amanda und Ambrosius, also konnte er auch bleiben und seinem Freund bei eventuellen Erklärungsnöten zur Seite stehen.
»Euch ist bekannt, dass es unter uns schon immer solche gab und gibt, die Menschen aus Blutgier oder Mordlust töten. Nicht alle beseitigen ihre Spuren, was umfassende Ermittlungen nach sich zieht. Und in der heutigen Zeit verfügt man über verdammt gute Möglichkeiten, Täter zu überführen.«
Amanda stellte eine große Tasse mit Tee vor Ambrosius, was er mit dankbarem Lächeln quittierte.
»Für die Menschen sind Vampire ein Mythos, niemand oder besser gesagt, fast niemand, glaubt an unsere wirkliche Existenz. Der Leichtsinn unserer Artgenossen bringt uns in Gefahr. Um diese so gering wie möglich zu halten, arbeiten viele der unsrigen weltweit an unterschiedlichsten Positionen der Polizeidienststellen«, Ambrosius hob vermittelnd die Hände, »um von Vampiren begangene Morde zu vertuschen.« Ambrosius fuhr sich mit einer Hand übers Gesicht.
»Als vor ein paar Tagen ein Mord in Karls Heimatstadt geschah, musste die dortige Polizei einen externen Ermittler einschalten, da sie über keinen solchen Mitarbeiter verfügt. Sogar den Pathologen forderten sie von außerhalb an.«
‚Und dieser Pathologe bereitet mir Kopfzerbrechen', dachte Ambrosius, ‚ich muss dringend mit Desmond über meine Vermutung sprechen.'
»Informationen über die Ungereimtheiten des Mordes alarmierten unsere Leute, sie manipulierten den Einsatz eines Sonderermittlers, so dass ich die Order erhielt. Mein Auftrag führte mich in die Ortschaft, die ich vor zweihundertfünfundfünfzig Jahren verlassen hatte. Mich beschlich ein seltsames, ungutes Gefühl.«
Ambrosius' Bericht lenkte sie alle ab, besonders Claire hörte fasziniert zu.
»Am Tatort packte mich angesichts der brutal zugerichteten jungen Frau schieres Entsetzen. Den Versuch, die vielen Bisswunden durch kleine Messerschnitte zu kaschieren, erkannte ich sofort.« Ambro-

sius hielt einen Moment inne und sah auf den Boden. »Ihr könnt euch gar nicht vorstellen, wie elend mir zumute war und welche Szenarien durch mein Hirn geisterten. War es das Werk einer der beiden Jungen, die ich zu Vampiren gemacht hatte?« Ambrosius sah wieder auf. »Nachmittags, bei einer weiteren von mir allein durchgeführten Untersuchung, lauerte Matthias mir auf. Er ängstigte sich vor Karl und bezichtigte ihn dieses Verbrechens. Mir schien eine solche Charakterwandlung Karls, so wie ich mich an ihn erinnerte, kaum vorstellbar. Doch dann rief man mich zu der Leiche eines Mannes, der auf die gleiche bestialische Weise ermordet worden war. Der Fundort barg Symbolcharakter und auch ich konnte mich nicht mehr des Verdachts erwehren, Karl wäre der Schuldige.« Ambrosius gönnte seiner heiser werdenden Stimme etwas Flüssigkeit, redete dann sehr schnell weiter. »Karl musste erfahren haben, dass ich zurück war und sann auf Rache, denn der Tote an dieser Stelle, vor der Steinbank im Klostergarten, war eine eindeutige Warnung an mich.« Unerbittlich holte die Vergangenheit Ambrosius ein, er sackte ein wenig nach vorn. »Denn es war diese Steinbank, zu der Matthias mich bestellte, um mein Werk auszuführen.«

Claire krampfte ihre Hände ineinander.

»Matthias beteuerte, er und Karl seien die beiden einzigen Vampire in der Stadt. Es galt, Karl so schnell wie möglich zu finden und zu stoppen.«

Ambrosius stand auf und ging zum Fenster.

»Bitte, erzählen Sie weiter!«

Ambrosius setzte sich wieder.

»In der Nähe eines Industriegeländes entdeckten wir ihn, er floh und zog eine junge Frau, die sich dagegen wehrte, mit sich. Ich ahnte nicht, dass es sich um Belinda handelte ... jedenfalls befürchteten wir, sie wäre sein nächstes Opfer.« Ambrosius wandte sich direkt an Claire. »Wir haben Karl gejagt und dem Mädchen zugerufen, sie solle weglaufen, er sei ein Mörder.« Ambrosius hielt Claires Blick

stand. »Mittlerweile befanden wir uns alle in Gefahr, denn es war kurz vor Sonnenaufgang. Und genau da rief Desmond an …«
»Ich teilte Ambrosius mit, dass es mir endlich gelungen war, stichhaltige Beweise zu sichern, um meinen Halbbruder Edgar anzuklagen«, schaltete Desmond sich ein. »Ambrosius ganz in der Nähe anzutreffen, war eine äußerst günstige Fügung.«
»Da ich so von Edgars Anwesenheit auf dem Kontinent erfuhr, schlussfolgerten wir beide umgehend, wer die Morde begangen hatte!«
»Und wieso ist Karl jetzt hier?«, fragte Claire leise.
»Belinda rettete sich vor der aufgehenden Sonne mit Karl zu uns ins Schloss, erst da erkannte sie Karls Wesen … er fürchtete die Strahlen ebenso. Ambrosius und Matthias fanden über Tag Schutz in einer Lagerhalle. Als sie diese gefahrlos verlassen konnten, trafen sie ebenfalls im Schloss ein.« Desmond neigte sich zu Claire hinüber. »Edgar und Agatha, die ich unter Arrest gestellt hatte, mussten schnellstens auf die Insel gebracht werden. Ambrosius' Unterstützung war dabei eine willkommene Hilfe.« Desmond lehnte sich wieder an. »Die beiden jungen Männer mochten wir nicht länger ihrem identitätslosen Schicksal überlassen. Kurzerhand schlug ich vor, den Kontinent zusammen zu verlassen.«

Belinda war auf Karls Zuspruch hin ihrer Mutter nach draußen, zu Elenor und Eugen, gefolgt. Er nutzte die Gelegenheit, stemmte sich hoch und humpelte, sich an der Flurwand abstützend, zu Matthias. Ächzend setzte er sich in den Sessel, in dem zuvor Ambrosius gewacht hatte.
‚*Was ist nur in dich gefahren?*'
Karl schüttelte betrübt den Kopf. Zweihundertfünfundfünfzig Jahre hatten sie sich gemeinsam durchgeschlagen. Sobald Karl die Unsicherheit eines Verstecks erwähnte, führte Matthias sie in einen längst ausgespähten neuen Unterschlupf; während er nachts arbeitete, schlich Matthias umher, wusste über diese und jene Verände-

rung, bewahrte sie vor Entdeckung. Sie mochten sich nicht so wie Freunde sich mögen, doch sie ergänzten sich. All die Jahre schafften sie es, das Geheimnis ihres Andersseins zu bewahren. Sogar den letzten, für sie besonders gefährlichen Krieg, überstanden sie; denn weder in Bunkern noch Luftschutzkellern durften sie Schutz suchen, da gesunde junge Männer an die Front gehörten und man sie als Deserteure wahrscheinlich ausgeliefert und erschossen hätte. Und was dieser Krieg mit ihrer schönen Stadt anrichtete; wie gelähmt durchwanderten sie die Straßen nach den erbarmungslosen Bombenangriffen. Stolze Bürgerhäuser lagen in Schutt und Asche, Kirchen, öffentliche Gebäude. Schauer rannen durch Karls Körper, noch heute klangen ihm die Detonationen in den Ohren. Nach Kriegsende wurde es für sie beide ruhiger; die Menschen mussten ihre Traumata überwinden, mit dem Neuaufbau beginnen. Niemand achtete auf zwei in der Nacht herumschleichende Männer. Manch einer klopfte ihnen gar auf die Schulter ‚na, überlebt, Junge?'. Dieses Wohlwollen wiederum löste noch mehr Selbstzweifel bei Karl aus, er war doch ein Nichts und verdiente keineswegs solch gutgemeinte Worte. Danach folgten bessere Jahre - für die Menschen; für ihn blieben sie immer gleich. Bis jetzt.
»Und da bringst du mich beinah um«, Karl stöhnte verhalten, als er aufstand, »hier wartet ein fast normales Leben auf uns und du schmeißt es weg. Warum bist du so voller Hass?«
Karl schaffte es bis zum Bett. Behutsam legte er eine Hand auf die kalte, schweißnasse Stirn seines langjährigen Weggefährten. Plötzlich durchdrang ihn eine Idee. So schnell es ging, stolperte er in die Küche.
»Er bekommt doch Menschenblut?«, platzte er unhöflich herein.
Alle schienen aus ihren eigenen Gedanken aufzuschrecken.
»Natürlich ernähren wir ihn gut«, antwortete Ambrosius konsterniert.
»Das meine ich nicht«, aufgeregt gestikulierte Karl mit einer Hand, »die Bluttransfusion, wenn er menschliches Blut erhält, möglicher-

weise«, Karl stockte unsicher, »wird er wieder ein wenig wie früher. Er war doch nicht immer derart böse.«

Er sank auf den Stuhl, den Desmond ihm unterschob. Dabei entging ihm der Blick, den Amanda mit Ambrosius tauschte. Er besagte, dass sie es beide besser wussten. Für Desmond trug Matthias das Böse ohne Frage in sich, wie sonst wäre es ihm schon als Kind gelungen, Persönlichkeiten wie Amanda und Ambrosius seinen Willen aufzuzwingen.

»Nein, Karl, er wird Vampirblut erhalten«, sagte Desmond mild. »Wir unternahmen solche Versuche, denn schon immer gab es verwandelte Menschen, die ihr Dasein ebenso verabscheuten wie Sie. Da die Experimente allesamt misslangen, wurden sie untersagt.«

Resigniert ließ Karl den Kopf hängen. »Dann können wir nur versuchen, seine Psyche zu heilen ... wenn er überhaupt durchkommt.«

Desmond vermerkte ein weiteres Plus auf seiner persönlichen Bewertungsliste Karls.

Claire raffte sich auf und wankte auf ihren Sohn zu. Als Karl es bemerkte, stand er ebenfalls auf und ging ihr entgegen. Claire erkannte in dem erwachsenen Mann den Jungen, der stets Mitleid mit Mensch und Tier zeigte. Sie gab ihrem Bedürfnis nach, ihren verzweifelten Sohn in die Arme zu schließen. Karl erwiderte behutsam die Umarmung.

»Sie kommen!«, rief Laura durch den Flur.

»Gut, ich weise sie ein.« Desmond eilte mit langen Schritten hinaus.

Ambrosius küsste Amanda auf den Mund. »Wir telefonieren, ja?«

»Gern, nachdem ich ausgiebig geschlafen habe«, entgegnete Amanda erschöpft. »Ich bin froh, wenn ich gleich hinter euch die Tür abschließen kann«, sagte sie ehrlich, »wir brauchen wirklich Ruhe, nicht wahr?« Sie sah zu Claire hinüber.

»Dringend!«, antwortete Claire verhalten lächelnd.

Karl bedachte die beiden Frauen mit einem letzten Blick und folgte Ambrosius, der jedoch in der geöffneten Tür stehengeblieben war,

um die beiden Sanitäter, die Matthias bereits auf einer Krankenbahre trugen, vorbeizulassen.
»Sind das menschliche Helfer?«, flüsterte Karl.
»Merkst du es denn nicht?«, fragte Ambrosius.
»Nein, außer Matthias umgaben mich zweihundertfünfundfünfzig Jahre nur Menschen. Bisher stellte ich keinen Unterschied fest.«
Ambrosius und Karl folgten den Sanitätern.
»Es kann gefährlich werden, wenn du Mensch und Vampir nicht auseinanderhalten kannst. Konzentriere dich auf's Beobachten, viele Kleinigkeiten unterscheiden uns von den Menschen. Wobei von ihnen im Allgemeinen keine Gefahr droht, es sind die aus den eigenen Reihen, die du fürchten musst. Du weißt um die Ablehnung einiger, was Mischwesen anbelangt.«
Karl erschrak, als Ambrosius unerwartet rasch seinen Arm packte und ihn hinderte, hinauszugehen.
»Wirst du von einem Vampir angegriffen«, raunte er, »beiß ihn in die Halsschlagader, ohne Hilfe wird er verbluten. Doch hüte dich, von dem Blut eines anderen Vampirs zu trinken, es tötet dich.« Er gab Karls Arm wieder frei, sein Gesichtsausdruck unterband jedwede weitere Frage.
Vom Eingang sahen sie zu, wie Matthias in den Krankenwagen geschoben wurde.
»Was sind sie denn nun?«, hakte Karl beharrlich nach.
»Sanitäter«, sagte Ambrosius spitzbübisch grinsend.
Karl, ohnehin durcheinander, sah ihn ungehalten an.
»Aus der Familie der Vampire.«
Neben dem Wagen standen Elenor und Belinda und warteten, bis Matthias im Innern an alle notwendigen Versorgungsgeräte angeschlossen war. Während der ganzen Zeit lag ein Arm Belindas um Elenors Schultern. Karl gab ihr durch Blickkontakt zu verstehen, sie solle an Elenors Seite zum Gestüt zurückfahren.

Der Rover war zwar Klasse, aber der fremde, rundliche Mann stieg ein; in Tante Lauras Cabriolet fuhren nur die ‚Weiber' mit. Unentschlossen trat Eugen gegen einen der Reifen. Doch der bei ihrer ersten Begegnung so toll auf Musketier gemacht hatte, kam auch und kletterte nach hinten. Im Nu saß Eugen neben Karl.
»Hallo, junger Mann!«
Zufrieden verschränkte Eugen seine Arme; der behandelte ihn wirklich anständig.
Nachdem der Krankenwagen zügig entschwunden war, ließ Laura ihren Mann passieren. Ihre Hände ruhten auf dem Lenkrad, sie konnte sich nicht entschließen, loszufahren. Sie drehte sich zu den jungen Frauen, die sich in den Fond gequetscht hatten, um. Belinda hielt eine Hand von Elenor. Durch die Apathie, die ihre Nichte ausstrahlte, erwog Laura nicht weiter, den Zustand von Matthias zur Sprache zu bringen. Stattdessen startete sie.
»Was meinst du Elenor, möchtest du mit Eugen in unseren Wohntrakt ziehen?«
»Nein, Tante Laura. Es ist ein zwar verlockendes Angebot, aber ich habe beschlossen, meine Angelegenheiten möglichst selbst zu regeln.« Elenor fand ihre Aussage etwas schroff und fügte schnell hinzu: »Ich weiß, ihr werdet mir immer mit Rat und Tat zur Seite stehen und das nehme ich gern in Anspruch.«
»Liebes, es ist absolut in Ordnung«, Laura wich vorsichtig einem Schaf aus, »es hört sich an, als hättest du dir schon deine Gedanken gemacht?«
»Ja. Als erstes spreche ich mit dem Kindermädchen. Es wäre sinnvoll, sie zöge bei uns ein, ich kann Eugen nicht auf Schritt und Tritt beaufsichtigen. Während des Unterrichts weiß ich ihn gut aufgehoben, aber an den Wochenenden und freien Tagen …«, Elenors Lachen enthielt Bitterkeit, »mein kleiner Bruder wird nicht so gesittet und brav bleiben wie im Augenblick.« Elenor entzog Belinda langsam ihre Hand und legte beide Hände in ihren Schoß. »In den nächsten Tagen spreche ich mit Onkel Desmond über meine finan-

zielle Situation. Sobald ich einen Überblick habe, kann ich für die Zukunft planen.«
»Deine Eltern sind an den Erträgen des Gestüts beteiligt. Ich gehe davon aus, dass du, solange dein Vater dazu nicht in der Lage ist, die Einkünfte verwaltest und darüber verfügen kannst.« Laura bog zum Herrenhaus ab. »Falls diesbezüglich Formalitäten zu erledigen sind, wird Desmond dies in die Wege leiten.«
Leicht verschwommen kündigten erste helle Streifen den nahenden Tag an. Laura ging kein Risiko ein und parkte ihr Cabriolet gleich in der Garage. Desmonds Landrover stand bereits einsam und verlassen da. Wahrscheinlich waren die Männer schon unterwegs zu ihrer wohlverdienten Tagesruhe oder einem Genesungsschlaf. Auch sie verspürte den dringenden Wunsch, sich in Desmonds Arme zu flüchten um ein paar Stunden Schlaf zu finden. Danach würden sie mit neuer Energie regeln, was geregelt werden musste.
Müde und erschöpft gingen die drei Frauen durch den langen Flur bis in die Halle. Eugen stand wartend oben an der Treppe.
Elenor umarmte ihre Tante. »Danke … und schlaf gut!«, dann drückte sie freundschaftlich Belindas Hand, »du auch!«
»Wenn du mich brauchst …«
»Melde ich mich.«
Am Aufgang zu ihrem Zimmer angelangt, drückte Belinda ihre Mutter. »Schlaf gut, Maman!«
»Du ebenfalls, mein Herz!« Laura strich ihrer Tochter übers Haar und sah ihr nach. Sie würde für sie da sein, wann immer Belinda es wünschte.

Wie schnell Sorglosigkeit schwinden konnte. Belinda wischte erneut mit einem der getränkten Pads über ihr rechtes Auge, um den letzten Rest Wimperntusche zu entfernen. Während sie sich wusch und die Zähne schrubbte, dachte sie darüber nach, wie unvorhersehbar sich ihr Leben verändert hatte. Früher, ach was, noch vor wenigen Tagen, war Elenor auf jede ihrer Launen eingegangen. Ihre Eltern akzeptierten nicht nur ihre verrückten Ideen, sie unterstützten sie sogar. Sie war ein verzogenes, verwöhntes Geschöpf, alles ging nach ihrem Kopf. Und jetzt? Ihre Eltern mussten vieles klären, denen durfte sie nicht mit ihren abstrusen Einfällen die Zeit stehlen. Und Elenor brauchte keine Cousine, die mal wieder ein Zimmer umdekorieren oder in wilden Farben streichen wollte. Keine kindischen Mätzchen mehr. Schwungvoll bürstete sie ihr Haar, sie war ja auch kein Kind mehr! Belinda schaltete das Licht im Bad aus. Vor ihrem Bett blieb sie stehen, dann schlüpfte sie entschlossen in den zu ihrem Nachthemd passenden Seidenmantel und machte sich auf den Weg.

Leise klinkte sie die Tür auf. Karl lag hellwach auf dem Bett. Wie hilfesuchend, streckte er Belinda eine Hand entgegen. Vorsichtig legte sie sich neben ihn. Sein ganzer Körper zitterte. So fest es ging, ohne seine Blessuren in Mitleidenschaft zu ziehen, schloss sie ihre Arme um ihn. Karl legte seinen Kopf in ihre Halsbeuge. Alle aufgestaute Qual schien aus ihm hervorzubrechen; er weinte an ihrem Hals, Belindas Tränen netzten seine Haare.

# Epilog

»Hast du gut geschlafen?« Mitch, der eine ordentliche Portion gebratenes Ei auf der Gabel hielt, betrachtete Sarah skeptisch.
»Super gut!«, antwortete Sarah gut gelaunt; sie versuchte ihr flutschiges Eigelb auf ein Stück Toast zu legen. »Und du?«
»Geht so«, Mitch schob die gewagte Anhäufung noch immer nicht in den Mund, »du hattest einen Albtraum, riefst um Hilfe und ich wusste nicht, ob ich dich wecken sollte …, aber du scheinst es ja nicht mehr zu wissen.«
Mitchs Ei klatschte, mit der appetitlich gelben Seite, auf den Teller.
»Nein, ich kann mich nicht erinnern«, Sarah sah Mitch zu, der das auseinanderfließende Gelb zusammenkratzte, »doch sollten mich Ängste packen kenne ich keine Scheu, dann rücke ich dir auf den Pelz.«
»Gut so«, nuschelte Mitch mit vollem Mund.
»Ich muss dir unbedingt von meiner Entdeckung erzählen«, beendete Sarah das ihr unangenehme Thema, »gestern habe ich neugierig ein bisschen in vergangenen Jahrhunderten recherchiert«, sie pustete in die Kaffeetasse, »im städtischen Archiv entdeckte ich eine Besitzurkunde für eine Kate in den Ruhrauen aus dem Jahr siebzehnhundertfünfunddreißig, ausgestellt auf einen Richard vom Ufer.«
»Ja, du hast ziemlich fasziniert vor deinem Bildschirm gehockt«, Mitch grinste breit, »ich konnte so richtig in Ruhe werkeln. Aber was ist an dem Dokument derart interessant?«
»Nun, dieser Richard starb siebzehnhunderteinundvierzig, hinterließ als Erben seine Ehefrau samt Sohn«, Sarah stach aufgeregt mit der Gabel Richtung Mitch, »namens Karl!«
»Und?«
»Bisher fand ich keinen Hinweis, was mit den beiden geschah.«
»Na, was wohl?«, Mitch griff nach dem Käse, »sie sind längst verrottet.«

»Karl! Klingelt da nichts bei dir?«
Mitch hörte verwundert auf zu kauen. »Du siehst einen Zusammenhang?«
»Vampire leben recht lang, Karl und Matthias werden nicht immer in dieser Gruft gehaust haben. Ich frage mich ganz einfach, woher sie kommen«, sie stockte unsicher, »ob sie schon immer Vampire waren ...«
Verdattert lehnte sich Mitch zurück. »Auf was für Ideen du kommst. Aber das lässt sich leicht klären, ruf in England an und frag Karl!«
»Einfach so?«
»Vielleicht spreche ich zuerst mit meinem Cousin«, ein ordentlicher Happen Käsebrot verschwand.
Sarah warf ihre rote Mähne zurück. »Du findest es also gar nicht so unwahrscheinlich.«

Der zuständige Beamte heftete den Obduktionsbericht des eigens angeforderten Pathologen (was er als überflüssig erachtete, denn allein die Fotos zeigten deutlich, dass die jungen Leute keines natürlichen Todes gestorben waren) in die bereits als abgeschlossen geltende Akte. Überzeugt, der mit *‚an Sicherheit grenzender Wahrscheinlichkeit auswärtige Täter'* sei nach den Verbrechen auf und davon, fielen die Ermittlungen in den Zuständigkeitsbereich einer anderen Stadt oder gar eines anderen Landes. Der Stempel *Unaufgeklärt* sauste auf den Aktendeckel und der ganze Vorgang landete endgültig im Archiv.

»Lass nur, ich nehme das!« Ingeborg alias Desirée schob Mortimer zärtlich zur Seite, schnappte sich seinen Handkoffer und trug diesen bis zur Schlange vor dem Abfertigungsschalter. Sie genoss das Warten, zögerte es den Abschied doch eine Weile hinaus. Immer wieder schmiegte sie sich an Mortimer, turtelte herum, ignorierte die missbilligenden Blicke anderer Passagiere; die waren doch nur neidisch!

Mortimer unterdrückte ein unwilliges Seufzen; spätestens beim Einchecken entflöhe er ihren aufdringlichen Zuwendungen, bis dahin ließ er sie gewähren, sicherte es ihm doch eine treu ergebene Dienerin.
Gedanklich längst abwesend, winkte er Désirée-Ingeborg noch einmal zu, passierte die Sicherheitskontrolle und ging über das Rollfeld zu der Maschine. Er setzte sich auf seinen Fensterplatz, schaute umgehend (und während des gesamten Fluges) hinaus, womit er seinem Sitznachbarn jedwede Gesprächsmöglichkeit nahm.
Mortimer konzentrierte sich auf die anstehende Suche; sollte er im Bereich von Stonehenge beginnen oder weiter im Norden? Im zweiten Fall flöge er weiter nach Edinburgh, führe bis zur äußersten Spitze Schottlands und durchkämmte die Insel dann systematisch von Norden nach Süden.
Mortimer erwog nicht einen einzigen Augenblick das Scheitern seiner Mission. Als die Maschine abhob, lächelte er siegessicher.

# Dank

… gebührt in erster Linie meinem Ehemann, der sich als ausgesprochene Nicht-Leseratte mehrfach durch mein Manuskript kämpfte; seine Anmerkungen, Hinweise und kritischen Fragen halfen ungemein und lösten manch festgefahrenen Gedanken.
Das Zusammenleben mit meinen Romanfiguren erträgt er mit verständnisvoller Gelassenheit.

… all jenen, die mir eine Bühne bereiten um meine Texte einem Publikum nahe zu bringen, dem Publikum selbst und Ihnen, den Leserinnen und Lesern.

*Die Autorin*

*Was bisher geschah ...*

Dagmar Schenda

„Der vermeintliche Verlust"
Roman

Nichts hatte Karl an jenem strahlend schönen Tag vor mehr als 250 Jahren gewarnt oder darauf hingewiesen, dass er schon am nächsten Morgen das Sonnenlicht würde meiden müssen. Nach dieser schicksalhaften Veränderung folgen Jahre des Selbstmitleids, freudloser Nächte und schlafloser Tage. Als es Karl endlich gelingt sich aus seiner Lethargie zu befreien, beherrscht ihn nach wie vor die Frage, wer ihm dieses unwürdige Dasein aufgebürdet hat. Doch erst jetzt, in einer lauen Sommernacht kurz nach dem Jahrtausendwechsel, offenbart ihm sein Weggefährte Matthias die Wahrheit. Karls Entsetzen und gleichzeitige Enttäuschung führen zu einer schlagartigen Veränderung seines friedvollen Wesens – nie gekannter Zorn und Rachegefühle ergreifen von ihm Besitz; dass ihm gerade zu diesem Zeitpunkt die arrogante, aber dennoch begehrenswerte Belinda begegnet, komplettiert sein Gefühlschaos. Geht Karls Verzweiflung und sein Wunsch nach Vergeltung so weit, dass er für die grausamen Morde, die die Bürger der sonst so beschaulichen Stadt erschüttern, verantwortlich ist? Denn nur ein Blutsauger tötet auf diese Weise ...

223 Seiten, Paperback, 2008
Verlag: Books on Demand, Norderstedt
ISBN: 978-3-8334-8922-8     € 12,90

Dagmar Schenda schreibt als freie Autorin.
***Die unvermutete Hoffnung*** ist ihr zweiter Vampirroman. Bisher erschienen außerdem zwei Bücher mit Kurzgeschichten; weiterhin ist sie mit Prosa und Lyrik in diversen Anthologien vertreten.
Bei der Vorstellung ihrer Werke schlüpft sie gern in die Rolle einer Vampirin oder zur Story passenden Protagonistin.
Für die Cover ihrer Bücher entwirft und gestaltet sie Aquarelle.
Dagmar Schenda lebt mit ihrem Ehemann in ihrer Geburtsstadt Mülheim an der Ruhr, der sie ebenso, wie der gesamten Region des Ruhrgebiets, eng verbunden ist.

FSC
www.fsc.org
MIX
Papier aus ver-
antwortungsvollen
Quellen
Paper from
responsible sources
FSC® C105338